Indelible

THE BROKEN STARS SERIE

ELISA GIOIA

Prima edizione

Cover designer: Letitia Hasser, Romantic Book Affairs
Cover Model: Andrea Luceri
Photographer: Antonio Fracasso
Interior Formatting: Elaine York, Allusion Graphics, LLC/
Publishing & Book Formatting
www.allusiongraphics.com

www.elisagioiabooks.com

Twitter: @elisagioia

Instagram: @elisagioia

https://www.facebook.com/elisagioiaautrice/

Altri Libri Di Elisa Gioia

So che ci sei

Il mio lieto fine… sei tu

Sei bella come sei

Non fa più rumore

L’infinito è dopo noi

The Golden Boy

KATIA,
NON SPEGNERE MAI
I TUOI SOGNI

Elisa

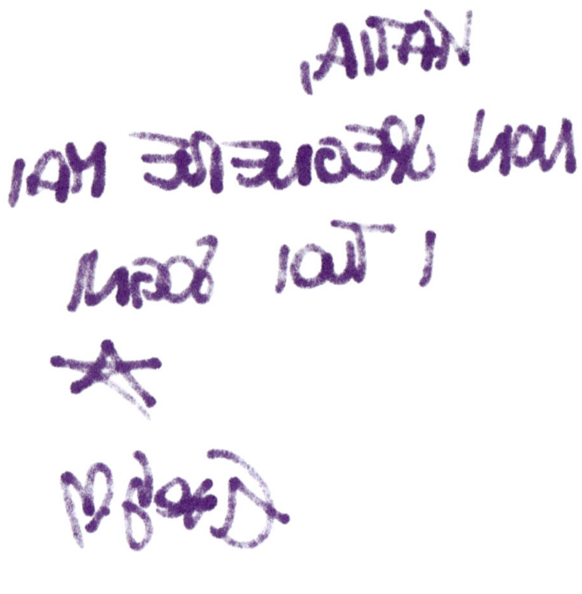

A chi crede nel destino.

Do you ever wonder if the stars shine out for you?
Float down
Like autumn leaves
Hush now
Close your eyes before the sleep
And you're miles away
And yesterday you were here with me

Ed Sheeran

Unico

Prologo

"Straordinaria prestazione di Chase Allen che scatterà dalla prima casella nel Gran Premio di Silverstone. Sei d'accordo Mike?"

"Era difficile immaginare che Allen potesse centrare la pole position, soprattutto dopo il quarto turno di prove libere, in cui sembrava distante anni luce da Lopez, sceso in pista in versione marziano. Invece The Legend ha disputato una prova brillante e di buon auspicio per la gara di domani."

"Ricordiamo ai telespettatori a casa che Allen guida la classifica mondiale della Moto Gp, staccato solo di pochi punti da Lopez."

"Siamo in un momento cruciale della stagione che si deciderà in questi ultimi gran premi."

Spensi la televisione nell'esatto momento in cui la telecamera inquadrava Chase Allen attorniato da meccanici e belle donne nel paddock. Mi bastava solo sentire il suo nome per tornare di colpo quella ragazzina diciassettenne innamorata pazza del bad boy di Blue Harbor. La liceale che serviva nel dopo scuola zuppe di granchio da Joe's e aspettava trepidante che venisse sera per guardare le stelle dal pianale di un pick up. Quella ragazza che ammirava il tramonto tendendogli la mano e che gridava dal pontile "ancora cinque minuti" alla madre. La ragazza che sognava un lieto fine, felice e innamorata, attorniata da bimbi dagli occhi verdi come giada in una casa costruita al di là del fiume. Quella ragazza che si era ritrovata da sola al ballo della scuola, dopo che il ragazzo che amava con tutto il cuore l'aveva lasciata per inseguire una carriera da promettente pilota, abbandonando Blue Harbor, abbandonando tutti i suoi amici e abbandonando lei su quel molo, in lacrime.

Erano passati dieci anni, ma mi bastarono pochi secondi del notiziario sportivo e la mia mente fu invasa di nuovo da flashback.

Dieci anni, eppure un tempo non abbastanza lungo per dimenticare.

Avevo bisogno di chiudere le mie emozioni in compartimenti stagni, la mia specialità, e di alcolterapia. Mi alzai dal divano, aprii il frigo e stappai una bottiglia di vino rosso, con Biscottino, un incrocio tra un gatto europeo e un siberiano, che mi trotterellava tra le gambe. Mi riempii un bel calice e tornai a sedermi, con il portatile sulle ginocchia. Mi ritrovai a digitare l'indirizzo del mio blog e a scrivere un nuovo post senza rendermene conto, le dita che fremevano impazzite sulla tastiera. Era sempre stato così: nella testa mi frullavano talmente tante parole da avere il bisogno di farle uscire, il più in fretta possibile.

One More Page
Post dal blog

Chase.
Cinque semplici lettere.
Un uomo che ha segnato la mia vita.

Ognuno di noi ha L'UNICO. Colui di cui ci siamo irrimediabilmente innamorate e a cui la nostra mente corre sempre. Non importa in quanti pezzetti abbia frantumato il nostro cuore; lui, l'unico, sarà sempre il nostro termine di paragone per ogni uomo che incontreremo e di lui non riusciremo mai a liberarci, nemmeno dopo dieci anni di distanza.

Chase era stato il mio primo.

Il mio primo amore, il mio primo fidanzatino a sette anni dal giorno in cui, durante la mensa a scuola, mi aveva difesa da un piccolo bullo e l'avevo premiato con un bacio a stampo sulla guancia. Veniva a trovarmi tutti i pomeriggi al bed & breakfast di mia madre; si annunciava facendo volare un aeroplanino di carta che nascondeva ogni volta una parola diversa che poi io dovevo cercare sul dizionario.

Anni dopo, Chase mi diede il primo bacio durante il festival d'autunno, causando scompiglio a Blue Harbor. Il ragazzo col corpo marchiato dall'inchiostro e dai mezzi sorrisi era considerato come l'Anticristo in quel piccolo paese da cartolina, ma in realtà non eravamo due libri poi così diversi. Per un periodo di tempo avevamo scritto e raccontato la stessa storia.

Amavamo passare le serate a parlare di astronomia e a esercitarci con i passi di danza per il ballo della scuola, di sera, in piedi sul pianale di un vecchio Dodge, sotto la giuria delle stelle.

Durante una di quelle serate, mentre ascoltavamo un classico country di John Denver, capii di essermi innamorata di lui. Non ricordavo cosa precisamente mi avesse fatto innamorare di Chase, so solo che quando me ne accorsi lo amavo già da un po'.

Lo amavo, ancor prima di capire e sentire sulla mia pelle il significato della parola amore.

Chase fu anche il primo a spezzarmi il cuore; in realtà, me lo spezzò due volte: la prima con Belle Danes, capitana delle cheerleader al liceo. Ma poi riuscì a rubarmelo di nuovo, mi fece sua e mi insegnò a fare l'amore in una notte d'agosto.

Ero dannatamente felice, stavamo scrivendo le stesse pagine di due libri rilegati diversamente ma che auspicavano allo stesso epilogo. Insieme.

Purtroppo non tutte le storie sono perfette. Non tutte le storie hanno un lieto fine.

La nostra non arrivò mai all'happy ending.

Anche se lo avrebbe meritato.

Stella Binaria

Unico

/ù·ni·co/

Aggettivo

Che è il solo esistente, che non ha uguali nel suo genere o nella sua specie.

Serendipità

Capitolo 1

Quel lunedì la metropolitana era affollatissima e, quando scesi alla mia fermata, dovetti fare le corse per arrivare in orario sulla Mission Street. Avevo in programma la tipica riunione di redazione per tirare le somme sulle vendite dell'ultimo numero e per discutere con i miei colleghi su quali argomenti trattare nella prossima uscita da mandare in stampa.

Le mie grandi passioni erano sempre state la scrittura e la letteratura, così mi ero iscritta a Berkeley per frequentare la scuola di giornalismo. Mi ero laureata con il massimo dei voti e i primi anni avevo accettato ogni tipo di stage pur di fare curriculum. Scrivere era sempre stata la mia ambizione più grande e fantasticavo un giorno di firmare i pezzi per il New York Times, il Washington Post o di trovare un grande editore per un mio manoscritto.

Invece da due anni mi occupavo dell'oroscopo delle celebrità per Stars, l'inserto domenicale del San Francisco Inquirer. Non certo il tipo di giornalista che sognavo di diventare da studentessa universitaria, ma pur sempre un salto di qualità rispetto ai necrologi e ai coccodrilli che avevo preparato fino a tre anni prima. Anche se, a dirla tutta, avrei preferito la Posta del Cuore. Almeno lì avrei scritto qualcosa di mio pugno, anziché inserire delle previsioni redatte da tale Gillian Smith, che frequentava i salottini di Frisco vantandosi di essere il gota delle stelle.

Quando arrivai davanti al palazzo che ospitava gli uffici del quotidiano, avevo la schiena imperlata di sudore nonostante l'aria pungente che si insinuava furtiva tra le pieghe del cappotto. Gli ultimi strascichi d'estate stavano facendo posto all'autunno che in punta di piedi avrebbe conquistato la città con i suoi colori.

Lasciai alle mie spalle gli odori e la cacofonia delle prime ore del mattino, passai le porte scorrevoli ed entrai nell'atrio che registrava temperature artiche.

"Buongiorno, Autumn." L'addetto alla sicurezza, unica certezza della mia vita, mi sorrise dietro il banco della reception. "Cosa hanno in serbo per me le stelle?"

"Grandi cose, Brad" sorrisi. "Grandi cose" ripetei superandolo.

"Spero anche per te, piccola" mi rispose con un sorriso paterno.

Puntai dritta agli ascensori, accompagnata dal ticchettio delle mie scarpe a stiletto.

Approfittai del breve lasso di tempo della salita per ritoccarmi il trucco e darmi una sistemata. I capelli mi arrivavano appena sopra le spalle e avevano ancora una parvenza di onde, nonostante la cappa d'umidità da cui era stata investita San Francisco. Ripassai il rossetto e aggiustai le pieghe del vestito.

Me lo sentivo: quello era il giorno giusto per ottenere una promozione. Nel weekend avevo stilato varie proposte da presentare alla riunione. Stacey Graham era una stronza, più che un direttore era un dittatore editoriale. Mai un grazie, mai un per favore, mai un sorriso. Era fatta per l'ottanta per cento di scortesia, il restante venti di botox.

Non venivo nemmeno pagata profumatamente, ma il salario mi permetteva di pagare l'affitto di un monolocale in periferia e di coprire le spese mensili. Avrei potuto appellarmi a qualche paragrafo del contratto aziendale per terrorismo psicologico, ma dovevo tirare avanti fino alla promozione.

Mi sarebbe bastata anche una colonna, una piccola rubrica settimanale che non vedessero coinvolte congiunzioni astrali e inquadrature del Sole.

Un giorno, mi ripromisi, sarei entrata in quello stesso ascensore e avrei digitato l'ottantesimo piano, quello che accoglieva gli uffici dell'Heart Corporation!

Il trillo mi destò dai miei sogni a occhi aperti quando annunciò il mio piano e le porte si aprirono sugli uffici di Stars al trentaseiesimo. Trafelata, entrai nella lobby e fui investita immediatamente dagli squilli dei telefoni, dalle stampanti in azione e dal ticchettio delle dita sulle tastiere. Salutai con un sorriso Cynthia alla reception, superai le scrivanie vuote di Christoph e Amanda, e raggiunsi in volata il mio piccolo cubicolo chiamato ufficio. Mi lasciai cadere sulla sedia e, mentre con una mano mi massaggiavo i piedi che già mi dolevano a causa dei tacchi alti, con l'altra mano accendevo il computer e leggevo i post-it promemoria che riempivano lo schermo.

"Ciao, ragazza del Sud" mi salutò Amanda, facendo sbucare la testa dalla soglia. "Porta il tuo bel culetto in sala riunioni. Stacey ha anticipato il meeting."

Raccolsi gli appunti che avevo buttato giù per il prossimo numero, attraversai tutto l'open space e mi avviai – senza inciampare – verso la sala riunioni che si trovava di fianco all'imponente ufficio di Stacey. Amanda mi seguì a ruota con una mano occupata da un cartone takeaway con bicchieri d'asporto colmi di caffè bollente, e l'altra con un raccoglitore dove erano ordinati in ordine alfabetico le vendite, le percentuali e il consenso sui social dell'ultimo numero.

"Ieri sera non mi hai risposto." Prese posto al mio fianco. "Ti ho telefonato perché dovevi salvarmi."

Sorrisi, portandomi alle labbra il cappuccino. *Dio benedica il caffè!* "Stavo lavorando a una nuova proposta. Da cosa ti dovevo salvare, esattamente?"

"Non da cosa, da chi. Sono uscita con Cameron, ma l'appuntamento stava andando talmente male che per un attimo ho preso davvero in considerazione l'idea di sbattere la testa nel bagno delle donne e fingere una commozione cerebrale."

Le lanciai un'occhiata perplessa. "Chi è Cameron? Non stavi uscendo con Johnny del reparto contabilità?"

"Ho già chiuso con lui. Non avrebbe mai funzionato!" Si sistemò meglio sulla poltroncina piazzata attorno all'enorme scrivania di quercia e accavallò le gambe chilometriche fasciate in un paio di jeans che le facevano da seconda pelle. "Sto conoscendo Cameron, il pony express che mi porta i pacchi di Amazon a casa. Ho pensato che non avrei mai potuto deludere le sue aspettative se quando mi citofona gli apro la porta in condizione pietose. La nostra relazione poteva solo che migliorare."

"Non fa una piega" mormorai divertita nel momento in cui Christoph entrò nella stanza, seguito dagli altri redattori. Capelli biondo platino, piega perfetta, abiti aderenti. Aveva più fondotinta lui di una drag queen di Castro, la comunità gay di San Francisco: era il fotografo di Stars.

"Invece si è trasformato nell'appuntamento peggiore della mia vita" borbottò ricontrollando gli appunti sul blocco.

"Ragazze."

"'Giorno, Chris" lo salutai allegra.

"Ti è andato bene il weekend, bella bionda?" mi chiese prendendo un cappuccino e occupando la sedia vuota vicino alla mia.

"Ho lavoricchiato e sono andata a una mostra d'arte con Byron."

"Non sai quanto ti invidio quell'adone. Sono sicuro che se fosse gay sarebbe la mia anima gemella."

"L'hai detto anche del ragazzo del sushi." La settimana scorsa.

"Ho scoperto che non ama Céline Dion e non ha mai visto

Titanic" mi sussurrò melodrammatico nell'orecchio.

"Che affronto!" commentai, ironica.

"Non serve dirti che ci ho già messo una bella x sopra." Si sistemò con accuratezza un ciuffo di capelli, con quella finta aria indignata che gli imbronciava le labbra.

Prima che potessi replicare, la porta della sala riunioni si spalancò e il sorriso mi si smorzò sulle labbra.

La copia sputata di Oprah Winfrey superò la porta a vetri e prese posto al centro della scrivania. Indossava un tailleur aderente color ocra e delle scarpe a stiletto in tinta. Controllò l'ora al polso, perlustrò lo studio e fece cadere con un tonfo sordo l'agenda personale sul suo centro di comando.

Nell'intera stanza calò il silenzio. Non avrei ottenuto una promozione nemmeno quel giorno. *Addio, sogni di gloria...*

Stacey Graham, conosciuta anche come Editorial Queen, era una cinquantenne nel corpo di una trentenne. L'unica motivazione plausibile doveva essere il botox, dal momento che passava tutte le ore a lavorare e a far funzionare la rivista. L'aveva ereditata dal padre ed era l'unica donna a guidare una redazione della Heart Corporation, la casa editrice che negli anni 2000 aveva acquistato il San Francisco Inquirer dopo una flessione drastica delle vendite. Stars riusciva ancora a galleggiare nell'editoria americana con circa cinquemila lettori, ma i bilanci chiudevano in pari per un soffio.

Accese il laptop, si sfilò gli occhiali da vista all'ultima moda e si appoggiò allo schienale, le mani intrecciate sul petto. Si schiarì rumorosamente la gola. "Ragazzi, la rivista non sta andando bene."

Nessuno osò fiatare, tutti noi della redazione eravamo freddati sulle nostre sedie.

"Ho avuto una colazione di lavoro con i capi della Heart Corporation, mi hanno informato che Stars ha registrato un calo di copie vendute. Con questi numeri non siamo più in partita con gli altri settimanali sul mercato, a malapena giochiamo nello stesso campionato. Sarò il più diretta possibile: se la situazione non cambierà, saremo costretti a chiudere."

Nella stanza si alzò un brusio di sottofondo, ci fu uno scambio di sguardi allarmati fra di noi.

Stacey si alzò e si appoggiò con un fianco alla scrivania, perlustrando i nostri volti uno a uno. "La gente ormai legge le notizie su internet, sui social media, i costi aumentano e gli abbonati diminuiscono. Non vi chiedo uno sforzo per tornare a giocare nello stesso campionato degli altri settimanali, lo esigo. Voglio che siate sul pezzo. Se *Just Jared* o *People* escono con uno scoop, io voglio che Stars lo abbia già pubblicato la settimana prima."

"È complicato anticipare un sito online" convenne qualcuno.

"Lavorate per Stars e per me. Complicato, difficile e impossibile sono parole che non fanno parte del mio vocabolario." Alzò gli occhi al cielo.

"Potremmo parlare dell'Hartgate" propose uno dei redattori arrossendo. "La gente impazzirà per una foto di Chad Hart in rehab."

"Ne stanno parlando tutti i giornali e le tv da mesi" ribattei, aspettando che Stacey mi guardasse. "Ormai la gente è stufa di leggere di supposizioni e insabbiamenti."

"Signorina Reese, vuole allietarci con le sue idee o vuole passare l'intera riunione a bocciare le proposte dei suoi colleghi?" Ora avevo la sua attenzione.

"Perché non parliamo dell'autrice che sotto pseudonimo sta scalando le classifiche del New York Times con il suo romanzo d'esordio? Dicono che in realtà sia un uomo. Come può un uomo conoscere così bene l'universo femminile?"

"Non funzionerà" obbiettò Amanda. "Ormai i giovani considerano Beyoncé e Taylor Swift i poeti 2.0."

"C'è Chase Allen a San Francisco" intervenne Christoph. Mi sentii il cuore in gola. "Dopo l'infortunio al Gran Premio di Silverstone ha gli occhi di tutti puntati addosso: dicono che la sua carriera sia finita. Sarebbe un bel colpo avere un'intervista esclusiva."

"Sappiamo quanto sia refrattario ai giornalisti" mormorai, deglutendo a fatica.

"Appunto per questo dobbiamo cercare di ottenerla. Ha oltre novanta milioni di fan su Instagram, senza contare gli altri social. Se anche solo l'uno per cento dei suoi sostenitori acquisterà la rivista, ci possiamo considerare salvi." Stacey guardò l'orologio tempestato di diamanti, come se non avesse tempo da perdere in sala riunioni. "Quanto si fermerà in città?" s'informò, i suoi occhi color cioccolato nuovamente accesi.

Io mi agitavo sulla sedia e mi facevo aria con un foglio di carta. Mi sentivo addosso lo sguardo di Amanda, l'unica che sapesse di Chase e me. Mi ero sforzata per anni di non pensare a lui e ora il suo nome mi pulsava nel cervello.

"Ci sarà una festa privata questa sera al Clift" commentò Christoph.

"Il club di lusso?" chiese Stacey.

Il fotografo annuì. "La stampa non è ammessa, ma potremmo provare a intrufolarci, avvicinarlo e rubare qualche scatto dopo l'incidente. Nessuno l'ha più visto dopo la gara, la casa motociclistica ha diramato solo una scarna dichiarazione ufficiale. Magari potremmo avere anche l'occasione di scoprire se la relazione con la sua agente, Scarlett Cole, sia vera."

Chase. Fidanzato.

Fidanzato.

Mi diedi della stupida per aver sentito un colpo di cannone al petto. Dio, erano passati dieci anni. Era normale che fosse fidanzato, poteva benissimo essere pure sposato. Avevo immaginato un milione di volte nella mia testa il momento in cui lo avrei rivisto, ma mai avrei pensato di incontrarlo a San Francisco. Nella mia città NO CHASE ZONE.

Ero volata all'altra parte del Paese per lasciarmi Chase Allen e Blue Harbor alle spalle. Dannazione, era chiedere troppo che non mi contaminasse anche quella fetta di Stati Uniti?

Non essere infantile, Autumn Lily Rose!

Agitai con più forza il pezzo di carta. “Come faremo a entrare? Quanti invitati ci sono?”

“Circa cinquecento.”

“Sai cosa vuol dire cinquecento invitati?” domandai a Chris, mentre tutti i ragazzi della redazione ci osservavano curiosi.

“Che sarà una festa grandiosa?”

“No, che ci vorrà un miracolo per riuscire a intrufolarci e ad avvicinare Allen” borbottai, cercando di sembrare professionale e pacata, non prossima a un crollo emotivo. Sentivo il sangue ribollire, il cuore pulsare come un martello pneumatico ed ero vicina, molto vicina, a perdere il controllo.

“Non mi importa come riuscirete a entrare in quel Club” Stacey ci rivolse Il Sorriso. Non prometteva nulla di buono. “Portatemi una dichiarazione, una foto, qualsiasi cosa. Basta che ci sia Chase Allen sul prossimo numero di Stars così da chiudere la bocca a quei bamboccioni della Heart Corporation. Autumn, Christoph: vi occuperete voi del pezzo!”

“Io?” Mantenni un’espressione stoica, anche se salivazione e gambe non erano più pervenute. E non lo avevo ancora rivisto.

“Qualche problema?” chiese il mio capo, affettandomi con gli occhi.

“Assolutamente no!” sentii la mia voce rispondere. “È fantastico. Sembra un’idea, uhm, meravigliosa?” Ero finita, letteralmente, dalle stelle alle stalle.

“È una domanda?” Lei mi fissò.

“Un’affermazione” risposi cercando di mantenere un tono tranquillo, per nulla agitato. Non credevo che sarebbe stata una buona idea pronunciare la frase “Chase è il mio primo ragazzo, quello che mi ha spezzato il cuore per sempre”.

"Signorina Reese" disse, prima che trovassi il fegato di oppormi. "Si occupa dell'oroscopo delle celebrità, è l'ultima ruota del carro in questa redazione e non so nemmeno perché continuo a sprecare tempo e fiato con lei. Mi risparmi le sue considerazioni non richieste. Le sto dando una grossa, grandissima occasione. Quindi adesso si alzerà da quella sedia, lascerà l'ufficio, e si darà da fare per portarmi una dannata esclusiva. Oppure può chiedere alla donna delle pulizie di prestarle uno scatolone, svuotare l'ufficio e portare via tutti i suoi effetti personali. Ovviamente non riuscirà a trovare lavoro in tutto il Paese e potrà ambire solo ai necrologi di qualche giornalino scadente."

"Non intendevo questo..."

"Perfetto. Domani mattina voglio del materiale sulla mia scrivania." Raccolse le sue cose e uscì dalla stanza, con un sorriso sulle labbra che non vacillò. Una minaccia neanche tanto velata. "Non fatemi rimpiangere di avervi affidato questo pezzo."

Non dissi nulla. Avevo imparato la lezione.

"Grandioso!" Christoph al mio fianco batté le mani, euforico. "Tesoro, vado a inamidare lo smoking."

Uscirono tutti dalla sala riunioni, lasciandomi lì ancora seduta, con gli occhi chiusi, mentre stringevo fra le dita il bicchiere di Starbucks quasi potessi appigliarmi a lui per trovare il coraggio di aprirli e affrontare la realtà.

Stavo per ritrovarmi faccia a faccia con il mio passato.

Nella stanza si sentiva solo il ticchettio dell'orologio a parete che mangiava minuti. Una manciata di ore mi separava da Chase.

Era in città.

"Va tutto bene?" Avvertii chiaramente la preoccupazione nella voce di Amanda.

Riaprii gli occhi. La mia migliore amica aveva chiuso la porta a vetri ed era appoggiata contro il battente con la schiena, le braccia conserte, in attesa che le rispondessi.

"Autumn Lily Rose, dimmi cosa ti passa per la testa."

"Chiamami ancora così e domani la foto del tuo cadavere sarà sulla prima pagina dell'Inquirer" replicai, letale.

Amanda era l'unica a conoscere la mia vera storia. Era stata la prima persona che avevo conosciuto a Berkeley durante il tour del campus. Eravamo entrambe in fila alla casa dello studente, con le braccia cariche di libri. Avevamo legato da subito e avevamo scoperto pure di frequentare gli stessi corsi. Era impossibile non andare d'accordo con lei: era spumeggiante, parlava come una macchinetta, mi trascinava in qualsiasi attività extra – soprattutto se si trattava delle feste della confraternita. E proprio durante una di quelle feste, complici le gelatine alcoliche, mi lasciai sfuggire la storia tra me e Lo Spaccacuori, il grande amore della mia vita.

Chase in quegli anni si stava facendo un nome nel mondo del motociclismo. Avevo seguito per i primi anni i suoi successi prima in Superbike poi in MotoGp, i record che registrava gara dopo gara, tanto che i giornalisti sportivi lo avevano ribattezzato 'The Legend' in virtù dei tre titoli mondiali conquistati consecutivamente al suo esordio nella classe regina del Motomondiale.

Feci promettere ad Amanda di non raccontare ad anima viva quella storia; nessuno dei miei compagni di università o dei miei amici sapeva della nostra relazione. Pensavano che non avessi un buon rapporto con mia madre, per quello non erano sorpresi quando, durante le vacanze estive o a Natale, rimanevo nel dormitorio invece che ritornarmene a casa. In realtà non mettevo piede a Blue Harbor da quell'alba gelata di settembre, quando avevo preso un autobus direzione San Francisco alla stazione dei pullman di Charleston.

"Autumn?" Nella confusione dei miei pensieri si fece varco la voce di Amanda.

"Va tutto bene" risposi, lasciandomi andare contro lo schienale della poltrona. Anche se il pensiero di rivedere il mio ex mi allettava così tanto che avrei preferito conficcarmi una penna nella giugulare piuttosto che andare a quella maledetta festa.

"Ovviamente non ti crea problemi rivedere il tuo *unico.*"

Feci un respiro profondo, per nulla sorpresa che avesse letto il mio ultimo post. Era una delle mie poche lettrici accanite.

"Ovviamente." *Sì.* Su cinquanta stati federati proprio a San Francisco doveva venire?

"Lo so che ti avevo promesso di non parlare mai di lui..."

Sollevai una mano. "Abbiamo fatto il Giuramento Io Odio Chase" le rammentai.

"Vero, ma cerca... cerca solo di fare attenzione."

Voltai il viso fuori dalla parete a vetri e all'improvviso quella cosa dura che avevo al petto ricominciò a farsi sentire.

"Autumn..."

Annuii, per la paura di far trapelare nella mia voce il tumulto di emozioni contrastanti che stavano vorticando dentro di me. Agitazione, ansia e tanta rabbia. Soprattutto nei confronti del mio stupido corpo che si stava già per ridurre in gelatina per un ragazzo sbucato dal mio passato.

"Non sono più quella ragazzina, Amanda" la rassicurai con un sorriso. "Sono adulta, siamo entrambi adulti."

"Te lo auguro davvero, perché sono convinta che quel muro che hai innalzato in questi anni non ti abbia mai protetto, ma solo nascosto."

Se ne andò senza dire un'altra parola, lasciandomi in quella stanza asettica a chiedermi perché ogni volta che pensavo a Chase Allen percepivo una sensazione di squilibrio che solo lui riusciva a provocare.

One More Page

Post del Blog

È nell'esatto momento in cui cerchi di andare avanti e smetti di pensare al tuo ex che lui riappare.

Lo Spaccacuori-barra-L'Unico è in città.

Stella Binaria

Serendipità
/se·ren·di·pi·tà/
Sostantivo femminile
Lo scoprire qualcosa di inatteso e importante che non ha nulla a che vedere con quanto ci si proponeva o si pensava di trovare.

Resilienza

Capitolo 2

Il campanello mi avvisò dell'arrivo di Christoph e, attraverso l'interfono, lo informai che sarei scesa subito. Gettai un'ultima occhiata allo specchio a figura intera nella mia camera e, con mani tremanti, lisciai le pieghe immaginarie del vestito.

"Non farmi gli occhi dolci" dissi, rivolta a Biscottino. Se ne stava ai piedi del letto a pancia all'aria, la mercanzia in bella mostra. Continuava a sganciarmi gli occhioni perché non lo lasciassi da solo. "Questo è un colpo basso."

Sarei rimasta ben volentieri a casa, quel lunedì sera, a guardare una nuova puntata di *Riverdale* con lui acciambellato sulle mie gambe, invece di intrufolarmi senza invito in un Club di lusso. Non avevo voglia di vedere nessuno, men che meno Lo Spaccacuori. Da quando avevo saputo che era in città, la mia testa era un groviglio di domande che negli anni avevo solo accantonato in un cassetto remoto della mia mente.

Esalai un lento e profondo respiro. Sconfortata, dovetti ammettere che ero davvero sexy con quel vestito corto con applicazioni di Swarovski e le scarpe gioiello in argento. I capelli biondo grano erano acconciati in morbide onde effetto spiaggia, il trucco era tenue –mascara, ombretto chiaro e fard bronzeo sugli zigomi – così come il rossetto nude sulle labbra. Non indossavo gioielli: il vestito aveva bisogno già da solo di un porto d'armi. Girai su me stessa per dare un'ultima occhiata alla parte posteriore dell'abito: lasciava la schiena completamente nuda e all'inizio non ero stata troppo convinta di volerlo comprare. Ma il colore e la fattura facevano risaltare le mie gambe lunghe, fortunatamente ancora abbronzate.

"La mamma sta per andare in guerra" dissi, incrociando lo sguardo imbronciato del mio gatto nello specchio. "Perché se stasera incontrerò il ragazzo che mi ha spezzato il cuore, devo essere una gnocca imperiale!"

Acciuffai la clutch, mi assicurai che Biscottino avesse il suo topolino giocattolo rosa fluorescente e gli accarezzai la testa. "Controlla il fortino, io arrivo presto."

Feci un ultimo respiro profondo prima di uscire e raggiunsi Christoph al pianoterra. Era appoggiato alla fiancata del taxi, lo sguardo fisso sullo schermo del telefonino. Indossava dei jeans strappati sulle ginocchia e sotto il blazer dall'ottima fattura intravedevo una maglia nera aderente al petto. I suoi occhi color caffellatte si staccarono dal cellulare e viaggiarono in lungo e in largo sulla mia figura. Oltre i tratti decisi e perfetti del volto, nascondeva muscoli definiti che quell'outfit metteva solo in risalto. Christoph era sexy da morire, bello e sodo come una scultura. Peccato che giocasse nell'altra squadra!

"Che fine ha fatto lo smoking?" chiesi perplessa, percorrendo quei pochi passi che ci separavano.

"Cambio di programma." Mi tenne aperta la portiera e mi aiutò a salire in macchina. "Petroski ha organizzato una festa... diciamo in maschera, se così possiamo definirla."

"Definiscila. E chi è Petroski?" domandai guardinga, per nulla convinta.

"Vladimir Petroski è il proprietario del Clift. Mi fa entrare perché mi deve un favore."

Mi lasciai andare contro il sedile, mentre il taxi sfrecciava per le strade trafficate di San Francisco. "Non hai rapporti con la mafia russa, vero?" chiesi sottovoce per non farmi sentire dal taxista.

"L'anno scorso ho scattato delle foto che lo ritraevano sbronzo e strafatto. Mi ha chiesto di non pubblicarle e me le ha comprate. In quel periodo era in lizza per un appalto e sarebbero state compromettenti."

"Prega Céline Dion che non ci siano spargimenti di sangue, perché ho sborsato cinquecento dollari per questo vestito!" gridai con un filo di voce. Guardai fuori dal finestrino col cuore in gola, nervosa sia perché di lì a poco avrei rivisto Chase, sia per la paura di ritrovarmi in mezzo a una resa dei conti. Contrassi il viso in una smorfia, lo stomaco sottosopra.

"Tutto bene, tesoro?"

"Devono essermi rimasti i tacos sullo stomaco" dissi deglutendo. "Cosa intendi per festa in maschera?"

"Una festa in maschera... esclusiva." Lui mi rivolse un sorriso sfrontato. "Viso coperto, fiumi di alcol, musica e... forse uno strip o due."

Spalancai la bocca. "Chris!" Lottai contro l'impulso di stropicciarmi il viso dalla disperazione. O di lanciarmi fuori dal taxi in corsa. "Topless o nudo integrale?" sussurrai.

"Topless, ma tu non dovrai spogliarti. Dovremmo essere nella lista degli ospiti."

"Mi sento molto più tranquilla, ora" risposi, ironica. Una leggera sensazione di malessere si impossessò delle pareti del mio stomaco e non mi abbandonò nemmeno quando arrivammo sul Sunset District.

Scendemmo dall'auto pagando la corsa con i soldi del giornale e mi fermai a studiare il palazzo di marmo bianco che ricordava più un museo che uno strip club. Rimasi sorpresa nel trovare un'insegna elegante e luminosa con il solo nome Clift, invece di disegni con seni prorompenti o sagome di donne nude sedute all'interno di un calice da champagne.

"È da pazzi!" commentai, scrutando la fila che continuava fin dietro l'angolo dell'edificio.

"Il Clift è leggendario per le sue feste" rispose Christoph, tirando fuori una maschera dalla tasca e porgendomela. "Tieni, indossala!"

Con riluttanza celai il viso dietro una maschera nera, anche se provavo un leggero sollievo nel nascondere il volto a Chase. Mi avrebbe riconosciuta? Mi avrebbe vista in mezzo a quella folla? Erano passati dieci anni, non ero più la ragazzina con i lunghi capelli biondi raccolti in una treccia e che viveva dentro una fiaba. Ero una donna, il mio corpo era più spigoloso, avevo un lavoro, un appartamento, un gatto e pure un uomo.

"Aspetta." Inspirai a fondo ed estrassi il cellulare dalla borsetta. "Scrivo un messaggio a Byron prima di finire stecchita durante una sparatoria. Almeno gli uomini dell'anticrimine potranno risalire al mio sms."

"Come sta quel Dio del sesso vivente?"

"Sta bene" lanciai un'occhiata a Christoph, al telefono e poi alla fila davanti a noi. "Indaffarato."

"Non riesco a credere che tu non gli abbia ancora proposto di andare a vivere insieme" sospirò, prendendomi e trascinandomi direttamente all'entrata, dove un buttafuori degno di un mafia romance controllava i documenti delle persone.

"La nostra relazione va a gonfie vele da un anno, non capisco questo bisogno impellente di passare al livello successivo."

"Ogni volta che rifiuti quell'uomo, Lily Rose, muore un angelo. Forse anche un gay nel mondo" disse, maledettamente serio, prima di fare i nostri nomi al tipo della sicurezza. "Christopher Reynolds e Autumn Lily Rose Reese" disse con tono fermo, ignaro delle occhiatacce che ci stava rivolgendo la clientela pazientemente in fila.

"Non puoi passare davanti a tutti" mormorai a bassa voce.

"Tesoro, ascoltami." Mi prese una mano fra le sue, mentre l'energumeno controllava la lista degli ospiti. "Non si rifiuta un uomo fico come Byron. Lui è un Inarrivabile e vuole te. Quanti Inarrivabili ci sono che sanno portare maledettamente bene uno smoking e allo stesso tempo una t-shirt bianca, e che vogliono fare sul serio? Darei via la mia collezione di scarpe di

Giuseppe Zanotti per un tipo come lui. Riusciresti a vivere con questo peso sulla coscienza?"

"Da questa parte." Lo scagnozzo di Petroski si fece da parte e sganciò il cordone che delimitava l'entrata.

"Pronta?"

"Ovvio! Ho sempre sognato di finire su un cubo con pervertiti che mi infilano mazzette nel reggiseno" borbottai. Strattonai l'orlo del vestito che ora trovavo ridicolmente corto. "O morta per una resa dei conti russa." In quel momento avrei preferito pure trovarmi ostaggio dell'Isis che al Clift a giocare alla giornalista in azione sotto tiro dello Spaccacuori.

Chris mi spinse oltre la soglia e non mi sfuggì la sua lunga occhiata d'apprezzamento alla scollatura posteriore che esibivo. "Wow, sexy! Dovrai girare con un bodyguard questa sera per fermare i plotoni di uomini che ti ronzeranno attorno." Stava reprimendo un sorriso.

Accompagnati da *Should I stay or should I go* dei The Clash, entrammo nel locale. Mi sistemai ancora il bordo dell'abito mentre osservavo un mare di teste. Il club era al completo: quasi quattrocento metri quadri di stanza, salottini con poltroncine in velluto e area vip. Contai tre banconi dietro i quali erano disposte infinite file di alcolici; molti invitati erano mollemente appoggiati al banco a sorseggiare qualche intruglio ad alto tasso alcolemico, ma la maggior parte della clientela era rivolta verso i palchi dove donne prosperose e inguainate in body di latex e calze a rete si dimenavano a ritmo di musica.

Volavano fiumi di champagne, forse vodka e, non appena *Earned it* di The Weekend partì, si sollevò nella stanza un boato. Una spogliarellista asiatica iniziò a dimenarsi lungo un palo su tacchi che avrebbero potuto rendere cieco qualcuno.

"Credi che almeno l'acqua del bagno sia analcolica?" chiesi, sempre più a disagio, scrutando a lungo la folla. *Lui era già lì ?*

"Vieni, Lady Party. Andiamo a prendere qualcosa da bere. Ho fatto alcune telefonate, oggi: Allen dovrebbe arrivare più tardi."

Solo sentir pronunciare il suo nome mi fece rizzare i peli sulle braccia.

Christoph mi scortò lungo i tavoli e mi condusse verso l'area vip leggermente rialzata. Le spogliarelliste stavano catturando l'attenzione di tutti, ma non potevo fare a meno di sentirmi guardata come se fossi sul menu del locale mentre mi facevo strada attraverso la calca. Ignorai i commenti, alcuni poco lusinghieri, e tenni sempre la testa bassa. Eppure le sentivo, le occhiate, lo studio minuzioso di ogni mia curva e dei lembi di pelle lasciata nuda nonostante la stanza fosse un tripudio di tette, chiappe e mutande simili a fili interdentali.

Dovevo ammettere, però, che il Clift era molto raffinato per essere un club di lusso dove volavano fiumi di alcol, soldi e forse droga. L'illuminazione era soft e l'arredamento di marmo e mogano lo rendeva esclusivo, poco sordido.

In piedi, protetta dal divisorio di vetro, perlustrai la sala sotto di me. I cinquecento invitati si erano sparpagliati per la stanza riempiendo ogni angolo libero, delle televisioni al plasma erano appese alle pareti e stavano trasmettendo i notiziari sportivi per quei pochi, molto pochi, non interessati allo spogliarello.

"Come credi ci riesca? Pilates? Yoga?" chiese Christoph, gli occhi puntati con ammirazione sull'asiatica che si stava esibendo sul palco in contorsioni degne di un circense.

"Nemmeno con il drunkyoga ci riuscirei" mormorai.

"Quanto chiederanno per uno spettacolino del genere?"

"Non ne ho idea, ma preferisco guadagnarmi i soldi con i metodi tradizionali" risposi con una punta di ironia nella voce.

Lui alzò gli occhi. "Vado a salutare Petroski e poi ordino da bere. Posso fidarmi a lasciarti qui?"

"Non mi troverai attaccata a un palo a fare delle giravolte."

"Vodka?"

"Un Moscow Mule."

Rimasta sola, azzardai un'altra occhiata alla sala, cercando Chase con gli occhi. Giocavo in vantaggio dal momento che sapevo chi avrei avuto di fronte: le sue foto tappezzavano i tabloid di tutto il mondo per i suoi trofei sportivi e per quelli che si portava al braccio.

Stufa di starmene in un angolo da sola, decisi di andare in esplorazione. Tanto mi ero già buttata nel fuoco presentandomi lì.

Le Pussycat Dolls cantavano di darci dentro in *Don't cha* e accompagnavano le ragazze che ballavano sui palchi, mentre gli uomini sotto di loro si dimenavano vogliosi. La luce si abbassò, rendendo l'atmosfera quasi torbida. L'aria era satura di alcol, feromoni e sesso.

Sentii gli occhi maschili scandagliarmi con troppa minuziosità. Continuai imperterrita a camminare, quando avrei voluto solamente alzare il dito medio e gridare di guardare la carne in bella mostra che di certo non mancava. Ovunque la gente rideva, buttava indietro la testa. Scorgevo mani che si cercavano, corpi che si sfioravano.

Feci un respiro profondo, accantonai tutti i pensieri negativi, e girai per il Clift, gli occhi puntati come un falco alla ricerca di *lui*.

Accettai un bicchiere di vodka da una delle cameriere mezze nude che servivano al piano terra e buttai giù un lungo sorso. Alcol e un cuore spezzato da adolescente erano un binomio che mi avrebbe cacciata nei guai.

Due bicchieri dopo, infatti, mi si avvicinò un uomo arrapato. "Ciao, piccola." Odiavo essere chiamata piccola. "Che ne dici di una festicciola privata... più intima?"

"Non faccio più quelle cose" risposi, togliendomi di dosso la sua mano rozza che voleva cingermi la vita.

"Ho i soldi." Si fece più vicino e una zaffata di alcol mi colpì al volto.

"Credimi, non basterebbero" replicai. Mi guardai attorno alla ricerca di Christopher. Dannazione, mi aveva cacciata lui in quella situazione da film porno dozzinale ed era sparito.

"Vuoi fare la preziosa?" Nonostante la maschera che gli celava il volto, era impossibile non scorgere la bramosia nei suoi occhi che ora indugiavano troppo a lungo sulle mie labbra per poi scendere sulle gambe.

Oddio, stavo per vomitare.

"Lascia stare la ragazza." Registrai una voce minacciosa, tipo un rombo di tuono, poi una mano grossa come una mia coscia calò sulla spalla di Tizio Ubriaco e lo fece volare via. Un gigante dalla pelle caffellatte guardò in cagnesco l'arrappato che se ne andò intimorito e senza obiezioni.

Indietreggiai anch'io, intimidita, quando il suo sguardo tornò su di me. "Me ne stavo andando."

"Non te ne vai da nessuna parte. Sei la tipa mandata da Karl?"

Riuscii solo a negare debolmente con la testa, troppo spaventata da quella bestia in smoking. Era plausibile credere che non avesse mai sorriso in vita sua. Dio, era mai stato bimbo?

Ma Frantumaossa continuò imperterrito, senza battere ciglio. "Devi andare nel camerino, fra cinque minuti c'è il tuo spettacolo."

La nausea aumentò.

Con una presa decisa mi ritrovai trascinata in una stanza che funzionava da camerino. Due ragazze mezze nude si stavano cambiando e parlavano fra di loro, forse in russo.

"Tu sei Dixie?"

Mi voltai, i nervi tesi che la vodka non aveva allentato. Una tipa bellissima, inguainata in un bikini di strass, mi stava guardando con cipiglio.

"Questo è il costume di scena, cambiati che fra cinque minuti sei sul palco!"

"Non sono Dixie" protestai, rifiutando di prendere il minuscolo pezzo di stoffa che mi porgeva.

"E io non ho tempo di correre dietro alla preferita del capo." Con stizza mi infilò fra le mani un costume con i colori della bandiera americana e uscì dal camerino, lasciandomi sola con Frantumaossa.

"Cinque minuti" ringhiò lui.

Trecento secondi dopo ero una bandiera vivente, con la mia misera seconda di seno contenuta in un reggiseno di pailettes, le chiappe che facevano capolino dal filo interdentale che indossavo come mutande.

Ora stavo per vomitare e crollare. Le gambe mi tremavano per la strizza e la vodka che stava facendo effetto a stomaco vuoto. Al di là del paravento sentivo gli uomini della festa fischiare e gridare. Milioni di occhi erano puntati sul palco centrale, dove io, Dixie dal Texas, avrei dovuto esibirmi come numero speciale della serata.

Mi voltai sperando che il bodyguard se ne fosse andato, così da svignarmela, ma lui era ancora appoggiato a braccia conserte contro la porta. Non era il caso di far innervosire quella bestia e tantomeno Petroski se non volevo finire con il corpo cosparso di sangue e l'indomani sulla prima pagina di cronaca del giornale. Non potevo permettere che Bob del settantanovesimo piano mi scrivesse un necrologio dozzinale.

Le due spogliarelliste salutarono la folla ed entrarono nel camerino. Mi lanciarono un'occhiata di scherno e sorpresa allo stesso tempo. Non avevo un fisico da modella. Le lezioni di yoga e pilates sicuramente erano servite per tonificare il corpo, ma con la mia corporatura spigolosa e magra assomigliavo più a uno stuzzicadenti.

Sbirciai dal paravento. Le luci si erano abbassate fino a lasciare un unico faro puntato al centro e il palcoscenico non mi era mai sembrato così grande. O forse era il terrore a farmi sentire minuta e vulnerabile, inghiottita dal quel mostro rialzato dal pavimento. L'unico palco che avessi mai frequentato era quello delle recite scolastiche e per ultimo quello di Berkeley il giorno della laurea.

"Devi uscire." Sussultai e mi voltai. La bestia era alle mie spalle, l'aria minacciosa albergava nei suoi tratti.

"Credo di non sentirmi bene, non possiamo dire al tuo capo di aspettare ancora un altro minutino?"

"Petroski non aspetta."

"Ho l'ansia da prestazione, mi capita raramente. Ma quando succede, ho dei veri attacchi di panico e finisco per vomitare. Non credo che Petroski lo apprezzerebbe, se rovinassi la serata."

"Ora." Indicò con un dito grosso come la mia mano il palcoscenico, mentre i primi accordi di *Sex with me* di Rihanna esplodevano dalle casse del locale. Dixie non era una fan dello yodel texano.

Presi un ultimo respiro profondo, sistemai il costume e con mani tremanti aggiustai la maschera sul viso per salvarmi almeno la faccia. La sensazione di disagio allo stomaco era solo peggiorata, il cuore martellava furioso nel petto e l'adrenalina scorreva alla stessa velocità con cui veniva servito l'alcol al Clift.

Lasciai il mio nascondiglio dietro il paravento e mi concentrai solamente sul palo davanti a me.

Mira al palo, ragazza!

Non distogliere gli occhi da quel dannato palo!

Accampai una camminata con una parvenza di sexy, con la mano sul fianco e le chiappe che sculettavano al ritmo della canzone. Dio, non avrei mai creduto di finire attorniata da uomini arrapati che sognavano di togliermi le mutandine! Era troppo chiedere una serata un po' più... classica?

Afferrai il palo di ottone con la stessa intensità con cui Jack si era aggrappato alla zattera del Titanic e abbozzai quello che doveva essere un passo sensuale di danza, augurandomi che la canzone fosse la più breve nella discografia di Rihanna.

Con lo stomaco sottosopra, lanciai una fugace occhiata davanti a me. Fortunatamente il faro era puntato dritto sul mio viso, impedendomi di vedere tutti gli sguardi che cadevano sulla mia figura.

Qualcuno però, da sotto il palco, iniziò a mormorare di disapprovazione, chiedendo di più. Mi arrivò pure qualche fischio e non di apprezzamento.

Chiusi gli occhi, cercando di dimenticare dove mi trovassi, e iniziai a dimenarmi immaginandomi nel mio salotto durante una puntata di *Dancing with the Stars*. Eseguii alcune mosse che sembrarono calmare gli animi – e gli ormoni – degli uomini in sala. Danzai, mossi i capelli come se stessi girando una pubblicità di shampoo per capelli setosi, mi dimenai su e giù, lungo il palo, al ritmo martellante della musica che andava a tempo col mio cuore.

La canzone parlava di sesso e infiammò ancora di più la clientela selezionata da Petroski sotto il palco. Sentivo i loro sguardi penetrarmi la carne, andare oltre la barriera del costume. Non mi ero mai sentita così esposta e sporca in vita mia. Non riuscivo a scuotermi di dosso quella sensazione viscida che si stava facendo strada sul mio corpo.

Per fortuna la canzone terminò e potei fuggire via dal palco, ma le luci si riaccesero all'improvviso, tanto da accecarmi momentaneamente, o forse vacillai per un altro paio di occhi che si posarono su di me.

Due occhi color giada che nemmeno la maschera riuscì a nascondere alla mia vista.

Due occhi che avevo incrociato per l'ultima volta quando avevo diciassette anni.

Quando si soffermarono sulla mia figura, sentii piombarmi addosso il peso di tutti quei dieci anni passati lontani. Il mio corpo tornò a ricordare com'era sentirsi guardati in quel modo.

Il tempo si mise in pausa.

Io mi fermai.

Solo il mio cuore sembrava volesse uscire dal petto.

Non riuscivo a credere a quello che vedevo.

Qualcuno da dietro il paravento fece il nome di Dixie, ricordandomi che lo stavo ancora fissando imbambolata, senza battere ciglio. Mezza nuda, con uno striminzito bikini da pornostar.

Non poteva avermi riconosciuto!

Fuggii via dietro le quinte, senza mai voltarmi indietro, col respiro spezzato e il corpo che tremava.

Nemmeno nascosta nel camerino, però, mi sentii al sicuro.

Resilienza
/re·si·lièn·za/
Sostantivo femminile
In psicologia, la capacità di un individuo di affrontare e superare un evento traumatico o un periodo di difficoltà.

Desiderio

Capitolo 3

Il sole stava calando ormai all'orizzonte e i raggi dorati si riflettevano sulla baia, con l'odore della pioggia che impregnava ancora l'aria.

Chiusi gli occhi, ascoltando *Like a rolling stone* provenire attutita dalla finestra della cucina lasciata aperta. Sicuramente mia madre stava preparando la sua imperdibile crostata di mele e cannella per gli ospiti della locanda.

Seduta sul pontile, allungai le punte dei piedi scalzi per sfiorare l'acqua del fiume con il mio inseparabile quaderno sulle ginocchia. Le mie dita sembravano impazzite, ma amavo scrivere, non c'era momento in cui mi sentissi meglio con me stessa. Non ero mai stata brava con la dialettica, le parole mi rimbalzavano continuamente sulla lingua e trovavo libero sfogo solo con un pezzo di carta e una penna.

Fu un aeroplanino di carta che planò a un soffio dal blocco degli appunti a distogliermi dal mio mondo e a riportarmi alla realtà.

Gli angoli della bocca volarono subito verso l'alto.

Chase.

Con mani tremanti aprii l'origami e le punte delle mie dita accarezzarono le curve e le linee decise della sua calligrafia. *Desiderio.*

Impugnai la macchina fotografica di mio padre che portavo sempre con me e puntai l'obbiettivo su di lui che si stava avvicinando lentamente sulla banchina. Appena il suo volto fu a fuoco sul mio obbiettivo, sentii un lungo brivido percorrermi tutto il corpo.

Eccolo lì, *lo sguardo*. Quell'espressione solo mia che tanto amavo e che mi faceva battere furioso il cuore: il soffio di un sorriso sulle labbra, gli occhi addolciti e il fuoco che divampava in quelle profonde pozze verdi solo in mia presenza. Chase Allen per molti era un libro scritto in una lingua strana, una lingua fatta di silenzi, mezzi sorrisi e scarabocchi sulla pelle. Invece per me Chase era un libro che mi riservava sorprese continue, pagina dopo pagina. Un libro da assaporare fino all'ultimo capitolo per poterne cogliere la completa essenza.

Posai la macchina fotografica sulla banchina e l'aria divenne più pesante, vibrante di energia come prima di un temporale, quando Chase si sedette al mio fianco.

Era una sensazione nuova ma sempre più frequente. Nonostante lo conoscessi da quando non avevo ancora il seno, la sua sola vicinanza ora mi procurava tremori, sfarfallii allo stomaco e la bocca asciutta. Il mio corpo reagiva. E, dannazione, era come vivere tutti quei cliché che trovavo tra le pagine dei miei romanzi preferiti e che adoravo.

"Cosa abbiamo qui?" Una mano dipinta d'inchiostro piombò su di me e mi portò via il quaderno dalle ginocchia. Rabbrividii quando il suo braccio sfiorò il mio.

"Nulla. Ridammelo" bofonchiai cercando di portarglielo via, ma lui stava già leggendo i miei appunti.

Sospirai, imbarazzata e allo stesso tempo curiosa di conoscere la sua opinione. Colsi l'occasione per abbeverarmi della sua figura. La luce del tramonto serpeggiava tra i suoi capelli castani, le lunghe ciglia curvavano all'insù e una piccola ruga gli solcava la porzione di pelle tra le sopracciglia per la concentrazione con cui stava leggendo. Indossava dei jeans consumati sulle ginocchia, una felpa con il cappuccio e delle Converse nere.

"*Peanut*?"

"Sì?" La sua voce mi riscosse. Un mezzo sorrisetto fece capolino sulle sue labbra, tronfio per avermi colto a fissarlo come una allocca. Cosa che capitava molto spesso ultimamente nel mondo di Autumn.

"Questa è la cosa migliore che tu abbia mai scritto finora." Scosse la testa, ripetutamente. Sembrava... orgoglioso.

"Davvero?"

"Hai un dono, Autumn. Ricordatelo!"

Arrossii in imbarazzo. Se c'era una persona che credeva in me, quella era Chase. "Lo pensi davvero?" chiesi con un nodo allo stomaco.

"Un giorno i tuoi libri saranno sulle vetrine di tutte le librerie. Autumn Reese, autrice bestseller del New York Times."

Lo colpii divertita sul braccio e mi ripresi il quaderno dove avevo appuntato i primi capitoli che raccontavano la storia d'amore proibita di due innamorati separati dalla guerra. Un amore che sarebbe durato negli anni, contro le avversità, contro le distanze. Più forte di tutto. Insomma, un amore da romanzo rosa.

Sollevai la testa dalla mia calligrafia. Chase continuava a guardarmi negli occhi e in quel momento dissi a me stessa che lui avrebbe fatto parte del mio capitolo finale. Nonostante fossimo giovani, il nostro amore sarebbe sopravvissuto a qualsiasi intemperia come i fossili inglobati nelle rocce per milioni di anni.

Di slancio mi allungai su di lui e posai le mie labbra sulle sue. Dapprima sorrise, percepivo il contorno del suo sorriso sulla mia bocca. Poi fece scivolare la mano sulla mia nuca e un attimo dopo Chase Allen mi stava baciando.

Un bacio delicato, poi tenero e deciso allo stesso tempo. Infilai le dita fra i suoi capelli e risposi al suo ardore con lo stesso impeto, incurante che mia madre potesse coglierci in flagrante da un momento all'altro.

Le nostre bocche si muovevano allo stesso ritmo, assaggiando, esplorando. Ricordai il nostro primo bacio, all'Harbor Fairy Festival. Ero impacciata e insicura. Malgrado tutti i consigli delle mie amiche, avevo baciato solo il poster di Leonardo Di Caprio appeso in cameretta vicino al letto. Ma quel pomeriggio d'ottobre, con l'aria pungente d'autunno sulle guance, scoprii che baciare Chase Allen era bellissimo.

"Autumn, la cena è in tavola!" gridò mia madre dal portico, interrompendoci.

Dopo la morte di mio padre, gestiva da sola il Lullaby Inn, il bed & breakfast di famiglia. Eravamo abituate a mangiare prima per poter poi preparare la sala da pranzo e servire gli ospiti della struttura.

"Ancora cinque minuti" gridai senza mai distogliere lo sguardo da Chase. Aveva la fronte appoggiata alla mia; era così vicino che potevo scorgere le pagliuzze color ambra nei suoi occhi chiari.

"Stasera ti vengo a prendere?" mi disse piano. Poi si ritrasse un po' per vedermi in viso. "Devi lavorare da Joe?"

Scossi la testa, con l'emozione che annegava tutte le parole che spingevano per uscire dalle mie labbra. Le mie mani erano salde sulla sua maglietta, il quaderno ormai scivolato via dal mio grembo per finire sulla banchina di legno.

"Okay. Passo a prenderti alle nove" bisbigliò.

Si alzò in piedi e un senso di vuoto mi pervase subito. Non abbassai mai gli occhi dalla sua figura che si allontanava; nemmeno il suo corpo che acquistava muscolatura giorno dopo giorno mi distrasse. Neanche le linee intricate d'inchiostro che risalivano il suo braccio come un serpente.

Come avrei fatto quando lui sarebbe stato in giro per il mondo per diventare il numero uno del motociclismo? Non avevo idea di come avrei potuto vivere anche un solo giorno lontano da Chase.

Il centro dei miei pensieri si voltò e sembrò intuire il mio turbamento, perché a metà pontile tornò indietro, s'inginocchiò e mi prese il viso fra le mani, baciandomi intensamente e a lungo. Come se con quel bacio volesse spazzare via tutte le mie paure.

La sentiva anche lui, la nostra felicità traballare?

"Ti amo" dissi sulle sue labbra alla fine.

"E fai bene" sorrise lui.

Attesi di sentire quelle due paroline magiche uscire dalla sua bocca, ma non successe. Non me l'aveva ancora detto. In risposta mi prendeva sempre la mano, intrecciava le nostre dita e con il pollice mi disegnava all'interno del polso il simbolo dell'infinito. Come stava facendo in quel momento: mi accarezzava la pelle proprio lì, dove batteva il cuore. Era il suo modo di dirmi che quello che c'era fra di noi, quella sensazione come se il cuore stesse per esplodere fuori dal petto, sarebbe durato per sempre.

"Sbruffone" lo canzonai.

Chase storse la bocca in un altro mezzo sorriso e si avviò verso casa sua, girandosi ogni tanto e camminando all'indietro, con le mani nelle tasche dei jeans. "Si innamorano tutte del cattivo ragazzo nei libri che ami tanto leggere" rispose strappandomi una risata.

Quando scomparve alla mia vista, stavo ancora tracciando i contorni della bocca con le dita.

"Autumn Lily Rose! A tavola!" gridò di nuovo mia madre, ma non registrai le sue parole. Ero sognante e... felice.

"Per sempre" mi ripetei, ignorando le nuvole nere e minacciose che incombevano su Blue Harbor.

Per sempre.

Un limite di tempo per il quale Chase non aveva lottato.

"Porca vacca!"

Stavo seguendo con i polpastrelli i contorni dell'infinito che mi ero stupidamente tatuata sul polso da ragazza, quando Christoph mi trovò mentre vagavo all'interno del Clift, di nuovo vestita. Sussultai, colta alla sprovvista.

"Chi l'avrebbe mai detto che nascondevi tutte quelle curve sotto i vestiti castigati con cui ti presenti sempre al lavoro?"

"Davvero? È tutto quello che hai da dire?"

"Sei disinvolta sul palo?"

Lo incenerii con lo sguardo. "Non devi fiatare con anima viva. Quello che è successo su quel palco resterà dentro questo locale." Mi passai nervosa le dita fra i capelli, l'adrenalina scorreva nelle vene a grande velocità. "Dove ti eri cacciato?"

"Ero con Petroski, mi ha presentato Allen."

"Merda" pensai. Purtroppo l'imprecazione non era rimasta nella mia testa, la dissi proprio ad alta voce guadagnandomi un'occhiata di sbieco da Chris. "Sei riuscito a sapere qualcosa? Hai scattato qualche foto?" chiesi, guardandomi intorno come una nevrotica e sfregandomi le braccia. Avevo l'impressione che tutti mi stessero fissando e dopo lo spettacolino di poco prima dovevo cercare di tenere un profilo basso. Anche se in quel momento sembravo una donna affetta da qualche disturbo ossessivo compulsivo.

"Ci siamo a malapena presentati perché sul palco è apparsa Dixie dal Texas e non sono più riuscito a staccare gli occhi dalla mia collega che dimenava le chiappe davanti a tutto il Clift."

"Mi hai lasciato nelle grinfie di Frantumaossa."

"Chi?"

"Lascia stare, è stata una scena pietosa." Emisi un lungo respiro, la testa mi pulsava in un mix micidiale di vodka, adrenalina e musica a tutto volume. "Ho bisogno di andare in bagno per rimettermi un attimo in ordine."

"Vengo con te."

"No, sto bene. Siamo qui per portare a casa un'esclusiva. Vai da Petroski e cerca di avvicinare di nuovo Allen, io ti raggiungo dopo."

"Autumn..."

"Va'!" Lo presi per le spalle e lo spinsi verso il bancone.

Non avevo bisogno di andare in bagno, in realtà non scalpitavo dalla voglia di trovarmi davanti al fantasma del mio passato. Prima dovevo chiamare a raccolta tutte le emozioni che si stavano riversando dentro di me e tornare la reporter professionale e distaccata di sempre.

Ancora in imbarazzo, attraversai il lungo corridoio con la sensazione di pizzicore alla pelle che non mi abbandonò mai, nemmeno al sicuro delle quattro mura dei bagni delle donne. Mi rinfrescai il viso, passai le mani fra i capelli e rimisi al suo posto la maschera.

Quando uscii notai le due spogliarelliste che si erano esibite sul palco prima di me entrare da una porta sul retro e decisi che avevo bisogno di una pausa sigaretta. Anche se non fumavo.

Raggiunsi l'uscita secondaria, spinsi la porta e immediatamente fui investita in pieno viso dall'aria frizzante della notte.

Mi sedetti su un gradino lontano dal fermento del party, la schiena contro il muro di mattoni. Mi tolsi la maschera e abbandonai la testa all'indietro per guardare il cielo. In quel letto d'inchiostro che faceva capolino sopra di me, non brillava nemmeno una stella. Non ne vedevo da anni, da quando avevo lasciato Blue Harbor.

Feci un lungo respiro e chiusi gli occhi. Per la prima volta, in quella serata, tornai a respirare regolarmente, a pieni polmoni. Le parole delle canzoni erano ovattate, l'aria gelida spazzò via i ricordi di me e Chase su quel maledetto pontile, e lasciai che la notte mi nascondesse dagli sguardi curiosi della gente. Non ero una donna debole, ero sempre stata quella forte, indipendente, che combatteva le sue battaglie giornaliere per diventare un giorno una firma importante nel mondo del giornalismo o della scrittura. Chase Allen non era ancora ritornato nella mia vita, ma mi era bastato vederlo pochi secondi perché mi mettesse sottosopra. Dovevo calmarmi e riprendere il controllo della mia testa e del mio corpo.

Mi asciugai con stizza una calda lacrima che mi bruciò sulla pelle come una fiamma, quando la porta si aprì. Mi raggiunsero subito i suoni e la musica dall'interno, spezzando l'incantesimo. Istintivamente mi spinsi ancora di più contro il muro, quasi a voler scomparire da lì.

Non appena il battente si rischiuse e calò nuovamente il silenzio, l'aria si caricò come prima di un temporale. Avvertii subito la sua presenza. Lo sentii al mio fianco, ancora prima che parlasse.

"*Peanut.*"

Una voce roca, grave, con un lieve accento del Sud mi riverberò nel petto. Una voce proveniente direttamente dai miei peggiori incubi e dal mio passato, e che a distanza di dieci anni riusciva ancora a mandarmi in subbuglio lo stomaco e a farmi tremare le gambe.

Abbassai la testa e portai lo sguardo sulla figura alla mia destra.

Sei qui.

Chase Allen era al mio fianco, catapultato a San Francisco direttamente dal mio passato.

Trattenni un gemito e cercai di alzarmi, puntando dritta alla porta. Ma lui fu più veloce, mi tenne ferma per il braccio e s'inginocchiò, fino a trovarci faccia a faccia.

Di nuovo.

Come altre innumerevoli volte in un tempo lontano.

Troppo lontano, ma non abbastanza per dimenticare.

Il respiro mi si mozzò e fissai attonita la sua mano stretta sulla mia pelle. Nonostante fosse buio, riuscii a intravedere la scritta *life* tatuata sulle dita fatta assieme da un piccolo tatuatore di Charleston. Nuovi tatuaggi gli marchiavano la pelle e risalivano lungo il braccio fino a scomparire sotto la manica di una camicia nera arrotolata.

I miei occhi lasciarono la sua presa e trovarono quelli di Chase. Non era più il ragazzo che ricordavo. L'adolescente alto e magro che si annunciava con un aeroplanino di carta era stato inghiottito da un uomo muscoloso e dal fisico tonico che intravedevo sotto il tessuto. Volevo darmi una sberla per la stupida reazione del mio corpo. Per fortuna ero già seduta, perché mi sentii cedere le ginocchia. Non lo vedevo da così tanto tempo da essermi dimenticata quanto fosse bello.

Cercai di placare l'attrazione che provavo per quel viso spigoloso e dall'aria misteriosa, ricordandomi il nostro passato. Strattonai il braccio e fuggii dalla sua stretta.

"*Peanut*" ripeté con una voce più roca e profonda di come la ricordavo. Quel nome che non sentivo da tanto tempo e sillabato dalle sue labbra mi colpì al petto come una cannonata. Chase inspirò a fondo, chiuse gli occhi e li riaprì, come se anche lui stesse combattendo una personale battaglia interiore. "Sei tu. Sei proprio tu."

Il mio mondo era ancora fermo, come la mia lingua.

"Non riuscivo a credere ai miei occhi quando ho capito che Dixie del Texas eri tu."

Mi alzai, cercando di ritrovare un po' di dignità, visto che mi aveva riconosciuta sul palco.

Tornai a guardare Chase e, Dio, il suo sguardo! Era così intenso che pensavo potesse scorgermi l'anima, come sempre. Il mezzo sorrisetto che mi stava rivolgendo mi colpì come un taser puntato dritto al cuore.

"Sono felice di rivederti" continuò.

"Io no" riuscii finalmente a parlare. "Non ti vorrei vedere nemmeno in cartolina" precisai con una stretta al cuore.

Il suo sorriso si trasformò in una linea retta e un'aria gelida mi avvolse. Chissà perché ero sicura non dipendesse dalle temperature notturne di San Francisco. Incrociai i suoi occhi appena nascosti dalla maschera e anche al buio potei leggerci dentro rabbia, determinazione e forse una scintilla di dolore.

"Credevo avessi lasciato Blue Harbor per cambiare vita, ma non pensavo fino a questo punto." Piegò la testa verso il club, alludendo allo spettacolino di prima. Colsi anche un guizzo di disapprovazione nel suo tono di voce.

"È troppo tardi per preoccuparti per me, mi hai mandato al diavolo un bel po' di tempo fa" ribattei, fiera di avergli risposto per le rime. Davvero credeva di avere una conversazione con tè e biscottini, come se negli ultimi dieci anni la sua faccia non fosse stata il centro del mio tiro al bersaglio?

Sembrava che le mie risposte secche lo divertissero, perché piegò la bocca in un altro mezzo sorriso. Avevo ottenuto un sorriso intero da Chase nell'arco di soli cinque minuti! "Mi hai preso in parola, sembra."

"Senti, Chase, non facciamo i sentimentali. Se invece sei interessato al listino prezzi del Clift puoi chiedere a Petroski di farti un buon prezzo con una delle sue punte di diamante. Io ho finito per stasera, stavo per staccare."

"Non riesci proprio ad avere una conversazione civile con me? Dopo tutti questi anni?"

"Appunto perché sono passati dieci anni" replicai rimettendo al suo posto la maschera, "non ho intenzione di ripercorre il viale della disperazione con te."

Chase abbassò lo sguardo e si passò le dita fra i capelli. "È tutto quello che hai da dirmi? Dopo tutto questo tempo?"

"Hai ancora i capelli" commentai con una punta di ironia nella voce, solo per infastidirlo. Che stronzo! Avrei potuto elencare un intero file word di epiteti contro di lui, ma non gli avrei dato quella soddisfazione. "Non ho passato l'ultima decade in analisi, se ti può far sentire meglio" risposi.

Lui contrasse la mascella. Anche al buio vidi i lineamenti del suo viso irrigidirsi, era arrabbiato. Bene!

Fece un passo in avanti, venendomi vicino. Troppo. Sentivo il suo profumo intossicarmi e annebbiarmi la mente. In quel momento mi sembrava ancora più alto, mi sovrastava e mi faceva sentire in difetto. Inoltre, sotto la camicia potevo scorgere i muscoli definiti del suo petto. Stronzissimo, non doveva essere così figo!

"Non possiamo..."

"Non azzardarti nemmeno a finire la frase." Lo superai ma, prima che afferrassi la maniglia, Chase mi aveva già bloccata per il polso. La sua pelle dipinta come una tela, con quelle pennellate imperfette di colore, era in netto contrasto con il mio incarnato diafano.

La bocca mi divenne asciutta.

Restai immobile, dandogli le spalle. Il calore delle sue dita si diffuse dentro me come lava e mi si spezzò il respiro quando con la punta del pollice accarezzò l'interno del mio polso, proprio lì, dove batteva il cuore e il simbolo di un vecchio per sempre mi marchiava la pelle.

Lo vidi spalancare gli occhi, sorpreso. Seguii il suo sguardo: stava fissando, colto alla sprovvista, il mio piccolo tatuaggio.

"Lasciami andare, Chase" mormorai con un filo di voce. Mi costava una gran fatica pronunciare ogni singola parola. Odiavo sentirmi impotente. Odiavo che fosse lui a farmi sentire inerme.

"Peanut..." Aveva il respiro corto come il mio.

"Smettila di chiamarmi in quel modo!"

Strattonai il polso nello stesso istante in cui si apriva la porta sul retro: Christoph ci guardava confuso, i suoi occhi saettavano da me a Chase.

"Autumn, ti stavo cercando. Stai bene?" Alzò le sopracciglia, guardingo.

"Certo" risposi con un finto sorriso. Ero diventata brava a raccontare balle dopo dieci anni di allenamento. Presi Chris sottobraccio e lo trascinai all'interno del Clift. "Da questo momento smettila di essere palesemente gay e, per l'amor di Dio, fingiti il mio ragazzo" gli sussurrai sottovoce.

"Scusa?"

"Per stasera immaginami come Ryan Gosling e usa uno di quei nomignoli diabetici da coppietta innamorata."

Sentivo il peso dello sguardo di Chase alle mie spalle. Lanciai un'occhiata indietro e, Dio, se era bello. Completamente vestito di nero sembrava un agente segreto o un angelo dannato, uno di quei tipi pericolosi che fanno i lavori sporchi per qualche malvivente. Quando i nostri occhi si scontrarono, attraverso le maschere, registrai la sua bocca piena ma virile allo stesso tempo piegarsi in un sorriso e il centro del mio corpo trasalì. Quando aveva imparato a sorridere così dannatamente bene?

Camminai impettita verso l'area vip, lasciandomi avvolgere dal calore e dai rumori del locale. Avevo il cuore nelle orecchie per la rabbia.

"Stai bene?" mi richiese Christoph.

"Sto bene" risposi, ma *bene* in quel momento significava che non stavo affatto alla grande. Afferrai un bicchiere al volo da un vassoio e mandai giù un lungo sorso di vodka. Mi sarei pure ingozzata con l'intero menu di Shake Shak in quel preciso istante.

Il mio collega si appoggiò al bancone, alzò una mano per ordinare un drink al barman e poi tornò a fissarmi. "Eri sul retro con Chase Allen, *coccolina*."

Posai gli occhi sullo stronzo qualche passo più in là, appoggiato al bancone nella classica posa da spaccone, in compagnia di alcuni uomini. "Sì, ero rimasta bloccata fuori sul retro. Per fortuna *qualcuno* mi ha trovata" mentii.

Christoph seguì il mio sguardo. "Credevo rimanessi incinta di suo figlio solo da come ti guardava."

Colsi l'occhiata che Chase mi stava lanciando dal fondo del banco e nascosi il viso dietro il bicchiere. Non potevo invece celare la pelle d'oca che il suo solo sguardo mi provocava.

"Ti spiace se chiamo un Uber e me ne torno a casa?"

"Per i tacos?" mi canzonò.

"Sì, non vorrei vomitare al centro del locale. Ho già dato spettacolo per stasera."

"Vuoi che ti accompagni?"

"No, resta pure. Cerca di scattare delle foto con il telefonino e di carpire qualche informazione sull'ospite della serata. Non credo che Stacey sarà troppo contenta domani mattina se ci presentiamo in redazione a mani vuote." Dio, quella terrorista della mia capa mi avrebbe licenziata seduta stante l'indomani.

Mi chinai su Christoph e gli diedi un bacio all'angolo delle labbra, gli occhi però puntati sullo Spaccacuori. Non sapevo perché mi stessi comportando come una bambina, o forse sì. Secondo la mia psicologia spiccia, volevo far ingelosire il primo ragazzo che mi aveva spezzato il cuore. Doveva vedere con i suoi occhi che stavo bene. Anzi, benone. Alla grande!

Lo sguardo di Chase stava scrutando il mio viso come se volesse memorizzare tutti i miei lineamenti. Mi persi un po' troppo a lungo a studiare la mascella decisa, gli zigomi più pronunciati, la bocca piena e quel filo di barba... mio Dio, era un chiaro invito a farvi scorrere sopra i polpastrelli.

Le luci nel locale si abbassarono per annunciare un nuovo spettacolo e ne approfittai per andarmene, essendo entrato in gioco il mio spirito di autoconservazione.

Uscii e mi fermai poco distante lungo il marciapiede, aspettando l'auto. Mi strinsi le braccia al petto quando una folata di vento si insinuò sottopelle, lo stesso posto in cui si era insinuato l'uomo che mi raggiunse poco dopo.

"Ti devo chiamare Dixie o Autumn?"

"Chase..." sussurrai senza guardarlo, gli occhi puntati sulla strada. "Spero tu non mi sia corso dietro per farmi parlare."

"Dio, è strano vederti qui, a San Francisco." La sua voce era tormentata.

"È la *mia* città" rimarcai, pregando arrivasse il taxi.

"Mi sei mancata."

Tre semplici parole.

Una miriade di sensazioni.

Su tutte prevalse la rabbia. Cieca e furiosa rabbia.

Mi voltai per affrontarlo senza menarlo e prenderlo a borsettate. "Davvero? Ti sono mancata tra un gran premio e l'altro, mentre vincevi e festeggiavi con l'ombrellina di turno? Riesco a immaginarti disperato mentre senti la mancanza della timida e stupida Autumn di Blue Harbor."

Assunse un'aria ferita, quasi tradita. "Non mi credi."

"Mi riesce difficile, sì."

Lui avanzò e per poco non caddi dal marciapiede a furia di arretrare. L'aria si era riempita di una fortissima energia. "Non volevo ferirti, quel giorno, su questo devi credermi. Non volevo nemmeno che si creasse una distanza fra di noi."

"Senti, Chase, lascia stare. È successo diverso tempo fa e non ho passato gli ultimi anni a straziarmi per te. Come vedi sto bene."

Mi pentii immediatamente di aver pronunciato quelle parole perché i suoi occhi saettarono lungo tutta la mia figura con la minuzia di una radiografia. Accarezzò con lo sguardo le linee spigolose del mio corpo fasciato in un misero abito, si soffermò troppo a lungo sulle mie labbra e poi ritrovò il mio volto. Io trattenni il fiato per tutto il tempo.

"Sei splendida." L'ardore in quelle parole e nelle sue pozze verdi mi costrinse a chiudere gli occhi.

"Esco con una persona" replicai, seguendo il capitolo due della mia psicologia spiccia. Lo vidi stringere gli occhi come se volesse penetrarmi fin dentro l'anima.

"Dio, con quel tizio là dentro? Davvero?"

Lo ignorai.

"Mi sembra leggermente... gay" continuò. In un altro momento avrei riso. "Ne sei innamorata?"

"È l'uomo giusto per me" risposi, omettendo di proposito di dire che il mio ragazzo si chiamava Byron ed era palesemente etero.

"Io però ti ho chiesto se lo ami." Mi guardò dritto in faccia, la testa piegata appena di lato, come se cercasse di leggere nelle mie iridi tutte le cose che non dicevo.

Alzai il mento in segno di sfida e, quando i nostri occhi si trovarono, fu come essere catapultati indietro nel pianale del suo pick-up a guardare le stelle e a esprimere desideri, quando tutto quello che volevo in realtà era già al mio fianco.

"Sì" risposi con un sussurro.

Chase si avvicinò e abbassò la testa. Credevo che volesse baciarmi o toccarmi, prendermi la mano. Ci fissammo per qualche secondo che parve un'eternità. Il suo fiato caldo mi accarezzava le labbra, provocandomi una serie di brividi lungo il corpo. Eravamo l'uno di fronte all'altra e per la prima volta, dopo dieci anni, non avevo la minima idea di cosa stesse pensando in quel momento. Era un completo estraneo, per me.

Deglutii a fatica, ma non abbassai mai lo sguardo. Quello forse era il momento giusto per rinfacciargli quanto dolore mi avesse arrecato. Il momento di essere coraggiosa, di riaprire la vecchia ferita ed essere brutalmente onesta con lui.

Invece nessuno dei due parlò e, nell'istante in cui il mio Uber arrivò, lui girò sui tacchi e scomparve dentro il Clift senza aggiungere una parola.

"Bravo, scappa ancora" mormorai con un filo di voce. "Scappa pure, stronzo!"

Salii in macchina e crollai sul sedile, lasciando finalmente entrare l'aria nei polmoni. *Era stato intenso.*

Il mio cellulare vibrò nella borsa richiamando la mia attenzione e, quando lo trovai, notai che avevo diversi messaggi e chiamate da Byron.

"Passa da me, stanotte" mi aveva scritto nell'ultimo sms.

"Finirò tardi" digitai. "Vai a dormire, ci vediamo domani."

Silenziai il telefonino e lo misi via, chiedendomi perché mi fossi sentita più elettrizzata in pochi minuti passati con Chase che al pensiero di passare la notte con il mio ragazzo.

One More Page

Post del blog

È impagabile la sensazione che si prova quando l'uomo che ti ha spezzato il cuore (sì, proprio lui, Lo Spaccacuori) ricompare nella tua vita quando tu sembri appena uscita da una sfilata, pettinata, truccata, vestita e non sei semplicemente carina. No, sei una dea. IMPAGABILE!

Desiderio

/de·si·dè·rio/

Sostantivo maschile

Dal latino: desiderium, composto di de e sidera. La mancanza delle stelle.

Negazione

Capitolo 4

I postumi della serata si trascinarono fino all'indomani. Avevo le palpebre pesanti quando mi presentai al lavoro come una sfigata depressa perché, anziché dormire, avevo passato tutta la notte sveglia, fino alle prime ore dell'alba, a fissare il soffitto della mia camera, scandagliando con minuzia ogni dettaglio della serata al Clift. O forse *qualcuno*.

Arrivai in ufficio accolta dal solito trambusto di redazione. Telefoni, fax, dita che schizzavano impazzite sulle tastiere. Scorsi Amanda che litigava con una fotocopiatrice.

"'Giorno." Non mi sforzai nemmeno di stamparmi un finto sorriso in faccia. Ero tentata di portarmi già uno scatolone da casa, tanto di lì a qualche ora, forse minuti, avrei dovuto svuotare la mia postazione e chiedere l'elemosina sotto gli uffici del giornale.

Christoph chiuse la copia di *Men's Health* e non feci in tempo a entrare nel mio cubicolo a misura di nano che lui si era già fiondato sulla mia scrivania con un bicchiere takeaway di Starbucks. La mia unica gioia della giornata.

"Cappuccino con zucchero di canna, latte di soia e senza cioccolato per te." Poi mi rivolse il più ampio dei sorrisi.

Lo fissai guardinga. "Brindiamo al nostro ultimo giorno di lavoro da Stars?"

Chris si guardò intorno con fare furtivo, poi chinò la testa come se volesse confidarmi un segreto. "Chase Allen è nell'ufficio di Stacey" gorgheggiò, il sorriso ora ancora più largo.

Aprii la bocca per replicare, ma non ne uscì alcun suono.

"Hai capito? Chase-maschione sexy-Allen è nell'ufficio di Terminator."

Mi lasciai sfuggire un gemito strozzato. Poi abbandonai le braccia sulla scrivania e ci seppellii la faccia. Per tutte le acque di Mosè! Se Stacey fosse venuta a sapere di me e Chase, sarebbe stata la fine! Dovevo arrendermi alla mia maledetta sfortuna.

Sollevai leggermente il capo. "È qui?" sospirai, e l'ufficio scomparve attorno a me. Oggetti, mobili, la cacofonia della città al di là del vetro.

Chris allungò la mano sul braccio. "Stai bene?"

"Sì" risposi debolmente.

"Sei diventata pallida. Non saranno ancora i tacos?" Mi lanciò un'occhiata di sbieco. Non era convinto nemmeno lui.

Annuii. "Come... Gli hai parlato dell'articolo?" chiesi.

"No, ieri sera non l'ho più rivisto nel locale, si è come volatilizzato. E questa mattina si è presentato in redazione. Ormai è chiuso nell'ufficio di Stacey da mezz'ora."

Afferrai la prima matita sottomano e la torturai con le dita. Chiusi gli occhi e cercai di regolarizzare il mio respiro. Editorial Queen non doveva assolutamente scoprire il mio coinvolgimento con Chase, men che meno se il cliente in questione veniva visto come la gallina dalle uova d'oro, il Salvatore di Stars, il Sacro Graal dell'editoria.

"Ci ha sgamato? Ti sei lasciato sfuggire qualcosa con Petroski?" gli domandai.

Lui alzò le mani, sulla difensiva. "Sono stato una tomba, ieri sera. Tranne quando ho spoilerato una stagione intera di *Downtown Abbey* a una delle ballerine, ma per il resto non ho fiatato."

Sentii un leggero bussare alla porta del mio ufficio e poi la voce concitata di Amanda. "Autumn..."

Alzai gli occhi e mi ritrovai di fronte l'ultima persona che mi aspettassi di vedere in piedi sulla soglia: Chase, con quella sua bellissima faccia da stronzo stropicciata. *Ma scherza?*

"C'è qualcuno per te" sussurrò trafelata la mia collega alle sue spalle.

La mia attenzione però era tutta per lui, che con la sua sola presenza aveva riempito anche gli atomi di quello spazio ridotto. Le pareti sembravano essersi ristrette, o forse ero solo io a essermi dimenticata come si facesse a respirare. Chase, dal canto suo, non mostrava nessun imbarazzo. Portava una semplice maglia nera, jeans slavati dello stesso colore e le immancabili scarpe da ginnastica. In ufficio non volava una mosca, come credevo in tutto il resto del piano. Non sentivo nemmeno più squillare i telefoni o i rumori dei tasti. Chris invece si picchiettava la matita sulle labbra e spostava lo sguardo da me a Chase, come se avesse pagato il biglietto per una partita di tennis.

Lo Spaccacuori avanzò nella stanza e mi sarei presa volentieri a schiaffi per la mia mancata prontezza di riflessi. Dannazione! Mi sembrava meno carino ieri sera, forse per le luci soffuse del Clift, forse per la mia sete di vendetta innalzata a livelli cosmici dalla vodka.

Mi persi a studiare il suo corpo muoversi con scioltezza all'interno del mio posto di lavoro: i miei occhi risalirono la vita stretta, le spalle larghe, fino a ritrovare due pozze verde acqua. Il mio cuore perse un battito nel rivedere il ragazzo che avevo amato con tutta me stessa nelle sembianze di un uomo. E pure sexy, purtroppo. Era diverso, era... più. Più alto, più muscoloso, più maturo. Alla luce del sole potevo vedere gli anelli a quasi tutte le dita, i nuovi tatuaggi che serpeggiavano sul braccio sinistro o i pantaloni che si tendevano a meraviglia sulle cosce.

Mi costrinsi ad alzare la traiettoria del mio sguardo. I capelli castani ora erano più lunghi, con un ciuffo ribelle che ricadeva disordinato sulla fronte. Un'ombra di barba gli ricopriva il mento, rendendolo dannatamente maschio.

Chase accennò un leggero saluto a Christoph, lo fulminò, mancava solo che ringhiasse. Dio, Chris era il più gay degli amici gay che avessi! Poi avanzò nella stanza, riportando i suoi occhi su di me. Quelli invece erano ancora come me li ricordavo, forse perché tormentavano ancora i miei sogni. Ci fissammo in silenzio per un attimo. Un attimo troppo lungo. Talmente prolungato da permettere al mio collega di percepire la tensione fra di noi.

"Autumn." La voce di Chase, con quella leggera flessione del sud, mi provocò un tremito in tutto il mio essere.

"Signor Allen" risposi, un po' titubante, il cuore ormai in gola. Non capivo il motivo della sua presenza nella redazione di Stars, lo guardavo confusa e sorpresa, mentre nella stanza altre due paia d'occhi passavano in rassegna da Chase a me. Perché era lì? Dopo l'addio di ieri sera ero convinta che non lo avrei rivisto mai più se non su qualche rotocalco rosa o sui giornali del lunedì, e invece inaspettatamente ora si trovava nel mio ufficio, a pochi passi da me.

"Posso rubarvi la signorina Reese per qualche istante?" chiese rivolto ai miei colleghi, senza però allontanare lo sguardo da me.

"Certo" commentò concitata Amanda, che mi lanciò un'occhiata allarmata. Io le risposi con un segnale in codice che era un chiaro invito a non lasciarmi da sola con il mio Unico barra Lo Spaccacuori. Ma Chris la stava già spingendo a trotterellare fuori dal mio ufficio.

Una volta soli, Chase con nonchalance tirò indietro una sedia e si accomodò di fronte a me con una calma serafica tale da innervosirmi ancora di più.

"Prego, siediti pure" sibilai sottovoce. Quasi spezzai in due la matita che avevo tra le dita.

Due pozze pericolose vagarono su di me, con un misto di familiarità e curiosità. Si lasciò andare contro lo schienale, le braccia conserte sul petto e le gambe divaricate davanti a sé. Piegò la testa di lato e mi rivolse un sorriso sfrontato da stronzo che se possibile era migliorato negli anni. "Hai appena fatto finta di non conoscermi, *signorina Reese*?"

Corrugai la fronte, stizzita. “Ho già chiarito che non sono felice di rivederti, quindi non aspettarti il cartello *benvenuto nel mondo di Autumn.*”

Chase si passò una mano fra i capelli, sospirando frustrato. “Hai intenzione di essere così cocciuta per quanto ancora?”

“Non soffrirai a lungo perché non passeremo del tempo assieme” sorrisi per sbeffeggiarlo. Siccome non accennava a spostarsi dalla mia scrivania, finsi di non essere per nulla interessata alla sua presenza. Iniziai a spostare plichi di fogli, a trafficare con il mouse. Sempre senza guardarlo, gli chiesi con voce piatta e annoiata: “Cosa ti porta da Stars?”

Con la coda dell’occhio scorsi il disegno di un sorriso sul suo volto. Avevo ricevuto più sorrisi in quei due giorni che in tutti gli anni in cui eravamo stati assieme. “Affari… di *piacere.*”

I suoi penetranti occhi verdi mi stavano pugnalando al petto e mi sentii rimpicciolire sul posto. Affondai nella poltrona, fin quasi a scomparire sotto la scrivania.

“O lavoro, come preferisci.”

Ora aveva la mia attenzione. “Definisci lavoro.”

“Sapevo fin dall’inizio chi fossi, Autumn.”

Lo fissai confusa.

“So che scrivi per Stars e che Reynolds è un fotografo, sono uno dei nuovi soci del Clift.”

“Quindi non sei passato al locale per caso.” Usai un tono irritato.

“Stai insinuando che sia venuto al club perché c’eri tu? Presuntuoso da parte tua crederlo. Sono solo stato avvisato che sarebbero stati presenti due giornalisti, poi Petroski mi ha presentato Reynolds. Ho fatto due più due solamente quando vi ho visto insieme.” La bocca carnosa si piegò in una linea sottile, gli occhi freddi come la neve. Aveva un’espressione indecifrabile e sentii le guance infiammarsi. “Se avessi saputo che eri al Clift non avrei permesso di farti salire su quel palco.”

Sbattei le palpebre. “Sei qui da meno di cinque minuti dopo esser stato via per due lustri della mia vita. Non credo tu sia la persona più qualificata per dirmi cosa fare o non fare, Chase." Chiusi con un tonfo la mia agenda personale e assunsi la classica posa da sfida: mento alzato, schiena dritta, testa alta, occhi puntati sui suoi, braccia conserte.

Non gli avrei fatto vincere questo set. *Giammai!*

Non avevo la più pallida idea, mi resi conto a malincuore, di cosa stesse frullando nella sua testa in quel momento. Non ero certa nemmeno di volerlo sapere.

Ero andata avanti.

Avevo voltato pagina.

"Funziona?" domandò di punto in bianco, rivolgendomi un cipiglio con tutti i crismi.

Vacillai. "Cosa?" chiesi senza capire.

"Avere una storia sul posto di lavoro. Riuscite a ritagliarvi i vostri spazi?" Il suo volto era imperscrutabile, la bocca serrata e ogni nervo teso.

Chiusi gli occhi e mi presi la testa fra le mani, esalando un lamento di frustrazione. "Non mi starai veramente facendo questa domanda?"

"Perché?"

Strinsi le labbra. "Chase, sto lavorando. Che cosa vuoi?"

"Avere una conversazione civile."

Tamburellai le dita sulla scrivania, al limite dell'esaurimento. "No, e scordati che parli della mia vita sentimentale con te."

Chase si chinò in avanti, facendo leva sui gomiti, e il suo viso imperfetto fu a un soffio dal mio. Contrasse la mascella e si morse il labbro, come se si stesse trattenendo dall'esplodere. "Il tuo fidanzato ti lascia diventare carne da macello in uno strip club solo per un'esclusiva?"

Emisi un piccolo sospiro e finsi di concentrarmi sui fogli sparsi sul tavolo. "Scusami, ma devo tornare al mio lavoro."

"Sono io il tuo nuovo lavoro." Per poco non sobbalzai dalla sedia come colpita da un taser direttamente sulle chiappe. Mi rivolse un sorrisetto compiaciuto e in risposta lo stomaco mi si annodò. Ero pietrificata.

"Cosa hai detto?"

Mi scrutò con attenzione. "Ho detto che sono io il tuo..."

"Ho sentito. Era un modo di dire" gli rubai la parola mandandolo al diavolo con la telepatia. "Stai scherzando, vero?"

L'espressione che aveva dipinta sul volto mi fece provare un doppio tuffo carpiato allo stomaco.

"Ecco qui la mia star!" In quel momento Stacey entrò in ufficio bella pimpante e la sua voce stridula bloccò ogni mia parola. E no, non era rivolta a Chase. Lei, che odiava anche solo che respirassi, che monitorava qualsiasi mia mossa per aspettare un mio passo falso, mi stava sorridendo.

A-m-o-r-e-v-o-l-m-e-n-t-e.

Sgranai gli occhi, sentendo cedere sotto di me il pavimento scosso da un brutto, bruttissimo e terrificante presentimento.

"Signor Allen" si avvicinò a Chase e gli strinse la mano, poi si voltò di nuovo verso di me mimando con le labbra 'non fiatare'.

Era meravigliosa con l'abito a due pezzi nero da cocktail dal taglio elegante, la bocca di un rosso acceso e i capelli sciolti in morbidi ricci sulle spalle. Avrei apprezzato, forse anche ammirato, tutta quella classe se non fossi stata pervasa da un senso di nausea e non mi fossi sentita minacciata neanche tanto velatamente.

"Vedo che ha già conosciuto la *nostra* Autumn. Ritengo che sia una delle migliori reporter di Stars, è il nostro asso, il nostro numero dieci. Ho adorato la signorina Reese fin dal primissimo colloquio con i dirigenti della Heart Corporation e sono altrettanto certa che vi troverete bene a passare del tempo assieme. Autumn si prenderà cura di lei e soddisferà ogni sua richiesta."

"Oh, non ho dubbi. Sono certo anch'io che la *signorina Reese* mi *soddisferà* ampiamente."

Il cuore mi batteva all'impazzata, e non per il sorriso mozzafiato che Chase mi stava rivolgendo. Anche se quello non mi aiutava a sentirmi meglio. Sbiancai, diventando color Pantone 11-4800. Forse rimasi pure senza fiato.

Tempo assieme? Soddisfare? Che manica di stronzo!

Scossi il capo incredula, senza parlare perché ero ancora nel mirino di Editorial Queen. Non mossi un muscolo, solo le orbite oculari da Chase – le sue labbra si sollevarono in un leggerissimo sorriso – a Stacey, che stava per avere una paresi facciale nel mostrare la dentatura perfetta.

Ero in guerra!

"Sono felicissima e lusingata" mi azzardai a commentare. "*Fremo* alla sola idea" commentai con finto entusiasmo. Cosa avevano in mente?

"Autumn non ci deluderà" cinguettò Stacey.

"Lo credo anch'io" mormorò Chase a voce bassa, provocandomi un tuffo al cuore. "Ora, signore, se volete scusarmi, ho degli appuntamenti in città inderogabili." Si alzò, sicuro di sé. Tese la mano al mio capo. "È stato un piacere conoscerla, signora Graham. Signorina Reese..." aggiunse enfatizzando ogni lettera del mio cognome.

La sua mano si allungò nella mia direzione. Avrei preferito volare fuori dalla finestra che stringergliela. Obbligai il mio braccio ad alzarsi e implorai le mie dita di non tremare. Ma quando toccarono le sue, una scossa familiare e sopita da tempo mi percorse la pelle.

"A presto" mormorò roco, scaldandomi tutto il corpo con la sua sola voce, anche se le sue parole sembravano più un avvertimento che un appuntamento di lavoro.

Annuii, sempre senza fiatare. Chase teneva ancora la mia mano nella sua, sfiorandomi lievemente l'interno del polso all'altezza del mio tatuaggio con un lampo divertito e pericoloso negli occhi. Dopo quella che mi parve un'eternità, mollò la presa, salutò con un cenno del capo Stacey e si allontanò dall'ufficio. Quando era diventato così spaccone?

Stacey chiuse la porta e vi si appoggiò contro. "Non so come farei senza di lei, signorina Reese."

Mi massaggiai il polso che Chase aveva appena sfiorato. Lo sentivo bruciare, come se il suo tocco mi avesse marchiata. "Come mai questo complimento proprio oggi?"

"Lo so, non suono convincente nemmeno a me stessa, ma Chase Allen ci ha concesso un'esclusiva. Un'intervista-verità che verrà pubblicata nientepopodimeno che sull'Inquirer. E vuole che sia lei a scriverla. Non so come ci sia riuscita, ma prego Iddio che lei sia in grado di farlo perché questo pezzo ci farà balzare direttamente in testa al campionato."

L'aria fuoriuscì dai polmoni. Non sapevo se a mandarmi nel pallone fosse la possibilità di passare del tempo con Chase o il fatto che avesse concesso un'intervista. Chase Allen non rilasciava interviste, mai, se non brevi dichiarazioni prima e dopo le gare. Detestava la stampa e i rotocalchi, che più del campione del mondo di MotoGp parlavano dello stuolo assurdo di donne che aveva sempre al suo fianco, di qualsiasi età. Come dare torto ai giornali: era una macchina da flirt.

"Non credo di essere la persona giusta per questo incarico. Può delegare l'intervista a qualche mio collega? Magari a qualcuno della redazione sportiva?"

"Ma certo. Chase Allen non rilascia dichiarazioni, acconsente di concedere un'intervista-verità su di lui con l'unica clausola che sia lei a redigerla, ma dovremmo contrariarlo perché lei non se la sente, mandando probabilmente all'aria il servizio, l'esclusiva e il mio posto nel consiglio d'amministrazione. Mi faccia chiamare nell'interfono l'ottantesimo piano, così dirò ai piani alti della Heart Corporation, società che vale miliardi, che una sua dipendente, che tra l'altro si occupa solamente dell'oroscopo delle celebrità, vuole far rinunciare l'intera azienda al colpo grosso del decennio."

"Non intendevo..."

"Signorina Reese, non le ho chiesto se vuole o no scrivere questo pezzo" disse, interrompendomi con un gesto della mano. Si sistemò una piega invisibile del vestito e si appoggiò con entrambe le mani al bordo della scrivania. Minacciosa. "Le vendite non stanno andando benissimo e questa esclusiva è un'opportunità che non possiamo lasciarci sfuggire. Ora non chiamerò, salirò direttamente di persona all'ottantesimo piano e parlerò con i membri del consiglio amministrativo per avvisarli di questa esclusiva che il campione numero uno dei motori ha concesso a noi di Stars. Non permetterò ai soci di prendersi un merito che è mio. E finalmente avrò l'occasione di dimostrare a quei bamboccioni che mi spetta di diritto un posto in quel dannato consiglio tanto quanto a loro. Ora può capire quanto mi importi della sua insignificante opinione?"

Con le guance in fiamme aprii la bocca per ribattere, ma Stacey mi richiuse nuovamente il becco.

"Ha davvero qualcosa da ridire? Ho licenziato persone per molto meno e non mi costerebbe nulla mandare in questo momento una mail all'ufficio risorse umane per presentare un reclamo. È già a quota due, il terzo le costerebbe il lavoro. Mi permetta anche di spiegarle un particolare, signorina Reese, che forse le è sfuggito. Il pezzo finirà sull'Inquirer e porterà la sua firma. Da quanto mi chiede un salto di qualità?"

Rimasi in silenzio, combattuta se mandare al diavolo l'occasione di vedere la mia firma su un pezzo del San Francisco Inquirer, o se rispettare la mia etica professionale, cercare di salvare la rivista dalla chiusura e il posto di lavoro di un intero ufficio. Scelsi la terza opzione.

"Grazie, Stacey" mormorai a fatica a denti stretti.

"Non c'è di che." Si tirò su e controllò l'ora al polso. Mancava solo che mi facesse dire due preghiere della sera per l'onore che avevo avuto della sua presenza nella mia vita.

Andò alla porta e io tornai a fissare per finta lo schermo del computer.

"Ah, un'ultima cosa, signorina Reese."

Alzai la testa.

"Quando sarà a Blue Harbor voglio che scopra tutti i sordidi dettagli. Voglio sapere chi è l'uomo che si nasconde dietro il pilota Chase Allen, voglio conoscere le sue emozioni, le sue paure prima e dopo una gara. Se ci riesce, scopra anche con chi va a letto. Ci vada giù pesante e tiri fuori il peggio di lui. Gli scheletri nell'armadio vendono di più. Partirà da sola, non le servirà Reynolds dal momento che le foto ce le fornirà il suo entourage. Le farò sapere appena possibile quando avrà il volo e non si preoccupi delle spese, saranno a carico del giornale."

Il mio viso perse colore. "Bl... Blue Harbor?" esalai, ma Stacey non mi stava affatto ascoltando. Continuava a blaterare, io ormai avevo il cervello in palla.

Dannazione! Davvero dovevo tornare a Blue Harbor? Non ci mettevo piede da un decennio. Mia madre ancora non mi perdonava per aver lasciato la cittadina come una ladra, e, soprattutto, avrei dovuto stare vicina a Chase nel luogo in cui avevo scritto le pagine migliori della mia vita.

Deglutii pesantemente, un nodo mi ostruiva la gola. Sarei stata da sola con lui. Per sette giorni.

"Non sia nervosa." Stacey mi squadrò dalla testa ai piedi. "Allen mi è sembrato euforico di lavorare con lei."

Negazione
/ne·ga·zió·ne/
Sostantivo femminile
In psicoanalisi, processo di autodifesa del paziente che, per rimuovere certi contenuti mentali, nega che gli appartengano.

Infinito

Capitolo 5

La pioggia aveva segnato i momenti salienti della mia vita, cinque per la precisione. Forse sei contando la proposta di matrimonio di Byron.

Mi ero cambiata al volo nei bagni del giornale, avevo indossato un elegante tubino nero accompagnato al collo da un costosissimo pavé di Tiffany – regalo di Byron – e uscii stravolta e accaldata dalla toilette per non far aspettare troppo l'Uber al pianoterra.

In ascensore mi passai sulle labbra il rossetto rosso delle grandi occasioni, sciolsi lo chignon che mi teneva legati i capelli e li pettinai velocemente con le dita.

Mi precipitai fuori senza fiato, zigzagai tra i pedoni che cercavano di proteggersi dalla pioggia camminando impettiti dopo il lavoro lungo le pareti degli edifici, e salii sul Suv nero. Diedi all'autista l'indirizzo dell'edificio che dovevo raggiungere e presi fiato una volta che l'automobile si fu immessa nel traffico. La viabilità era congestionata nell'ora di punta, senza contare che quel giorno San Francisco era annacquata da una calda pioggia. Gli automobilisti facevano a gara per avere la precedenza a colpi di clacson e il Suv procedeva lemme lemme.

Sospirando, appoggiai la testa al sedile e mandai un sms a Byron.

AUTUMN: sono sull'Uber, ma c'è traffico. Arriverò con qualche minuto di ritardo. Come va il party aziendale?

BYRON: Sembra più una riunione di lavoro annaffiata da ottimo champagne francese. Parlano di titoli azionari, quotazioni in borsa... C'è anche la stampa. Mi sembra di aver visto anche qualcuno dell'Inquirer.

Stavo per battere le dita sullo schermo, quando mi bloccai. Ero a pochi minuti dalla festa organizzata dalla Cushmand and Wakefield, società multimilionaria per azioni, quotata in borsa e gestita dalla famiglia Wakefield, una delle più ricche d'America. La sede centrale era a New York, ma avevano sedi anche a San Francisco e Londra. Il party organizzato da loro era considerato come uno degli eventi più importanti della Costa Ovest e io stavo per andarci come fidanzata di Byron e non come reporter.

Era in momenti come quelli che mi sentivo una fallita. Dannazione, mandavo in stampa previsioni sui Gemelli e i Pesci! Alla classica domanda "di cosa ti occupi?", rispondevo con un vago "revisioni di testi per la Heart Corporation". Non era una vera e propria bugia.

A ogni party, a ogni cena, a ogni evento *socialite* speravo che le conversazioni si incentrassero su Byron, sulle sue doti infinite. Preferivo di gran lunga ascoltare il mio ragazzo raccontare entusiasta, quasi senza prendere fiato, i suoi successi che esser testimone dell'ennesimo sguardo colmo di compassione.

Il suono di un clacson richiamò la mia attenzione. Il Suv sobbalzò, frenando bruscamente. Davanti a noi c'erano diverse auto della polizia, intravidi subito i lampeggianti bianchi e blu. Mi si attorcigliò lo stomaco. Poco dopo, un'ambulanza ci superò con le sirene spiegate.

La mia mente corse a quel giorno in cui la pioggia aveva reso viscido l'asfalto della *interstate* I-526 di Blue Harbor. Mio padre stava tornando alla locanda da Charleston. Un camion sulla corsia opposta aveva perso il controllo ed era finito nell'altra corsia, dove stava sopraggiungendo il vecchio

Ford di mio padre. Per lui non ci fu nulla da fare. Morì sul colpo, senza soffrire, senza lottare.

Tamburellai nervosa le dita sulla gamba lasciata nuda dal vestito. Avrei dovuto parlare a Byron del mio viaggio di lavoro nella Carolina del Sud. Subito dopo la festa.

Passare del tempo a Blue Harbor con Chase era troppo da sopportare. Aveva riportato a galla tutto, anche se dovevo ammettere che mi capitava spesso di pensare a lui, soprattutto nei momenti in cui volevo deprimermi. I tratti del suo viso potevano essere anche offuscati, ma non il suo ricordo. Mi bastava una canzone, la citazione di un libro o uno stupido film visto assieme per far riaffiorare nella mente l'immagine di lui. Ma pure il rancore e la sofferenza che mi aveva procurato.

Presi di nuovo il cellulare e digitai:

AUTUMN: sono imbottigliata causa incidente, ma tra dieci minuti dovrei essere lì. Riusciamo a trovare qualche minuto dopo la festa per parlare?

BYRON: certo, piccola.

Odiavo essere chiamata piccola.

Visto che il traffico era completamente bloccato, chiusi gli occhi e cercai di rilassarmi, ma pure lo stridio dei tergicristalli quella sera mi infastidiva. Ero nervosa, e non per le personalità pubbliche importanti che avrei incontrato al party della Cushmand and Wakefield, e che mi avrebbero chiesto che lavoro facessi.

Diversi minuti dopo, l'auto accostò davanti al The View e avvisai Byron del mio arrivo, gli occhi alzati verso il cielo e le mani premute contro il finestrino. Vivevo a Frisco ormai da nove anni, ma non mi ero ancora abituata alla maestosità di alcuni suoi edifici.

Pagai l'autista e corsi fuori dalla macchina, cercando di non rovinarmi capelli e trucco. Due uscieri mi tennero aperto il portone per farmi entrare nell'atrio dell'hotel che ospitava 'l'evento' all'ultimo piano. Byron mi aveva raccontato che l'azienda aveva prenotato quasi metà albergo per i suoi ospiti e che il party era esclusivo, solo su invito. Il mio nome non si trovava tra gli accrediti per la stampa. Sospirai.

"Buona serata, signorina" mi accolsero.

Sorrisi loro e stavo per chiedere da quale parte si accedesse alla festa, quando Byron uscì dall'ascensore. Appena mi scorse in fondo alla sala, le sue labbra piene e ben definite formarono un sorriso sensuale in un viso disegnato alla perfezione. Gli occhi azzurri erano fissi nei miei, i capelli castani erano spettinati volutamente. Avanzò con ampie falcate, il corpo fasciato in un due pezzi nero che gli calzava divinamente.

"Sei talmente bella da togliermi il fiato" mi sussurrò nell'orecchio Byron, posandomi un bacio lieve sulla guancia. Agli eventi pubblici non mi baciava mai sulle labbra, per non rovinarmi il trucco.

Il nostro non era quell'amore pazzo e folle che toglieva la ragione e il respiro, che ci rendeva incapaci di toglierci le mani l'uno dall'altro, anche se la chimica a letto non mancava.

"Posso dire senza ombra di dubbio che tu sia la donna più bella della festa."

Sorrisi imbarazzata. "Ci sta provando, signor Lewis?"

"A essere sincero sono molto, molto fidanzato."

"Due volte molto. Deve essere una cosa seria."

Il suo sguardo si fece stranamente scuro. "Lo è."

Restai al gioco. "Sono certa che la sua fidanzata sappia di avere al suo fianco un uomo molto dolce."

Più vecchio di me di cinque anni, Byron aveva tutte le carte in regola per far parte dell'Ordinamento del Potenziale Marito. Folti capelli castani, occhi azzurri, muscoli scolpiti che nascondeva sotto completi di alta sartoria. Non c'era donna in tutta San Francisco che non ammutolisse in sua presenza. Aveva la stoffa da brav'uomo: lavoro importante, senso della famiglia, presidente della Specie degli Inarrivabili.

Dopo Chase avevo avuto delle relazioni di poco conto. All'ennesima storia finita male, ero stata single per un bel po' di tempo: non cercavo minimamente una persona importante nella mia vita e l'ultima cosa che desiderassi erano altre 'interferenze'; la mia esistenza era già abbastanza complicata. Gli esami finali erano alle porte, non avevo ancora scelto la specializzazione, dovevo fare domanda per i tirocini e c'era anche l'affitto da pagare.

Mi ero concentrata sulle lezioni (tostissime) e sul lavoro. Quando avevo ricominciato a uscire, avevo avuto delle brevi storie finite tutte male. Stavo per appendere la mia vita sentimentale al chiodo, quando, proprio in quel momento, era spuntato nella mia vita lui, Byron.

Ero seduta sulle scalinate della libreria pubblica durante una pausa pranzo; leggevo un articolo che osannava Chase dopo l'impresa al gran premio del Qatar, quando una folata di vento fece volare tutti gli appunti che avevo preso durante la riunione di redazione. Mi lanciai a recuperarli uno a uno e poi nel mio campo visivo apparvero due Oxford marroni lucide, un completo grigio Londra, una mano elegante e curata, tesa nel porgermi un foglio che mi era fuggito via.

Alzai lo sguardo e andai a sbattere contro un sorriso bello da mozzare il fiato, un viso scolpito e mascolino, e due occhi azzurri come l'acquamarina che in quel momento stavano squadrando la mia figura inghiottita da un vestito aderente.

"Credo sia tuo." Parlò con voce bassa e roca, e mi sentii tremare le ginocchia. O forse era qualcosa più su.

Spavaldo, mi chiese di prendere un caffè assieme. Chiacchierammo attorno a un tavolo, era intelligente e divertente, una persona con cui mi veniva facile parlare. Poi il caffè portò a una passeggiata che divenne una cena. Ma ogni volta che tornavo a casa la mia mente correva a *lui*.

"Piccola?" La leggera stretta sul braccio da parte di Byron mi riscosse.

Gli rivolsi un sorriso rassicurante. "Sì?"

"Stai bene? Sembri distratta."

"Lavoro" accampai. E non era del tutto una bugia.

Rassicurato, intrecciò la sua mano alla mia e continuò il suo monologo sui titoli azionari. Non avevo potuto fare a meno di pensare a un uomo dal braccio tatuato, dal sorriso sfrontato che non avrebbe mai usato parole come *capital gain* o *day trading*. Nemmeno il completo a due pezzi era da lui. Dio, non credevo di averlo mai visto in smoking. Ma Byron Jason Lewis fu l'unico in grado di farmi tornare il sorriso dopo il suo addio e questo era stato fondamentale nella storia mia e di Chase. Non sarebbe stata la stessa, altrimenti.

Quando la porta dell'ascensore si aprì al '45', entrammo nel salone principale dove si teneva il party aziendale. Subito fummo accecati dal flash di qualche fotografo.

Byron mi posò dolcemente una mano alla base della schiena e mi spostò di lato per sfuggire dalla loro linea. Abituati di nuovo gli occhi, mi guardai intorno. La sala a semicerchio era addobbata con decorazioni sull'oro e sul bianco, e i camerieri si facevano largo tra gli ospiti con vassoi colmi di champagne. Ma il pezzo forte della festa era il punto panoramico che si aveva dalla vetrata: la vista sulla baia e sul Golden Gate non era pazzesca come di giorno, ma le luci delle barche che punteggiavano l'oceano rendevano l'atmosfera estremamente romantica.

L'élite di San Francisco sfoggiava abiti di alta sartoria e costosi tanto quanto un mio mese d'affitto; sorridevano affabili a ogni ospite solo per esser sicuri di venir fuori bene nella foto per i giornali.

Non conoscevo nessuno, mi resi conto, facendomi strada tra i vari tavoli; solo qualche collega di Byron con cui avevamo condiviso dei brunch domenicali. Byron invece salutava e scambiava convenevoli con tutti.

Avevo appena preso un calice di champagne, quando mi trovai di fronte Jace Wakefield, uno dei due fratelli a capo della società. Alto, abbronzato, capelli biondo cenere e occhi verdi: tutte doti che lo facevano sembrare appena uscito da un numero di *Men's Vogue*. Mi sorrise scoprendo denti – perfetti anche quelli – di un bianco perlaceo.

"Byron, mascalzone! Dove l'hai tenuta nascosta fino a questo momento?" Senza lasciarmi il tempo di registrare le sue parole, mi ritrovai con la mano nella sua presa delicata e poi le sue labbra piegate in un sorriso sornione mi sfiorarono il dorso in un lento e ormai in disuso baciamano.

Arrossii, abbassando leggermente il capo.

"Jace, lei è la mia fidanzata Autumn Lily Rose." Usava sempre il mio nome al completo, quasi fossero dei titoli reali. "Tesoro, lui è Jace Wakefield. Il mio capo."

"Chiamami pure Jace" disse lui, tenendo ancora la presa sulla mia mano, anche se lo sguardo era caduto sulla mia scollatura. Non avevano torto le voci che giravano su di lui nell'ambiente che lo davano per uno sciupafemmine incallito.

"Solo Autumn" mi presentai.

"Ha un aspetto raggiante. Sono un gentiluomo e ho rispetto per i miei uomini" disse, piegando la bocca in un ghigno pericoloso. "Altrimenti l'avrei già invitata a bere un drink." Spostava lo sguardo divertito da me a Byron. Quest'ultimo scosse la testa, assolutamente calmo.

"Jace, ti stava cercando Brad delle risorse umane" intervenne il mio ragazzo stringendo la presa sui fianchi. Gesto che non sfuggì a Wakefield, anzi scatenò ancor di più la sua ilarità.

"Vado subito da lui." Mi rivolse un ultimo sorriso. "Si goda la serata, Autumn. E se vuole venire a lavorare da noi, non esiti a presentarsi in azienda. La assumo seduta stante, non mi serve nessun curriculum. L'ho già fatto presente a Byron. So che le piace il suo lavoro come curatrice di testi alla Heart Corporation, ma alla Cushmand and Wakefield la porta sarà sempre aperta per lei. Ho anche un posto vacante come responsabile della nostra organizzazione no profit."

"La ringrazio" mi sforzai di rispondere, senza fulminare il mio ragazzo. "Ci penserò."

"Godetevi la festa" salutò, dileguandosi nella folla.

Una volta soli, respirai a fondo e feci un passo indietro. "Organizzazione no profit? Curatrice di testi?" Cercai di non urlare. Quella giornata era un completo disastro, dalla comparsa di Chase in ufficio fino a quel momento.

"Piccola." Byron si avvicinò per prendermi tra le braccia. Io mi divincolai. "Tecnicamente è la versione che usi anche tu" sussurrò a bassa voce guardandosi attorno.

"Tecnicamente non sono stupida, Byron. Ti vergogni del lavoro che faccio? Per quello hai messo una buona parola con il tuo capo?"

"Cosa? No. So che non sei felice in quel giornale, se così possiamo chiamarlo."

"Se così possiamo chiamarlo?"

"Non è giornalismo, piccola, e non capisco perché ti ostini a lavorare per loro."

"Forse perché è quello che amo fare?" Lo fissai sconcertata.

"Fare copia incolla delle previsioni di un astrologo su un programma di Windows e mandarlo in stampa non è fare giornalismo. Perché non trovi un lavoro come segretaria, ben pagato, e l'oroscopo non te lo leggi sull'inserto domenicale dell'Inquirer?"

Incrociai le braccia. "Cos'è? Ti rovino la reputazione nel tuo ambiente sociale? Salve, lavoro per la Cushmand and Wakefield. Lei è la mia ragazza, si occupa di una rubrica sull'oroscopo senza firmarlo con il suo nome e serve il caffè al suo capo da Stars."

"Non è così, Autumn Lily Rose." Byron si fermò davanti a me e si stropicciò la faccia. "Non voglio litigare con te, non questa sera. Possiamo affrontare questa discussione più tardi? Non avevi detto che volevi parlarmi?"

"Parliamo *adesso*. Andrò in Carolina del Sud per redigere un'intervista che finirà sull'Inquirer. Il pezzo porterà il mio nome."

Una pianista in abito da sera elegante sedeva in un angolo del ristorante e i tasti, al suo tocco, emanavano le dolci note di una vecchia canzone jazz.

"È una notizia bellissima." Subito mi si avvicinò, accarezzandomi il viso.

Mi scostai. "Davvero? O vorresti che lavorassi alla Cushmand così il tuo capo può provarci con me ogni mattina?"

"Piccola, non mi vergogno affatto di te. Tu mi piaci per davvero." Si passò nervoso la mano fra i capelli. "Non avevo intenzione di farlo qui, ma..."

"Byron..." Sospirai e guardai la sala. Sembrava che nessuno si fosse accorto del nostro diverbio. Quando tornai a guardarlo, però, la rabbia lasciò il posto allo sgomento.

Byron Jason Lewis era in ginocchio.

Con una scatola di velluto in mano.

Quell'immagine mi colpì come una mazza da baseball dritta allo stomaco. In stato di shock e di semiparalisi osservai la scena come se fossi uscita dal mio corpo. Registrai al rallentatore l'aprire e chiudersi delle labbra di Byron, il suo sorriso mozzafiato che si allargava a dismisura col passare dei secondi, la mano tremolante che custodiva la scatolina di velluto. Sembrava felice.

"... e ti amo, Autumn Lily Rose. Non so nemmeno cosa ho fatto di buono per meritare una donna come te, ma sono sicuro di voler passare tutta la mia vita al tuo fianco."

La pianista continuò a cantare, ma ora gli occhi di tutta la sala erano per noi. Tutti presenti all'appello.

Riportai lo sguardo su di lui che mi sorrideva radioso. Oh, no! "Byron..."

"Sposami, piccola. Rendimi l'uomo più felice del mondo."

Tutti nella sala stavano trattenendo il fiato. Io deglutii un boccone amaro.

"L'ha lasciata senza parole" disse qualcuno in fondo alla stanza. Poi sentii il rumore di un flash.

Alla grande.

"Piccola."

"Byron" pronunciai per la milionesima volta. Ero in stato confusionale.

Lui era così raggiante. Sembrava davvero l'uomo più felice della terra. Aveva gli occhi lucidi, il pomo d'Adamo che andava su e giù come la pallina impazzita di un flipper. "Piccola… io… Dannazione, avevo provato questo discorso davanti a Biscottino, ma in questo momento non mi ricordo nulla. Questo anello è con me da due settimane, ma non ho mai trovato il momento giusto per farlo."

Gli occhi mi caddero sulla scatolina di velluto. Al suo interno c'era ovviamente l'anello di fidanzamento, un solitario in cui era incastonato un diamante enorme. Era sfarzoso, quasi esagerato. Come il rossetto rosso ancora impeccabile sulle mie labbra, o come il pavé di diamanti che portavo al collo e che ora sembrava mi stesse stringendo la gola in una morsa.

Ero nervosa, avrei finito per grattarmi e riempirmi di chiazze rosse.

"Avrei preferito organizzare una cena intima per noi due e chiedertelo in un momento più romantico, ma sei qui davanti a me, splendida come non mai, convinta che io mi vergogni di te quando non aspetto altro che passare la mia intera vita al tuo fianco."

La stanza iniziò a girarmi intorno. Non riuscivo nemmeno a guardarlo in faccia, così fissai le pieghe dei suoi pantaloni di alta sartoria.

Byron non era mai stato un tipo impulsivo, come gli era venuta l'idea di chiedermi la mano davanti a tutta la crema della società di San Francisco, davanti ai suoi amici e colleghi?

Doveva essere una romanticissima proposta di matrimonio da mille like e visualizzazioni su Instagram, invece aveva le sembianze di una pugnalata inferta a tradimento. Non avevamo dato un'etichetta al nostro rapporto, la mia filosofia era "nessun legame, solo divertimento". Lui era d'accordo, almeno lo avevo creduto finché non lo avevo visto in ginocchio con un maledetto solitario.

Alzai gli occhi verso il soffitto come a voler trovare le parole giuste per non ferirlo. Il silenzio nel ristorante era palpabile. Nessuno parlava. Sembravano tutti felici: Jace Wakefield, i suoi colleghi, gli invitati. Pure gli inservienti avevano smesso di servire. Solo la donna seduta al piano continuava imperturbabile a suonare Frank Sinatra.

Mi morsi il labbro. Stavo per umiliare Byron davanti a tutti. Chinai la testa e lo guardai dritta negli occhi. "Mi dispiace tanto..." esordii. Deglutii forte.

La sorpresa, o forse la delusione, deformò i tratti del suo viso. Le labbra si arricciarono in un broncio, spegnendo Il Sorriso, la fronte era corrugata. Ai lati degli occhi apparvero linee di preoccupazione.

"Forse è meglio se ti alzi" sussurrai piano, asciugandomi una lacrima solitaria che era sfuggita alle ciglia.

Ci guardammo per diversi attimi senza parlare, poi Byron si tirò su in piedi, gli occhi ancora umidi, ma per lo smacco e l'umiliazione. Sistemò l'orlo dei pantaloni, mi afferrò la mano e mi trascinò verso l'uscita d'emergenza nel silenzio sordo della stanza. Una volta soli, mollò la presa e si passò nervoso le dita fra i capelli.

"È per la discussione di poco fa?" Sembrava ferito. Lo era.

"Mentirei se dicessi che non mi preoccupa la considerazione che hai di me."

"Maledizione, ti ho appena chiesto di diventare mia moglie!" gridò, battendo la mano contro il muro. Era così arrabbiato in quel momento. Non era più l'uomo pacato, buono, che non alzava mai la voce. Ed era tutta colpa mia. "Ho sbagliato a dirti di mollare il lavoro e di venire alla Cushmand. Lo so, e ti chiedo scusa se ti ho in qualche modo fatta sentire inadeguata."

Rimanemmo in silenzio per parecchi secondi, poi lui infilò le mani nelle tasche del completo e mi guardò come se non sapesse cos'altro dire. Nei suoi occhi c'era ancora tanta speranza.

Mi appoggiai con la schiena alla parete e mi lasciai scivolare lungo il muro. Mi trovai seduta su un pregiato pavimento di marmo, forse italiano, il vestito ormai sgualcito era un mucchio di stoffa ai miei piedi.

"Mi spiace" ripetei.

Byron esalò un lungo respiro, poi si sedette al mio fianco per terra. Si passò le dita dentro il colletto della camicia e slacciò il papillon. Buttò indietro la testa fissando gli occhi sul cartello antincendio.

"Non ho mai provato nulla di simile in vita mia. Mai. Per nessuno."

Ogni sua parola era una pugnalata.

Voltai il viso per guardarlo. "Byron… a malapena sappiamo qualcosa l'uno dell'altro." Parlai con amarezza.

Mi fissò a sua volta. "Cazzo, piccola, stiamo insieme da un anno."

"Ma non vuol dire che ci conosciamo. Non so nulla della tua famiglia, non hai mai conosciuto la mia. Non sai nemmeno se da ragazza ero team N'Sync o Backstreet Boys!"

"Ti ho appena detto che voglio passare la mia vita con te e tu parli di band musicali? Ti stai fissando sulla cosa sbagliata."

"Byron…"

"Poi, chi è che non è mai voluta venire in Oregon a conoscere i miei genitori? Chi è che ogni volta che tiro fuori l'argomento 'Carolina' cambia conversazione o si chiude a riccio? Non puntarmi il dito addosso, Autumn Lily Rose. Tra noi due non sono io quello che scappa da questa relazione."

"Ero stata chiara" esclamai più forte del dovuto. "Sapevi quello che volevo, l'avevo detto chiaro e tondo che non era il momento di una storia seria."

"Stai scherzando? Stiamo insieme da un anno, per l'amor di Dio! Credi davvero che stia con te come scopamico?"

"Mi piaci, Byron. Mi piaci veramente e tengo per davvero a te."

"Ma non vuoi sposarmi lo stesso."

"Non lo so nemmeno io cosa voglio in questo momento."

Restammo seduti in silenzio ancora per un minuto, poi Byron sospirò. "Vai in Carolina del Sud per quell'intervista, chiediti cosa vuoi e fai chiarezza nella tua testa una volta per tutte, Autumn Lily Rose."

Ma la chiarezza non dovevo averla nel cuore?

Prese la scatolina e la chiuse fra le mie mani. "Quando tornerai, io sarò qui."

Il quel momento quella cosa dura che avevo nel petto si spezzò.

"Mi spiace..." bisbigliai desolata per l'ennesima volta.

"È tutto okay" sorrise amaro con una lieve nota di speranza nella voce che mi diede il colpo di grazia. Mi sentivo una brutta, brutta persona.

"Sicuro?"

"Ho solo l'ego un po' ammaccato, insieme alla rotula destra." Sorridemmo timidamente entrambi. Byron mi baciò le nocche in un gesto da Principe Azzurro in via d'estinzione. "Meglio se usciamo da qui, che ne dici?" scherzò. "Ti riaccompagno a casa."

"È meglio di no. Vai tu, io me ne torno a casa."

"Lascia che ti chiami almeno un taxi."

I miei occhi incrociarono i suoi un'ultima volta prima che l'auto si immettesse in strada e mi portasse al mio appartamento a Downtown. Mentre la notte scorreva veloce fuori dal finestrino, aprii la scatolina e guardai il solitario. Lo rigirai tra le mani, seguendo il contorno di quel cerchio d'oro bianco. Un cerchio da sempre simbolo di un amore senza inizio e senza fine, un ciclo infinito.

Nel taxi, rigirando l'anello, le mie dita si fermarono quando arrivai al punto in cui era incastonato il diamante.

Speravo non fosse un segno del destino di quanto fosse precaria la nostra storia.

Infinito

/in·fi·nì·to/

Aggettivo e sostantivo maschile

Che non finisce mai. Interminabile. Indeterminato. Immenso. Immensurabile.

Ricaduta

Capitolo 6

"Autumn, smettila!" Amanda mi osservava preoccupata, mentre viziava Biscottino con delle crocchette vegane premio.

"No." Mi passai il braccio sulla fronte sudata, il Clorox in mano. E non erano nemmeno le otto del mattino. "O mi gratto o faccio le pulizie. Meglio evitare di scorticarmi la pelle." Spruzzai del detersivo sul piano cottura e strofinai con tutto il nervoso che avevo in corpo. Lo facevo sempre quando ero sotto stress: pulivo casa. L'alternativa era riempirmi di chiazze rosse ovunque.

"È andata peggio di quanto pensassi."

"Sarò bloccata una settimana nel bel mezzo della Carolina. Dovrò fargli da badante a Blue Harbor. È fortunato che non gli abbia ancora tagliato i gioielli di famiglia e non li abbia messi in un barattolo di marmellata alle pesche."

"Lo sapevo!" gridò. Il suo strillo fece balzare via Biscottino che andò a nascondersi dalla mia pazza amica dietro il divano. "Dannazione, lo sapevo che eri ridotta così per Chase e non per la proposta di matrimonio di Byron!"

"Stiamo parlando di Chase barra Unico barra Lo Spaccacuori e al fatto che dovrò passare del tempo con lui, l'unica persona che dovrei evitare."

"Basterà tenere tutto su un piano professionale" mormorò. "Solo tu hai il potere di rendere una persona importante."

Mi passai il guanto di gomma sul viso. “Oggi ho chiesto di poter lavorare da casa proprio per non trovarmelo di nuovo in ufficio.”

“Brava ragazza. Allora, torniamo a parlare di Byron...”

“Ha usato la parola con la M, Amanda. Lo sanno tutti che pronunciare la parola matrimonio in una relazione ancora agli albori rovina tutto. Mancava solo che dicesse futuro.”

“Relazione agli albori? Autumn, state assieme da un anno.”

“Facciamo sesso da un anno” precisai. “Byron è il mio piacere proibito, io il suo. Eravamo d’accordo di non cercare nessun legame, nessun coinvolgimento. Solo sesso. Non abbiamo mai messo un’etichetta al nostro rapporto.”

“Forse lui ha smesso di divertirsi da un po’.” Mollò un’occhiata complice al mio gatto che era ritornato in avanscoperta. “Ma Byron ti piace, almeno?”

“Certo!” sbuffai per togliermi un ciuffo di capelli sfuggito dalla coda sulla fronte. “È... è sempre così cortese.”

“Quello che ogni uomo sogna di sentirsi dire dalla propria donna.”

“È dolce.”

“Mmm...”

“E sexy.”

“Come no. Hai visto le chiappe di Chase fasciate in quei jeans?”

“Ignorerò questo commento fuori luogo. Non rincorrerò nessun uomo, tanto meno Chase Allen. Inseguirò solo i miei sogni, ho accettato l’intervista per quello.”

“Secondo me è un segno del destino che Chase sia riapparso proprio ora.”

“E se fosse invece un segno del destino che Byron mi abbia chiesto di sposarlo nel momento in cui è tornato il diavolo in persona direttamente dall’inferno?”

“Non ci sarà nessun matrimonio, Autumn, lo sai. Non con Byron, almeno. Anche se sembra un bravo ragazzo.”

"Lo è" annuii. Byron era davvero un brav'uomo e ricordare l'umiliazione e il dolore che gli avevo inflitto la sera prima mi causò una piccola crepa nel petto. Strinsi più forte la bottiglietta del detersivo.

"Dovresti dire a quel povero Cristo che non lo impalmerai."

Sospirai a fondo e posai la spugnetta sul lavabo, ormai così lindo da potercisi specchiare. Tolsi i guanti di gomma e alzai sconfitta la mano destra. All'anulare brillava il solitario di Byron.

"È un bell'anello..." disse Amanda.

"Non è vistoso?"

"Un po' sfarzoso, sì. Non è il tuo genere. Non hai paura di perderlo giù per lo scarico del bagno?"

Scrollai le spalle. "Volevo vedere l'effetto che mi faceva."

"Ma non l'hai ancora tolto."

"Ignorerò questo tuo tono indagatore."

"Sai vero che non è kryptonite e che Chase non è Clark Kent?"

"Che significa?"

"Quell'anello non ti proteggerà da Allen." Grattò Biscottino dietro le orecchie e tornò a guardarmi. Seria, stavolta. "Il fatto che non vi siate visti o parlati per dieci anni, non significa che vi siete detti addio" aggiunse, riportando l'attenzione all'argomento Unico.

"Sciocchezze!" risposi, ma mi stavo già grattando all'altezza del collo.

"Clorox!" strillò.

Ripresi a strofinare tutte le superfici presenti in casa con vigore e lo stavo ancora facendo quando suonò il citofono di casa. "Puoi aprire tu? È il corriere" gridai dal bagno.

Pochi istanti dopo trillò il campanello dell'appartamento. Raggiunsi la porta in perfetta tenuta da casalinga esaurita, con Biscottino che aveva le orecchie puntate in alto come un radar.

"Vado io. Dovrò sicuramente firmare qualche ricevuta."

Evitai di guardare dallo spioncino, utile come il tasto Marketplace su Facebook. Schiusi la porta e in quell'istante ogni singolo centimetro della mia pelle tornò a bruciare.

Di fronte a me c'era Chase Allen, in tutto il suo fisico monumentale, mani nelle tasche dei jeans e giubbotto di pelle nera. Rock e sexy allo stesso tempo. Mi esaminò con la perizia di un medico legale, poi mi rivolse quel mezzo sorriso che risvegliava le mie parti più sopite.

"Ciao."

Per alcuni secondi non risposi, incapace di formulare qualsiasi pensiero. Poi, in un raptus di rabbia covata da ben dieci lunghi anni, gli sbattei con soddisfazione la porta in faccia.

Il campanello suonò di nuovo e io indietreggiai come se potesse vedermi.

"Perché non apri?" chiese Amanda dalla cucina.

La raggiunsi, guardandomi continuamente alle spalle. "Non... è..." Mi aggrappai all'attaccapanni come a un'àncora di salvezza mentre la mia amica mi guardava come fossi una scappata da un centro psichiatrico. "Chase" dissi, indicando l'altra stanza. Il dolore sordo che sentii all'altezza dello sterno mi ricordò che lui era lì, dall'altra parte del battente, a pochi passi da me. Di nuovo nella mia vita. "C'è Chase e gli ho sbattuto la porta in faccia."

"Ormai ti ha vista. Aprigli!" continuò lei, mentre lui continuava a bussare incessantemente.

"Okay, tu rimani qui. Sento cos'ha da dirmi, gliene dico quattro e lo rispedisco a casa sua. Tanto fra un po' dovrò andarci pure io" blaterai senza senso. Non mi sentivo più le gambe nel momento in cui riaprii la porta. "Come hai fatto a trovarmi?" lo aggredii con una battuta da scadente film poliziesco. Chase aveva ancora la mano a mezz'aria.

"La segretaria."

"Le dirò di farsi una ripassatina sul concetto di privacy."

"Le ho promesso due biglietti Vip Access per lei e il suo ragazzo."

"Si chiama corruzione."

"Mi serviva il tuo indirizzo."

"Mi sembri disperato."

"Determinato."

"È il tuo modo per dirmi che hai bisogno di me?"

"Hai accettato di fare l'intervista."

"Grazie per averne parlato prima con la sottoscritta, tra l'altro."

"Hai intenzione di farmi entrare?" Dio, quel sorriso. Quegli occhi allegri. Accidenti a lui!

Feci un passo indietro, Chase entrò per nulla esitante; il suo profumo e il dopobarba mi solleticarono le narici. Passandomi di fianco, mi guardò come se volesse prendermi lì, contro la porta. Mi ricordai solo allora della mia pessima tenuta da casalinga disperata: pantaloni della tuta, maglia oversize di Tupac, guanti di gomma e capelli incollati sulla fronte. Grandioso!

Chiusi la porta e mi ci appoggiai contro, le mani strette alla maniglia. "Che ci fai qui?"

Lui si voltò, ancora fermo in mezzo al corridoio. Se lo poteva scordare di girare per casa mia, bello come un dio, e di infettare il fortino anti Chase! "Dobbiamo parlare."

"Potevi venire in ufficio in orario di lavoro."

"Non volevo aspettare."

"Chiamarmi?"

"Preferisco parlarti di persona."

Sbuffai. Chase piegò la testa di lato, divertito, le mani conserte sul petto. Notai due anelli d'argento, uno sul medio con una grossa pietra azzurra e uno sul mignolo.

"Passeremo assieme una settimana. Dovrai abituarti alla mia presenza, *Autumn*."

"*Tollererò* la tua presenza" precisai. "*Chase*."

Gli passai davanti per raggiungere il salotto e solo allora mi ricordai di Amanda. Era seduta sul divano con Biscottino che faceva le fusa sulle sue ginocchia. Appena Chase entrò nella stanza, il gatto si tuffò su di lui. Solitamente era diffidente con gli estranei, tranne che con Amanda – la dispensatrice di crocchette vegane – e con me, la sua personal apriscatole. Ma appena fu vicino allo Spaccacuori, iniziò a strusciarsi addosso alle sue gambe, e allungò pure il collo per farsi accarezzare. Chase si inginocchiò e l'immagine di lui che distribuiva grattini dietro alle orecchie del mio gatto, con quella sexy mano tatuata, quasi mi fece esplodere le ovaie.

Dio, non riuscivo a staccargli gli occhi di dosso! Era più massiccio, i capelli più lunghi e spettinati che sembravano pure più chiari. Un filo di barba gli adombrava la mascella squadrata. Non era il mio Chase, non più, ma in quegli occhi velati di curiosità, che non mi avevano mai mollato da quando aveva varcato la porta di casa, riuscii a intravederlo.

Per un lungo momento ci guardammo e basta, ignari di tutto e tutti. Poi mi ricordai delle buone maniere.

"Amanda" tossii e mi schiarii la voce. "Ti presento Chase Allen. Chase, lei è Amanda. Lavora anche lei al giornale." Accompagnai le presentazioni gesticolando. L'unico divertito era Biscottino che stava ricevendo troppe attenzioni, quella mattina, tra crocchette e coccole.

"Piacere di conoscerti" disse la mia amica, stringendogli la mano. Guardò entrambi, negli occhi un'infinità di domande a cui avrei dovuto rispondere più tardi. Prese la borsa e puntò dritta alla porta. "Io me ne stavo andando in ufficio. Ho delle scartoffie che mi aspettano e poi non vedo l'ora di annunciare a tutti il tuo matrimonio!" Per fortuna davo le spalle a Chase in quel momento, perché la mandibola stava toccando terra. "Buona giornata, Chase" continuò serafica, solo le orecchie le fermavano il sorriso smagliante che aveva dipinto sul viso.

La seguii verso l'uscita e, non appena fui sicura che lui non ci potesse sentire, le chiesi: "Cosa stai facendo?"

"C'è troppa tensione sessuale. Dannazione, sono rimasta incinta solo a vedere come ti guarda, Autumn" bisbigliò sottovoce. "Ora capisco perché tu non riesca a dimenticarlo.

Ma quell'uomo lascia una scia di guai evidente tanto quanto il testosterone che emana."

"Io l'ho dimenticato."

"Certo, per quello hai un blog dove scrivi di lui." Mi strizzò l'occhio e uscì. Non la persi di vista mentre scendeva i gradini fino a scomparire nella tromba delle scale.

Scrivevo perché ogni parola che avevo digitato da quando Chase se n'era andato mi aveva fatto sentire meglio. Era una specie di terapia. Avevo talmente tante emozioni trattenute nel mio corpo che avevo trovato libero sfogo solo con la scrittura. E non c'era nulla di meglio del dolore, della rabbia, dei rimpianti e dei 'se' mancati per alimentare le parole che sgorgavano dal cuore.

"Ti sposi?" chiese Chase, così vicino da farmi sobbalzare. Il suo respiro caldo mi solleticò la pelle dietro l'orecchio.

Serrai gli occhi per un breve istante prima di riaprirli.

Sei andata avanti.

Ce l'hai fatta.

Puoi farcela.

Presi un respiro profondo, chiusi la porta dietro di me e mi ci appoggiai contro.

Eravamo uno di fronte all'altra, come dieci anni prima. Ma questa volta non c'erano il pontile, la pioggia che copriva le mie lacrime né un futuro che stavo vedendo sfuggire via dalle mie mani.

No, questa volta c'eravamo solo noi due, più adulti e forse più realisti. C'erano rabbia – la mia – e un mare di rimpianti e di *se* che non avrebbero mai trovato risposta.

Mi mordicchiai il labbro, valutando cosa rispondere alla sua domanda. Mentire non era mai la soluzione migliore, ma perdevo il senno quando si trattava di Chase Allen. Così tolsi il guanto di gomma dalla mano destra e me la portai al viso, mettendo in bella mostra il solitario che brillava al mio anulare. Fatale come la kryptonite per Superman.

Non poteva pretendere di presentarsi a casa mia e di sentirsi dire che lo avevo aspettato per tutti quegli anni.

"Sì."

Due lettere.

Una sola parola, eppure l'impatto che ebbe su di lui fu violento. Lo schiaffeggiò in volto come un colpo di frusta.

Ed eccole di nuovo, quelle emozioni che diventavano familiari quando si trattava di Chase: dolore, rimpianto, rabbia. Almeno, fu quello che vidi passare nei suoi occhi. E lo riconobbi perché era lo stesso tormento che velava i miei quando mi guardavo allo specchio, dieci anni prima.

Il suo sguardo si incupì, serrò la mascella e quei pochi secondi in silenzio mi sembrarono ore scandite col contagocce. Mi lanciò una lunga e intensa occhiata, come se in quel momento avesse realizzato la realtà a cui stava andando incontro: non ero più sua.

Feci un gran respiro e lo superai, ben attenta a non sfiorarlo. "Caffè?" domandai con voce smorzata. Non sentendo risposta, mi voltai e la cosa dura nel petto tornò a farsi sentire di nuovo.

Chase era sulla soglia della cucina e riempiva tutto lo spazio angusto con la sua corporatura muscolosa. Nonostante la stilettata allo sterno, l'immagine che avevo davanti, quella di lui in casa mia come se ne facesse parte da sempre, mi sembrava perfetta. Un tempo era stato la mia persona, il mio tutto, pensai sentendo un pugno allo stomaco, ma avevo passato l'ultima decade a essere arrabbiata con lui e a fingere da brava ipocrita che non fosse stata in parte anche colpa mia.

"Di cosa dovevi parlarmi?" chiesi, per non dare troppo adito alle mie emozioni.

Chase scosse la testa, poi si girò verso l'angolo cottura e si guardò intorno. "Da quanto abiti qui?"

"Poco più di due anni" mormorai. Mi voltai per recuperare una tazza e versargli del caffè, nonostante non mi avesse ancora risposto.

"Mi ha detto tua madre che lavori a San Francisco, siamo rimasti in contatto in questi anni."

Per poco non mi ustionai con il liquido bollente. Rovesciai del caffè sul mobile della cucina che avevo appena finito di lucidare. Poi trovai il coraggio di guardarlo. Ovviamente mia madre aveva omesso questo piccolo particolare nell'ultimo... be', decennio.

Appoggiai la tazza colma di caffè – nero come piaceva a lui – e camminai intorno all'isola al centro della stanza, così da avere un mobile fra di noi. "Mia mamma ti ha sempre voluto bene" concordai a bassa voce. Con mani tremanti mi sistemai l'orlo della maglia e gli orribili capelli sudaticci dietro il collo. Conciata com'ero, avevo schiacciato il pulsante *reset* sulla figura da gnocca imperiale di lunedì sera.

I suoi occhi stavano catturando ogni dettaglio possibile della mia vita racchiuso nella stanza. Notai pure che il passare degli anni lo aveva reso più interessante, come un ottimo vino invecchiato. Era un uomo, ora. Una bellissima leggenda in carne e ossa nel mondo delle due ruote. Non sapevo il perché, ma mi trasmetteva sicurezza, potenza e forza. Quel corpo perfettamente modellato dagli allenamenti racchiudeva una grande passione per i motori.

Avevo visto fin da subito in lui il fuoco. Quel fuoco dirompente che gli aveva permesso di superare un brutto infortunio che avrebbe potuto costargli la carriera. Invece Chase aveva lottato per recuperare la forma fisica, e tornare a vincere e collezionare primati e coppe.

Purtroppo quel lato del suo carattere era stato anche una delle tante cose che mi aveva fatto innamorare perdutamente di lui.

"Non pensavo lavorassi per Stars."

Sbuffai, pronta all'ennesima tirata d'orecchie.

"Non fraintendermi. Sei *sempre* stata formidabile nella scrittura." Le sue parole mi fecero sussultare dalla sorpresa. "Penso che sia uno spreco che tu lavori per una rivista di gossip scadente. Puoi puntare più in alto."

Alzai il mento e scorsi una scintilla nei suoi occhi, e un brivido mi corse sulla pelle. "*Sempre* è una parola che non puoi usare con me, non dopo dieci anni. Non sono più una ragazzina" obiettai.

"Lo vedo."

Sentii tutto il peso del suo sguardo e ricordai purtroppo anche l'ultima volta che mi aveva guardato così. Feci finta di nulla e strinsi la tazza tra le dita. "Qual è la questione urgente di cui volevi parlarmi e che non poteva aspettare?"

Socchiuse gli occhi e appoggiò la tazzina sull'isola. Era lontano il giusto perché non gli mettessi le mani addosso – per picchiarlo, ovviamente – ma non abbastanza per non sentirlo. Lo sentivo in ogni molecola del mio essere che formicolava. Il suo profumo con una leggera nota di bosco aveva invaso la mia cucina.

"Dobbiamo discutere dei dettagli dell'intervista, dal momento che hai accettato di lavorare a questa esclusiva *con* me."

"Lavoro *per* Stars, non *con* te."

"Pensavo che non avresti mai accettato."

"Te lo ripeto, Chase: è il mio lavoro."

"Sei arrabbiata." Mi rivolse quel mezzo sorriso causa di infarto per il novantacinque percento della popolazione femminile.

"Avrei preferito che me ne parlassi prima, ma d'altronde quando avresti potuto discuterne con me? Nelle nostre telefonate settimanali?" commentai, ironica.

"Ti hanno detto che l'esclusiva sarà per l'Inquirer?"

"Vuoi un applauso?"

"Basterebbe un grazie" disse in tono di scherno. Chase si sporse in avanti, tutto il peso del corpo nelle braccia tornite. "Non possiamo cambiare quello che è successo, Autumn. Vorrei poter tornare indietro e cambiare le cose, Dio se lo voglio. Ma non si può." Gli guizzò una vena sul collo. "So di averti delusa nel peggior modo possibile e so che adesso non te ne fai nulla delle mie scuse, ma spero che questa intervista sia l'occasione per ricominciare."

Cosa? Essere amici era fuori questione: troppe emozioni in ballo, troppe recriminazioni, troppa rabbia.

Aprii la bocca per rispondere, ma lui alzò la mano marchiata dall'inchiostro per fermarmi.

"Non era una domanda."

Aggrottai le sopracciglia. "Se giochiamo, lo facciamo secondo le mie regole."

"Sai che amo vincere, *Peanut*." *Ancora quel nome.*

"Non è una negoziazione" continuai, imperterrita. Poteva essere convinto finché voleva di condurre il gioco, ma si sbagliava. "Non devi giocare sporco e non devi invadere il mio spazio. Il viale dei ricordi è chiuso."

"Ti stai comportando come una bambina."

"Sono commossa da queste tue tenere parole da vero amico" commentai, ironica. "Le hai trovate cliccando 'aforismi sull'amicizia' su Google?"

"No, su un biscotto della fortuna."

"Sei sempre stato goloso." In risposta ottenni un'occhiata affilata come un set di coltelli da sushi. "Okay, abbiamo finito. Puoi andartene."

"Non me ne vado."

"Non era un suggerimento, Chase."

"Non ci siamo ancora accordati per l'intervista." La sua bocca si distese in un sorriso pigro e le mie parti femminili fremettero.

Sbuffai. "Quando ti devo raggiungere a Blue Harbor?"

Chase finì d'un sorso tutto il caffè, poi appoggiò la tazza vuota sul mobile. Sistemai una ciocca di capelli e il movimento della mia mano catturò tutta la sua attenzione. I suoi occhi calarono sul solitario all'anulare, poi ritrovarono il mio volto. Mi stavano scavando dentro due buchi. Anzi, due crateri. "La prossima settimana" pronunciò con voce piatta, quasi fosse infastidito. "Ho degli incontri con degli sponsor che non posso saltare."

"La prossima settimana?" Davvero? Faceva sul serio? Con tutte le date disponibili sul calendario, lui mi voleva – lavorativamente parlando – a Blue Harbor la prossima settimana?

"Qualche problema?"

Tu, avrei voluto rispondere. Ma non dovevo farne un affare di stato. "Okay."

Per un attimo la maschera di sicurezza tremò sul suo viso, ma fu solo una debole scintilla. Ritornò subito a essere imperscrutabile, impedendomi di capire cosa gli passasse per la testa. "Grazie per il caffè" pronunciò come battuta finale prima di uscire di scena. Tirò fuori dalla tasca interna della giacca un mazzo di chiavi e si diresse alla porta.

Lo raggiunsi sulla soglia, sperando che Biscottino non tentasse la fuga con lui. "Chase..."

Mi sembrava che le cose fra di noi fossero rimaste in sospeso. Aveva ragione Amanda: non vedersi per dieci anni non significava essersi detti addio.

Lui si voltò e la sua espressione si addolcì per un attimo. In quei brevi istanti, nei suoi occhi rividi noi due, adolescenti, pieni di sogni e fiducia nella nostra storia. Poi sbatté le palpebre e mi ritrovai uno sconosciuto di fronte a me. "Pensavo che sarebbe stato meno difficile."

"Cosa?" chiesi a fatica, la gola arsa dalle emozioni.

"Rivederti, pur sapendo che sei andata avanti con la tua vita senza di me."

Inspirai a fondo, nonostante ogni parola pronunciata da lui mi si fosse conficcata nel petto come proiettili. "Sono passati dieci anni, Chase" mormorai con voce roca.

Allungò la mano come a volermi accarezzare la linea della guancia, ma la riabbassò subito, il volto tormentato. "Hai ragione. Ti aspetto lunedì a Blue Harbor."

Lo guardai mentre usciva sul pianerottolo e spariva giù per le scale. Non dissi nulla, chiusi la porta e vi appoggiai contro la fronte. Avevo già perso Chase, ma dopo quella settimana a Blue Harbor avrei dovuto lasciarlo andare, e quella volta per sempre.

Ricaduta
/ri·ca·dù·ta/
Sostantivo femminile
Riacutizzazione o reinsorgenza di un processo morboso apparentemente superato o in via di esaurimento.

Assenza

Capitolo 7

Cinque giorni dopo, mi ritrovai alla guida di una vecchia Ford noleggiata all'aeroporto di Charleston, diretta verso Blue Harbor. Biscottino mi dava il sedere, imbronciato per esser rinchiuso nel suo trasportino ormai da diverse ore.

Fortunatamente in dieci anni la segnaletica stradale non era cambiata granché perché, tra il cellulare che non prendeva e il GPS che non rilevava nemmeno la cittadina, sarebbe stato un attimo perdersi. Quando lanciai un'occhiata allo specchietto retrovisore e il mio sguardo fu catturato dal cartello *Welcome to Blue Harbor* ormai alle mie spalle, il cuore cominciò a battermi all'impazzata. Ero in preda all'ansia.

Il paesaggio era già acceso dai colori dell'autunno e, a mano a mano che mi avvicinavo al centro della città, il profumo di erba tagliata e aria salmastra invase il piccolo abitacolo. Presi un profondo respiro e schiacciai sul pedale dell'acceleratore, come se il diavolo mi fosse alle costole. Non avevo ancora messo piede a casa e già ero in palla.

Lasciai che la brezza frizzantina di inizio ottobre mi schiaffeggiasse il volto, mentre alla radio passava una vecchia canzone d'amore dei The Shires. Tra una nota e l'altra, i ricordi di me e Chase riemersero con prepotenza a galla, e la sua ultima frase mi mulinava in testa come un ritornello che non riesci a toglierti dalla mente.

Pensavo che sarebbe stato meno difficile.

Quelle sei parole mi tormentavano da quando lo avevo visto varcare la soglia del mio appartamento per andar via. Non ci eravamo più sentiti, se non per un semplice messaggio di conferma che mi aveva inviato. Non mi chiesi nemmeno come avesse avuto il mio numero di cellulare, dal momento che Chase Allen era considerato in redazione come Il Salvatore del giornale.

Strinsi con troppa forza il volante, ben sapendo che ritornare *qui* mi avrebbe causato un forte impatto. E pensare che quando me n'ero andata mi ero ripromessa di non metterci piede. Mai più.

Le mie paturnie e le parole smielate del pezzo country furono interrotte da un rumore sinistro che proveniva dall'auto; non ebbi il tempo di registrare cosa stesse succedendo che la Ford cominciò a sobbalzare, si alzò del fumo dal cofano e la macchina si fermò sulla *interstate* I-526. Nel bel mezzo del nulla.

"Dannazione!" imprecai. Provai a mettere di nuovo in moto, non ottenendo segnali. Lanciai gli occhiali da sole da qualche parte sul sedile di dietro e scesi. Non capivo nulla di meccanica, ma mi era abbastanza chiaro che il motore non funzionava più.

Ritornai in auto, lanciai un'occhiata al sedere di Biscottino – che persisteva nell'ignorarmi – e afferrai il cellulare per chiamare la compagnia da cui avevo noleggiato la macchina: niente campo.

Non solo la viabilità non era cambiata a Blue Harbor, pure l'avanzamento tecnologico. Considerando anche che nell'ultima ora avevo incrociato forse un'auto o due, sarei rimasta a marcire sul ciglio della strada per una quantità indeterminata di tempo.

Passò una buona mezz'ora nella quale ascoltai un'intera rubrica radiofonica per cuori infranti, ingurgitai dalla disperazione due pacchetti di cioccolatini *Reese's* che avevo di scorta in borsa e ricevetti la mazzata finale quando una stazione passò la canzone mia e di Chase. Me la presi da morire con il pulsante della radio. Quante possibilità c'erano che passassero alla radio la nostra canzone?

Poi arrivò il primo segnale di vita. Il rombo di un motore, seguito da una sirena. Sbirciai nello specchietto laterale e scorsi i lampeggianti di una volante della polizia avvicinarsi sempre di più. La macchina accostò alla destra della fiancata: un uomo con la divisa da sceriffo abbassò il finestrino.

Mi ci volle qualche istante, ma poi lo riconobbi e il primo sorriso di quella giornata piegò all'insù gli angoli delle mie labbra. I capelli ora erano più lunghi e leggermente schiariti sulle punte, non portava più gli occhiali, ma aveva ancora l'inconfondibile fossetta che gli dava un'aria sbarazzina.

L'uomo dietro il volante era Jacey, uno dei migliori amici di Chase ai tempi del liceo e figlio di Joe Templeton, il Re dei Granchi di tutta Blue Harbor.

"Jacey?" Alzai un sopracciglio, sorpresa.

"Guarda chi si vede!" esclamò, il sorriso ora pieno.

"Niente più occhiali?"

"Laser" mormorò arrossendo. "Occhio a quello che dirai perché posso metterti in gattabuia."

Risi. "Non ci credo che sei diventato sceriffo di Blue Harbor. Da grande non volevi trovare i reperti della guerra civile?"

"Ora vengo pagato per perquisire le donne belle come te. L'aria di città ti ha resa follemente bella."

Arrossii per l'imbarazzo, poi Jacey indicò col mento il cofano della Ford. "Guai con il motore?"

"Secondo te potevo non fare un'entrata in grande stile a Blue Harbor?"

"Chiamerò McGabe per recuperare l'auto con il carroattrezzi. Intanto ti posso dare uno strappo io fino al Lullaby Inn."

Dieci minuti dopo, ero seduta sul sedile del passeggero, con Biscottino sul mio grembo e le valigie che riempivano tutto lo spazio dei sedili posteriori.

Blue Harbor distava ancora qualche miglio dalla I-526. La vegetazione stava cambiando man mano che ci avvicinavamo al centro abitato e ci eravamo lasciati alle spalle un viale di querce che per la sua solennità e la storia che portavano su di sé mi lasciò senza fiato e con una stretta al cuore. Non mi ero accorta di quanto mi fosse mancata casa in tutti quegli anni. Avevo preferito spegnere l'interruttore sulle mie emozioni e vivere di solo lavoro.

"Dunque. Un'esclusiva su Chase per l'Inquirer, eh?"

Dritto al punto. "Già."

"Credevo che non vi avrei mai più rivisti nella stessa stanza."

Iniziai a giocherellare con la zip del giubbino, sperando non iniziassero a comparire delle macchie sul collo. Non avevo un kit da viaggio del Clorox per pulire il cruscotto. "Come l'hai saputo? No, non dirmelo. Immagino che tutta Blue Harbor ne parli."

"Sai come volano le notizie in una piccola città..."

Mi voltai verso il finestrino, il naso solleticato dal profumo sempre più forte di bosco e resina. Purtroppo lo sapevo. Conoscevo sguardi e chiacchiere di quella cittadina.

"Ancora non ci credo! Autumn Reese è seduta nella mia auto!" Jacey scosse la testa, incredulo. "Sembra passato un secolo."

"A proposito..." Tornai a guardarlo. Mi umettai le labbra secche, pronta ad affrontare una delle innumerevoli parti difficili di quel viaggio a ritroso nella mia adolescenza. "Mi dispiace, Jacey, per il modo in cui me ne sono andata. Ho mollato tutto e sono scappata, senza dire niente, senza parlartene. E tu ci sei sempre stato per me come amico..."

"Non devi scusarti, Autumn." Mi liquidò con un gesto della mano. Nonostante le iridi fossero nascoste dietro un paio di lenti da sole specchiate, mi stava sorridendo; scorgevo le pieghe attorno agli occhi che facevano timidamente capolino dalla montatura. "Capita a tutti, almeno una volta nella vita, di voler scappare da tutto quanto e sperare di avere la possibilità di ricominciare. Tu hai avuto l'occasione di iniziare daccapo e reinventarti a San Francisco." Le lenti si abbassarono sul mio anulare, dove brillava – ancora – il solitario regalatomi da Byron. "Hai lasciato qualcuno d'importante a *Frisco*?" chiese, l'attenzione di nuovo sulla strada. "Aspetta, Margareth deve avermi accennato qualcosa su di lui. Lavora per una famosa società di azioni, giusto?"

Sbuffai. "Mia mamma dovrebbe trovarsi un hobby che non preveda il divulgare informazioni sulla mia vita privata."

Piegò la bocca in un sorriso obliquo. "Che effetto ti ha fatto rivedere Chase?"

Feci spallucce, fingendo che non mi importasse granché. "Gli sono grata perché riempie le pagine di Stars con le sue storie d'amore" dissi, tentando di non sembrare gelosa.

"Non ci sarebbe niente di male a riprendere l'amicizia con lui."

"Da una scala da uno *scordatelo* a dieci *mai*, voto per il mai più." Lo guardai in tralice. "Tu, invece?" cambiai argomento. "Non vedo fedi al dito."

Jacey aprì la mano sinistra sul volante. "Mi sono sposato sette anni fa con una ragazza di Savannah, ma non ha funzionato."

"Non lo sapevo. Mi dispiace."

Calò un breve silenzio fra di noi, breve perché quando la volante rallentò mi accorsi di trovarmi nel cortile sul retro del Lullaby Inn. Ero arrivata a casa.

Il sole era ormai una palla infuocata pronta a tramontare e i suoi raggi dorati rendevano l'acqua della baia come cosparsa di polverina magica. Un uccello si alzò in volo e sfiorò l'acqua rompendo quel gioco di luci.

Mi venne la pelle d'oca e il corpo fu scosso da un brivido quando vidi il pontile. Un'intensa emozione mi strinse le pareti dello stomaco mentre *quel posto* mi rievocava vecchie immagini. Il rumore del vento fra le fronde degli alberi, i suoni che provenivano dall'annuale festival d'autunno. Io e Chase seduti sul pianale del suo pick-up Dodge Ram, senza parlare, senza il bisogno di aggiungere parole per riempire i silenzi. I suoi baci mi dicevano quanto mi desiderasse, i suoi sorrisi mi promettevano un per sempre.

"Autumn?"

Deglutii e ricacciai indietro le lacrime che mi avevano riempito gli occhi. Per fortuna gli occhiali da sole celavano il mio turbamento. Quanto ero stupida a crogiolarmi nella nostalgia di una vecchia storia? Lui era andato avanti, bastava digitare il suo nome nella barra di Google Immagini per capirlo.

Autumn Lily Rose, smettila di fare la vittima! Dio, quanto odiavo i personaggi femminili così nei libri che leggevo?

"Vuoi che ti accompagni dentro?" mi chiese, scendendo dall'auto per scaricare le valigie dal sedile posteriore.

"No, è meglio che entri da sola." Aprii la portiera e scesi, stringendomi al petto il trasportino. "So che sei abituato agli interrogatori, ma non a quelli di Margareth Reese."

"Di' a tua madre che verrò a farle visita in settimana, così mi farà trovare la crostata di mele più buona del Sud."

Annuii. "Grazie del passaggio, Jacey" dissi piano.

"Autumn?" Stavo per andarmene, quando la sua voce mi raggiunse alle spalle. Tornai indietro e mi sporsi verso il finestrino. "Ci sei mancata un sacco da queste parti."

Mi morsi il labbro, sentendomi in colpa per come avevo trattato tutti loro. "Non resterò a lungo."

Jacey buttò un'occhiata alle mie valigie: due grandi e un trolley piccolo solo per le scarpe. Non proprio un bagaglio per una settimana.

Scrollai le spalle. "Non so mai cosa mi potrebbe servire" mi giustificai prima di allontanarmi di un passo dall'auto. "Ci vediamo in città."

Seguii con lo sguardo la volante, finché non scomparve alla mia vista alla fine del vialetto d'entrata. Trascinai con difficoltà le valigie, passando davanti al pontile, ma evitando di guardarlo. Imboccai il sentiero di ghiaia che portava al retro del Lullaby Inn e sospirai rumorosamente, gli occhi puntati sulla facciata dell'edificio.

"Siamo arrivati, Biscottino." Lui mi lanciò tra le grate un'occhiata indignata da vera star.

Una ventata d'aria fredda si insinuò sotto il giubbino di pelle lasciato aperto e il profumo di erba tagliata mi schiaffeggiò il volto. L'odore di casa.

Inspirai a fondo e mi feci coraggio. Le mie scarpe macinarono ghiaia finché non mi ritrovai davanti a una tipica costruzione degli anni Venti, che dall'aspetto ricordava tanto una di quelle fattorie del Sud che si vedono nei film. Il posto in cui ero cresciuta, dove avevo annaffiato i miei sogni da ragazzina.

Nonostante non ci mettessi piede da troppo tempo, il bed & breakfast non era affatto cambiato, se non per una nuova tinteggiatura alle assi di legno, ora dipinte di un beige delicato, e per le imposte chiuse di colore rosso. Le sedie a dondolo erano ancora al loro posto, sotto il portico, e danzavano al ritmo del vento. La magnolia aspettava la primavera per rifiorire e riempire con il suo profumo pungente le stanze che davano sulla baia. Il giardino, perfettamente curato, era ombreggiato da querce secolari e disponeva di un piccolo gazebo in cui poter cenare durante le sere d'estate.

Mi tolsi gli occhiali, li gettai alla rinfusa nella borsa e salii trafelata gli ultimi tre scalini che portavano al portico. Ebbi a malapena il tempo di posare la prigione portatile di Biscottino che la porta sul retro si aprì. Vidi una nube di capelli color del miele, due occhi identici ai miei, stropicciati dalla stanchezza, e un viso segnato dal tempo. L'attimo dopo mi ritrovai stretta nell'abbraccio soffocante di mia madre.

"Mamma, non respiro. Se non mi lasci andare, la mia permanenza a Blue Harbor non durerà tanto" boccheggiai.

"È così bello averti a casa" disse con voce sommessa e intensificando la stretta. "Ormai non ci speravo più."

"Fammi almeno entrare" risi, cercando di districarmi da quell'abbraccio a ventosa.

Mia madre si tirò indietro, le sue mani mi tenevano ferma per le spalle. Mi squadrò a lungo, con gli occhi lucidi, scavando dentro di me con quell'occhiata laser tipica da mamma. "Sei dimagrita? L'aria di città non ti giova. Devi tornare più spesso a casa" mi riprese, accarezzandomi dolcemente i capelli.

Alzai gli occhi al cielo. "Non iniziare."

"Non hai detto al telefono che ti saresti fermata solo il giusto indispensabile?" mi chiese, dando un'occhiata ai miei bagagli.

"Infatti ho portato solo lo stretto necessario" mi giustificai. "Mi dai una mano?" Recuperai il trasportino di Biscottino, due valigie – una la lasciai a lei – ed entrai.

Nell'ingresso fui accolta da un delizioso tepore e dall'inconfondibile aroma della crostata di mele e cannella, la sua specialità.

Fissai strabiliata i cambiamenti che erano avvenuti all'interno del bed & breakfast. Se la facciata non aveva subìto grosse modifiche, la reception della locanda invece aveva abbracciato la modernità. La carta da parati beige e a fiori rosa era stata sostituita da una mano di pittura bianca; le ottocentesche poltrone imbottite erano sparite e al loro posto c'erano sedie rivestite da soffici cuscini sul blu. Blu come i soprammobili, che ricordavano il colore del mare della costa atlantica e che si mescolavano con i dipinti raccattati da mia madre a qualche mercatino.

L'ambiente ora era accogliente con quei piccoli tocchi di ammodernamento, ma conservava tutto il suo fascino da tipica fattoria del Sud. Parlavamo spesso al telefono, io e mia madre, ma non ricordavo che mi avesse mai accennato ai lavori nel locale, nemmeno quando era venuta a trovarmi a San Francisco. Anche se a suo discapito dovevo ammettere che, appena mi accorgevo che la direzione delle sue conversazioni virava sul tema *casa*, tendevo a cambiare argomento o a chiudere le chiamate.

Una stupida emozione mi serrò le pareti dello stomaco nel vedere con i miei occhi quanto fossi stata lontana da Blue Harbor. Non ero l'unica a essere andata avanti.

"Come sei arrivata fino a qui?" La sua voce mi strappò dai miei pensieri.

"Mi si è rotta la macchina a noleggio sulla I-526. Per fortuna passava di lì Jacey. Te lo ricordi il figlio di Joe Templeton? Lo sceriffo al quale racconti da dieci anni a questa parte tutti i fatti miei?"

Margareth si mise le mani sui fianchi. "Non tutti."

"Ora mi sento meglio" borbottai e aggiunsi: "So che hai tenuto aggiornato anche Chase."

"Mi ha chiesto lui di non dirtelo" rispose sulla difensiva.

"Ma sei mia mamma!"

"E tu mi hai sempre ripetuto e sottolineato più e più volte che non volevi sentir pronunciare nemmeno il suo nome."

Mi trattenni dal farle un gestaccio. "A chi altro hai spifferato la mia vita? La racconti a puntate alle riunioni del consiglio cittadino?"

"Esagerata!" esclamò, alzando un sopracciglio. Faceva pure l'offesa! "Solo agli incontri del Club del Libro."

Mi appoggiai avvilita al bancone della reception, ignorando il miagolio di protesta di Biscottino. "Cos'è?" chiesi, cedendo alla curiosità.

"Ogni settimana facciamo degli incontri sul retro bottega della libreria di Georgette Honor e ci confrontiamo sulle nostre letture. Siamo io, Georgette, Katie Tanner e Sara May. Dovresti passare anche tu dal circolo, potresti imparare cose interessanti." Mi strappò di mano una valigia e s'incamminò verso il piano superiore, lanciando uno sguardo al trasportino. "Lui deve stare in camera tua, lo sai che gli animali non sono ammessi alla locanda."

"Farò del mio meglio." Poi non ebbi il tempo di fiatare, perché a malapena riuscivo a respirare. "Non hai fatto mettere un ascensore?" ansimai, senza ottenere risposta. Mia madre era abbastanza conservatrice.

La seguii lungo le scale, rendendomi conto che le intemperie degli ultimi anni avevano peggiorato le condizioni delle assi di legno che ora scricchiolavano a ogni passo. Constatai anche che non era scemata la passione di mamma per i mobili di antiquariato che decoravano i corridoi. Ninnoli, quadri, vecchi specchi. Non era una vera intenditrice, ma aveva stretto amicizia con i vari galleristi che si trovavano in città.

Arrivate in cima, aprì la porta della mia camera e subito una folata d'aria fresca m'investì. Per qualche istante restai inchiodata al pavimento, senza parlare o respirare. Ero esausta per il lungo viaggio, ma la miriade di emozioni che stavo rivivendo in quei momenti mi liberò in corpo una buona dose di adrenalina.

"Tesoro..." Il suo tono di voce mi chiuse lo stomaco. Stava per parlare di *lui*.

"Non è una rimpatriata tra amici, mamma" l'interruppi. "È solo un'occasione di lavoro che mi permetterà di ottenere una promozione" misi in chiaro.

"Sarà solo lavoro, ma non sono così vecchia da non ricordarmi com'eri innamorata di lui" ribatté. Poi abbozzò un sorriso. "Mi sa che dovremmo fare una bella e lunga chiacchierata, io e te."

Il suo sguardo cadde sul solitario che brillava sul mio anulare. Le avevo "annunciato" per telefono la proposta di matrimonio di Byron come se le parlassi dell'andamento dei titoli azionari in borsa; io ero refrattaria a parlarne, lei era da sempre una sostenitrice di Chase.

"Ora vado a preparare la cena, tu mettiti pure comoda. Se ti serve qualcosa, fammelo sapere." Mi diede una pacca soddisfatta sulla spalla e tornò di sotto.

"Il campo per il cellulare non sarebbe male" borbottai sottovoce.

Una volta sola, restai sulla soglia a fissare inebetita e per diversi secondi la stanza, prima di trovare il coraggio di entrare.

Fu come fare un viaggio con la macchina del tempo. Mi rividi in quella stessa camera mentre mi agghindavo e aspettavo che Chase mi lanciasse i sassolini contro la finestra per annunciarsi. Rammentai le ore passate a scrivere dei miei libri preferiti sul computer per poi fiondarmi di sotto, in cucina, per raccontare a mia madre per filo e per segno l'ultima storia letta.

Poi mi vidi sul letto, la testa nascosta sotto il cuscino e il corpo scosso dai singhiozzi quando il ragazzo che mi regalava aeroplanini di carta mi aveva spezzato il cuore, per la seconda volta.

Fu quello stesso muscolo, ora più indurito, a saltare un battito nel petto e a farmi sussultare, strappandomi così alle memorie del passato. Per prima cosa liberai Biscottino che andò subito a nascondersi sotto il letto, spaventato.

"Dio" dissi con voce roca. Abbracciai con gli occhi tutta la camera, come se volessi memorizzarne ogni singolo dettaglio. Non era cambiata affatto. Carta da parati a fiori rosa, infissi e mobili bianchi, dei residui di scotch di qualche vecchio poster qua e là. Sopra il letto c'era ancora la fila di lucine di Natale che tenevo tutto l'anno per appenderci vecchie polaroid di vita quotidiana. Con un sospiro presi la sedia dalla scrivania dove ero solita scrivere, la posizionai davanti all'armadio, restai a piedi scalzi e ci salii sopra. Tastai a tentoni per un po', finché non trovai quello che stavo cercando. Una vecchia scatola di scarpe.

Tornai sul letto, scossi la testa e trovai il coraggio di aprirla. Dentro c'erano tutte le foto mie e di Chase, accompagnate dalle stesse parole che lui mi faceva trovare sugli aeroplanini di carta. Con mani scosse dai tremiti, le sfogliai una a una, fino a imbattermi in un vecchio scatto in bianco e nero.

Era un po' rovinato dal tempo, con dei piccoli strappi agli angoli e delle pieghe al centro. Non mi ricordavo per quanto tempo lo avessi tenuto nel portafoglio. Forse per tutto l'ultimo anno di liceo.

Passai le punte delle dita sul volto di un Chase ragazzino, con i capelli leggermente più lunghi e arruffati dal vento. La foto lo ritraeva mentre camminava verso di me sul pontile, con indosso una felpa e un paio di jeans più grandi di lui.

E il suo *sguardo speciale*.

Non avevo più trovato nessuno che mi guardasse in quel modo.

Lessi la parola con cui avevo correlato quella vecchia polaroid e scossi la testa. Credevo di aver trovato il vero amore da ragazzina, ma poi avevo fatto i conti con una triste verità.

Avevo incontrato la mia anima gemella in Chase, ma poco importava.

Io non ero la sua.

Posai le foto sul materasso e respirai a fondo. Sollevai cartoline, qualche vecchia scatolina, fogli ingialliti dagli anni e poi mi ritrovai tra le mani un anello di plastica bianco che Chase aveva staccato da una bottiglia di Coca-Cola e che mi aveva regalato come pegno d'amore.

"Al momento posso darti solo questo, ma ti prometto che un giorno a questo stesso dito metterò un vero anello e sarà per sempre."

Rigirai tra le dita quel cerchio di plastica, perfetto come sembrava fosse la nostra storia.

Per settimane, dopo la partenza di Chase, ero ritornata al molo. Mi ero seduta sulle assi di legno, con i piedi che lambivano l'acqua, e avevo ricostruito nella mia testa quel giorno come un puzzle, pezzo dopo pezzo.

Parola dopo parola.

Sguardi dopo sguardi.

Mi ci ero aggrappata, finché la speranza era sbiadita via assieme alle stagioni che si erano susseguite senza indugio. Avevo pregato fino all'ultimo che lui tornasse. Ma non lo fece. E dopo un po' di tempo, smisi anch'io di tornare lì, al pontile.

Erano ormai passate le nove di sera quando terminai di asciugare l'ultimo piatto. Una volta servita la cena alla neocoppia di sposini che era venuta in luna di miele dal Montana e aver sistemato la cucina, scrissi un biglietto VADO IN CITTÀ e lo attaccai alla porta della cucina. Sgattaiolai fuori dal retro per risparmiarmi l'interrogatorio di mia madre dopo tutte quelle ore di viaggio. Soprattutto, volevo evitare l'argomento Byron.

Decisi di prendere la bicicletta dalla vecchia rimessa per sgranchirmi le gambe e approfittare delle ore serali con i negozi ormai chiusi e i locali quasi vuoti per farmi un giro in città. Sapevo di non poter vivere in isolamento al Lullaby Inn in eterno, ma non ero ancora pronta ad affrontare le occhiate curiose.

Blue Harbor era una cittadina con meno di cinquecento anime, con ampi viali ombreggiati da alberi frondosi e un pittoresco centro storico. Il piccolo porticciolo era circondato quasi tutto l'anno da imbarcazioni di varie grandezze – dallo yatch extra lusso al peschereccio che usciva in mare a caccia di pesci ogni mattina – ma era soprattutto d'estate che la cittadina storica prendeva vita, con i ristoranti e i locali che si affacciavano direttamente sul porto e che offrivano ai turisti pesce fresco e musica dal vivo. Era difficile non pensare a Chase mentre pedalavo lungo la pista ciclabile: la sua famiglia possedeva quasi l'intero paese, dagli edifici commerciali ai vasti appezzamenti di terreno agricolo. Da quanto mi aveva raccontato Chase, gli Allen abitavano a Blue Harbor dal giorno della sua fondazione e tra i membri della famiglia annoveravano giudici, banchieri e latifondisti.

A ricordarmelo ci pensavano le insegne dei locali: Allen Bank, Allen Market, Allen Bakery. Per non parlare delle vetrine dell'emporio che vendevano qualsiasi tipo di gadget, dalle magliette con su stampato il volto di Chase ai pupazzetti a sua immagine.

Pedalai con forza e mi ritrovai a passare davanti a un negozio con una piccola insegna al neon con la scritta *Hair & Nails Salon di Abigail Hansen* che addobbava la vetrina. Frenai bruscamente, scesi e sbirciai dentro, vinta dalla curiosità. Le imposte erano già chiuse e all'interno del locale non c'era più nessuno. Tirai un sospiro di sollievo, ma sapevo che era solo questione di pochi giorni. Avrei dovuto affrontare più di un fantasma durante la mia permanenza in città.

Recuperai la bici ed ero ormai decisa a tornare alla locanda quando i miei occhi scorsero i manifesti colorati che decoravano ogni albero di Broad Street, la strada principale.

HARBOR FAIRY FESTIVAL
IL FESTIVAL D'AUTUNNO DI BLUE HARBOR
UN'EMOZIONE INDELEBILE

Mi chiesi se fosse solo una coincidenza, il mio ritorno a casa proprio durante il festival d'autunno. Possibile che Chase non se ne ricordasse?

Provai un misto di inquietudine e terrore al pensiero di come si sarebbe trasformata Blue Harbor nei giorni a venire, agli odori e ai suoni da cui sarebbe stata sommersa.

Continuai a pedalare, evitando di prendere in pieno con le ruote le numerose crepe causate dalle radici delle querce centenarie che avevano sollevato l'asfalto. Appena raggiunto il vialetto di casa, scesi dalla bicicletta e mi avviai verso la rimessa. Mi strinsi nella giacca e attraversai in silenzio il sentiero, la notte riempita dal canto dei grilli e delle rane. Il retro dell'edificio era immerso nel buio se non per una piccola luce accesa sotto il portico. Mamma non aveva perso le sue abitudini, pensai con un sorriso malinconico.

Dopo aver messo la bici al suo posto, decisi di fare una piccola deviazione al pontile pur di non ritornare a chiudermi in camera a ripercorrere da sola il viale dei ricordi, ma trasalii pochi passi dopo.

In fondo alla pedana, seduto sul bordo di legno, si stagliava una sagoma. C'era Chase, con lo sguardo fisso davanti a sé.

Forse anche lui, dopotutto, ricordava.

Chiusi gli occhi, ma i nostri ultimi istanti da coppia mi passarono davanti come un vecchio film in bianco e nero. Un brivido mi corse lungo la schiena e non per il freddo della notte. Mi morsi il labbro per cacciare indietro l'emozione che mi serrava la gola e indietreggiai, cercando di non far rumore.

Lanciai un'ultima occhiata all'ombra di Chase e poi mi allontanai il più in fretta possibile da lui, tornando a respirare solo una volta al sicuro nella mia stanza.

Assenza
/as·sèn·za/
Sostantivo femminile
Mancata presenza o lontananza da un luogo in cui uno dovrebbe trovarsi.

Felicità

Capitolo 8

Una giornata intera senza intoppi.

Questo fu il mio primo proposito appena aperti gli occhi, il mattino dopo.

Non avevo puntato la sveglia, ma ci aveva pensato Biscottino alle prime luci dell'alba a informarmi – ci teneva tantissimo – di avere fame con la sua lingua rasposa.

Ero scesa in cucina, mi ero versata una tazza di caffè ed ero tornata di sopra con la ciotola colma di crocchette. Avevo controllato il telefono e mi ero resa conto di essermi illusa troppo velocemente che il Lullaby Inn fosse entrato nel mondo 2.0.

In camera la linea internet non prendeva, come in tutto l'edificio. Sicuramente era un'idea di mia madre, convinta che in vacanza bisognasse staccare e viversi il posto, e non stare con il naso incollato allo schermo di un telefonino.

Avevo lavorato un'oretta alla bozza di un nuovo post sul blog, aggiornando le puntate de IL RITORNO DELLO SPACCACUORI, poi mi ero chiusa in bagno per darmi una rinfrescata e vestirmi, così da poter aiutare mia madre con gli ospiti.

Quando scesi di nuovo di sotto, la trovai seduta su uno sgabello, fresca di doccia con tanto di turbante sui capelli, mentre una torta si cuoceva nel forno.

"Buongiorno, tesoro." Sollevò gli occhi per una frazione di secondo e studiò il mio aspetto. Forse il mio abbigliamento gridava troppo 'città': leggins attillati di pelle nera, blusa a righe di chiffon, giacca di pelle, scarpe col tacco e borsa coordinate. Tipico look casual da martedì mattina. Ma a Frisco, non a Blue Harbor. Non disse nulla, tornò a seppellire la testa tra le pagine del libro che teneva fra le mani. "Ti sei alzata presto."

"Biscottino" dissi con uno sbadiglio, avvicinandomi alla caffettiera per versarmi un secondo caffè. "Non hai ospiti per colazione?" chiesi, stupita di vederla ancora in vestaglia.

"I Morgan sono usciti presto questa mattina per andare a fare un giro a Myrtle Beach."

Aggirai l'isola, sperando di non ricevere prediche, scenate o interrogatori. "Cosa stai leggendo?" chiesi con nonchalance, evitando di guardare il solitario che brillava all'anulare come un'insegna al neon. Per fortuna che non c'era campo in casa, perché non avevo il coraggio di chiamare il mio presunto fidanzato.

Mamma mi mostrò la copertina del romanzo. "*Cinquanta sfumature di nero*."

Alzai un sopracciglio.

"È la lettura della settimana per il circolo del libro."

"Interessante."

"Niente *stimola* l'immaginazione quanto la lettura." Sentii il caffè bollente andare per errore lungo le vie respiratorie.

Alzai un secondo sopracciglio, appoggiandomi al pensile.

"L'ha detto Freeman, non io. Anche se Grey stimola alquanto la mia immaginazione."

Tossii. Il caffè ormai mi era andato di traverso. "Mi è appena apparsa un'immagine nella mente che non voglio vedere più. M-a-i p-i-ù!"

Bondage, frustini e sesso non erano argomenti che volessi trattare con mia madre. Mai nella vita.

"Ti ho pulito il sedere per anni, non capisco di cosa ti vergogni."

"Non hai lavatrici da fare? Bollette da pagare?"

"Svicoli l'argomento, tipico di tuo padre." Chiuse il libro e andò a controllare la cottura della torta. Aveva distolto lo sguardo ma ero riuscita a cogliere il lampo di dolore che aveva attraversato i suoi occhi. "Tu inizierai l'intervista con Chase?"

Sentire il suo nome pronunciato a voce alta lo rese maledettamente reale.

"Oggi andrò a fare un giro in città, poi credo che mi metterò d'accordo con il suo agente su quando iniziare. C'è un posto della casa dove il telefonino prende?" Non tentai nemmeno di nascondere la punta di ironia nella mia voce.

"Fuori, vicino al vecchio granaio. Ma fa' attenzione, perché è un po' traballante."

"Perché ti ostini a non mettere la linea internet in locanda? Siamo nel 2018, la gente vive in simbiosi con il telefonino."

"Non qui al Lullaby Inn. Bisogna..."

"...godersi il viaggio. Certo." Posai la tazza nel lavello. "Ti serve niente dal centro?"

Sollevò la bocca in un sorriso. "No, ho già fatto la spesa ieri. Grazie, tesoro."

Afferrai la borsa e frugai al suo interno, in cerca delle chiavi della macchina e poi mi fermai, ricordandomi che era dal meccanico. "Mamma, posso prendere la tua auto? Te la porto tra un'oretta o due."

Non avevo nemmeno finito la frase, che mi ritrovai con il portachiavi in mano.

"Bene" aggiunsi, nervosa. Lasciai andare un respiro tremolante, per nulla entusiasta di addentrami nel mio passato.

Quella settimana a Blue Harbor sarebbe stata come una rimpatriata tra ex alunni, con la sola differenza che non sarebbe durata una serata ma diversi giorni. "Meglio che vada. Se non mi decido, non inizierò mai" borbottai, sottovoce.

"Buona fortuna" mi gridò dietro Margareth.

Ne avevo di sicuro bisogno.

Era già il secondo giro dell'isolato che facevo con la Honda Civic di mia madre. Stavo rimandando l'inevitabile. Avrei voluto chiamare Chase e darmi malata, ma poi avrei finito per starmene seduta sul letto della mia camera a sfogliare vecchie foto ingiallite, e a piegare e dispiegare aeroplanini di carta. Senza contare che mi sarei chiesta come mai nell'ultima settimana avevo fantasticato più su Chase che sul mio presunto fidanzato. Pessima idea. Pessima.

Svoltai con decisione a destra e rallentai davanti alla tavola calda. Perlustrai il parcheggio per evitare spiacevoli incontri e scesi dall'auto. "Va tutto bene, Autumn! Smettila di comportarti da bambina!" dissi, sistemandomi la borsa sulle spalle.

Feci un respiro profondo, mentre dall'altro lato della strada l'orologio della chiesa scoccava le otto del mattino. Eravamo fuori stagione, le strade non erano trafficate e le macchine non erano imbottigliate come a San Francisco, ma di sicuro il locale sarebbe stato affollato di operai o impiegati che facevano colazione prima di andare al lavoro.

Jamey Hansen aveva un caratteraccio, ma il The Whig faceva affari d'oro con le sue omelette. La figlia Abigail non aveva preso nulla da lui, e la sua dolcezza e bontà d'animo erano le caratteristiche che ci avevano fatto diventare amiche del cuore ai tempi della scuola.

Ancora prima di aprire la porta, fui accolta dal profumino delizioso di uova e salsiccia e il mio stomaco brontolò in risposta. Mi tolsi gli occhiali da sole, respirai a fondo e trovai finalmente il coraggio di entrare.

Le note di una canzone country si mescolavano al brusio dei clienti e allo sfrigolio delle salsicce sulla piastra. Fu il ticchettio delle mie scarpe ad ammutolire tutto il locale. Neanche il tempo di varcare la soglia e già avevo gli occhi di tutti puntati addosso.

Avevo attirato l'attenzione.

I vestiti non mi aiutavano a passare inosservata, constatai rassegnata passando davanti ai tavoli. Era come se avessi in mano un cartello con su scritto 'straniera'.

Ignorai i loro sguardi e mi accomodai al bancone. Hansen non alzò nemmeno la testa dai fornelli, borbottava e scuoteva la testa.

"Buongiorno, signor Hansen" lo chiamai. Sapevo riconoscere un vecchio testardo e orgoglioso quando ce l'avevo davanti. Lui borbottò qualcosa di incomprensibile in risposta e mi diede la schiena, preferendo girare le omelette sulla padella.

"Lascialo perdere."

Una mano mi sbatté davanti una tazza di caffè, seguita dal menu del The Whig. Balzai all'indietro, colta alla sprovvista. Sollevai lo sguardo, stringendo le dita sulla tracolla della borsa, e incontrai due occhi color caffè che brillavano divertiti. "Allora erano vere le voci che circolavano su un tuo ritorno. Sei qui per l'intervista o per il festival?"

Mi sarei aspettata di tutto, ma non che Abigail Hansen, quella che una volta era stata la mia migliore amica, mi accogliesse come se niente fosse successo fra di noi.

"Abigail?" mormorai, ancora interdetta.

Nessuna delle due si mosse per un po', mentre la sorpresa scemava. Gli anni erano stati generosi con lei: i capelli biondo platino scendevano in morbide onde stile anni '50 e le incorniciavano il viso, ora più scolpito e senza quella morbidezza tipica degli anni del liceo e dell'adolescenza. Gli occhi grandi e luminosi spiccavano grazie alla linea spessa di eyeliner; le curve erano fasciate in un tipico completo da diner a quadretti bianchi e neri e le conferivano un'aria seducente. Era favolosa e sembrava uscita da un film d'epoca.

Anche lei stava assorbendo tutti i miei cambiamenti. Dio era stato meno generoso con me: il mio corpo era rimasto asciutto, quasi spigoloso. Gli zigomi erano più sporgenti, il seno non aveva avuto intenzione di sbocciare come il resto delle mie forme. I capelli, che una volta portavo lunghi fino ai fianchi, ora arrivavano a malapena alle spalle, in un bob dall'effetto spettinato, come se avessi asciugato i capelli al sole dopo una giornata al mare.

"Ciao, Autumn." Colsi una tacita emozione mentre pronunciava a voce alta il mio nome.

"Sono stata un'amica di merda" esordii. Era inutile che ci girassi intorno. Mi appoggiai con le braccia al banco, il corpo piegato in avanti. "Sono stata pessima. Il giorno prima piangevo nella tua stanza e la mattina dopo ho lasciato la città come una fuggitiva. Non ho scusanti."

"Sì, in effetti ti sei comportata abbastanza da schifo." Incrociò le braccia al petto e piegò la testa di lato. "Ma eri un tale disastro in quel periodo che non ti biasimo per essertene andata da questo posto. Mi spiace solo che tu non abbia avuto il coraggio di dirmelo. Hai messo il culo su quell'autobus e te ne sei andata dall'altra parte del Paese." I tratti del suo viso si addolcirono, accompagnati da quelle parole di conforto.

"Non lo sapeva nessuno."

Abigail abbozzò un sorriso. "Sono contenta che tu sia di nuovo da queste parti. Almeno tu e Chase ci darete del materiale, altrimenti qui a Blue Harbor non ci resta che fare fan fiction."

"Non ci sperare. Se ti piacciono i fantasy, buttati su Harry Potter" risposi con una smorfia. Poi cambiai decisamente argomento. "Cosa ci fai dietro al bancone? Non lavori più al Salon?"

"Gli affari non vanno benissimo, così do una mano a mio padre almeno nelle ore di punta." Alzò le spalle, quasi fosse rassegnata, e tirò fuori il blocchetto delle ordinazioni dalla tasca del grembiule. "Cosa ti porto?"

"Prendo..." Mi fermai per leggere il menu del giorno sulla lavagna appesa alle sue spalle. Per Hansen era una bestemmia chiamare cibo qualsiasi cosa che non fosse unta o piena di grassi. "Il piatto del giorno?" Suonò più come una domanda che un'affermazione. Ero spaesata, anche solo per ordinare la colazione.

"Ti porto la miglior omelette della costa Est" disse senza annotare nulla sul blocco. "E la colazione la offre la casa, consideralo un regalo di ben tornata."

"Non sono tornata."

"Sciocchezze! Ora stai qui seduta tranquilla e goditi del vero cibo, non quelle schifezze che ti danno a San Francisco. Papà!" gridò. "Una delle tue omelette per Autumn. Falle rimpiangere questi ultimi dieci anni di cibo *healthy*."

Il vecchio Jamey si limitò ad alzare il volume della radio e Tim McGraw coprì i suoi borbottii.

"Non farci caso" lo giustificò la figlia. "È il suo modo di dirti bentornata."

Corrugai la fronte, perplessa. "Ha uno strano modo di dimostrarlo."

Mi diede un colpetto sulla spalla con un dito. "Non è stato facile nemmeno per lui, dieci anni fa" aggiunse con un soffio di voce prima di sparire e prendere altre ordinazioni.

Sentii un peso cadermi addosso. Un altro. Un tempo Hansen era stato come un padre per me, mi aveva trattata e amata come una seconda figlia, ma forse non era riuscito a passare sopra alla mia fuga. Gli anni di lontananza avevano solo aumentato il livore nei miei confronti.

"Ehi, straniera."

Mi voltai al suono di quella voce familiare e un po' della mia ansia si stemperò nel momento in cui incrociai il volto del mio amico sceriffo. "Ciao, Jacey" lo salutai.

Lui prese uno sgabello libero, lo mise al mio fianco e si sedette a cavalcioni. Da vero macho sexy con tanto di divisa. Dov'era finito il ragazzino tutto brufoli e con l'apparecchio ai denti?

"Non mi aspettavo di vederti qui, stamattina."

"La prima tappa del tour 'Le memorie di Autumn Reese' prevede colazione con la miglior omelette della città."

Lui sorrise. “Quando si è sparsa la voce in città che saresti venuta a Blue Harbor per qualche settimana, siamo rimasti tutti... come dire...”

“Scioccati?”

“Entusiasti.” Si passò la mano sul mento velato da una leggera barba. “Non succede mai nulla, qui. Il tuo ritorno terrà occupate le donne di Blue Harbor per un bel po’ di mesi, e quello...” Indicò il solitario al mio anulare. “Quello, amica mia, domani finirà dritto sulla prima pagina dell’Harbor Gazette.

“Non è come sembra.” Frase banale numero uno. “Io e Byron non siamo fidanzati.” Frase banale numero due.

“Hai un diamante grosso come una noce di cocco al dito, Autumn!”

Nascosi la mano sotto la coscia. “Si nota così tanto?”

Jacey sorrise. “Credimi, il tuo status da fidanzata non è passato inosservato nemmeno al buon tempone di Boone.” Che era cieco da una vita. *Benissimo!*

“Ecco la tua omelette.” Per fortuna Abigail tornò con la colazione, risparmiandomi la frase banale numero tre. “Sceriffo. Cosa ti porto?”

Lui non rispose subito. La fissò a lungo e un lieve rossore imporporò le sue guance. Fissai confusa i due. “Qualsiasi cosa cucinato da *te* mi va bene.”

“Non sono prevista nel menu del giorno” ribatté lei.

“Quando sei sul menu fammi un fischio, bellezza!” gridò un tizio seduto due sgabelli più in là.

“Vuoi che ti butti dentro, MacRae?” rispose Jacey, senza però mai staccare gli occhi da Abigail.

Lei, dal canto suo, l’ignorò completamente, prese il blocco delle ordinazioni e iniziò a elencare i piatti del giorno.

“Prendo un toast da portare via” ordinò Jacey, strizzandomi un occhio divertito. Io ero ancora con la forchetta a mezz’aria. La tensione fra i due era alle stelle!

“Un toast da portare via. Arriva subito, sceriffo” disse lei. Andò in cucina, prima però ringraziò il tizio seduto un po’ più in là. "Grazie, MacRae, per volermi così tanto. La colazione la offre la casa."

"Bene, bene" mormorai, una volta rimasti soli. Ruotai sullo sgabello, così da affrontarlo. "Vuoi dirmi tu cosa succede tra te e Abigail o devo andare a spulciare i vecchi numeri dell'Harbor Gazette?"

Lui sorrise. "Non c'è nulla da dire." Abbassò intenzionalmente il tono di voce.

"Quella voce non funziona con me, Templeton! E nemmeno quello sguardo" ribattei, puntandogli contro un boccone di frittata infilzato dalla forchetta. "Ti ricordo che sono una giornalista di gossip. Stano un pettegolezzo come un cane da caccia."

"Sei qui da meno di ventiquattr'ore. Non perdi tempo."

"Domani sarà già una notizia vecchia" lo ripresi. Seguii la direzione del suo sguardo: non aveva mollato per un secondo Abigail che zigzagava tra i tavoli. O forse le stava radiografando il sedere. "Allora? C'è qualcosa fra di voi? E non fare il vago."

"Non sei tornata per intervistare il tuo ex?"

"Le domande qui le faccio io."

Jacey si mosse a disagio sullo sgabello e allentò il colletto della camicia. Chiari segni di disagio.

Si strinse nelle spalle. "Non ha funzionato, è stato tanto tempo fa ed è una storia chiusa."

"Cavolo, hai il dono della sintesi."

Mi lanciò un'occhiata. Io in risposta assunsi la posa da ascoltatrice: accavallai le gambe, incrociai le braccia al petto e piegai la testa di lato.

"Diciamo che non sono più il ragazzino timido che conoscevi, Autumn. La reputazione che hai di me è... sopravvalutata."

"Quanto sopravvalutata?" Socchiusi gli occhi. "Storie serie?"

"Una."

"Con quante ragazze ti sei fatto vedere in città?"

"Tante."

"Di quante ragazze stiamo parlando?"

"Tante... *tante*. Uno stuolo."

"Ti sei fatto tutta Blue Harbor?"

"Dopo la fine del mio matrimonio, direi più lo Stato della Carolina."

"Sud?"

"Nord e Sud."

"Cristo!" Rimasi in silenzio per un minuto. "Dobbiamo ripulire la tua immagine."

"Dobbiamo? Verbo al plurale?" m'interruppe. "Fermati subito!"

"Devi riconquistare la sua fiducia." Fare il cupido mi avrebbe distolto dal vero motivo per cui mi trovavo a Blue Harbor. E mi avrebbe fatto dimenticare forse anche il Festival.

"Perché non utilizzi tutte le tue energie per far funzionare il rapporto tra te e Chase?"

"Oh, cielo, il rapporto tra me e Chase funziona. Sono o non sono qui per l'intervista? Comunque, tornando al Piano Originale, dovrai imparare a ragionare con la testa e non con parti anatomiche localizzate sotto la cintura da sceriffo."

"Autumn, non ho bisogno di accasarmi. Un matrimonio mi è bastato."

"Dico solo che sareste una bellissima coppia. Dobbiamo solo cercare di convincerla a fidarsi di nuovo di te. Da come ti ha trattato, non ti ha dimenticato. Fidati, sono una donna. Queste cose le capiamo, abbiamo un radar in dotazione dalla nascita per il sesto senso."

"Questo è discutibile."

Ci voltammo entrambi verso Abigail. Stava parlando con un uomo di bell'aspetto all'estremità del bancone. Biondo, bello e palestrato. Insomma, sembrava uscito da *Men's Health*. Era una complicazione. La situazione peggiorò quando lui estrasse dalla tasca del completo da bancario un biglietto da visita e lo porse ad Abigail. Lei lo prese e, dannazione, lo fissava come un bambino che aveva visto spuntare fuori un coniglio dal cilindro!

"Chi è?"

"Doquette."

"Quel Doquette? Dennis Doquette detto DD? Douche Doquette?" *Doquette lo stronzo.*

"Proprio lui."

"Si è fatto magro, ed è diventato più alto." Cosa spargevano nell'aria di Blue Harbor?

Jacey mi lanciò un'occhiata obliqua.

"Fidati. La sua è tutta tattica per farti ingelosire e attirare la tua attenzione."

Il nostro dibattito sulle tecniche femminili di gelosia fu interrotto solamente dall'arrivo di Hansen con il sacchetto contenente la colazione d'asporto per Jacey.

"Un altro caffè?" mi chiese sorprendentemente il vecchio, con un bricco in mano.

Scossi la testa per dire che non prendevo altro. Riuscii solo a rivolgergli un sorriso tremulo.

"Bene" disse Jacey, ricordandomi che ero rimasta in completo silenzio da troppo tempo.

"Possiamo lavorarci su" non demorsi.

"Non funzionerà mai, Autumn. *Abbiamo già avuto la nostra occasione.*"

Quella frase impattò inaspettatamente contro il mio petto a gran velocità.

Jacey si alzò e sfilò una banconota da dieci dalla tasca per lasciarla nel barattolo *Only Cash* vicino alla cassa. "E ora, se mi vuoi scusare, ho del lavoro da finire."

Uscì dal locale, con Abigail che però lo guardò andare via come l'ultima scialuppa di salvataggio rimasta sul Titanic.

Più tardi presi la borsa e la giacca, e uscii dalla tavola calda dopo aver promesso ad Abigail di passare dal Salon. Attraversai la strada e mi diressi alla macchina sotto lo sguardo dell'intera città. Davvero, non sarei rimasta stupita nel ritrovarmi in un'edizione speciale serale dell'Harbor Gazette.

Riuscii comunque a sorridere alle tre Mary: Mary Kate, Mary Jane e Mary Ellen. Erano legatissime alle tradizioni della Carolina del Sud e difatti nessuno più si stupiva nel vederle girare per le strade del centro storico vestite con costumi d'epoca risalenti alla Guerra Civile.

Non mi sorpresi nel vederle cariche di fiori di cartapesta e zucche che avrebbero allestito ogni angolo di Blue Harbor di lì a qualche giorno per il festival d'autunno. Gli abitanti della cittadina si sarebbero riversati per le strade come degli esagitati, gli uomini del comitato del festival avrebbero allestito le giostre, i chioschi e i bar avrebbero fatto a gara con pietanze tipiche del Sud, mentre i bambini si sarebbero messi in fila per fare un giro sulla loro giostra preferita.

Io, dal canto mio, odiavo l'Harbor Fairy Festival. E non per il freddo, per le urla dei bambini, per la baraonda o per la pioggia che rendeva in poltiglia tutte le decorazioni di cartapesta. No, io odiavo il festival d'autunno per *lui*. Per dieci anni, durante *quella* settimana – soprannominata la mia Settimana Oscura – lavoravo assiduamente al giornale per occupare la testa. Quell'anno, invece, il mio lavoro consisteva proprio nell'intervistare Chase durante i giorni che precedevano il festival.

Mi abbandonai sul sedile della macchina, feci un lungo respiro evitando di grattarmi il collo nel mio solito tic nervoso e avviai il motore. Guidai per le stradine, rassicurata dal paesaggio familiare: ampi viali ombreggiati da querce, vecchie case a listelli di legno con muretti in pietra, alcuni sbriciolati da vecchie inondazioni; i semafori penzolavano dai cavi e oscillavano dal vento, gli uffici si mescolavano ai negozi di souvenir e di antiquariato – tutti con l'insegna Allen, per non dimenticare.

I locali del porto a quell'ora erano ancora chiusi e c'erano alcuni pescatori che ormeggiavano intorno alle barche. Il vento proveniente dall'Atlantico mi scompigliò i capelli attraverso il finestrino. Guidai senza fretta, godendomi i tempi dilatati, lontani dalla frenesia che contraddistingueva una metropoli come Frisco. Sorrisi con malinconia davanti all'insegna DA JOE, IL RE DEI GRANCHI.

Avevo lavorato lì durante le vacanze estive per mettere via un po' di soldi, che poi avevo usato insieme al fondo fiduciario lasciatomi da mio padre alla sua morte per pagarmi gli studi alla Berkeley.

All'improvviso rallentai l'andatura fino a fermarmi sul ciglio della strada. Qualche metro più in là scorsi seduta su una panchina del porticciolo una sagoma familiare. Socchiusi gli occhi per mettere a fuoco l'immagine.

Era un po' più anziano, i capelli ora argentei, le spalle erano incurvate in avanti come se stessero sostenendo tutto il peso del mondo. Il vecchio Capitano Tripp aveva passato tutta la sua vita seduto su quella panchina al fianco della moglie ad ammirare il porto. Sapevo che la donna era venuta a mancare da diversi anni ormai, ma lui, notai, non aveva perso l'abitudine di starsene seduto lì a scrutare le acque del mare. Su quella stessa panchina.

Mi si strinse il cuore dinanzi a quell'immagine triste e romantica allo stesso tempo.

Scacciai la malinconia e mi rimisi alla guida, diretta alla biblioteca pubblica per usufruire della linea internet in modo da mettere online il post e farmi una cultura sugli ultimi dieci anni di Chase Allen che avevo accuratamente evitato.

Due ore e una bustina di cioccolatini Reese's dopo, grazie a Google, Perez Hilton e Fox Sport mi ero rimessa in pari e avevo imparato tutto quello che c'era da sapere su di lui. Vita, morte, miracoli sportivi e pure conquiste femminili. Tante conquiste femminili. Troppe.

Le foto di lui a braccetto con la mora, la bionda e la rossa di turno mi fecero ribollire il sangue. Ed era infantile che io mi sentissi così, per una stupida storia da liceale, poi! A quanti miliardi di persone nel mondo capitava di rincontrare il proprio ex? Quindi perché mi sentivo così? Forse perché l'ultima volta che avevo visto Chase era stato al festival d'autunno, e lui mi aveva lasciato lo stesso giorno in cui io avevo scoperto di *aspettare un bambino*.

Chiusi di colpo il portatile, attirando l'occhiata curiosa dell'unica altra persona presente nella stanza: Gracie Honor, bibliotecaria e figlia di Georgette Honor. Presi alla cieca gli occhiali da sole dalla borsa e uscii senza badare alle parole che mi stava rivolgendo. Sentivo solo uno strano sibilo nelle orecchie, il cuore in gola. Quasi correvo quando salii in auto.

Non stavo per piangere! Tu non piangerai, Autumn Lily Rose!

Accesi il motore e mi diressi alla carrozzeria di McGabe. Non ricordavo la strada che avevo percorso, era come se avessi inserito il pilota automatico, e le mie mani e i miei occhi non avessero dimenticato quel tragitto. Mi ritrovai a percorrere la familiare strada sterrata che portava al garage dove avevo trascorso interi pomeriggi a osservare lui e Chase riparare vecchie automobili o furgoni degli anni Settanta, seduta in disparte con un libro di storia o di scienze in mano.

Scrollai la testa come a voler scacciare quei ricordi, con la Honda che sobbalzava sullo sterrato e il profumo di resina che invadeva l'abitacolo. La carrozzeria si trovava a qualche miglio da Blue Harbor, in una zona circondata da boschi. Il mix di salsedine e resina era un altro profumo che mi ricordava casa.

Raggiunsi la proprietà e parcheggiai vicino a una Corvette rossa, a occhio e croce della fine degli anni Settanta. Immaginai McGabe con la schiena curva, il volto nascosto sotto il cofano e le dita sporche di grasso. Sorrisi a quell'immagine e girai attorno alla casa che ora aveva un aspetto più cadente, quasi abbandonato. Le assi di legno erano da cambiare, il tetto era imbarcato, le sedie a dondolo nella veranda da ritinteggiare, le aiuole da curare, con i fiori secchi e le erbacce da togliere.

Mi guardai intorno e rabbrividii. Sembrava che non ci fosse nessuno, l'unico rumore era lo scalpiccio dei miei tacchi sulla ghiaia. Con le spalle irrigidite dalla tensione, feci un passo in avanti, lasciai scorrere la porta del garage ed entrai.

Trattenni il fiato in quel luogo che aveva significato così tanto per me.

Non era cambiato nulla: una pila di pneumatici occupava un intero angolo, dei vasetti di vernice l'altro. Il banco da lavoro era invaso da una saldatrice, pezzi di ricambio e taniche di olio. Una vecchia radio a pile se ne stava impolverata sopra uno sgabello.

Passai un dito sul cofano dell'auto a noleggio e sbirciai nella stanza con malinconia. Quasi dappertutto c'erano pinze e carrelli porta attrezzi, fogli sparsi su ogni superfice libera; nella carrozzeria regnava la confusione tipica di McGabe, pensai con un sorriso.

Avevo fatto solo qualche passo quando il cuore s'incastrò da qualche parte nel petto.

Sul ponte c'era il vecchio Dodge Ram verde di Chase. Era tirato a nuovo, la griglia cromata così lucida da potermici specchiare. Avrei voluto avvicinarmi e abbassare il ponte per vedere se Chase tenesse ancora un plaid e due cuscini nel pianale. Dio, non ero mai stata così felice come nei momenti passati con lui su quello scomodo cassone arrugginito!

Quel pensiero mi suscitò un ricordo e un attimo dopo lo stavo già rivivendo.

Nonostante fossi seduta sul pontile, lontana dalla locanda, sentivo il brusio degli ospiti nella hall. C'erano tutte le persone presenti al funerale di mio padre e alcuni parenti, venuti a rendere omaggio all'uomo, al marito, all'amico e al padre che Jacob Reese era stato per la piccola comunità di Blue Harbor.

Ma da tre giorni tutto era diventato insignificante per me: i sogni, gli studi, i progetti per l'università. Il mio papà era morto e ogni giorno sentivo la vitalità e l'energia lasciare il mio corpo. Mi sentivo svuotata come una conchiglia.

Un incidente aveva rilasciato lo sceriffo della contea.

Una tragedia assurda aveva riportato la prima pagina dell'Harbor Gazette.

Mi strinsi le gambe al petto, mentre le lacrime mi scendevano copiose lungo le guance. L'unica emozione che lasciavo trasparire. Ero solo torpore, confusione, intorpidimento.

"*Peanut.*"

La sua voce era sicura, solida come la radice di una quercia centenaria.

Alzai appena il mento, lo sguardo puntato sull'acqua che si increspava in onde sempre più agitate. Stava arrivando un temporale. Le nuvole all'orizzonte erano già cariche di pioggia, il sole a malapena faceva capolino in un timido raggio di sole sulla baia. Non faceva freddo come di notte, ma l'aria era già cambiata e il vento faceva oscillare le fronde degli alberi.

"Sta per arrivare un temporale con i fiocchi." Chase prese posto al mio fianco e insieme fissammo per un po' le onde infrangersi contro il pontile. Io non mi azzardai a guardarlo in viso perché avevo paura di spezzarmi completamente, una volta incrociati i suoi occhi.

"Parlami, Peanut. Sono tre giorni che non parli."

Un senso di nausea mi pervase e il dolore m'inondò il petto con la stessa velocità delle onde davanti a me.

"Peanut..." La sua voce era implorante. Poi, quasi a farmi coraggio, allungò la mano e mi sfiorò il polso, appena appena, lì dove batteva il mio cuore. *Ti amo.*

Lasciai scivolare il mio palmo nel suo e lo strinsi forte, mi morsi il labbro nervosa prima di asciugare con stizza le lacrime e prendere un respiro profondo ma tremulo allo stesso tempo. Il rombo di un tuono esplose in lontananza, facendo riecheggiare il vuoto che portavo dentro di me.

"Sai qual è l'ultima cosa che ha fatto per me mio padre?" gli chiesi, tenendogli sempre la mano, con lo sguardo perso verso l'ultimo raggio di sole che giocava a nascondino con una nuvola.

"Cosa?" sussurrò

Tirai su col naso. "Ha preso la sua vecchia macchina fotografica e me l'ha messa fra le mani, dicendomi: quando sei felice, ricordati di scattare una foto. Quando la vita ti mostrerà i suoi lati più brutti, tira fuori quelle foto e ricordati ogni momento di magia che hai vissuto e che ancora ti aspetterà. In quel momento..." Scossi la testa e Chase allungò un braccio per attirarmi a sé. "In quel momento avrei dovuto scattare l'ultima foto di noi, il nostro ultimo frammento di serenità."

Incrociai lo sguardo triste di Chase e mi fu impossibile trattenere il nodo che mi chiudeva la gola. Lasciai che le calde lacrime mi traboccassero dagli occhi e corressero giù per il viso, mentre Chase mi attirava forte a sé.

"Il dolore e la rabbia che provi scemeranno, Peanut, e quel giorno in cui sentirai il cuore meno pesante arriverà. E a quel punto prenderai in mano la macchina di tuo padre e continuerai a catturare quei momenti anche per lui. Perché sono sicuro che non c'è niente lassù che lo renderà più sereno di saperti felice."

Contro il suo petto, gli strinsi le braccia intorno alla vita; la prima goccia di pioggia cadde sulla mia guancia e si mescolò con le lacrime.

"Mi ha insegnato ad andare in bicicletta, a Natale si travestiva da Babbo Natale per farmi credere nella magia delle feste ed era sempre lui che di notte, mentre mamma sistemava la sala della locanda, veniva in camera mia a portarmi via il dente che mi era caduto, facendomi credere che fosse stata la fatina dei denti. Mi ha portato a Charleston a comprarmi il mio primo quaderno e una penna ricaricabile dicendomi che così non avrei avuto scuse per smettere di scrivere." Un singhiozzo mi stava salendo alle labbra e lo fermai, tappandomi la bocca. "Mi ha reso infinitamente felice, Chase."

"E tu rincorri la felicità e donagli tutti i tuoi momenti felici per ringraziarlo."

Annuii. Ormai avevo bagnato tutta la sua maglietta. "Scatterò foto ogni volta che sarò felice, così non dimenticherò i momenti più belli della mia vita." Strinsi tra le dita il cotone della sua t-shirt e alzai il mento per guardarlo. Un'altra goccia di pioggia cadde sul mio viso ma non l'asciugai. La lasciai fondersi con le lacrime e cadermi sulle labbra, dove finì la sua corsa sul contorno di un mio piccolo sorriso. Il primo dopo tre giorni. "Sarò così felice da collezionare talmente tante foto da non sapere più dove custodirle. Tu mi darai una mano?"

Chase piegò le labbra nel suo mezzo sorriso con tanto di fossetta e mi prese il viso fra le mani, asciugandomi via il dolore. "Non vedevo l'ora che me lo chiedessi."

Non mi ero mai resa conto che quel giorno il cielo stava piangendo per mio padre, ma anche per noi.

"Signorina Reese, può passarmi per favore la chiave dinamometrica che si trova sul banco da lavoro?" gridò una voce roca da sotto la Ford a noleggio.

Inizialmente sussultai per la sorpresa, poi mi si gelò il cuore come se avesse impattato contro il famoso iceberg del Titanic. Abbassai il volto e per poco non dimenticai le buone maniere per imprecare.

Dannazione! Da sotto l'auto scivolò fuori su un carrello Chase Allen.

Felicità
/fe·li·ci·tà/
Sostantivo femminile
Avvenimento o stato conforme ai desideri.

Stet

Capitolo 9

Chase era ai miei piedi, letteralmente, con il volto e le mani sporche di olio, i muscoli definiti delle braccia in bella mostra grazie alla t-shirt nera e i jeans... Dio, i jeans consumati gli stavano a pennello. Un sorriso radioso giocava sulla sua bocca e mi sentii rimescolare dentro. Soprattutto nel basso ventre.

"Autumn..." mormorò, quasi divertito. Certo, ero io la scema rimasta a fissarlo imbambolata! Cristo, perché mai doveva sconvolgermi così tanto solo pronunciando il mio nome?

'Mi prendi in giro?' avrei voluto gridare, invece sorrisi educatamente, anche se ero sempre più convinta che sarebbe stato meglio darmi malata, quella mattina.

"Cosa ci fai da queste parti?"

"Ti aggiusto l'auto" disse, come se fosse la cosa più naturale al mondo. "McGabe doveva andare a Charleston per prendere dei pezzi di ricambio. Mi potresti passare la chiave?"

"Non sono tornata per farti la serva, Allen" borbottai. Mi spostai per farlo uscire da lì sotto e incrociai le braccia al petto, un sopracciglio alzato.

Chase sorrise, di nuovo, e catturò il mio sguardo. Per quanto volessi distogliere gli occhi da lui, muovermi da lì o scappare in un altro Stato, non riuscivo comunque a spostarmi. Era come se il tempo in quei pochi attimi si fosse fermato e io ne approfittai per studiare quel volto così nuovo e familiare allo stesso tempo. Colsi alcuni cambiamenti: i tratti più scolpiti, le rughe sottili e impercettibili attorno alla bocca e agli occhi, e una piccola cicatrice vicino al labbro a rompere tutta quella perfezione. Per non parlare di tutto l'inchiostro che dipingeva l'intero braccio sinistro fino alla mano.

Sbattei le palpebre per impedire a qualsiasi lacrima la pessima idea di mostrarsi. Era doloroso constatare che non era più il Chase che conoscevo.

Lui si tirò su con un agile scatto da vero sportivo. Trattenni il respiro trovandomelo così vicino, quasi naso a naso. Sentivo il suo fiato caldo sul viso e il suo profumo saturò tutti i miei sensi.

Vacillai all'indietro, cercando un appiglio sulla carrozzeria della Ford. Distolsi lo sguardo e girai attorno alla macchina. Qualsiasi cosa pur di mettere una minima distanza di sicurezza fra di noi. *Autoconservazione, Autumn!*

"Visto che siamo soli" disse lui, superandomi e incamminandosi verso il banco da lavoro, "potremmo parlare."

"Non abbiamo nulla di cui parlare." Mi sforzai di tenere gli occhi fissi sulla sua nuca e non sul suo sedere.

"Io penso proprio di sì" ribatté. Prese uno straccio dal tavolo e si pulì le mani unte di olio e grasso, ricordandomi una vecchia pubblicità di una bevanda light.

"Se hai piacere nel sentire la tua voce, parla pure da solo!" farneticai.

"Autumn." Chase aveva le braccia conserte, la schiena appoggiata al banco e le gambe incrociate. Quella posa da operaio sexy metteva in risalto i bicipiti e le vene delle braccia sulla pelle abbronzata. Una splendida, liscia pelle abbronzata. Maledizione!

Imitai la sua posa contro la fiancata della Ford, sfidandolo.

Lui scosse la testa, divertito. "Gesù, sei proprio diventata testarda" commentò, tornando verso di me. "E ti stai comportando come una bambina."

"Tu sì che sai come adulare le donne, Allen. Ti ricordo che dovrai passare sei giorni con questa bambina testarda."

"Infatti io..."

"Senti, Chase, mettiamo subito le cose in chiaro" lo interruppi, sbrigativa. "C'è stato qualcosa fra di noi dieci anni fa, è stato bello, ma è finito quando tu hai preferito lasciarmi per rincorrere il tuo sogno. Non te ne faccio una colpa, anche per me ne è passata di acqua sotto i ponti."

"Autumn..." Lui cercò di fermarmi, ma io continuai a farneticare. E per fortuna che non avevo voglia di parlarne.

"Davvero, Chase. Non ti porto rancore, anche se tutti in questa maledetta città credono che sia stata io ad aver tagliato la corda e mi guardano come se fossi l'Anticristo in tacco dodici. Non avrebbe comunque funzionato: io lavoro dall'altra parte del Paese per una rivista di gossip scadente, parole tue, mentre tu viaggi da un continente all'altro, vinci, fai soldi a palate e te la vuoi spassare. Sempre parole tue estrapolate da un video su YouTube che ho visto stamane. Abbiamo scampato un disastro" continuai imperterrita, visto che lui si limitava ad ascoltarmi in silenzio, ma con una risata che scintillava in quegli occhi limpidi di un verde quasi trasparente. "Quindi saremmo stupidi a..."

"Autumn" mormorò lui deciso, posandomi un dito sulla bocca per zittirmi. Un'intensa emozione mi strinse lo stomaco nel sentire il contatto della sua pelle sulle mie labbra. Ignorai quella stupida sensazione che gli autori descrivevano nei romanzi come sfarfallio allo stomaco. "Volevo solo parlare dell'intervista" mormorò senza nascondere la luce giocosa nei suoi occhi. Mi fece l'occhiolino e andò ad aprire il cofano della macchina a noleggio.

"Co... come?" balbettai.

"L'intervista, quella cosa dove tu mi fai delle domande e io in teoria ti rispondo." La mia figura imbarazzante passò in secondo piano quando notai i muscoli delle braccia tesi per lo sforzo e il gran bel vedere che era il suo sedere strizzato nei jeans. Da una tasca penzolava lo straccio sporco di unto. "Quella cosa per l'Inquirer, non per la rivista di gossip scadente per cui lavori." Sollevò la testa da tutti i cavi e mi mostrò la dentatura perfetta. *Oh, se si stava divertendo!*

"Avevo capito" puntualizzai. Incrociai le braccia al petto e lo affettai con un'occhiata. "Non hai un assistente? Pensavo di ricevere una email con gli argomenti da concordare."

"Nessuna email, altrimenti credimi che il mio assistente ti consegnerebbe una lista lunghissima di argomenti su cui non concentrarsi più che quelli da trattare. La stampa cerca sempre di scovare storie assurde e scandali ovunque." Chase si tirò su, mise giù l'asta che teneva fermo il cofano e lo chiuse con un colpo secco. Poi tornò a guardarmi. "Saremo solo tu e io."

"Sc... scusa?" Io ero ancora intenta ad ammirare meravigliata le pennellate d'inchiostro che dipingevano il suo braccio.

"Saremo solo tu e io" ripeté lui. E io mi sentii cedere le ginocchia.

Saremo solo tu e io. Quelle cinque parole ebbero lo stesso effetto di un preliminare sessuale e lui non si era nemmeno sforzato. Oltre al corpo statuario, si ritrovava nel suo arsenale una voce bassa, quasi profonda, a volte rauca che mi faceva vibrare ogni parte del corpo. Anche quelle che una buona donna del Sud non dovrebbe mai nominare.

Sant'Iddio, la cosa dura che avevo nel petto si stava per sciogliere come un tortino al cioccolato!

Mi grattai il collo, perché non avevo il Clorox sottomano. "Perfetto... okay... ottimo..." balbettai.

Chase inarcò le sopracciglia e sorrise. Mi stava sganciando tutti i sorrisi arretrati, stava barando. "Sei adorabile quando ti agiti."

"Non essere compiaciuto, Allen. Non sono emozionata. Più disgustata, direi" ribattei, richiamando all'ordine tutte le mie parti anatomiche.

Chase si avvicinò e io trattenni il fiato. “Ho capito, sei andata avanti con la tua vita. Io pure. Anche se posso immaginare quanto sia difficile trovare qualcuno che superi il paragone con me.”

Sbuffai con gli occhi rivolti verso il soffitto. “Dio, fra la tua presenza e il tuo ego non so se ci stiamo tutti, qui in garage.”

Lui chinò la testa in avanti e con la bocca mi sfiorò il lobo dell’orecchio, e io rabbrividii. “Rilassati, *Peanut*. Scherzavo.” Avvampai, per l’imbarazzo o forse per la sua vicinanza. Lui scosse la testa, abbozzando una risata sommessa. Andò verso il suo pick-up e gettò al volo lo straccio sul banco da lavoro. “Serve un pezzo di ricambio e non credo che McGabe riesca a procurartelo per oggi. Ci vorranno diversi giorni per farlo arrivare e recuperarlo a Charleston.”

Sbattei le palpebre, confusa per il repentino cambio d’argomento. “Certo.”

“Ti serve un passaggio?”

“Sono con l’auto di mia madre.”

Chase abbassò il ponte dov’era sollevato il Dodge Ram; una volta giù, aprì la portiera del guidatore e scivolò sul sedile. Avviò il motore e fece ronzare la macchina per un po’.

“Quando cominciamo con l’intervista?” gridai per sovrastare tutto quel baccano.

“Possiamo iniziare anche oggi” rispose Chase a voce alta. Poi spense il motore e scese, battendo compiaciuto una mano sul cassone del pick-up. “Sempre se per te va bene.”

“Sono qui per scrivere un’intervista, Chase. Non per ripercorrere il...”

“Il viale dei ricordi. Sì, lo so.”

Quando i suoi occhi incontrarono di nuovo i miei, notai che erano venati di una punta di tristezza.

Mi allontanai di qualche passo, cercando di mettere di nuovo una distanza di sicurezza fra di noi. Chase mi stava così vicino che riuscivo a sentire il suo profumo mischiato all’odore di olio e polvere che impregnava il garage.

"Con cosa sei arrivato fin qui?" chiesi per riprendere in mano il controllo della situazione.

"Ho voluto fare due passi."

Battei le palpebre. "Dal centro?" domandai, sorpresa. Era tanta strada.

Lui scrollò le spalle. "Mi tengo in allenamento. Voglio intensificare la preparazione in vista delle ultime gare."

Forse fu per il modo in cui lo disse, o forse perché mi ero accorta più di una volta che camminava quasi zoppicando e trattenendo a stento delle smorfie quando credeva di non essere visto, ma faticai a credere alle sue parole.

"Non sforzare troppo la gamba" dissi, poco convinta.

Lui annuì. Poi il silenzio si fece troppo imbarazzante. Distolsi lo sguardo e fissai le mattonelle del pavimento. Avevano bisogno di una bella passata di Clorox, pensai nel bel mezzo di una crisi di nervi. Poi feci un gran respiro prima di tornare a guardarlo. "Per poco fa... Chase... Anche per gli altri giorni, in realtà..." balbettai. Era per quello che parlavo poco. Per non fare danni. "Sarà strano all'inizio, dobbiamo solo abituarci di nuovo l'uno all'altra. Poi vedrai che lavoreremo insieme come se fosse tutto... normale" conclusi.

Chase socchiuse gli occhi. Sembrava volesse aggiungere altro, ma alla fine disse solo: "Hai ragione."

Abbozzai un sorriso, quando avrei voluto urlare che di normale in tutta quella situazione non c'era nulla. "Okay. Perfetto."

"Perfetto." Rispose debolmente al mio sorriso e ignorai la fitta allo stomaco che avevo nel constatare come fossimo tornati due estranei. Anche se effettivamente era quello che eravamo. Due sconosciuti. "Ti vengo dietro con il pick-up fino alla locanda."

"Va bene" mormorai. "Allora, a dopo."

"A dopo."

Uscii dalla carrozzeria per raggiungere la Honda Civic in cortile. Non mi voltai nemmeno una volta. Mi sedetti al volante e lasciai andare un lungo e profondo respiro.

“Merda, merda, merda” gridai sottovoce per tenere sotto controllo la crisi di nervi che stavo per avere. Infilai le chiavi nel quadro e abbassai il finestrino; le foglie degli alberi frusciavano, mosse da un filo di brezza che mi arruffò un po’ i capelli. Quando Chase si accostò con il Dodge, gli feci segno di essere al telefono e di proseguire.

In realtà volevo starmene qualche attimo da sola, perché rivedere Chase aveva fatto scattare qualcosa in me, come una serratura che non sapevo nemmeno di avere nel mio cuore. Gli avevo detto addio dieci anni prima, o forse mi ero convinta di averlo fatto. Non ne ero più tanto sicura. Chase era stato il primo e l’Unico, e i pochi istanti passati assieme stavano facendo oscillare tutto il mio mondo, le mie sicurezze e le mie barriere di protezione.

Avviai il motore e nella solitudine dell’abitacolo mi resi conto che forse i sentimenti che provavo per Chase non si erano mai affievoliti, li avevo solo accantonati. Ma non volevo essere un twist fra un capitolo e l’altro della sua vita. Non più. Non potevo permettere che succedesse di nuovo, mi dissi.

Dovevo stare tranquilla. Era solo metà mattina ed ero ancora intera. Adesso avevo solo altre tredici ore da superare indenne.

Non ero nemmeno a metà strada quando il cellulare trillò. Per poco non piansi dalla commozione per quel segnale di civiltà.

Era un messaggio di mia madre. Già me la immaginavo vicino al granaio a borbottare con il telefonino in mano, nemmeno fosse una testata nucleare. “Si è rotta una tubatura in libreria da Georgette, è fuori uso. Ho spostato l’incontro per il Club del Libro qui al Lullaby. Non serve che mi porti la macchina.”

Immaginai mamma, Katie Tanner, Sara May e Georgette Honor a leggere *Cinquanta sfumature* in giardino in una specie di appuntamento per donne in menopausa. Mi ricordai poi che Chase era diretto lì. Chase ‘un metro e ottanta di muscoli e tatuaggi’ Allen.

“Oh, Signore!” borbottai. Schiacciai l’acceleratore e diedi gas.

Avevo parlato troppo presto.

Quando arrivai al Lullaby Inn dovetti parcheggiare l’auto sul ciglio della strada, perché il parcheggio della locanda era occupato da diverse macchine. Riconobbi solamente il pick-up di Chase e, purtroppo, anche la volante dello sceriffo. A quanto sembrava, mezza Blue Harbor aveva deciso di fare una reunion a casa di mia madre proprio quel giorno.

“Mamma?” chiamai, attraversando il vialetto. Arrivata in veranda, aprii la porta di casa e fui investita dall’eco di risate cristalline.

“Siamo in giardino” gridò in risposta.

Attraversai il corridoio della struttura, stranamente vuota, e spinsi la porta a zanzariera che dava sul giardino. Mia madre, Katie, Sara e Georgette erano sedute su delle sdraio, le loro copie di *Cinquanta sfumature* aperte sulle ginocchia e un bicchiere di limonata in mano. Non c’era traccia di Chase o di Jacey.

Guardinga, mi avvicinai alle donne che non mi degnarono di uno sguardo. Poi capii perché, dopo dieci anni di lontananza da Blue Harbor, preferissero guardare verso il granaio che accogliere con baci e abbracci la piccola dolce Autumn. Sul tetto c’era Jacey, senza la parte superiore della divisa.

“Ditemi che quello non è lo sceriffo a petto nudo” chiesi.

“C’è anche Chase” ci tenne a precisare Katie Tanner.

Infatti poco dopo sul bordo del tetto apparve lui, lo Spaccacuori, con la maglia che gli aderiva al petto, la pelle che sembrava ancora più abbronzata, ora, baciata dai raggi del sole. Dovetti sedermi per terra.

"Non avete avuto una storiella da ragazzi? Figliola, come hai fatto a lasciarti sfuggire un maschione del genere?"

"Ehi, Katie! È lui che si è fatto scappare mia figlia" puntualizzò mia madre.

"Grazie, mamma."

"Sarà, ma a un fusto così io metterei un GPS nei boxer."

"Ma quello ci ingravida tutte al primo sguardo!" esclamò Georgette.

Chiusi gli occhi. "Signore! Sembra un incontro delle donne con le caldane anonime" dissi. "Siete sicure di non aver corretto quella limonata?"

"Niente alcol" negò Sara May. "Perché per la raccolta fondi del Festival non facciamo un calendario con gli scapoli d'oro più appetibili di Blue Harbor? Io lo vedrei bene a fare luglio con il corpo che nasconde sotto le tute da motociclista."

Tutte le donne presenti, me compresa, la fissammo curiose.

"Non siete le uniche a saper usare Google e digitare *Chase Allen foto sexy*. Poi osservo solo, non stalkero" si difese lei, il volto porpora.

"Potrebbe fare due mesi con quei bicipiti" ridacchiò Georgette nel momento in cui lui si piegò per controllare l'entità dei danni e tutti i suoi muscoli – bicipiti, sedere e cosce – risposero all'appello. "Chase" lo chiamò. "Sei fidanzato?"

"No, signora Honor."

"Sant'Iddio, non mi rispettare. Chiamami Georgette."

Lui sembrava divertito, poi puntò il suo sguardo su di me e sorrise. Per fortuna ero seduta.

"Ci si rivede" gridò Jacey.

"Ehi" risposi con la gola secca. Mi sembrava di assistere in diretta a un film porno, con tutta quell'esplosione di testosterone.

"Figliola, se Chase Allen finirà all'asta al buio, usa tutti i soldi che hai da parte" mi esortò Katie.

"I miei risparmi sono per comprarmi i sandali che ho lasciato in vetrina da Manolo Blahnik, non Chase Allen."

"Tesoro, lascia perdere le scarpe o ti ritroverai come noi a cinquant'anni, in menopausa a sbavare e fantasticare per un uomo di carta" disse Georgette sventolandomi davanti al naso la copia di Christian Grey. "Se sapessi che a Chase piacciono le donne mature ci proverei subito, così metterei in pratica tutti gli insegnamenti di questo libro."

"Una bella sculacciata..."

"Sfrutta il suo corpo almeno per una settimana, è uno schiaffo alla povertà."

"Okay, signore, si è fatto improvvisamente caldo. Ho bisogno di bere." Mi alzai in piedi e guardai le quattro donne. "Chi vuole qualcosa di forte?"

Non ottenni risposta, perché iniziarono a emettere imbarazzanti gridolini e a farsi aria con i libri. Seguii la direzione dei loro sguardi e mi appoggiai allo schienale di una sdraio. Chase si stava togliendo la t-shirt e, ovviamente, non mi persi lo spettacolino. Ero pur sempre fatta di carne.

Lui abbassò gli occhi verso di me, mostrando i denti bianchi, mentre si liberava della maglia con la sensualità di uno degli stripper di Magic Mike. Notai che i tatuaggi si erano moltiplicati rispetto a dieci anni fa. Marchiavano la mano, il braccio sinistro, ma anche gran parte del petto. Avrei voluto studiarli da vicino, passarci sopra le dita per scoprire quale storia raccontassero, come se stessi leggendo un libro in braille.

"Realtà batte carta" sentenziò mia madre. "La mia recensione è un cinque pieno."

"Cinque."

"Cinque."

"Indimenticabile."

Chase aveva tutte le caratteristiche tipiche degli uomini belli e impossibili che trovavo nei romanzi: sguardo seducente, sorriso provocante, addominali scolpiti, bicipiti possenti, pelle abbronzata e lucida di sudore, tatuaggi strategici. Era un cliché vivente.

"Niente di che. Ne ho visti di più belli..." Che bugiarda patentata!

Battei in ritirata. Non mi serviva da bere, ma del ghiaccio. Entrai in cucina e mi versai della limonata dalla brocca. Poco dopo mi raggiunse mia madre.

La sua testa fece capolino nella stanza. "Hai fame? Sei diventata troppo magra."

"Ho fatto colazione al The Whig. Il vecchio Hansen prepara sempre le omelette più buone della città."

"Tutto bene?" indagò avanzando nella stanza.

"Alla grande." Continuai a sorseggiare la limonata, determinata a non cedere alla sua curiosità. "Certo, mi rilasserei di più se non invitassi il mio ex a togliersi la maglietta davanti a tutto il Club delle Caldane Anonime!"

"È diventato un bell'uomo."

"Non ci ho fatto caso." Non lo avrei ammesso nemmeno un secondo prima della mia condanna nel braccio della morte.

"Bello e bravo. E sai cosa?"

"Ti prego, non completare la frase."

"Ed è pure single."

"La cosa non mi tocca minimamente." Ma la mia espressione facciale mi tradì.

"Ed è una combinazione perfetta" continuò imperterrita, "perché tu non l'hai mai dimenticato."

"Lavorerò a un'intervista su di lui, mamma. E viviamo entrambi in questa cittadina che sembra far parte della contea della Terra di Mezzo per quanto è piccola. Frequenteremo gli stessi posti, ci vedremo tutti i giorni, volenti o nolenti. Inoltre si è offerto di darmi uno strappo finché la macchina non sarà pronta, così da non perdere tempo con l'articolo."

Si versò un secondo bicchiere di limonata. "Sarete solo tu e lui."

Sbuffai. "Mamma, ti prego. Trovati un hobby che non preveda nel tuo immaginario nipotini dai capelli biondi e dagli occhi verdi." A tradimento provai una fitta al petto al pensiero che già diverso tempo prima avremmo potuto essere una famiglia.

"Ricapitolando" m'ignorò e capii da chi avevo preso il dono della testardaggine. "Tu e Chase passerete il resto della settimana a ripercorrere e ricordare i bei tempi passati assieme. E tu ti innamorerai di nuovo di lui."

"No, non succederà!" dissi con fervore, ma voltai lo sguardo verso la finestra per impedirle di usare quella stramaledetta occhiata laser.

"Dio benedetto, ragazza! Ci stai ricascando!" Sembrava trionfante.

Stavo per replicare quando sentii la zanzariera aprirsi e chiudersi, e poco dopo in cucina l'aria si fece pesante, quasi irrespirabile.

Chase entrò nella stanza; indossava di nuovo la maglietta, ma gli stava appiccata addosso come una seconda pelle a causa del sudore. Si passò una mano fra i capelli e i miei occhi si fissarono imbambolati sulle vene che percorrevano quei centimetri di pelle lucida.

Mi chiesi come sarebbe stato esser stretti da quelle braccia ora muscolose, sentire le sue mani vissute accarezzarmi ogni centimetro del corpo e ascoltare la sua voce più profonda di un tempo sussurrarmi all'orecchio.

"Il granaio richiede un po' di manutenzione, signora Margareth" disse Chase, sistemandosi al mio fianco e incrociando le braccia in quella dannata e inconscia posizione da operaio sexy. Un po' di collaborazione era chiedere troppo? "Nel pomeriggio passerò in ferramenta e domani mi metterò all'opera."

Nonostante la fatica, aveva ancora un buon profumo. E i nostri corpi quasi si sfioravano. Dio, mi sentivo sotto attacco! Scattai via da lì, col cuore fuori frequenza, e mi rifugiai contro il lavandino. "Non farti mettere sotto da mia madre, Chase."

"Lo faccio volentieri" precisò lui.

"Non vorrei che portasse via del tempo alla nostra intervista" ribattei. Ovvero non lo volevo vederlo girare mezzo nudo e con i muscoli lucidi per casa.

"Sarà un lavoretto di mezza giornata, ci resta quasi una settimana intera da passare assieme per la *nostra* intervista."

Mi sfidò con lo sguardo e restammo a fissarci per un istante lungo un'infinità. Un lento e pigro sorriso piegò la bocca di Chase e mi ritrovai a deglutire a fatica.

"Mi faresti un grosso favore, Chase" s'intromise mia madre. "Sono anni che dico di sistemarlo."

Doveva avere l'eco dentro la calotta cranica per acconsentire a Chase di girare per casa senza t-shirt, e con i muscoli e i tatuaggi in bella mostra. Di sicuro Il Club delle Caldane Anonime avrebbe preso pianta stabile qui al bed & breakfast.

"Prima che le donne facciano irruzione in casa, vado a portare loro da bere." Mamma prese la brocca della limonata e una ciotola con del ghiaccio. A me serviva solo il ghiaccio. "Chase, se vuoi farti una doccia, puoi usare il nostro bagno. Autumn, ricordati le buone maniere e mostragli la strada!" mi riprese prima di lasciarmi da sola nella stanza con lui.

"Così sei abituato ai cori da stadio da parte delle donne?"

"È questa la prima domanda del tuo pezzo?"

"I nostri lettori sono prevalentemente donne oltre i quarant'anni e con figli."

"Sono abituato a un'altra fascia d'età. È stata un'esperienza nuova anche per me."

"Immagino" mormorai sarcastica, provando una piccola fitta di gelosia.

"Non hai motivo di essere gelosa, Peanut."

"Non sono gelosa."

"Un pochino sì. Hai arricciato il naso, lo facevi spesso quando qualcuna mi si avvicinava al liceo."

"Ho cambiato tic nervosi, Chase." Poi gli rivolsi un sorriso angelico ma letale. "Mi rendo conto che hai già fatto il tagliando a tutte le donne al di sotto dei trent'anni nell'arco di sei miglia da Blue Harbor, ma puoi smetterla di attentare alla mia virtù. E poi è imbarazzante davanti allo sceriffo, a mia madre, alle donne del Club delle Caldane Anonime."

Chase restò in silenzio per un attimo. Poi si avvicinò rapido e silenzioso come un predatore, intrappolandomi con il suo corpo tra le sue braccia e il pensile della cucina in una sorta di gabbia umana. "*Niente di che. Ne ho visti di più belli*, eh?"

"Hai sconfinato. Ricordi le mie regole?" dissi con un filo di voce tale da chiedermi chi stesse parlando al posto mio.

"Piaccio a molte, moltissime donne."

"Sono solo troppo educate per rifiutarti."

"Cosa devo fare per arrivare a un cinque?" bisbigliò contro il mio orecchio e, dannazione, il suo alito contribuì a scatenare pensieri proibiti che farebbero impallidire le pie donne di Blue Harbor.

Ignorai lo stupido sfarfallio che prese vita nel mio stomaco. "Sei ancora giovane, Chase. Non focalizzarti sulla mia stroncatura e vai avanti con la tua vita."

Chase non si limitò a sorridere. No, rise proprio di gusto, gettando indietro la testa. E al suono di quella risata, il mio stomaco si contrasse. Non abbassai lo sguardo, anche se la maglietta incollata al suo petto era un invito Vip Access a toccare quel torace sodo e muscoloso.

"Non ti ho visto nella lista di People tra gli uomini più sexy al mondo. Non negli ultimi dieci anni."

Inaspettatamente, Chase mi prese il mento e lo inclinò per farmi incontrare i suoi occhi, in cui giocava un luccichio pericoloso. "Sbruffona."

"Sono divertente, lo so" dissi con un filo di voce.

Le sue iridi percorsero i miei lineamenti, sembrava mi lasciassero una lieve carezza su ogni lembo di pelle su cui si poggiavano. Nessuno mi aveva mai guardata così. Ero una bella donna, ma nessuno, cazzo, mi aveva mai guardata così!

“Lo so che solo questa mattina abbiamo deciso di fingere che sia tutto normale, Autumn, ma questo non cambia...”

“Che bel quadretto! Siete adorabili” esclamò Jacey, facendo irruzione in cucina. “Potete aspettare la fine del festival per procreare un piccolo Allen?”

Chase sospirò frustrato, fissandomi intensamente per un breve istante prima di voltarsi verso lo sceriffo, senza staccarsi da me. Io invece mi liberai da quella gabbia umana di un metro e ottanta, sperando che i polmoni riprendessero a lavorare con il giusto ritmo.

“Non cercare di fare cupido, Jacey. Detengo io quel ruolo in città, tu attieniti a quello da sceriffo” precisai. “Perché non controlli se c’è qualche lavoretto di manutenzione da fare anche al The Whig o al Salon?”

Lui scosse la testa, più divertito che infastidito.

“Cosa stai cercando di fare, Autumn?” mi chiese Chase.

“Niente.”

“Mi vuole accoppiare con Abigail, la figlia del vecchio Hansen.”

Parlammo all’unisono.

“Il figlio del Re dei Granchi con la figlia del Re delle Omelette, sarebbe perfetto” dissi entusiasta, forse per la prima volta da quando avevo messo piede a Blue Harbor.

“Stanne fuori” mi intimò dolcemente Jacey. “Altrimenti ti presenterò un provvedimento restrittivo.”

“Contro di me? Non avresti il coraggio.”

“Non mettermi alla prova, Autumn.” Mi strizzò un occhio e si avviò fuori dalla stanza. “Ci vediamo, straniera. Chase, tienila occupata. Non mi interessa come, ma tienimela lontana” ci salutò allegro.

“Possiamo vederci una di queste sere” gli gridai dietro. “Magari anche con Abigail in memoria dei bei vecchi tempi!” Ma lui era già fuori in cortile.

Chase tornò a guardarmi. “Cupido, eh?”

"Ho sentito fra di loro una certa animosità. Voglio lavorare su quella."

"Sei stata lontana dieci anni. Non puoi sapere cosa è meglio per Jacey o Abigail."

"Non usare le mie parole contro di me."

"Forse lei lo odia perché lui l'ha lasciata spezzandole il cuore?"

"Sembra la trama di un romanzo. Ah, no, è quello che tu hai fatto a me."

"La situazione era diversa, e lo sai."

"Vuoi scherzare? Avevi già deciso per noi, Chase" lo accusai, battendo sul suo petto a ogni parola intrisa di rabbia che lasciava la mia bocca. "Mi hai spezzato il cuore" pronunciai con amarezza, lasciando uscire un lungo respiro come avevo imparato a lezione di pilates. "La prossima volta che pensi a Jacey e ad Abigail, ricordati che tu non ti sei comportato da perfetto gentiluomo, ma da vero stronzo!"

Fra di noi calò il silenzio; si sentivano in lontananza solo le risate e i gridolini delle quattro donne provenienti dal giardino e il verso di uno stormo di starne fuori sul prato. Ma non prestai attenzione a tutto ciò: il mio sguardo era fisso in quello di Chase che non aveva distolto per un secondo gli occhi dal mio volto e dalle mie labbra. Sentii le guance imporporarsi e un principio di prurito all'altezza del collo.

"Ti mostro dov'è il bagno" dissi, sfilandogli al fianco, ma lui mi trattenne per il braccio.

"Mi sento allo stesso modo" pronunciò con voce roca. Mi accarezzò la pelle con il pollice, scese giù fino alla mia mano. Fino all'anello di fidanzamento di Byron.

Il tempo sembrò fermarsi. Il gigantesco diamante che portavo all'anulare fu una doccia gelata che ci riportò bruscamente – e fortunatamente, aggiungerei – alla realtà.

Chase aveva infranto le regole, aveva invaso il mio spazio. Io dovevo assolutamente smettere di provare attrazione per lui, perché non sarebbe finita affatto bene. Non volevo più provare niente per Chase Allen. Niente.

Lui guardò l'anello, poi chiuse gli occhi e, quando li riaprì, mi aveva già lasciato la mano. "Mi sono ricordato che ho alcune telefonate da fare e la riabilitazione da spostare." Sembrava avere anche lui l'aria esausta. "Ti va se passo a prenderti nel tardo pomeriggio?"

Annuii. "Per me va bene" mormorai.

Lo guardai mentre scendeva i gradini, le assi di legno che scricchiolavano al suo passaggio, e poi fermarsi sull'ultimo. Si voltò e i ragazzi che eravamo un tempo su quello stesso portico si frapposero fra di noi. Si limitò a guardarmi in silenzio c poi salì sul Dodge Ram.

Quel gesto fu più potente di qualsiasi parola sillabata dalla sua bocca. Perché potevo ripetere a voce alta fino alla nausea che fra di noi non esisteva nessun legame, ma non potevo negarlo a me stessa. E poco prima lo avevo letto anche nei suoi occhi. Avevo sentito tutto il peso di quello sguardo, travolgente tanto da farmi quasi perdere l'equilibrio.

Però non potevo innamorarmi di nuovo di lui, trovarmi ancora a scrivere il suo nome con un cuore vicino sul primo foglio che mi capitava sottomano o a fantasticare storie da romanzi.

Avrei dovuto stargli lontana, ma avevamo sei giorni da passare assieme.

Ancora non lo sapevo, ma quei sei giorni avrebbero cambiato per sempre le cose fra me e Chase.

Stet
/stet/
Sostantivo maschile
Dal latino "lasciar riposare". Termine usato dai correttori di bozze per indicare che un passaggio evidenziato non va modificato.

Ricordo

Capitolo 10

Vorrei potervi dire di non aver passato le ore successive a guardare fuori dalla finestra, ma mentirei.

Colpa di Chase, poteva essere più preciso. A quando corrispondeva il 'più tardi'?

Avevo aperto la cartella contenente la bozza dell'intervista, mi ero impegnata a buttare giù qualche riga dell'articolo più importante nella storia dell'Inquirer e per la sottoscritta, ma era stato tutto inutile. Dopo più di un'ora a fissare il file Word bianco, e più di sessanta minuti con la mente che si arrovellava su Chase-chiodo fisso-Allen, avevo ammesso la sconfitta e spento il computer.

Così ero rimasta appollaiata dietro la finestra nella mia camera, a sbirciare dietro la tendina, in trepidazione come se aspettassi un furgoncino dell'UPS con le famose Manolo a metà prezzo. Biscottino mi era stato alla larga, preferendo cadere in un coma profondo sul mio letto in una posizione da film hard per gatti.

Al calar del sole, mentre incedeva la sera, quando scorsi il suo pick-up risalire il vialetto che sobbalzava sulle buche dello sterrato, ero combattuta. Alla fine però vinse la mia curiosità di scoprire come se la fosse cavata Chase senza di me negli ultimi anni. Mi comportai con discrezione, camminai lentamente, gridai un *ci vediamo più tardi* a mia madre e uscii sulla veranda.

Avevo lasciato i panni della Autumn di città e avevo indossato abiti più adatti alla vita lì a Blue Harbor: jeans, maglione oversize e scarpe da ginnastica. Non mi sarei tirata da gara per lui, anche se ero emozionata e terrorizzata allo stesso tempo all'idea di passare dei momenti da sola con Chase.

Appena spalancai la porta, un colpo d'aria fresca mi investì. Restai qualche secondo lì a godermi la brezza frizzantina sul volto, il canto dei grilli in lontananza, e il profumo di pini e querce che mi solleticava i sensi. Mi appoggiai alla ringhiera del portico e alzai il viso verso il cielo. L'aria era umida e carica di elettricità, infatti poco dopo un lampo squarciò l'orizzonte. Il temporale non era ancora vicino, ma sarebbe stata questione di tempo. A quel quadro perfetto si aggiunse il volo di uno stormo di starne che lasciò gli alberi per rompere i giochi di luce riflessi sull'acqua della baia.

Era *casa*. Non importava quanti anni fossi stata lontana o quante cose sarebbero ancora mutate nella vita di Blue Harbor: quel posto e quella sensazione di appartenenza non sarebbero mai cambiati.

Abbassai la testa e mi scontrai con il sorriso pigro di Chase, fermo in fondo ai gradini. Sapevo che mi aveva guardata per tutto il tempo, avevo sentito il peso del suo sguardo sulla mia figura e il mio corpo fremere per la sua sola presenza.

Si era cambiato anche lui, indossava una felpa nera col cappuccio, dei pantaloni dello stesso colore e le scarpe da ginnastica. Il cappello della sua scuderia calcato sulla fronte gli gettava delle ombre negli occhi e forse era un bene che non vi leggessi dentro desiderio o urgenza. Non era quello di cui avevo bisogno, a un passo com'ero da una crisi emotiva.

Chase si grattò una guancia, quasi fosse in imbarazzo. I toni si erano accesi un bel po' in cucina, poco prima. "Ehi, ragazza di città. Sei pronta?" mi salutò.

Con la bocca secca e il cuore in gola, annuii e lo raggiunsi. Lui mi tenne la portiera del passeggero aperta e, una volta che mi fui seduta, fece il giro del pick-up e scivolò al posto di guida. Chase valeva non so quanti milioni di dollari, e ancora guidava il vecchio Dodge del liceo.

"Saluta mia madre, Chase. Sicuramente ci starà spiando dietro la finestra, quella che dà sulla magnolia."

Ci voltammo entrambi verso la veranda e vedemmo un'ombra sparire dietro la tenda.

"Come ai vecchi tempi."

"Alcune cose non cambieranno mai" mormorai.

"Già" sospirò. Sentivo che mi stava guardando. Un brivido mi corse lungo tutto il corpo.

Nessuno dei due parlò, Chase mise in moto e ingranò la marcia. S'inoltrò nella *interstate* immersa nella campagna, alla luce del tramonto. Dopo alcuni minuti l'auto prese velocità, le fronde degli alberi gettavano ombre nell'abitacolo.

Chase guidava senza parlare, forse si era già pentito di avermi affidato l'articolo. Io invece ero travolta dai ricordi. Era strano trovarmi sul Dodge, seduta su quello stesso sedile dove avevamo fatto cose che forse sarebbero state più adatte a un motel fuori città.

Per stemperare la tensione che aleggiava fra di noi, accesi la radio per far sì che almeno qualche canzone riempisse il silenzio che regnava nel furgone. Per uno stupido scherzo del destino, stavano passando *If this is the end. Se questa è la fine, non lo voglio sapere. Non questa volta*; così cantava la cantante di Nashville.

Me la presi con il pulsante, quasi troppo, girai varie stazioni radiofoniche, ma sembrava impossibile trovare una dannata radio in tutto il Sud Carolina che non trasmettesse una stramaledetta canzone d'amore che parlasse di addii, storie finite e cuori spezzati.

Era troppo chiedere un banjo, degli accordi di chitarra e una canzone su un cowboy sbronzo di whiskey? Sembrava di sì, dopo il terzo giro alla radio. Rimaneva solo Radio Jesus, così la spensi e mi girai a guardare il paesaggio dal finestrino.

"È strano" commentò Chase poco dopo, sorprendendomi. "Vederti di nuovo seduta su quel sedile."

Mi voltai e incontrai il suo sguardo, cupo e penetrante, fisso su di me. "È passato tanto tempo, già" convenni con un sussurro.

Lui riportò l'attenzione sulla strada, ma alcuni gesti mi rivelarono il suo nervosismo. Inspirò a fondo e tamburellò con le mani sul volante. Poi schioccò il collo, prima a destra dopo a sinistra. Tante cose erano cambiate, ma non la versione Chase sulle spine. Era l'ultima immagine che ricordavo di lui in quel giorno di dieci anni addietro, ed era un'immagine che non volevo rivedere mai più.

Mi mossi a disagio sul sedile. "Preparati perché ho un milione di domande da farti" scherzai per rompere l'imbarazzo. "Alcune scottanti" sorrisi, pensando ai commenti che avrebbero fatto alcune lettrici sul web. Provai un moto di gelosia.

"Addirittura un milione?"

"Certo, i nostri lettori sono esigenti. Non si accontentano di un copia e incolla da Wikipedia."

Il mio sorriso sfumò quando i nostri sguardi si incrociarono. Distolsi subito gli occhi. Perché doveva essere così attraente?

Mi portai una mano al cuore, come se mi dolesse. Come se potessi trattenere tutte le emozioni che stavo provando da quando ero tornata a Blue Harbor. Cercai di placare qualsiasi impulso, di non provare nulla, nemmeno il minimo slancio di attrazione per Chase, rammentandomi che lui faceva parte del passato. Un passato che però riaffiorava in continuazione, lì. A casa. Mentre ci addentravamo sempre più nell'entroterra, l'odore di resina diventava più intenso e mi fece tornare in mente altre serate come quella passate sul pick-up a ridere, scherzare e cantare a squarciagola le canzoni che passavano alla radio, notti trascorse a guidare per le stradine di una dormiente Blue Harbor a parlare di sogni, paure e a progettare il futuro di due liceali.

"Stai bene?"

"Benone."

"Sei sicura? Perché hai ancora quello sguardo."

"Quale sguardo?" chiesi, corrugando la fronte.

"Non lo so, sembri malinconica. Hai una nota di tristezza negli occhi, è un lampo, ma lo vedo ogni tanto attraversarti il volto."

Ebbi un tuffo al cuore. Qualcun altro era ancora capace di leggermi come un libro aperto.

"Tornare a Blue Harbor è stato come fare un viaggio con la macchina del tempo. È rimasto tutto esattamente come lo ricordavo." Omisi di nominare il capitolo Spaccacuori.

"Non farti ingannare dalla prima impressione" disse lui quasi con tono severo. "Vedrai a una seconda occhiata che gli edifici hanno risentito delle recenti inondazioni e noterai che i parcheggi dei vari negozi sono quasi sempre deserti."

"Wow, Chase! Saresti un ottimo impiegato all'ufficio del turismo di Blue Harbor" commentai, sarcastica. Non so perché lui tirasse fuori il mio lato da sbruffona!

Mi lanciò un'occhiata di sbieco, un angolo della bocca leggermente sollevato. La postura era ancora rigida, ma lasciò andare un lungo e lento sospiro, come se la tensione stesse abbandonando un po' alla volta il suo corpo. "Non fraintendermi. Amo questa città, infatti quando non vivo nel mio motorhome e voglio che tutti i miei problemi scompaiano vengo a rifugiarmi in questa terra dispersa del Sud."

"Me lo devo annotare." Frugai nella borsa e presi un blocco e una penna. Chase mi guardò divertito. "Cosa vuoi che ti dica" alzai le spalle, "sono una giornalista della vecchia guardia."

"Dimmi come hai fatto a laurearti a pieni voti alla Berkeley per poi finire a scrivere l'oroscopo per una rivista di gossip" mi chiese, lo sguardo sempre attento sulla strada.

"Perché lo vuoi sapere?"

"Perché non vuoi rispondere?"

"Non dovrei fare io le domande?"

"Rilassati, Autumn. È solo una chiacchierata tra due amici dopo tanto tempo."

"È un incontro di lavoro, Chase."

"Semantica." Poi il suo tono si addolcì e mi sganciò un minuscolo e irresistibile sorriso. "Per i prossimi sei giorni mi *metterò a nudo* per te. Per favore."

Spalancai la bocca. "Giochi sporco, Allen."

"Mai detto il contrario."

Distolsi gli occhi dai suoi, difficili da reggere, e li puntai sulla mano stretta al cambio del furgone e sugli anelli alle dita. Mi ritrovai a rifugiarmi contro la portiera del Dodge, aggrappandomi alla maniglia. L'auto era abbastanza spaziosa per starci in due e per non correre il pericolo che lui mi sfiorasse ogni volta che cambiava marcia, ma la presenza di Chase era... importante. Quasi ingombrante.

Arrischiai un'occhiata verso il suo profilo che si stagliava contro la luce della sera. La mascella decisa, il naso dritto, il nuovo taglio di capelli nascosto dal cappello se non per alcuni ciuffi che sfuggivano di lato e che erano scompigliati dal vento. Non si era rasato e un velo di barba gli conferiva un'aria stanca e selvaggia allo stesso tempo. Aggiungendo il total look nero da bello e dannato, potevo dire a malincuore che era da mozzare il fiato. E io ero imprigionata in quella macchina con lui.

Quando i miei occhi ritrovarono il suo volto, lo scoprii a fissarmi.

"Sto solo annotando dei dettagli da inserire nell'intervista. Le donne amano i particolari sull'aspetto fisico" mi giustificai.

Chase inarcò un sopracciglio, facendomi intendere che non mi credeva. Per nulla.

"Abbonderò un po' con gli aggettivi superlativi e con le misure dei tuoi muscoli. Bicipiti poderosi, mani grandi, addominali cesellati..." farneticai, sentendo un principio di rossore alle guance. "Quelle cose lì da *Cosmo* e *Men's Health* che vendono."

"Forse prima in locanda non mi hai scannerizzato abbastanza. Se vuoi posso togliermi di nuovo i vestiti così da prendere le misure giuste, *tesoro*. Abbiamo parlato di intervista *verità*."

"Oh, Dio non voglia che ometta di scrivere che se digito sexy sulla barra di Google esce il nome di Chase Allen."

Il suo sorriso si allargò. "Allora?"

"Cosa vuoi sentirti dire, Chase? Che hai un bel fisico? Metterò tutto questo nero su bianco, sta' tranquillo. Le tue orde di fan sbaveranno leggendo l'intervista e il tuo ego dormirà sonni tranquilli."

"In realtà volevo sapere dell'università." Chase mi guardò con occhi scintillanti e con quell'aria da sbruffone. Ero certa che lo avesse fatto di proposito. Ne ero sicurissima. "Non mi hai ancora risposto." Sorrise di nuovo. Era in corso una svendita di sorrisi, a quanto pare!

"Me la sono cavata" risposi alla fine, sperando gli bastasse come risposta. *Resta vaga, Autumn. Non permettergli di insinuarsi di nuovo nella tua vita!*

"Andavi alle feste delle confraternite?"

"Alla Berkeley la vita sociale era decisa dai vari gruppi Alfa e Omega. O ne facevi parte o potevi considerarti fuori dalla gerarchia."

"Ma?" Chase mi scoccò un'occhiata furtiva. "C'è sempre un ma."

"Non facevano per me. Ti ricordi che al liceo non volevo nemmeno entrare nelle cheerleader? Ci vuole spirito e anche tanta convinzione per saltellare con le chiappe al vento e agitare le mani in aria per lo stronzo della squadra di football."

Chase rise di gusto, buttando indietro la testa.

"Guarda la strada!" lo ripresi.

"Sei sempre stata una testa calda."

"Mi sono iscritta all'Università di San Francisco per avere un'ottima preparazione in giornalismo, non per aggiungere al mio curriculum la mia iniziazione a società segrete. Non credo potesse essere argomento di interesse e decisivo durante i miei colloqui di lavoro all'Inquirer o al Chronicle." Con la coda dell'occhio mi accorsi che Chase stava guardando me e non la strada. "Tu?" chiesi, riportando l'attenzione su un punto indefinito fuori dal finestrino. "Ti sei mai pentito della scelta che hai fatto?"

Hai mai pensato di esserti perso la parte migliore di noi?

"No" mormorò dopo qualche secondo di titubanza e sentii il cuore spezzarsi. "Non avrò vissuto la vita da studente o goduto le feste delle confraternite" aggiunse con un sorriso debole. "Però faccio il lavoro che amo, guadagno molto, vivo bene."

"Ma?" chiesi, facendogli il verso.

Fece un lungo respiro prima di darmi la risposta. "Sono grato di tutto quello che ho costruito in questi anni, anche se cerco di non pensare troppo alle persone che ho perso lungo strada per arrivare dove sono." Mentre pronunciava quelle parole, strinse il volante, le nocche sbiancarono, e quella volta fui io a vedere un lampo di tristezza sul suo viso.

Mi sembrò che il tempo si fosse fermato e che le parole non dette aleggiassero come mine vaganti. Sentivo le pareti dell'abitacolo stringersi attorno a noi e l'aria caricarsi di elettricità come prima di un temporale, come quello che sarebbe scoppiato da lì a poco sopra le nostre teste.

Distolsi il volto, sentendo l'aria del furgone diventare soffocante.

Era calata la sera, diversi lampi squarciavano l'orizzonte e subito dopo un tuono crepitò in lontananza. Passarono una decina di minuti, il silenzio rimbombava nell'auto, e per stemperare la tensione riaccesi la radio e canticchiai sottovoce le parole di Jamie Scott, preferendo guardare il paesaggio che cambiava mano a mano che ci spingevamo quasi al limite di Blue Harbor, dove l'odore di pino era più pungente. Poi il

Dodge imboccò un vialetto sterrato nascosto nel bosco dalla vegetazione.

Sentii il cuore nelle orecchie e il respiro sempre più accelerato quando riconobbi quel posto.

L'autunno stava incedendo con le sue pennellate di colori sugli alberi, le foglie non erano più rigogliose come in estate. Rabbrividii e mi feci piccola piccola in un angolo del sedile.

Il pick-up rallentò il suo percorso finché il terreno non si aprì davanti a noi, ed eccolo, davanti ai miei occhi, quel luogo che una Autumn e un Chase adolescenti avevano creduto fosse il più magico della Carolina. Il punto in cui per giorni e settimane intere avevano fantasticato di costruire la propria vita assieme.

Ricordo
/ri·còr·do/
Sostantivo maschile
Impronta di una singola vicenda o esperienza o di un complesso di vicende ed esperienze del passato, conservata nella coscienza e rievocata alla mente dalla memoria.

Nord

Capitolo 11

Fresca di doccia, mi ero infilata a letto e avevo preso in mano gli appunti di letteratura moderna, quando un rumore mi fece mettere a sedere. Mi stropicciai gli occhi e in silenzio aspettai che si ripetesse.

Tic. Tic.

Mi alzai con un sorriso che andava da un orecchio all'altro e quasi tremavo dalla felicità quando mi accostai alla finestra.

Tic. Tic.

Altri sassolini colpirono il vetro e mi affrettai a sollevare il pannello prima che si svegliasse mia madre o qualcuno degli ospiti della locanda.

"Romeo, Romeo..." iniziai a recitare, sporgendomi dal davanzale.

Al pianoterra, un raggiante Chase mi sorrise di rimando. "Scendi, Giulietta."

"A quest'ora?"

"Devo farti vedere una cosa."

Infilai al volo delle scarpe da ginnastica, senza togliermi il pigiama, e lo raggiunsi di sotto cercando di non fare troppo rumore. Aprii la zanzariera e mi fermai sul primo scalino della veranda.

Chase indossava un giubbino di pelle da motociclista e con una mano si appoggiava al cassone dell'auto. Quando mi fece segno di salire dal lato del passeggero, alzai le sopracciglia in una domanda muta.

"Vedrai" rispose solamente.

"Devo finire di studiare" dissi, scendendo gli scalini tra uno sbadiglio e l'altro.

"Ti aiuterò io durante il weekend, visto che non lavori."

In effetti avevo chiesto a Joe il fine settimana libero per prepararmi al meglio al test di letteratura moderna.

"Fai una pausa, prenditi un'ora libera!"

Mi girai verso la facciata della locanda, poi tornai a guardare lui. Mi aveva allungato una mano, un mezzo sorriso giocava sulle sue labbra, e non aggiunse nulla. Ma i suoi occhi facevano un casino tremendo, tanto che mi ritrovai a scivolare sul sedile del passeggero con un gridolino eccitato.

Per tutto il viaggio cantai a squarciagola *Anyway* e altri pezzi sdolcinati, con Chase che mi prendeva in giro e faceva finta di tapparsi le orecchie per non sentirmi stonare.

Quasi un'ora passò in fretta, mentre ci spingevamo verso l'entroterra di Blue Harbor, in una zona boscosa di querce secolari, che profumava di resina e pino. L'auto rallentò la sua corsa e dopo alcuni sobbalzi si fermò.

Chase spense il motore e mi fece segno di scendere. Ormai era calato il buio, non si vedeva al di là dei nostri nasi nonostante il cielo, quella notte, avesse acceso le stelle più luminose. Chase tenne i fanali del furgone puntati su uno spiazzo. Avanzai lentamente, cercando di non inciampare su una buca o su una radice. Socchiusi gli occhi per abituarli alla poca luce. Prima mi raggiunse il rumore di acqua, come se un ruscello scorresse nelle vicinanze. Poi scorsi un terreno interamente ricoperto da erba altissima e incolta.

"Questo è il posto in cui mi farai a pezzi e seppellirai le mie ossa?"

"Da quale libro hai rubato questa trama?"

"Davvero, Chase." Mi guardai attorno. C'erano solo sterpaglie. "Non mi viene in mente altro in un posto del genere se non una banale trama di un thriller" blaterai, continuando a camminare con l'erba che mi sfregava le gambe.

"Ehi, sta' attenta! Ci sono dei blocchi di cemento nel bagno."

"Nel bagno?" chiesi stupita, guardandolo da sopra una spalla. Finii per inciampare in uno dei suddetti blocchi e d'istinto buttai le mani in avanti per attutire la caduta.

Chase fu più veloce e mi afferrò per i fianchi, prima che mi spiaccicassi con la faccia a terra. Mi rimise in piedi, e mi ritrovai di fronte a lui, con le mani sul suo petto e le sue che mi stringevano la vita.

Vorrei poter dire che in quel momento fossi senza fiato per la sua vicinanza, ma in realtà stavo letteralmente vedendo le stelle per la botta al ginocchio. Mi lasciai sfuggire un gemito.

"Ti sei fatta male?"

Mi scostai da lui con una gamba quasi fuori uso e lo guardai in viso. La mia curiosità ebbe la meglio sul dolore. "Hai detto bagno?"

"Metteremo una bella vasca, so che la preferisci alla doccia. Ah, e lì..." disse indicando alla sua destra, "pensavo che ci stesse bene la cucina. Non batte troppo il sole e sai quanto possa essere implacabile il sole del Sud."

Mi trattenni dal dire qualcosa di cattivo, anche se in quel momento riuscivo solo a pensare agli appunti sparsi sul letto e alla E che avrei preso al test di letteratura moderna. "Qualcuno ti ha dato da bere sottobanco all'Old Mill?"

"Donna di poca fede." Chase mi prese la mano e mi trascinò con lui nel terreno. Io ero in pigiama, tra l'altro.

"Hai lasciato la porta del bagno aperta" aggiunsi, ironica.

Chase mi diede una gomitata e mi rivolse quel sorriso pigro e raro che mi fece precipitare lo stomaco. All'improvviso si fermò e con la mano indicò lo spiazzo attorno a noi. "Hai l'onore di avere una visita guidata non ancora aperta al pubblico della nostra casa."

Strabuzzai gli occhi dalla sorpresa. "Casa nostra?"

Mi cinse la vita e mi fece voltare, appoggiando la mia schiena al suo petto. Potevo sentire il suo cuore battere furioso contro il tessuto della maglia. Alzò il braccio e indicò il panorama davanti a noi. "Qui invece ci vedrei bene il salotto, con la vista sulla cittadina e un terrazzo che si affaccia sulla baia."

Osservai le luci di Blue Harbor in lontananza da quel punto panoramico esclusivo. Chase intanto continuava a spiegarmi la disposizione delle stanze. Era folle, ma dopo un po' iniziai per davvero a vedere la casa finita, con le mura e le camere ammobiliate. Lui si spostava da un punto all'altro del terreno illuminato solamente dai fari del Dodge, ma mi indicava finestre e pareti immaginarie colme di libri, mi mostrava lo studio dove avrei scritto il mio romanzo ambientato a Blue Harbor e, tutto gasato, evocò un garage per le sue moto.

Mi guardai intorno in quello spazio privo di caminetti, scaffali, vetrate a parete e soffitti con travi a vista, ma ricoperto solo da erbaccia incolta, e da qualche mattonella e blocchi di cemento. "Vuoi costruire qui la nostra casa?"

Lui infilò le mani nelle tasche dei jeans e sollevò le spalle, quasi in imbarazzo. "Ci vorranno diversi anni per sistemarla, ma... sì." Mosse un passo nella mia direzione. "Non ti piace?"

"No, mi piace, è che..." Fissai l'immenso prato che stavo calpestando, immersa nel profumo dell'erba. "Da dove prenderemo i soldi? Viviamo ancora con i nostri genitori, mia madre a malapena sa gestire da sola la locanda. Tu non hai intenzione di fare i provini per la Superbike? Quando tornerai a casa? Tre, quattro volte l'anno? Già ora con gli allenamenti ti vedo con il contagocce, finirà che ti vedrò solamente su degli articoli celebrativi dell'Harbor Gazette che molto probabilmente scriverò io stessa."

"Non dire cavolate, Peanut! Sai scrivere, leggi più della media. L'editoria è il tuo campo e sono sicuro che qualsiasi università ti prenderebbe a occhi chiusi con i voti e i crediti scolastici che hai" mi rispose con voce accorata senza però dare delle risposte ai miei timori. "Non mi hai detto di voler andare alla New York University?"

“Non ho ancora preso una decisione, Chase. Mi manca ancora un anno, possono cambiare tante cose in trecentosessantacinque giorni. Non so nemmeno se passerò il test di lunedì, invece tu hai le idee chiare su chi vuoi essere e cosa vuoi dalla vita.” Presi un lungo respiro. “Mentirei se ti dicessi di non aver paura.”

“Mi stupirei del contrario.” Mi gettò le braccia attorno al corpo e posò la fronte contro la mia, gli occhi abbassati sui miei. Io lo strinsi a mia volta per i lembi della giacca, quasi esitante. “Ce la faremo” s’intromise, la sua voce che sembrava poter percepire le mie paure. “Vedrai che riusciremo a farla funzionare.”

Mi agguantò per il polso e mi attrasse nuovamente contro il suo petto. Con il pollice mi accarezzò l’interno del polso nel suo messaggio in codice per dirmi *ti amo*, con l’altra mano mi alzò il mento cosicché non potessi sfuggire ai suoi occhi. Era buio e la luce dei fanali alle sue spalle lo rendevano solo una sagoma nera dai tratti offuscati. Però sentivo tutto il peso dei suoi occhi, perché il mio corpo vibrò in risposta.

“Promettimi che tornerai da me” mormorai con un filo di voce.

“Ti prometto che ritroverò sempre la mia strada verso te. Sempre” sussurrò prima di abbassare le labbra sulle mie. “Autumn, ovunque mi troverò, tu resterai il mio Nord.”

Con la mano gli diedi un colpetto leggero sul petto. “Dio, dici sempre delle frasi perfette da far impallidire i personaggi dei romanzi che leggo.”

Chase imprigionò la mia mano proprio sopra il suo cuore, che batteva all’unisono con il mio. “Sei tu quella brava con le parole e che passa intere ore a scrivere.”

“Trascrivo su un foglio le emozioni che nascono dal mio cuore, ma non riuscirei a farlo a voce alta. Probabilmente troverei più facile scriverti quello che sento per te che dirtelo.”

“Allora scrivimi un libro dove racconti tutto l’amore che provi per me. Ma ti prego, non dipingermi come il bad boy.”

"Si innamorano tutte dei cattivi ragazzi nei libri, Chase" dissi con il sorriso che di nuovo aleggiava sulle mie labbra.

"Almeno descrivimi come un ragazzo figo, sexy, simpatico e intelligente."

"Altro?" scherzai.

"Con un fisico aitante, da vero sportivo, vincente e con la protagonista principale, Autumn, follemente innamorata di me."

"*Il ragazzo al di là del fiume* di Autumn Reese."

"Bestseller del New York Times."

Chase sorrise contro le mie labbra, mentre le sue mani scivolavano sotto la maglietta del pigiama, trovando la mia pelle che aspettava febbricitante il suo tocco. In quel momento odiai me stessa per aver tanto bisogno di lui. Infatti lasciai che con un bacio e delle carezze mettesse a tacere tutte le mie paure, quando non avevamo ancora finito di affrontare l'argomento 'noi due'. Ma ero giovane e innamorata. Anche ingenua.

Chase mi prese per mano, intrecciò le dita alle mie e mi condusse verso il pianale del Dodge. "Questo è il posto dove costruiremo la camera da letto. Offre una vista pazzesca sulla città."

Mi tese la mano e mi rivolse un sorriso, quel sorriso che gli faceva comparire le fossette ai lati delle labbra e brillare gli occhi come se avesse rubato dei frammenti di cielo stellato.

Afferrai la sua mano e lui, con un agile scatto, mi sollevò sul cassone del pick-up. In silenzio lo guardai tirare fuori la coperta di lana e da quella postazione i miei pensieri alla E sul test di letteratura moderna si cancellarono immediatamente alla vista del suo sedere strizzato nei jeans.

Chase stese il plaid, poi si girò verso di me. Annullò qualsiasi distanza e catturò le mie labbra in un bacio impetuoso, esigente, famelico. Quasi insistente.

Gli passai le mani fra i capelli, schiusi la bocca e intensificai il bacio, con il cuore che batteva come un tamburo contro la cassa toracica.

Volevo di più. Avevo bisogno di sentirlo per dissipare qualsiasi timore.

"Cazzo" esalò Chase. Mi fece sdraiare sulla coperta, ci aggrappammo l'uno all'altro e niente mi sembrò più giusto, in quella circostanza.

Non ci fu più spazio per parole e dubbi. Tra un sussurro e un gemito, con i suoi baci e con ogni carezza colmò il vuoto che già iniziavo a sentire dentro di me. Quella notte credetti alle sue parole e anche a quelle non dette, perché il momento che condividemmo fu più profondo di una promessa.

Ma tutte le sue belle parole si rivelarono una bugia.

Lui non riuscì più a trovare la sua strada verso di me.

Aprii gli occhi e mi accorsi che erano umidi. Ricacciai indietro il nodo che mi serrava la gola e saltai giù dal furgoncino senza guardarlo in volto. Camminai lentamente, perché le gambe mi tremavano e non sapevo se avrebbero retto. Il cuore mi pulsava nelle orecchie e ogni respiro mi bruciava i polmoni, la gola, gli occhi.

L'ultima volta che ero stata lì, c'erano solo un immenso prato di erbacce, rami sradicati dal vento e blocchi di cemento sparsi qua e là. Ora, di fronte a me, illuminata dai fari del Dodge, c'era la casa dei nostri sogni.

Restai ferma, incredula, sopraffatta dagli eventi e dalle emozioni, con le lacrime che minacciavano di scorrermi copiose lungo le guance. Chase era alle mie spalle, lo sentivo. Avvertivo la sua presenza come quando l'aria è carica e preannuncia un temporale.

Una catastrofe imminente.

"Peanut."

Quell'unica parola sillabata dalle sue labbra mi tolse il fiato e un campanello d'allarme mi risuonò nella testa. Mio malgrado, mi voltai e mi sentii come se una mano mi stesse stringendo il cuore quando incontrai il suo sguardo.

Nord

/nòrd/

Sostantivo maschile

La parte del mondo che corrisponde alla stella polare. Perdere il Nord, l'orientamento.

Resistenza

Capitolo 12

Rimasi a fissarlo, travolta da una miriade di emozioni. Non sapevo cosa dire. Chase parve percepire il mio turbamento perché attese in silenzio, con la schiena appoggiata al cofano dell'auto e le mani nelle tasche dei pantaloni.

Chiusi gli occhi e presi un lungo respiro. Tornai a guardarlo e poi mi voltai verso la villetta in stile coloniale che sorgeva alle mie spalle. "Ce l'hai fatta" mormorai alla fine in un soffio.

Lui non si mosse, m'intrappolò nel suo dannato sguardo che ardeva vivido nella penombra. "*Non mi sono mai fermato di fronte a una difficoltà.*"

Avrei dovuto cogliere il tono di sfida nella sua voce, sentire i campanelli d'allarme risuonare, intravedere l'insegna al neon in grassetto Times New Roman 36 sopra la sua testa; tutti segnali che mi avvertivano di stare attenta a Chase The Legend Allen.

Ma li ignorai e alzai gli occhi su di lui attraverso le ciglia. "È una dote che ti ha portato lontano" ribattei, spostando l'attenzione sul motivo che mi aveva portata di nuovo nella vita del mio Unico: l'intervista.

Chase ebbe un attimo di esitazione. "Vieni, ti mostro la casa."

Mi tese la mano nel momento in cui mi affiancò. L'ignorai e mi avvicinai alla gigantesca villa a due piani, col disperato bisogno di allontanarmi per quanto possibile da lui. La zona era delimitata da un alto muro di pietra ricoperto da roseti perfettamente curati e Chase aprì il cancello elettronico con un telecomando che teneva nella tasca dei jeans. Superata la 'zona di sicurezza', iniziai a vedere la casa dei nostri sogni materializzarsi davanti ai miei occhi. Il cuore mi sprofondò nello stomaco.

Enormi querce attorniavano l'abitazione rendendola pittoresca. Agli occhi di molti poteva sembrare strano che un uomo che trasudava soldi e jet privati non abitasse in una villetta ultramoderna in una zona assolata della Florida o della California.

"Allora è qui che abiti?" gli chiesi, con gli occhi puntati sulla facciata dell'edificio che ricordava una vecchia mansione coloniale tipica del Sud, dal sapore antico, con la facciata imponente, le quattro colonne doriche caratteristiche dello stile early-american.

"Sembri stupita."

Sentivo lo sguardo di Chase che mi scavava crateri dentro. Ignorai il senso di malessere che provavo allo stomaco e ruppi quel momento. "In questa cittadina di cinquecento anime, gli unici argomenti di conversazione sono le previsioni del tempo, lo spettegolare dei vicini all'emporio tra una scatoletta di tonno e un richiamo per starne oppure scommettere su chi vincerà la parata del festival d'autunno."

"Non dimenticare il toto matrimonio delle tre Mary."

Annuii, pensierosa. "Vuoi fuggire dalla notorietà e ti nascondi a Blue Harbor, dove qualsiasi movimento è motivo di eccitazione e di conversazione? Deve essere dura per te scappare dalle critiche dei media e trovarti tra i punti salienti di discussione delle riunioni cittadine."

"Posso capire il tuo punto di vista, ma qui... mi sento a casa. Sento di appartenere a questo posto. Quando voglio mettere in pausa i ritmi sfrenati della mia vita, torno qui per rimettermi in sesto." Si voltò e mi fissò dritto negli occhi in quel modo unico e speciale che aveva di guardarmi fin dentro l'anima. "Tu? Sei diventata una donna di città?"

Superammo il cancello e imboccammo il vialetto che portava alla casa. Il sole stava ormai tramontando dietro gli alberi e la zona era in ombra. Mentre camminavamo uno di fianco all'altra, sentivo l'eco dei tuoni in lontananza.

"Ero stufa di passare tutti i weekend allo stesso modo, di vedere le stesse persone negli stessi posti, sentirmi porre sempre le stesse domande. Volevo qualcosa di più, volevo ricominciare e sono finita a San Francisco, lontano da..."

Interruppi la frase prima di dire qualcosa di cui mi sarei pentita dopo nella mia camera, in posizione fetale. Un intero dizionario di parole non dette aleggiò fra di noi, mentre il mio sguardo restava perso nel suo. Maledizione, detestavo il modo unico che aveva di contemplarmi!

Restammo in silenzio per qualche attimo, poi Chase finì la frase per me. "Lontano dalle conversazioni da emporio e dal toto matrimonio."

Riuscii a ridere, nonostante l'intensità di quel momento. "Esattamente."

"Mi è mancato questo suono" sussurrò Chase a qualche passo da me. La sua voce impattò in ogni atomo del mio essere. "Mi è mancato vedere come riuscivo a farti sorridere." Scosse la testa, lentamente, ma non abbassò mai gli occhi.

Il mio sorriso sfumò, costretto a un brusco arresto quando andai a sbattere contro lo sguardo penetrante di Chase. "Ti va di mostrarmi la casa?" chiesi con voce piatta, nonostante nei suoi occhi leggessi il mio tacito rimpianto per quello che poteva essere e non era stato. Ma stavamo per imboccare una strada pericolosa che l'indomani mi avrebbe sicuramente fatta pentire. Anche se mi sembrava ridicolo avere una conversazione forzata con lui, quando con quella stessa persona avevo condiviso i miei segreti e le mie paure più intime.

Chase si stropicciò il volto ed emise un lungo sospiro. "Vieni."

Salimmo i gradini del portico, fino alla porta di legno massiccio. Restai qualche passo dietro di lui, ancora scossa, con la testa china, mentre Chase trafficava con il codice di sicurezza. Avevo la gola arsa, le labbra secche e il petto si alzava e abbassava convulso sotto il maglione senza forma. Quel luogo conservava tanti ricordi della nostra storia, ricordi che mi facevano battere forte il cuore; dovevo sforzarmi di ricordare che ora eravamo due perfetti estranei.

"Questo posto è incredibile" mormorai.

"E ora ha pure una porta" sorrise lui. Le immagini di quella notte, del prato incolto e pieno di erbacce, scorrevano davanti a noi come un film in bianco e nero.

Chase aprì la porta principale e mi fece segno di passare. Appena entrai nell'atrio, le luci si accesero da sole al nostro passaggio e il familiare odore di legno mi accolse. Mi guardai attorno, stupita per l'ottimo gusto in fatto di arredamenti d'interni. Il look rustico del pavimento in legno massello chiaro, le travi a vista sul soffitto, i tessuti chiari e semplici che ricoprivano le sedute, le ampie vetrate a parete che si affacciavano su un giardino curato e rigoglioso nonostante l'autunno avesse già cominciato a incedere. La cucina era enorme, essenziale e minimal, con qualche rifinitura in muratura a renderla accogliente. Diversi quadri dai toni caldi riempivano le pareti e si armonizzavano alla perfezione con i vari pezzi d'antiquariato in bella foggia qua e là.

Mi fermai in mezzo al salotto quando mi accorsi che le porte-finestre davano sulla baia e l'aroma muschiato proveniente dal fiume mi solleticò le narici. Uscii all'aria aperta, e mi godetti la vista al tramonto; s'intravedeva all'orizzonte una piccola Blue Harbor con le luci del porticciolo e dei ristoranti sul mare.

"Il terrazzo fa il giro di tutta la casa" sussurrò alle mie spalle. Mi sfiorava la schiena col petto e le sue labbra erano vicine, troppo vicine, al mio orecchio. Sobbalzai, ma non mi voltai. "Di là, verso sinistra, si apre in un patio. Poi c'è un'altra terrazza al piano di sopra, ma vi si accede solo dalle camere da letto."

I battiti del cuore mi rimbombavano nelle orecchie. "Un gusto eccellente, non c'è che dire" dissi, la mia voce poco più di un bisbiglio. "Sei ricorso a degli ottimi professionisti, il risultato è strabiliante" mormorai senza allontanare gli occhi dall'acqua con i suoi giochi di luce.

Chase scivolò al mio fianco e si appoggiò alla ringhiera del terrazzo, con i gomiti sul bordo di legno. "In realtà ho fatto tutto io." Accennò un sorriso che vidi con la coda dell'occhio.

"E quando hai trovato il tempo?" chiesi, fingendo di non avere una normale conversazione con il mio Unico barra Spaccacuori in quella che doveva essere la nostra casa dei sogni. Gesù, dammi la forza!

"Ho cercato di ritagliarmi degli spazi tra una gara e l'altra. *Quando mi prefiggo un obiettivo, lo porto a termine.*"

Mi azzardai ad alzare la testa. Nella galassia che aveva al posto degli occhi, si stava agitando un oceano di possibilità e di aspettative. Fissai quelle pozze che ardevano come braci e dove erano celate molte più cose di quelle che diceva.

"Il panorama sulla baia è... è bellissimo" esclamai, tornando ad ammirare le luci della città.

"Già. Da *qui* la vista è spettacolare."

Per un attimo non seppi cosa dire, come riempire il silenzio imbarazzante. Sentivo il suo sguardo fisso su di me, avevo la gola serrata. Perché il mio stupido corpo non riconosceva Chase come pericolo numero uno nella mia lista nera degli stronzi?

"Ti senti bene?"

Rabbrividii al suono della sua voce. Maledizione, non potevo starmene lì a rimuginare sul mio passato, non se volevo tornarmene al più presto a San Francisco con un'intervista. Strinsi le mani a pugno e mi voltai nella sua direzione. "Benissimo. Facciamo due chiacchiere? Così posso iniziare a buttare giù un po' di materiale per il giornale."

Chase si avvicinò appena, ma potevo sentire il suo respiro sul mio viso, i miei sensi annegati nel suo odore. "Non aspettarti granché, *Peanut*." Mi strizzò un occhio ed entrò in casa.

Smisi completamente di pensare al suono di quel nomignolo. Adoravo fin da piccola mangiare fino all'indigestione cioccolatini farciti al burro d'arachidi della Reese's. Da piccola poi mi vantavo con tutti perché credevo che non fosse un caso che portassero il mio cognome. Si trattava solo di burro d'arachidi, niente di eclatante. Eppure lui se ne ricordava ancora, e non sapevo perché quel dettaglio mi togliesse il fiato.

"Non chiamarmi più così. Non sono più quella ragazzina, Chase." La mia voce suonò stridula persino alle mie orecchie.

Lui si voltò, un sopracciglio inarcato, e mi squadrò per intero. Non tralasciò nessun lembo di pelle, fino a ritrovare le mie iridi. "Non fai più indigestione di cioccolatini al burro d'arachidi? Scommetto che troverei un pacco di scorta in quella borsa se adesso ci frugassi dentro."

Strinsi la cinghia della borsa sulla difensiva e alzai il mento in segno di sfida. C'era davvero un pacchetto di cioccolatini per le crisi d'emergenza e il mio cuore stava assomigliando sempre di più a un tortino sciolto, perché nessuno mi conosceva come Chase. Nemmeno Byron. Oh Dio, Byron! "Sono io quella che fa le domande, tra i due."

Chase scoppiò a ridere e inevitabilmente un brivido mi corse sulla pelle. Nei suoi occhi c'era quella scintilla che mi aveva fatto perdere la testa per lui. Quella luce di sfida che lo aveva portato a vincere nella vita. E ora quello sguardo era rivolto a me.

"Autumn..."

"È bello qui." Lo superai e diedi un'occhiata in giro per il salotto. Era tutto in ordine, ma non asettico. Sarà stata la lampada a stelo che gettava una luce fioca vicino alla finestra, saranno state le candele e le riviste impilate sul tavolino, ma la casa sembrava vissuta e calda. "Mi piace" dissi, girando per la stanza e ignorandolo volutamente. Passai le dita sopra i mobili, sfiorando con i polpastrelli ogni superficie, i telai della porta, i muri di quella casa che avrebbe dovuto essere nostra.

Il nido per noi tre.

Restai quasi senza fiato al pensiero di un faccino con le sembianze di Chase da piccolo, con gli occhi verdi e il mezzo sorriso del padre. Avevo fantasticato per mesi, immaginato per settimane i tratti di nostro figlio fino a quel terribile giorno in cui scoprii di averlo perso. Da allora non avevo più voluto rivivere nella mia testa il filmino di noi come una vera famiglia, non sarei stata in grado di sopportarlo.

Mi fermai di botto quando notai che quasi tutti i mobili avevano una piccola incisione in un angolo: *nostalgia.* Arricciai il naso. "*Nostalgia*?"

Chase si tolse il cappello e si passò le dita fra i capelli. Dio, era sottovalutato quel gesto. Era sexy da morire. "È una parola che ho imparato in Italia. Significa rimpianto per qualcosa di lontano."

Passai i polpastrelli sulle lettere incise nel legno.

"Li ho fatti io."

"Li hai fatti tu?" Meravigliata, studiai i dettagli dell'arredamento, dalle rifiniture precise all'eleganza delle linee.

"Il lavoro manuale mi aiuta a scaricare la tensione" mi spiegò.

"C'è qualcosa che non sai fare, Chase Allen?"

Lui sollevò le spalle, il volto leggermente rosso dall'imbarazzo. "A quanto pare siamo cambiati entrambi."

"Non sempre si cambia in meglio" precisai divertita, restituendogli l'occhiolino di poco prima.

Notai la tivù al plasma appesa al muro, le riviste sportive sparse sul tavolino, ma la mia attenzione fu catturata dalla piccola libreria appoggiata alla parete sulla mia sinistra. Mi avvicinai e tra i titoli, oltre a biografie di noti personaggi dello sport, spiccavano nomi della narrativa contemporanea.

"Leggi?"

La mia espressione dovette essere eloquente perché lui si portò una mano al cuore, come ferito. "Non mi dire che mi facevi tipo da *Men's Health*" mormorò, melodrammatico.

"Più da *Sport Illustrated*, conoscendo la fama." Piegai la testa di lato. "Dovresti unirti al Club del Libro di mia madre" scherzai, leggendo qualche titolo. "Ma forse se andassi non avrebbero più bisogno di leggere romanzi bollenti."

Mi pentii subito non appena quelle parole lasciarono la mia bocca. Maledizione! Lui sorrise e capii che non sarei più riuscita a leggere un libro senza immaginare il personaggio maschile con le sue sembianze.

Chase si appoggiò con un braccio alla mensola del camino e mi scrutò a lungo. "Quando avrò il piacere di avere qualcosa scritto da te su una di quelle mensole?"

"Chissà. Forse mai."

"Dimenticavo di parlare con Miss Insicurezza."

Feci spallucce.

"Nonostante tu sia testarda fino alla punta dei capelli, sei portata per scrivere, Autumn. Anzi, sei dannatamente brava. Sei più portata di quanto pensi e meriti di firmare i pezzi per un grosso giornale o di trovare un importante editore che voglia pubblicare i tuoi libri."

Wow! Ero talmente colpita dalle sue parole accorate da dover chiudere gli occhi perché mi girava la testa. Ero abituata a Byron che mi organizzava colloqui al buio con il suo capo alla Cushmand and Wakefield, o a sudare sette camicie e servire il caffè a Stacey Graham per mostrare il mio valore. Senza moine, sviolinate e senza andare a letto con nessuno dei piani alti. Chase, invece, era sempre stato il mio fan numero uno.

Gli diedi le spalle per mascherare il sorriso che mi era spuntato sulle labbra. Respirai a fondo e misi da parte, ancora una volta, i ricordi.

"Allora" chiesi, sedendomi sul bracciolo del divano. "Che reazioni hanno le tue conquiste quando vedono dove abiti?"

"Devo sentirmi offeso perché credi che sia un donnaiolo patentato, o perché mi hai dato indirettamente del ragazzo provinciale?" Chase spense la luce principale della stanza, ora illuminata solo dalla lampadina a stelo nell'angolo. Di tanto in tanto si levava il canto delle rane che si mescolava a quello dei grilli. Si appoggiò contro la parete di fronte, e giocava con l'anello sul dito medio come se fosse insofferente. "Avanti, sputa il rospo. Vedo che muori dalla voglia di chiedermelo."

Mi morsi il labbro per non ridere. "Questo è il tuo nascondiglio dove porti le ragazze?" Odiavo ammetterlo, ma trattenni il fiato aspettando la sua risposta. Nella mente mi balenò un'immaginc di lui circondato da un plotone di donne e un dardo di gelosia mi colpì allo sterno. Mi costava ammetterlo, ma avrei avuto il cuore a pezzi il giorno in cui avessi letto su qualche rivista di gossip che aspettava un figlio da un'altra donna.

"Questo è il mio fortino. Sai, ci devo andare piano. Inizia sempre con una cena da pagare, poi ti ritrovi a pagarle la liposuzionc, la Ferrari, a comprare una casa nuova perché quella di Miami è troppo piccola. Ti incastra con un figlio, ma con i soldi del mantenimento si paga un seno nuovo, poi lancerà un canale YouTube e sarà ospite in tutti i talk show americani a presentare il libro verità sulla sua vita dove ti dipingerà come un donnaiolo che Tiger Woods, credimi, ne uscirà come un gentiluomo."

Restai in silenzio, colta di sorpresa dalla sua risposta. Poi sussurrai: "Bugiardo!" Scossi la testa, incredula. "Hai appena citato *Gold Digger* di Kanye West! Chase!"

Lui abbozzò un sorriso irresistibile e le mie parti femminili gli fecero la ola. "Come ti ho detto, vengo qui a Blue Harbor quando voglio staccare da tutto e pensare ad altro."

"Del tipo?"

"Come far funzionare un rapporto sentimentale, per esempio."

"Ma se ti affibbiano un sacco di storie!"

"Appunto per questo. Non riesco ad avere una relazione duratura." Si stava prendendo gioco di me.

"Sei incredibile."

"Dovrei dirlo io a te."

Sostenni il suo sguardo anche se mi tremavano le gambe. Almeno ero seduta.

"Potrei chiederti qualche consiglio, visto che ti sposi." Indicò con l'indice l'anello che portavo al dito.

"Tocca a te parlare, l'Inquirer non vuole un'esclusiva su di me" dribblai. Non avrei mai parlato con lui di Byron. Mai. "Tu e quella conduttrice tv state ancora insieme?" In realtà non volevo sentire la risposta.

"Caroline… e no, non siamo mai nemmeno stati assieme se non per un drink. Wikipedia non è aggiornato." Mi rivolse un sorrisetto malizioso.

"Ti vedi con qualcuno?"

"Non sono a caccia in questo periodo."

"Il che non esclude che tu abbia una relazione in corso." Sbuffai quando capii che non avrebbe aggiunto altro. "Ti dovrò strappare le parole di bocca per tutta la durata della settimana?"

Il suo sguardo cadde sulle mie labbra. "Ti lascerò il piacere di indagare come una vera reporter d'assalto. Sono sicuro che qualcuno giù a Blue Harbor sarà contento di aiutarti a scovare qualche gossip succulento sul sottoscritto."

Sospirai piano e mi alzai, nervosa. "Come sei altruista."

Sfoderò un mega sorrisone. "Sono solo un gentiluomo del Sud."

Gli lanciai un'occhiataccia da sotto le palpebre a mezz'asta. "Io credo che tu sia solamente simpatico come una malattia venerea."

Chase scoppiò a ridere e l'eco della sua bella risata riecheggiò alle mie spalle per un po' mentre mi guardavo ancora attorno. Su una mensola, tra una pianta finta e un trofeo, c'erano delle foto in fila, delle immagini che ritraevano Chase mentre alzava con fierezza una coppa in aria, oppure mentre abbracciava gli uomini della scuderia sotto una pioggia di champagne. C'erano diversi scatti, pochi davvero personali, per questo motivo il respiro mi restò incastrato nello sterno quando notai una fotografia.

Lì, tra tutti gli istanti incorniciati della sua vita, c'era una polaroid che riconobbi subito. Ci ritraeva assieme, abbracciati sul pianale del Dodge; i nostri visi erano illuminati dalla luce argentea della luna. Sicuramente era una foto scattata durante una delle innumerevoli serate passate sul cassone del suo pick-up a parlare di stelle, libri o motori. E naturalmente alla radio stava passando un vecchio pezzo country.

Chase… lui aveva *quella* espressione. Quella che era solo mia: sorriso pieno, fossetta all'angolo della bocca, occhi colmi di desiderio e amore. Era la foto di noi due che preferivo e che custodivo ancora nella vecchia scatola di scarpe, ingiallita e rovinata dal tempo.

"Scatti ancora?"

Staccai gli occhi dal viso di quel ragazzino e mi girai, incontrandone uno più maturo, spigoloso, segnato dal tempo. "Diciamo che ho accantonato per un po' la fotografia."

Chase mi affiancò, i miei occhi però erano tornati su quel vecchio ritratto. "Che fine ha fatto la ragazza che diceva di voler scattare foto, per paura…"

"…per paura di dimenticare i momenti più felici della propria vita" finii la frase per lui.

Lui annuì, malinconico.

Lasciai andare un lungo sospiro. "Le priorità sono diventate altre" mormorai con rammarico, forse tristezza. Quella verità riecheggiò a lungo nel silenzio della stanza.

"Peccato." Il suo sguardo s'incupì e vidi un lampo di rabbia nei suoi occhi. "Avevi promesso a tuo padre di donargli tutti i tuoi momenti felici."

"Davvero mi stai parlando di promesse? Perché sono quasi certa di non essere io quella che non mantiene la parola data…" Quasi mi tremava la voce.

Chase avanzò di un passo, tanto che le punte delle nostre scarpe si sfiorarono, i nostri respiri si fusero. "Ho fatto un errore e ti ho chiesto scusa. Non hai la minima idea di come mi sono sentito quel giorno che ti ho vista andare via in lacrime dalla mia vita."

"No, non lo so" mormorai spavalda senza mai abbassare gli occhi. "Ero troppo presa a pensare a come crescere un figlio da mamma single" sibilai, trattenendo a stento un singhiozzo.

Lui sussultò leggermente a quelle parole, come se ammettendo il mio dolore gli avessi assestato un pugno allo stomaco.

Mi voltai perché gli occhi si erano riempiti di lacrime, e cancellai con stizza ogni segno di dolore dal mio viso. L'unico rumore nella stanza era il ticchettio di un orologio vintage appeso sopra il caminetto, un suono che amplificava ancora di più la tensione che c'era fra di noi.

Abbassai lo sguardo sulla foto e, senza rendermene conto, allungai il braccio e presi la cornice tra le mani. Stavo per sfiorare con i polpastrelli i contorni delle nostre figure, quando la sua voce mi sorprese.

"Lo so che mi odi e mi dispiace, ma non credo nemmeno per un secondo che le cose fra di noi possano essere normali, Peanut. Non quando non ho smesso mai per un secondo, mai, di pensarti."

Le sue parole mi investirono con una tale violenza che barcollai. Con la fotografia ancora tra le dita, mi voltai. Le lacrime, la tristezza, la nostalgia... Qualsiasi emozione evaporò per lasciare spazio alla rabbia, tanto che sentii la pelle prudermi intorno al collo.

"Ti avrei amato per tutti e due, Chase" dissi con amarezza. "Ma la nostra storia è stata come un libro letto dall'epilogo alla copertina, e non sono così stupida da volerci riprovare." La mia voce si smorzò pronunciando quelle ultime parole.

Chase si avvicinò e ci ritrovammo a un soffio l'uno dall'altra. La nostalgia e il rammarico si confondevano con il desiderio e la disperazione. "Peanut..."

Quella voce... roca, profonda, capace di farmi formicolare la pelle.

"Perché adesso?" chiesi con stizza. "Perché *proprio* adesso, durante il festival d'autunno?"

La mia domanda lo colse di sorpresa e lo vidi vacillare, la tristezza attraversò di nuovo il suo sguardo, l'espressione ferita. I suoi occhi saettarono dalla foto sul camino a me. "Avrei potuto scegliere un altro momento" sussurrò con esitazione.

"Ma non l'hai fatto."

"No."

La stretta al petto era così forte da mozzarmi il respiro.

Chase mi fissò senza muovere un muscolo, poi mise una mano sulla mensola alle mie spalle, il suo volto a pochi centimetri dal mio. Mi dimenticai come si facesse a respirare. Sentivo solo l'urgenza di passargli le mani fra i capelli, sfiorargli il volto, assaporare quelle labbra così dolorosamente familiari e nuove allo stesso tempo.

Quando incontrai i suoi occhi, il cuore mi arrivò dritto in gola. Erano famelici, assetati di desiderio. Scivolarono sulla mia bocca e di rimando mi morsi il labbro inferiore. Avrei voluto che mi baciasse! Quanto lo volevo! Non dovevo volerlo.

"Peanut..." mormorò, ma un tuono riverberò talmente forte dentro le mura di casa da far tremare i vetri delle portefinestre.

Tutto si fermò. Noi, il tempo, le nostre intenzioni.

Ci guardammo negli occhi mentre una folata di vento faceva sbattere delle finestre; nessuno dei due si mosse e, non appena nella stanza tornò il silenzio, pian piano anche la realtà tornò prepotentemente a bussare nelle nostre vite. Ma in quei pochi, lunghissimi secondi, né Chase né io ci eravamo resi conto che stavamo per salire su un treno che avrebbe deragliato con certezza poco dopo.

Respiravamo rumorosamente, i nostri volti nell'ombra. Rabbrividii al ricordo dell'espressione che Chase aveva disegnata sul volto qualche attimo prima.

"Sarà meglio che mi porti a casa prima che esploda l'apocalisse." Recuperai la borsa dal divano e me la strinsi forte al petto, come uno scudo. "I temporali del Sud hanno una certa fama."

Chase piegò la testa di lato e mi osservò a lungo, senza dire una parola. L'aria era diventata irrespirabile.

"Per favore" sussurrai.

Forse fu per la nota quasi di supplica nella mia voce, ma Chase mutò atteggiamento. La postura rigida, la mascella contratta e gli occhi... Erano quelli di un estraneo, di una persona che era uscita dalla mia vita dieci anni prima e che ora, a tratti, non riconoscevo più.

"Ti riporto in locanda. Fammi prima prendere una torcia per sicurezza." Il suo tono era cambiato. Non proprio glaciale, più sostenuto.

Per tutto il tragitto fino al Lullaby Inn nessuno parlò. Mi azzardavo a voltarmi nella sua direzione ogni tanto; nel buio del vecchio Dodge, il suo viso veniva illuminato solo dai lampi che squarciavano il cielo. Voci graffianti e accordi di chitarra provenienti dalla radio sovrastavano per fortuna i rombi incessanti dei tuoni, mentre i rami degli alberi si piegavano alla forza del vento.

Imboccammo il viale d'accesso del bed & breakfast e, una volta fermi davanti ai gradini del portico, scesi come se il diavolo mi fosse alle calcagna, l'auto ancora con il motore acceso.

"Grazie" gridai sopra il frastuono dell'ennesimo tuono.

"Autumn." Feci per chiudere la portiera, ma la sua voce mi fermò.

Mi voltai, il suo volto era in penombra. "Chase, davvero..."

"Quando penso a noi" mi interruppe, "e alla nostra storia, non vedo un disastro mancato."

Sussultai sentendo quell'ormai familiare pugnalata al petto. Esitai un attimo a rispondergli. Avrei voluto chiedergli cosa vedesse, ma avevo paura della risposta.

"Buonanotte, Chase" mormorai alla fine.

Un tuono rombò nell'aria e una folata di vento mi colpì in pieno viso, un ciuffo di capelli mi coprì gli occhi, ostruendomi la visuale del suo volto. Chiusi la portiera e salii i gradini di corsa, sentendo il peso dello sguardo di Chase finché non fui al sicuro nella mia camera. Mi chiusi dentro e scivolai con la schiena lungo la porta, il respiro corto, e mi beccai un miagolio di protesta da Biscottino per averlo svegliato.

Avevo cacciato Chase in un angolino della mia mente per tutti quegli anni. Proprio dieci anni prima lui era uscito dalla mia vita, me l'aveva cambiata e poi, così com'era arrivato, se n'era andato. Purtroppo però non si era preso solo un centimetro dcl mio cuore: l'aveva portato via con sé, per intero.

Resistenza
/re·si·stèn·za/
Sostantivo femminile
Opporsi saldamente nei confronti di qualcuno o di qualcosa, mantenendo saldamente la propria posizione.

Disastro

Capitolo 13

Era il primo festival d'autunno senza mio padre.

Blue Harbor si stava vestendo a festa, in attesa del clou di sabato con la parata cittadina.

Non ero dello stato d'animo giusto per passare le giornate tra mercatini delle pulci e gare culinarie e per mescolarmi con il comitato storico della città che si preparava a riversarsi per le strade nell'annuale sfilata in abiti d'epoca.

Mamma era al capannone ad aiutare Sara May a servire dolci, io avevo trovato una scusa per non andare con Chase e gli altri alla festa che si teneva all'Old Mill.

Ero seduta sul pontile, con le gambe incrociate, e ascoltavo il frinire dei grilli nel prato e il leggero fruscio del vento che muoveva le fronde degli alberi con suoni alquanto spettrali a quell'ora della sera.

Soffocai uno sbadiglio, pronta a rientrare in casa, nello stesso istante in cui una stella cometa solcava il cielo e Chase Allen, il mio ragazzo (cosa che mi faceva sentire uno stormo di colibrì nello stomaco), parcheggiava il Dodge Ram nel viale di casa.

Senza staccare lo sguardo da me, percorse i pochi passi che ci separavano sulla pedana di legno e poi, senza alcuna parola fra di noi, si accovacciò e mi attirò contro il suo petto. Piegò la testa nell'incavo del mio collo e mi baciò su quel lembo di pelle dove si poteva sentire il pulsare furioso del mio cuore.

Chase era così, l'unico ragazzo che conoscessi capace, con un solo sguardo, di comunicarmi più di dieci ore di chiacchiere. L'unico in grado di riempire i miei silenzi con i suoi mezzi sorrisi. L'unico in grado di colmare ogni mio vuoto con le sue attenzioni. Ero un libro aperto per lui, una lingua che aveva imparato a capire e parlare senza difficoltà.

Amavo e odiavo allo stesso tempo la capacità che aveva di leggermi fin dentro l'anima.

Continuava a toccarmi il viso, le sue dita si muovevano con dolcezza lungo la curva delle mie guance rese leggermente umide dalle lacrime. "Ti va di venire con me?" La sua voce era intrisa di tenerezza, di una venerazione che mi fece fremere la pelle.

"Dove vuoi portarmi?"

"Ti porto a vedere le stelle." Raccolsi la macchina fotografica che avevo portato con me e accettai la sua mano tesa. Appena le sue dita si intrecciarono alle mie, come sempre ebbi l'impressione che il mio corpo volesse e chiedesse di più.

Salimmo sul furgoncino e per tutto il tragitto le sue dita restarono allacciate alle mie, posate sulla sua coscia. Non le staccò nemmeno per cambiare le marce.

Ci eravamo ormai lasciati alle spalle le luci di Blue Harbor quando arrivammo nel terreno incolto che sarebbe in futuro diventato la nostra casa. La luna, luminosa, tracciava sull'acqua della baia un'immaginaria pista argentea e le stelle, in quell'angolo buio e nascosto della città, non erano mai state così brillanti.

"Le stelle da qui sembrano ancora più grandi."

Chase si avvicinò e mi circondò le spalle con il braccio, attirandomi a sé. Allungò il braccio libero e m'indicò un punto del cielo sopra di noi. "Quella è la costellazione del Carro Maggiore."

"Come lo sai?"

"Perché hai lo stesso disegno sulla pancia."

"Non è vero!" risi.

"Davvero!" ribatté. Scostò la coperta, e in un attimo mi aveva già alzato l'orlo della maglia fin sotto il seno. "Vedi. Se unisci questi nei, apparirà il Carro Maggiore."

Cominciai a dimenarmi per il solletico. "Ti credo sulla parola."

"Si dà il caso che il sottoscritto abbia frequentato per un anno il corso di astronomia del professor Steiner solo per incrociarti in corridoio all'inizio della lezione. Tu avevi letteratura moderna nella classe di fronte."

A stento trattenni una risata. "Testiamo la tua preparazione sulle stelle, signorino Allen. Quella stella più luminosa delle altre cos'è?"

"Siamo noi."

"Cosa?"

"È una stella binaria. Dalla Terra, agli occhi di un osservatore sembra una stella singola, invece si tratta di un sistema composto da due stelle che orbitano una vicino all'altra, si attraggono, gravitano intorno allo stesso punto per tutta la vita. Sono talmente luminose che l'uomo da qui non ne vede la separazione."

"E io sono la tua stella binaria?" Mi voltai verso Chase e, quando si girò, il suo sguardo mi fece mancare il respiro.

"Sì, Peanut. Le stelle binarie ruotano attorno allo stesso punto per tutta la vita. Insieme. Nonostante tutto."

"Qualunque cosa succeda?" sussurrai.

"Qualunque cosa succeda" mormorò lui, prima di baciarmi il sorriso che mi era spuntato agli angoli della bocca.

Decisi di immortalare quell'istante. Presi la macchina fotografica e alzai l'obbiettivo verso di noi. Chase, sorpreso, smise di guardare il cielo, abbassò gli occhi prima sulla fotocamera e poi su di me.

Scattai.

Non sapevo cosa ne sarebbe venuto fuori una volta sviluppato il rullino, ma non m'importava. Il mondo aveva smesso di muoversi, e tutto quello di cui avevo bisogno era lì. Chase, tre corde di chitarra che uscivano dalle casse della radio e un cielo stellato.

Ero di nuovo felice e avrei ricordato quel momento per sempre. Quel momento in cui, perdendomi nel suo sguardo in cui sembrava prendere vita una galassia intera, non potei evitare il pensiero di una vita insieme.

Quella sera, mai avrei immaginato che la storia mia e di Chase avrebbe dovuto affrontare momenti bui. Momenti in cui non saremmo più stati il sole e la luce l'uno dell'altra, ma solo due stelle guaste.

Disastro
/di·ṣà·stro/
Sostantivo maschile
Dal greco dys (male) + astèr (stella) (https://sites.google.com/site/astromotti/Astronomia/basi-di-astronomia/nascita), è qualcosa che nasce sotto una cattiva stella.

Amore

Capitolo 14

Pallidi raggi di sole fecero capolino tra le tende di pizzo della mia camera, il mattino dopo.

Istintivamente, agguantai il cellulare e controllai l'ora sullo schermo. Era abbastanza tardi e avrei già dovuto essere operativa da un bel po', ma non avevo mai dormito così bene negli ultimi tempi.

Il telefonino senza segnale, nessuna sirena spiegata, nessun camion dell'immondizia in piena notte, nessun fastidioso rumore della metro attiva fin dalle prime ore del mattino.

La nottata sarebbe stata perfetta se non avessi sognato un aitante sportivo dagli occhi verdi e dalla pelle marchiata da pennellate d'inchiostro.

Chase Allen era uno di quegli uomini che ispiravano fantasie indecenti nelle menti femminili, ma non doveva avere alcun ascendente su di me. Non più. Eppure mi era bastata la giornata precedente per essere consapevole, fin troppo, della sua presenza. Ed era sbagliato.

Grattai dietro le orecchie Biscottino, ancora comodamente in catalessi ai piedi del letto, e rabbrividii quando le assi di legno impattarono contro la pianta dei miei piedi. Avevo dormito con una maglietta sbiadita con la scritta *Jesus loves you* e con un paio di shorts di cotone aderenti. Decisi di scendere così, calzai un paio di infradito e puntai dritta al pianoterra, al bricco del caffè.

Feci per dirigermi verso la cucina, ma le note di Billie Holiday con la sua *Easy Living* provenienti dal giardino deviarono il mio percorso. Attraversai la struttura, aprii la porta sul retro e scesi lentamente i gradini. In un altro momento mi sarei goduta la bruma, la leggera nebbiolina che affiorava dall'acqua della baia o gli stormi di passeri che si inseguivano tra i rami.

Mi fermai sul secondo gradino, impalata, e mi portai una mano al cuore, temendo che potesse schizzare fuori dalla maglia. Jesus non mi amava proprio, in quel momento!

Chase stava lavorando al vecchio fienile, indossava dei bermuda beige che facevano risaltare ancora di più la sua pelle abbronzata, la maglietta bianca era incollata al petto per la fatica e da lì potevo contare le vene delle braccia in rilievo per lo sforzo. Sembrava il testimonial ideale di *GQ* per una campagna di moda country sexy.

In quel momento, quasi avesse percepito la mia presenza, Chase si voltò e sfoderò un debole ma sensualissimo sorriso. Mi sentii contrarre la bocca dello stomaco. Ero in pericolo. La Fondazione Femminile Donne Americane avrebbe dovuto mettere una taglia su di lui: nel suo arsenale aveva un innato e letale sex appeal. Lui non ne era nemmeno consapevole, e ciò lo rendeva ancora più attraente e pericoloso.

Ci stava pensando il Club delle Caldane Anonime, schierato al completo sulle sdraio, a farlo sentire un uomo-oggetto con squittii e gridolini.

"Signore, buongiorno." Scesi gli ultimi gradini e le raggiunsi in giardino, ignorando Chase che stava osservando con attenzione la mia mise notturna. Mi pentii immediatamente di non essermi infilata qualcosa di più coprente, tipo un burqa.

"Se il buongiorno si vede dal mattino, vengo a fare colazione in locanda tutte le mattine" intervenne Sara May.

"Gli incontri non dovrebbero essere uno a settimana?" domandai, ironica.

"Tesoro, non fare la bigotta" rispose Georgette. "Pensa che tutto quel ben di Dio avrebbe potuto essere tuo se..."

"È l'unico uomo che abbia mai amato" s'intromise mia madre.

Provai una stretta al cuore. "Smettila, mamma!"

"Ma ha un enorme, gigantesco e costosissimo diamante al dito!" esclamò sorpresa Sara May.

"Di sicuro non le mancherà la fila di uomini fuori dalla porta a San Francisco" la riprese Georgette. "È bella, intelligente, brava nel suo lavoro."

"Però lei e Chase formavano una coppia bellissima" proseguì Katie Tanner.

Sbuffai con gli occhi al cielo. "Non so se ve ne siete accorte, ma sono qui con voi." Lanciai un'occhiata furtiva a Chase, che ora era inginocchiato a sistemare la grondaia ancora in quella dannata posa da operaio sexy.

"Solo che lui le ha spezzato il cuore" sospirò teatrale mia madre.

"Che stronzo."

"Uomini."

"Certi uomini non apprezzano quello che hanno sotto il naso finché non lo perdono."

"È davvero succo d'arancia quello che avete nei bicchieri o è un Mimosa?" chiesi.

"Succo d'arancia corretto con un po' di vino bianco."

"Immaginavo" mormorai.

"Signora Margareth, ho finito." La voce di Chase mi arrivò alle spalle. Mi voltai e per poco non mi si bloccò la mandibola. Si stava togliendo – di nuovo – la maglietta con una coreografia degna di Magic Mike per il giubilo delle donne presenti. Me compresa.

"Oh, Signore!" squittì Georgette. Decisamente la più lanciata nel Club delle Caldane Anonime. "Quegli addominali di adamantio non dovrebbero restare single."

"Signore mio, salvami e proteggimi."

"Già, decisamente il Signore ci ha messo lo zampino."

Tutte le donne lo applaudirono, lui sorrise divertito e si passò la mano tatuata fra i capelli. Cristo!

"Okay, spettacolo finito! Grazie, Chase" gridai, ottenendo una visuale perfetta sui suoi denti bianchi, in contrasto con la sua pelle abbronzata e con la leggera barba che gli conferiva un tocco selvaggio e sexy.

Avevo bisogno di mettere la testa nel freezer!

M'incamminai verso la cucina, quando un suono che non sentivo da due giorni mi colse di sorpresa. Il mio telefonino stava suonando e sullo schermo lampeggiava il nome di Stacey Terminator Graham. Aveva scelto il momento meno opportuno per fare la sua comparsa.

Nervosa, mi morsi il labbro. Erano passati due giorni e non avevo raccolto nessun materiale 'compromettente' su Chase, escludendo il quasi bacio della sera prima a casa sua. Andai nel panico.

"Buongiorno, Stacey."

"Come mai non ho ancora ricevuto nulla via mail?" Editorial Queen non andava matta per i convenevoli.

"Lo sa che sono una perfezionista, preferisco lavorarci su ancora un po'."

"No, non lo so perché non ha mai scritto un pezzo per Stars, signorina Reese. Ha roba buona, almeno?"

"Certo, Chase Allen si sta aprendo un po' alla volta. Sa, non è facile parlare della propria vita privata con un estraneo. Ma lo sto mettendo a suo agio" aggiunsi, cercando di fare del mio meglio per suonare convincente.

"Voglio qualcosa per domani."

Non sapevo se essere sollevata che avesse riattaccato senza approfondire la questione o se cadere nel panico perché non avevo nulla di nuovo su Chase Allen che non si potesse trovare su Wikipedia o su qualche articolo di Google. Cosa avevo scoperto che potesse far venire l'acquolina all'Inquirer? Aveva costruito la casa dei nostri sogni a Blue Harbor, nel tempo libero realizzava mobili di legno con le sue stesse mani, ci eravamo quasi baciati e non aveva mai smesso di pensarmi...

"Peanut." Sobbalzai al suono della sua voce.

Mi voltai. "Chase."

"Sei libera dopo?" mi chiese, infilandosi di nuovo la maglia e ottenendo dei *buu* di protesta dal Club farlocco del libro.

"Sono molto occupata, in realtà" risposi, avvertendo un principio di prurito all'altezza del collo.

Chase sollevò le sopracciglia, dubbioso. "Cosa devi fare?"

"Colazione, per esempio. Non sottovaluto l'importanza degli zuccheri nel sangue. Poi devo andare in città a prendere le crocchette al gatto, fare da cupido tra Jacey e Abigail, e tantissime altre cose che mi terranno occupata per gran parte della giornata."

"È il tuo modo per dirmi che non vuoi passare del tempo con me?" Da quando gli uomini erano diventati così intuitivi? "Non vorrei ricordarti che devi scrivere un pezzo incentrato proprio sul sottoscritto."

"Sapientone, ci sono molti modi diversi per raccogliere informazioni. Anche se sono convinta che riportarmi qui a Blue Harbor sia stata una pessima idea, Chase. Non credo di essere la persona... la persona giusta per scrivere un articolo su di te. Scriverei due cartelle solo di insulti."

Lui mi sorrise e quella cosa dura nel petto che non sentivo da tanto tempo tornò a tremare. "*Io voglio te.*" Il suo sguardo s'incupì e all'improvviso non sentii più le gambe. Ci fissammo per qualche secondo di troppo. Tra di noi scattò qualcosa.

"Lo sai che non puoi avermi" mormorai, nonostante la salivazione fosse a zero.

"Stiamo ancora parlando dell'intervista?"

"Ovvio."

Lui socchiuse gli occhi e non aggiunse nulla, la sua occhiata diceva già tutto, ovvero che era una stronzata. Fece un passo in avanti e rabbrividii. Non per gli shorts troppo corti o per la maglia che a malapena mi copriva le gambe, ma perché percepivo la sua presenza.

Arrivò un "vi state divertendo?" dall'angoletto del club del libro a stemperare la tensione.

Le sue labbra sbocciarono in un sorriso e Chase infilò le mani nelle tasche degli shorts, sempre però senza arretrare. "Voglio te, Peanut."

"Perché sono brava." *Sicuramente.*

"Perché sei la migliore e non vorrei nessun'altra firma alla fine di quel pezzo, sì." Aveva di nuovo le fiamme negli occhi.

Mi morsi il labbro. "Immagino che allora ci vedremo più tardi" mormorai, cominciando ad arretrare per mettere più distanza possibile fra di noi. Perché c'era mancato così poco che allungassi la mano per sfiorargli il ciuffo che gli ricadeva disordinato sulla fronte.

Lui però fece un passo in avanti, ponendosi davanti a me e bloccando la mia fuga. Trattenni il fiato, mentre lui abbassava il capo e il suo fiato mi solleticò il lobo dell'orecchio quando parlò. "Sono riuscito ad arrivare a quel cinque, oggi?"

Perché avevo sempre i brividi a Blue Harbor? "Ci provi sempre così spudoratamente con le giornaliste?"

"Non lo faccio con nessun altro." Percepivo il contorno di un sorriso e i peli della barba mi solleticavano il viso. "Solo con te."

"Cavoli, sono fortunata."

"Puoi ben dirlo."

"Quanto siete carini, assieme" gorgheggiò Georgette, arrivando alle nostre spalle. "Sei fidanzato, Chase?"

"No, signora." Lui non mollò mai il contatto visivo né si allontanò dal mio volto, ancora a un soffio dal suo; nei suoi occhi albergava un pericoloso luccichio.

"Posso giocare a cupido anche con te, Chase" risposi ironica, anche se dentro di me era in atto una rivoluzione ormonale.

"Questi battibecchi sono meglio di qualsiasi preliminare" affermò Georgette, sventolandosi con il libro su Grey a mo' di ventaglio.

"E dell'adrenalina prima di ogni gara, signora Honor."

Gli diedi un colpetto leggero sul petto. "Ma se non facciamo altro che litigare!"

"Anche la passione tra Liz Taylor e Richard Burton li portava a litigare" aggiunse Georgette, senza che chiedessi il suo parere.

Io e Chase ci guardammo per uno o due attimi, ignorando Georgette e tutte le comari di mia madre sedute in prima fila sulle sdraio, impegnate a godersi lo spettacolo con la spremuta corretta con il vino. Qualcosa pulsava ancora fra di noi, potentissimo. Un legame, un filo invisibile, fragile, ma che con gli anni non si era allentato.

C'era un motivo se non avevo aperto a nessuno il mio cuore come con Chase, perché lui lo aveva disintegrato. Per dieci anni mi ero nascosta dietro a delle mura che io stessa avevo eretto. E ora, in nemmeno due giorni, stavano traballando. Lui ci stava riuscendo senza il minimo sforzo.

Mi inumidii le labbra nello stesso istante in cui lui fece un passo in avanti. Non mi stava nemmeno sfiorando, ma sentivo la pelle andare a fuoco.

"Ogni volta che mi guardi mi sento un emerito stronzo e vedo la rabbia che provi per me. Ma questo non cambia che da quando sei tornata a Blue Harbor non faccia che pensare a te." Si passò la mano fra i capelli, abbassò il capo e le parole che pronunciò poco dopo mi arrivarono dritte in faccia come un colpo di frusta. "Puoi provare a scappare, Peanut, ma questa volta ti rincorrerò. Perché quello che mi sembra chiaro è che fra te e me non è finita, e non potrà mai essere *normale*."

Lo guardai per un lungo istante, le labbra secche e il cuore in gola. Poi alzai la mano e con una leggera spinta sul petto lo costrinsi a indietreggiare. Avevo bisogno di spazio.

"Sei un quattro e mezzo. Non montarti la testa." Bugiarda! Avevo fondato il suo Fan Club!

Mi voltai ed entrai in cucina. Senza correre o inciampare.

Per tutto il tempo fui consapevole che Chase non aveva smesso neanche per un attimo di sorridere.

"Ti stai innamorando di nuovo di lui" disse Abigail mezz'ora dopo quando la raggiunsi alla tavola calda. Erano le dieci passate e l'atmosfera al The Whig era più rilassata rispetto alle otto di mattina. L'ondata degli operai e degli impiegati della Allen Bank si sarebbe fatta rivedere dopo mezzogiorno per la pausa pranzo e poi il locale si sarebbe riempito per la cena, intorno alle sei.

"No? Cosa? Perché pensi questo?" dissi, grattandomi il collo.

"Perché è il secondo giorno di fila che vieni qui al The Whig pur di non stare a casa a vederlo girare mezzo nudo" cantilenò con il suo inconfondibile battito di ciglia, prima di riempirmi una tazza di caffè. "E tu sei tornata *solo* per passare del tempo con lui e intervistarlo."

"Non è vero che lo sto evitando. Mi mancavano le conversazioni da tavola calda, tutto qui" mi giustificai, prendendo il menù sistemato tra le salse e il portatovaglioli. Iniziai a leggere tutti gli ingredienti delle varie omelette, anche se alla fine avrei ordinato quella classica senza pancetta.

"Sei tu che te ne sei andata per dieci anni."

"La tocchi piano" mi schermii. "E non mi sto innamorando di nessuno. Devo solo sopravvivere ancora un po' di giorni, fingere di andare d'accordo con Chase e poi me ne tornerò a San Francisco e alla mia vita" aggiunsi con troppo fervore.

"Come vuoi tu. Non sei innamorata del tuo Unico barra Spaccacuori, spiegalo a tutte le lettrici del tuo blog" mi canzonò con un sorriso.

"E tu come fai a sapere del mio blog?"

"Scherzi? Sai chi sa sempre tutto? Chi lima le unghie, serve da bere e fa ubriacare e parlare le persone, e le shampiste. Si dà il caso che io faccia tutte e tre le cose."

"Hai letto di me e Chase?"

"Certo, è un appuntamento fisso. Tipo *General Hospital* a puntate, solo in versione blog."

"Stai dicendo sul serio? Chi altro lo sa?"

"Le notizie volano, qui a Blue Harbor. A tua madre deve esser sfuggito mentre parlava con Katie Tanner, che ne ha parlato con Georgette in libreria. La signora Price deve aver origliato e con lei le notizie corrono più veloci che all'Harbor Gazette. Ha spettegolato con il vecchio Bradley all'emporio. Io ero in fila alla cassa e li ho sentiti."

"Tutta la città sa del mio blog?"

"Autumn, è un blog online. Dovresti preventivare che la gente lo legga."

"Ma non voi, qui!"

"Bella la storia di cupido tra me e Jacey. Qualsiasi cosa tu abbia in mente di fare, smettila!"

"Chase non deve venire a conoscenza del mio blog."

"Tu smettila di accoppiare me e lo sceriffo."

"È diventato un bell'uomo" dissi, per sondare il terreno.

"È un puttaniere."

"*Certi uomini non apprezzano quello che hanno sotto il naso finché non lo perdono*. E non credo che venga qui tutte le mattine per le omelette di tuo padre. Dio non me ne voglia, sono buonissime. Ma lui... ehm... ha fame di altro."

"Non sono nel menu."

"Abigail Templeton sarebbe un bellissimo nome. Potreste fare una fusione e creare la catena Templeton and Hansen: tra granchi e omelette avrete il monopolio di tutta l'America del Sud."

"Quindi io dovrei dare una seconda occasione al puttaniere numero uno della Carolina e tu invece non vuoi lasciarti riconquistare da Chase barra Unico?" mi canzonò.

Sussultai e posai il menu. "Lui non mi vuole riconquistare."

"Sei seria? Perché credi che ti abbia riportato qui a Blue Harbor?"

"Per alleggerirsi la coscienza? Forse ha paura che me ne esca con qualche biografia con un capitolo intero su di lui e che vada a parlarne in tutti i talk show americani." Grazie, Kanye!

Abigail restò con il bricco del caffè a mezz'aria. "Avete mai parlato seriamente? Vi siete confrontati? Gli hai dato modo di spiegarsi?"

"Da che parte stai?"

Lei scosse la testa, mise le mani sul girovita formoso stretto nel grembiule. "Dico solo che dovreste darvi una possibilità, anche solo per chiarirvi. Poi potrai decidere di ignorarlo e tornare a San Francisco. C'è un uomo dall'altra parte degli Stati Uniti che sta ancora aspettando una tua risposta anche se, in cuor tuo, tu sai già qual è."

Guardai il solitario. Mi si aggrovigliò lo stomaco solo al pensiero di rifiutare la proposta di Byron, l'avrei ferito. "Dovresti smetterla di leggere il mio blog" borbottai. "Mi sento violata. Un conto è sapere che la rubrica viene letta da degli estranei sparsi per il Paese, un conto che la seguite voi."

"Uh-huh" mugugnò lei, servendo alcuni clienti al banco. "Tu hai bisogno di uscire, bere e divertirti. Questa sera passo a prenderti."

Rabbrividii al pensiero di Chase che leggeva i miei post in cui parlavo apertamente dei miei sentimenti.

"Mi stai ascoltando?"

"Molto probabilmente dovrò scrivere al computer."

"No, tu stasera esci. Pensavo di andare all'Old Mill. Carne alla griglia, buon vino, musica dal vivo. Non dire di no" aggiunse quando vide che stavo per rifiutare di nuovo la sua proposta. "Passeresti la serata a commiserarti sul tuo blog e poi a strafogarti con la torta alle mele di tua madre con un film su Lifetime."

Sussultai. "Fanno bei film su quel canale."

"Non ti chiuderai in camera tua per paura di incontrare Chase Allen, Jane Eyre. Blue Harbor è anche la tua città. È *ancora* la tua città."

Sospirai e mi morsi il labbro. Non ero particolarmente in vena. Ma avevo anche bisogno di uscire in luoghi che non fossero il pontile o il giardino della locanda. Avevo detto soprattutto non il pontile?

Mi serviva una via di fuga dai miei pensieri.

Mi serviva dell'alcol per provare a scacciare la voglia di provare di nuovo il sapore dei baci e delle carezze di Chase.

Mi serviva una bella sbronza, con una vecchia amica, tra chiacchere da donne e pettegolezzi.

'Fanculo Chase Allen!

Ti stai innamorando di nuovo di lui.

Avevo lasciato la tavola calda ed ero risalita in sella alla mia bicicletta, diretta alla mansione di Chase. Però non riuscivo a togliermi dalla mente le parole di Abigail. Continuarono a ronzarmi in testa anche mentre pedalavo lungo la pista ciclabile nella zona del porticciolo.

Il vecchio capitano Tripp era già seduto sulla sua panchina, vigile e ricurvo, con lo sguardo attento rivolto alle barche dei pescherecci ormai ritornati a riva dopo una giornata presumibilmente fruttuosa per la pesca.

Scesi di getto dalla bici e l'appoggiai a un palo della luce. Mi avvicinai, incerta su cosa fare.

Tripp parve cogliere la mia titubanza perché, senza mai smettere di guardare l'orizzonte, diede una piccola pacca sulla porzione di panchina vuota di fianco a sé. "Siediti, piccola Autumn."

Corrugai la fronte, non sapendo se essere intimorita dal fatto che sapesse chi fossi, malgrado non si fosse voltato nella mia direzione e io non mi fossi presentata. Non vedevo il vecchio capitano da dieci anni.

"Salve" risposi cauta, passandogli davanti per poi sedermi. "Come ha fatto a riconoscermi?"

"Perché, una volta tanto, quel ragazzo ha finalmente mostrato un sorriso."

Girai la testa, confusa. "Ragazzo?"

Tripp sollevò un sopracciglio, gli occhi sempre sul molo. "Chase. Non sei qui per l'intervista?"

C'era qualcuno in quella dannata cittadina che non sapesse qualcosa?

"Non credo che i sorrisi di Chase siano merito mio." Anche se erano davvero dei gran bei sorrisi.

Restammo seduti uno di fianco all'altro senza parlare. Una frizzante brezza risaliva dal mare e faceva dondolare le poche barche che riempivano il porto. I ristoranti di pesce stavano per aprire e di lì a qualche ora si sarebbero riempiti di turisti – non troppo numerosi per via della stagione – e di impiegati.

"Pensi a quel ragazzo molto più di quanto tu voglia dare a vedere" disse Tripp di punto in bianco.

Feci segno di no con la testa. "Non è così. Se io sono la causa dei suoi sorrisi, con Chase l'amore ha lo stesso sapore del dolore. Mi ha spezzato il cuore."

"Non si sarebbe spezzato se non fosse stato vero amore. Più grande è il sentimento, più è difficile rimettere insieme i pezzi."

"Non potremmo cambiare argomento o guardare il mare e basta?"

"Bisogna vivere il dolore per avere piena consapevolezza della felicità." Tripp si raddrizzò sulla panchina e per la prima volta si voltò a guardarmi e un lento sorriso prese vita sulle sue labbra segnate da rughe profonde. "A volte abbiamo bisogno di essere spezzati per diventare interi. Le lezioni più importanti della vita le impariamo dagli errori. L'amore non è perfetto, Autumn. Senza il buio, non vedremmo le stelle."

Distolsi gli occhi e li fissai davanti a me, riflettendo sulle sue parole. Detestavo che tutti in paese mi ricordassero cosa eravamo stati io e Chase.

Dopo lunghi minuti in silenzio, mi alzai in piedi per andare a recuperare la bici e trovare il coraggio di andare alla mansione per l'intervista. Mi sistemai l'orlo dei pantaloni, mentre il vecchio Tripp mi ignorava. Sembrava rapito dal mare e dalle onde che si infrangevano sul bagnasciuga dove un bambino stava costruendo un piccolo castello di sabbia sotto l'occhio vigile della mamma.

"A volte è più facile ricominciare daccapo" mormorai stizzita, in piedi davanti a lui.

"O forse è solo più comodo, illudersi che qualcosa possa diventare bello in futuro" aggiunse, puntando lo sguardo sull'anello che iniziava a pesarmi all'anulare. "Non confondere le attenzioni per amore, piccola Autumn."

Gli diedi le spalle, per non mostrargli l'espressione che avevo dipinta sul viso. Avrei voluto urlargli dietro, esasperata e stanca. Lo ero fisicamente e anche mentalmente. Ma più di tutto avevo paura.

Paura di come sarebbe andata a finire quella settimana.

Amore
/a·mó·re/
Sostantivo maschile
Dal verbo greco ***mao*** = desidero, da cui il latino ***amor*** da ***amare*** che indica un'attrazione esteriore, viscerale, quasi animalesca da distinguere da un'attrazione mentale, razionale, spirituale per esprimere la quale era usato il verbo *diligere,* cioè scegliere, desiderare come risultato di una riflessione.

Mia

Capitolo 15

Dovevo riprendere in mano le redini del mio piccolo e ordinato mondo.

Fu quello che pensai quando imboccai il vialetto di Chase e arrivai davanti alla villa, con il sole che picchiava senza pietà nonostante l'estate fosse finita da un pezzo.

Alzai lo sguardo su quel magnifico edificio e sentii una stretta al cuore.

Ero impalata davanti al cancello elettronico che pensavo a quale mossa compiere. Se trovare il coraggio di entrare nel regno di Allen o se mollare tutto e scappare all'aeroporto di Charleston. Mentre me ne stavo lì a delirare, le porte del cancello si aprirono. Ovvio che quello stronzo mi stesse aspettando!

Risalii il viale a piedi, spingendo la bici e lasciandola in un angolo vicino alla scalinata. Notai un Suv nero dai vetri oscurati parcheggiato poco più in là e mi chiesi chi ci potesse essere. Sicuramente non qualcuno di Blue Harbor, con quel macchinone.

Dopo un lungo sospiro, salii lentamente i gradini, studiando l'ampio porticato in stile toscano con vista su un gigantesco giardino delimitato da un'alta siepe che doveva garantire la giusta privacy. Anche se quello della riservatezza era un concetto sconosciuto nella cittadina di Blue Harbor.

Alzai la mano per avvicinarmi al battente, ma la massiccia porta di legno si aprì ancora prima che riuscissi a farlo risuonare. Apparve davanti a me un uomo aitante e altissimo, in tenuta sportiva. Studiai il costosissimo orologio d'oro al polso che stonava con i pantaloni della tuta e la semplice maglietta bianca. Dal cappello dei Dodgers spuntavano dei ciuffi di capelli color castano chiaro e, nonostante la visiera calcata sul viso, due occhi color del miele mi stavano fissando intensamente e a lungo. Trasudava, oltre ai muscoli ben in evidenza sotto i vestiti, sicurezza di sé.

Aveva un'aria vagamente familiare.

"Ti sei persa, bambola?"

"Sto cercando Chase. Chase Allen."

Divaricò le gambe, le braccia conserte, e mi studiò con lentezza. "E tu saresti?"

"*Mia.*"

Una voce roca e calda mi congelò sul patio, una voce che risvegliò tutte le parti del mio corpo a lungo sopite. *Quella* voce che narrava i miei incubi.

Il tipo si spostò di lato, lasciandomi intravedere Chase. Il mio cuore andò a sbattere con violenza contro lo sterno e il mio cervello stava già lanciando il messaggio 'dire qualcosa di sensato'.

Me ne stavo lì imbambolata a guardarlo, sudato, con gli short calati vergognosamente in vita e che lasciavano intravedere la V che scendeva verso lidi paradisiaci. Alzai la traiettoria: ora la mia attenzione era tutta per i diversi e nuovi tatuaggi che risalivano lungo il braccio. Contemplai con minuzia quelle piccole opere d'arte, ma la mia curiosità era tutta per dei codici che gli marchiavano il petto all'altezza del cuore. Ritrovai poi i suoi occhi, caldi, luminosi, troppo intensi.

Chase mi restituì lo sguardo e si passò la mano fra i capelli fradici. Deglutii a vuoto. Era bello da mozzare il fiato, perfetto in maniera quasi dolorosa.

Il velo di barba che non vedeva la lama di un rasoio da qualche giorno gli conferiva un'aria ancora più pericolosa. Fu solo quando le sue labbra si curvarono in un sorriso sfrontato e divertito che mi riscossi. Mi ricordai dove fossi e con chi. Dannazione, non avevo ancora pronunciato mezza parola!

Mi diedi una scrollata mentale e tornai a guardare l'amico al suo fianco. "Salve" dissi, prima di schiarirmi la gola. "Chase deve avermi confuso con qualche amichetta. Sono Autumn. Autumn Reese" aggiunsi, tendendogli la mano.

"Bastardo fortunato figlio di puttana, Allen!" esclamò guardando prima l'amico e poi di nuovo me. Prese la mia mano e la strinse con vigore. "Perché non ci presenti mai le tue amiche? Io sono Carlos..."

"Lopez" conclusi io. "Sei titoli mondiali, centoundici podi, sessantasei gare vinte, settantasette pole position. Dodici in più di Allen."

"Porca puttana!" Carlos diede un colpetto con la spalla a Chase e si piazzò davanti a me, sfoggiando un sorriso che ero convinta avesse già spezzato diversi cuori. Lo avevo riconosciuto, era il compagno di scuderia di Chase, famoso *one man show* che amava divertirsi sia in pista che nella vita, prendendo vere e proprie sbandate che riempivano i tabloid e le riviste patinate. "Io già ti amo, Autumn Reese. Sei il solito bastardo fortunato, amico!"

Sorrisi e mostrai il tesserino, ignorando l'espressione accigliata di Chase. "Sono un'inviata del San Francisco Inquirer."

"Non farti fregare da un bel sorriso. Se vuoi fare vera informazione, sarò ben lieto di snocciolarti i segreti di The Legend. Che ne diresti di un drink, magari già questa sera? Non ho nulla in calendario." Stava già ragionando sotto la cinta.

"Carlos, non te ne stavi andando?" tagliò corto Chase, infastidito. Rivolse al compagno di team un'occhiata furibonda.

"Che fine ha fatto il gentile uomo del Sud?" chiesi, stuzzicandolo.

"Non sei qui per *scrivere* un'intervista, Lois Lane?" Chase alzò gli occhi sul mio volto. Il calore che emanavano mi provocò un formicolio lungo la schiena.

Inarcai un sopracciglio. "Aggiungerò *borioso* alla lista di aggettivi da inserire nel pezzo."

Carlos Lopez spostò lo sguardo da Chase a me, divertito. "Speriamo di rivederci presto, signorina Reese" sogghignò, lo sguardo acceso di buonumore.

"Solo Autumn. Quando mi chiamano per cognome, mi vengono in mente le interrogazioni a scuola."

"Autumn." Mi prese di sorpresa la mano e mi baciò il dorso in un delicatissimo baciamano. Mi rivolse un'altra occhiata di apprezzamento, aveva la parola playboy forgiata sulla fronte.

"Vattene, Carlos." Chase pronunciò quelle due parole con calma, ma fu irremovibile. Un muscolo della sua mandibola si contrasse e in quel momento mi dissi che non mi sarei fatta intimorire.

"Mi farò dare il tuo numero da Chase, nel caso in cui dovessi avere bisogno di te."

"Chiamami quando vuoi, bambola" ridacchiò, per nulla messo in soggezione dall'amico. Mi strizzò l'occhio e mi augurò: "Buona fortuna!"

Lo seguii con lo sguardo e indugiai un po' troppo a lungo sul suo didietro – davvero sodo – finché Lopez non salì in auto, poi mi voltai con un gran sospiro pronta ad affrontare Chase. Fremetti quando mi accorsi che gli occhi dell'Angelo delle Tenebre stavano percorrendo la mia figura per intero fino a incrociare di nuovo le mie iridi.

"Lascia perdere Carlos Lopez. Spenti i semafori, è un cretino che corre dietro alle gonnelle delle donne."

"Ironico, detto da te, definito da *Cosmopolitan* come una vera e propria leggenda sotto le lenzuola."

"Vuoi salire anche tu sul carro di Chase Allen? Dovresti documentarti personalmente prima di trarre delle conclusioni."

Ignorai il suo sarcasmo. “Ogni corsa ha la sua fine. Abbiamo già avuto la nostra occasione.”

Curvò le labbra in una smorfia compiaciuta. “Sei la peggior bugiarda che abbia mai conosciuto.”

“Tu sei il primo. Un altro primato da aggiungere alla lista dei tuoi traguardi.”

Con le braccia conserte, si appoggiò con un fianco allo stipite della porta. I suoi occhi si scurirono, le ciglia si abbassarono e, maledizione, seguii il suo sguardo trovandomi a guardare le sue nudità tranne che per i minuscoli pantaloncini che coprivano solo un’esigua porzione di pelle. E no, i mattoncini che si ritrovava al posto degli addominali non erano di adamantio, ma di vibranio come lo scudo di Capitain America. Il materiale più resistente dell’universo.

“Sarebbe bello vederti vestito, ogni tanto.”

“Ti sto solo fornendo del materiale tipo *Men’s Health*, quelle cose lì che vendono.”

“Non dovresti ricordarti tutto quello che dico.”

“E tu non dovresti avere paura di tutto quello che dico.”

“Sei uno stronzo. Lo sai?”

Chase si staccò dalla porta e fece un passo in avanti, protendendosi verso di me. Trattenni il fiato: lo stronzo mi stava provocando con la sua spiccata mascolinità. “Dimmi qualcosa che non so già.”

Aveva fegato, dovevo dargliene atto.

“Posso iniziare con le domande, di grazia?”

“Per quale altro motivo saresti qui, Peanut?” Mi strizzò l’occhio e mi diede le spalle. Gli occhi mi caddero su una serie di tatuaggi che risalivano lungo i fianchi e i muscoli poderosi della schiena, accarezzata da una leggera patina di sudore. Poi la mia attenzione fu catturata dal suo didietro, notevole e sodo. “Entri o aspetti un invito formale?”

La voce divertita di Chase mi fece sobbalzare, riscuotendomi dallo stato di ipnosi in cui ero caduta. Alzai il viso e dapprima andai a sbattere contro il suo sorriso, ancora più largo, poi deragliai contro due occhi che avevano assunto una sfumatura pericolosa, lo sguardo fisso sulle mie labbra.

Chase scoppiò a ridere e scomparve dentro casa.

Dovevo tornare in carreggiata, non sarei stata ai suoi giochetti mentali.

"Come va il ginocchio dopo l'infortunio?" gli chiesi, rimanendo concentrata sul taccuino e non sulla visuale privilegiata che avevo delle sue chiappe.

Chase si fermò all'improvviso e io finii quasi per sbattergli contro. Si voltò, sembrava interdetto. "Sto seguendo un programma riabilitativo. Fra qualche settimana il ginocchio sarà di nuovo al cento per cento."

Sostenni il suo sguardo. Chase si comportava in modo strano. Non era la prima volta che lo vedevo trattenere il fiato quando camminava. "Che rischi corri ad accelerare il tuo rientro?"

"Voglio tornare sulla mia moto il prima possibile e farò del mio meglio affinché accada in tempi brevi. Ho un mondiale da vincere."

Mi portò in quella che doveva essere la stanza adibita a palestra, attrezzata con panche per gli addominali, tapis roulant, un vogatore e vari bilancieri.

Evitai di imbambolarmi a contemplare come una stupida i muscoli pronunciati per cui si allenava diverse ore al giorno. Iniziavo già a sentire caldo e non avevo mosso nemmeno un muscolo, solo i bulbi oculari. "Hai ventisei punti di ritardo da Lopez a sei gare dalla fine. La corsa al mondiale è inevitabilmente complicata per non dire un'impresa impossibile."

"Ti ho già detto che non mi sono mai fermato di fronte a nessuna difficoltà." Pronunciò di nuovo quelle parole con tono di sfida, accompagnate da un ghigno sfrontato. Prese posto sulla panca e iniziò a fare addominali. Nella stanza ci fu un'esplosione di testosterone e io avrei solo voluto dare un pugno su quell'adorabile torso nudo. Mi stava punendo. Lo stronzo mi stava ripagando per le mie parole sul suo fisico.

"Co... cosa stai facendo?" Maledizione, mi si stava inceppando la lingua, ma ero completamente ipnotizzata, impegnata a seguire l'alzarsi e l'abbassarsi della sua tartaruga, l'acqua che gli gocciolava lungo gli addominali.

Un sorriso pigro piegò un angolo della sua bocca. "Non devi scrivere un articolo sul sottoscritto?" Si bloccò a metà di un esercizio, le mani piegate dietro la testa ma il viso completamente rivolto verso di me. "Non vorrai scappare ancora in città, signorina Reese, per andare a caccia di informazioni?"

"Sei un coglione."

"Mi hai già detto qualcosa di simile" ansimò per la fatica. "I bravi giornalisti dovrebbero porre domande diverse e usare un tono più professionale."

"In realtà ho già riempito due taccuini, sapientone."

"Non mi conosci così bene."

"Solo da una vita."

"Se vuoi scrivere un pezzo su di me, l'unico modo per conoscermi per davvero è *vivermi*. E forse ti renderai conto che non sono cambiato poi così tanto come credi."

"Quindi oggi sono la fortunata inviata dell'Inquirer che può godere del tuo spettacolino esibizionista?"

I suoi occhi furono attraversati da un breve lampo giocoso. "Credimi, Peanut, che potrei farti *godere* in altri mille modi, ma oggi ti mostro *solo* un mio allenamento tipo."

"Spero di non rendere più *duro* il tuo lavoro, Chase." Parlai sostenendo il suo sguardo per poi dargli l'affondo abbassando gli occhi sulla sua virilità. "Ma ogni materiale di ricerca è ben accetto." Dio, non c'era nulla di sportivo in tutto ciò.

"Mi sto solo mettendo a nudo per te." Sogghignò e *finsi* di ignorarlo. Ero lì per intervistarlo, non per flirtare.

"Lo prendo come un grande, enorme regalo. Grazie, Chase." Gli rivolsi il mio sorriso angelico barra letale e presi la penna in mano per appuntare le sue risposte. "Sei pronto?"

"Per te, sempre."

Sbuffai, alzando gli occhi al cielo. Grazie a dio l'ora successiva trascorse senza doppi sensi, Chase rispose a tutte le mie curiosità sulla sua alimentazione, sugli allenamenti e sui ritmi frenetici della sua vita. Sessanta minuti dopo, avevo il taccuino pieno di appunti.

"Cosa pensi di Lopez?"

"Non è il mio tipo, preferisco le bionde."

"Oh, intere pagine web documentano ampiamente questa tua predilezione. Io vorrei sapere se temi che la scuderia possa chiederti, una volta rientrato, di lasciar vincere Carlos Lopez. Recupererà punti mentre tu sarai fermo ai box. Non temi gli ordini di scuderia?"

"Scenderò in pista e guiderò con il cuore come ho sempre fatto, cercando di dare il massimo. Altre preoccupazioni non ne ho."

Annuii. Rimisi in borsa taccuino e penna e mi alzai per tornare alla locanda, così da provare a buttar giù una parvenza di articolo. "Per oggi credo possa bastare. Ho raccolto un bel po' di materiale."

"Non mi metto a nudo per tutti."

"Wow! Sono davvero fortunata, allora."

"Ci puoi scommettere. Vieni a cena con me, questa sera?"

"Cosa?"

"Cena. Ti porto fuori a mangiare, chiacchieriamo, beviamo."

"So come funziona una cena. Scordatelo!"

"Non è un appuntamento, Peanut." Nel frattempo, Chase si era alzato e ora il suo fantastico torso nudo mi sfiorava il petto. Il sorriso che mi rivolse mi tolse l'aria dai polmoni, come se tutto il mio corpo rispondesse ai comandi di Chase Allen il burattinaio.

Scrollai la testa per cancellare qualsiasi malsana fantasia sessuale. Non quando Chase era mezzo nudo e io ero nel regno dell'Angelo delle Tenebre. Da sola.

"No."

"No? Non..."

"Non finire una frase del tipo 'non era una domanda' o 'non è una negoziazione'. Stasera ho già un appuntamento."

"Allora potremmo saltare direttamente la cena."

"Che dolce. Come rifiutare una proposta allettante del genere? Con una parola di due lettere. Inizia con enne e finisce con o. No."

Chase si avvicinò di un altro passo, tanto che le nostre labbra si trovavano ormai a un soffio quando mi parlò all'orecchio. "Sai che succederà. Tu e io. Vedremo chi cederà per primo, Peanut."

Si allontanò e restammo a guardarci per un momento. In silenzio. Sentivo il cuore battere nella cassa toracica come un tamburo, le pulsazioni impazzite. E avevo la pelle d'oca per l'elettricità che scorreva fra di noi. Ero ferma al centro della stanza, paralizzata dal suo tocco e dalle sue parole.

Quelle parole che scatenarono poi un moto di rabbia che si gonfiò sempre di più come un palloncino. Mi alzai in punta di piedi, le mie labbra a pochi centimetri dalle sue cosicché la mia frase fosse chiara e comprensibile. "Non giocare con me, Allen."

Tremante, riuscii a pronunciare un flebile "ci vediamo in giro" ma, prima di voltarmi e andarmene, feci in tempo a scorgere un ampio e lento sorriso sbocciare sul suo viso.

"Non vedo l'ora" sussurrò.

Sentii la sua voce intrisa di desiderio riverberare nel mio corpo per tutto il tragitto fino a casa.

Mia
/mì·a/
Aggettivo e pronome possessivo
Che mi appartiene.

Fine

Capitolo 16

C'è stato un tempo in cui ho amato davvero il festival d'autunno. Come non perdere la testa per i colori di Blue Harbor nella stagione autunnale? Vedere tutti gli abitanti riversarsi per strada per assistere alla parata cittadina nei costumi della Guerra Civile, assaggiare le torte per la gara culinaria, e poi ritrovarsi con gli amici del liceo al finale dell'Harbor Fairy Festival con le giostre, i chioschi di hot dog e dei gelati, i peluche da vincere al tiro al bersaglio, le band che proponevano musica acustica.

Molte storie d'amore nascevano durante il festival, grazie al kissing booth o all'asta dei cesti al buio. Qualcuno, complice un tramonto sulla ruota panoramica o un bacio dato per raccogliere fondi per l'annuale ballo di fine anno, trovava il coraggio di dichiararsi con la compagna di banco o con il ragazzo più figo della squadra di lacrosse del liceo.

Anche le nostre vite, quell'anno, stavano per cambiare per sempre. Ma non in meglio.

Per una settimana, io e Abigail non avevamo fatto altro che parlare di vestiti, trucchi ed espedienti per riuscire ad avvicinare James Thompson, il capitano della squadra di football che frequentava l'ultimo anno. Abigail aveva una cotta pazzesca per lui e temevo che quell'autunno la mia migliore amica si volesse spingere... un po' oltre la base.

L'ultima sera dell'Harbor Fairy Festival mi ero fatta convincere ad accompagnarla al kissing booth dove si era 'sacrificata' per farsi baciare dai ragazzi della scuola solo per far ingelosire Thompson. Chase non sarebbe venuto, aveva declinato l'invito anche dei suoi amici e mi aveva promesso che più tardi sarebbe venuto a prendermi con il suo Dodge e saremmo andati nel nostro posto segreto, nascosti dal mondo intero.

"Sei bellissima, Abigail" dissi, appuntando un fiore dietro l'orecchio della mia migliore amica. "Spero solo che il tuo piano funzioni" mormorai, alquanto diffidente.

"Conviene che James Thompson mi faccia arrivare alla terza base questa sera, altrimenti gli farò rimpiangere di avermi fatto baciare pure Jacey carta igienica Templeton."

Alzai gli occhi al cielo e ci incamminammo verso il palco allestito poco lontano dal porto. La musica degli N'Sync risuonava dalle casse del festival, nell'attesa che la band della serata salisse sul palco per proporre un medley che avrebbe spaziato da pezzi country alle hit rock. La città fremeva, c'era un'energia speciale nell'aria nonostante il cielo fosse carico di nuvole che promettevano pioggia a secchiate.

Mentre Abigail andava a prendere qualcosa da bere, io rimasi vicina all'impalcatura e osservai le coppie vicino a me. Non era ancora iniziata la serata, ma i ragazzi erano già su di giri. Alcune coppie si baciavano, altre si toccavano in un modo tale da ricordare film porno dozzinali. Non sapevo cosa dessero da bere ai chioschi.

"Autumn Reese." Non feci in tempo a voltarmi che l'irritante figura di Belle Danes mi si parò davanti, odiosa tanto quanto la sua voce acida. "Come stai?"

"Non ti interessa veramente" risposi, rivolgendole un sorriso falso come la terza di seno che i suoi genitori le avevano lasciato rifare.

Belle Danes era la più antipatica e altezzosa tra le Harbor Lions Girls, nonché capitana delle cheerleader. A mio avviso non c'era molta differenza tra lei e una spogliarellista. Per questo avevo suggerito durante un consiglio studentesco di fare appendere al collo dei propri fidanzati, soprattutto ai giocatori della squadra di football, un cartello con su scritto 'no zona di pascolo'.

Mi odiava da quando mi ero messa con Chase e io l'odiavo a mia volta da quando, all'incirca due anni prima, l'avevo scoperta che infilava la lingua in gola al mio ragazzo. Motivo per il quale avevamo rotto la prima volta.

"Sono davvero preoccupata per te, Autumn. Avete già chiuso, tu e Chase? Non deve essere facile mantenere una relazione a distanza, considerando che tu vuoi fare domanda alla NYU."

La guardavo, confusa. "Di cosa stai parlando, Belle?"

"Non hai saputo?" Un luccichio passò nei suoi occhi nocciola e incrociò le braccia in modo seducente.

"Saputo cosa?"

Il suo tono fu infinitamente ostile. "Un mese fa, dei rappresentanti di una squadra di Superbike sono venuti per parlare con Chase e tenerlo sott'occhio. La settimana scorsa sono ritornati alla carica e gli hanno proposto un contratto di quattro anni nel loro Team. Volerà in California per gareggiare con la RoadRace Factory. Non te l'ha detto?" parlò, sibillina.

Tutto intorno a me scomparve. La musica, le risate, il chiacchiericcio. Mi si chiuse la gola e mi accorsi di essere sull'orlo delle lacrime.

Chase se ne sta andando?

Mi si aggrovigliò lo stomaco.

Perché non me l'ha detto?

"Autumn? Tutto bene, cara?"

'Fanculo! Non avrei pianto di fronte a Belle Danes. Sbattei le palpebre per ricacciare indietro le lacrime e assunsi un'espressione indifferente, nonostante dentro stessi andando in pezzi. "Io e Chase, per tua sfortuna, non ci siamo ancora lasciati. Trova qualcun altro da aiutare a leccarsi le ferite."

Me ne andai, delusa dal fatto che Chase non mi avesse raccontato nulla, furibonda per esserlo venuto a sapere dalla zoccola e nemica numero uno di me e Chase come coppia. E infinitamente tormentata. Perché avrei voluto gridargli di non andare. Ma non potevo. Lui doveva andare. Assolutamente. Certe cose capitavano solo nei film che noleggiavamo o che guardavamo al drive in.

Non potevo infrangere il sogno di Chase, anche se questo avrebbe significato che io non ne avrei fatto parte.

Un'ora dopo, Chase passò a prendermi come promesso. Il cielo aveva già iniziato a piangere e lo presi come un presagio della discussione che avremmo avuto di lì a poco.

"Mi porti a casa, per favore?" gli chiesi. Ottenni in risposta solo un sopracciglio alzato, poi per il resto del tragitto ci chiudemmo entrambi nel nostro silenzio. Chase era nervoso, tamburellava freneticamente le dita contro il volante e faceva schioccare il collo, prima a destra e dopo a sinistra. La radio rimase spenta, solo i lunghi sospiri di Chase risuonavano nell'abitacolo.

Quando intravidi il viale di casa, aveva già iniziato a diluviare. Non gli lasciai il tempo di parcheggiare e spegnere il motore, scesi dalla macchina al volo.

Incurante della pioggia, m'incamminai impettita verso il pontile. Lui era dietro di me. Non serviva che mi voltassi. La sua presenza saturava l'aria, e avevo paura di guardarlo negli occhi perché con un semplice 'ciao' si era intrufolato nella mia vita, ma con uno sguardo l'aveva stravolta. E in quel momento non potevo fidarmi di me stessa.

"Peanut!"

Rabbrividii. L'acqua scrosciava senza sosta, e i capelli e i vestiti erano ormai fradici. Mi voltai, togliendomi i capelli dagli occhi. "Te ne stai andando." Non era una domanda, ma una terribile constatazione.

Chase spalancò gli occhi, sorpreso. "Quelli della RoadRace Factory mi hanno fatto una proposta."

"Perché? Perché non me l'hai detto?" gridai per sovrastare il rombo dei tuoni. "Sono venuta a saperlo da Belle Danes. Da lei, capisci?"

La pioggia martellava la corrente del fiume, i lampi squarciavano il cielo plumbeo. Nero come le ombre che si stavano gettando su di noi. Chase avanzava lentamente, le mani nelle tasche dei jeans. I suoi occhi non mi persero di vista un solo istante e in quelle pozze scure sembrava stesse imperversando una tempesta ancora più forte di quella che ci stava investendo.

"Perché?" chiesi di nuovo, questa volta in un sussurro.

"Il pensiero di lasciarti..." Lui scosse la testa, avvicinandosi stancamente. "Non voglio lasciarti, Peanut." L'acqua gli colava sul viso.

Rimanemmo a fissarci inermi, le nostre vite dipendevano dalle parole dell'altro. Chase mi fissava, sapendo che qualsiasi cosa fosse uscita dalla mia bocca avrebbe cambiato le cose fra di noi per sempre.

"Non puoi rifiutare, Chase. Devi andare."

"Ho già firmato. Parto domani."

Strabuzzai gli occhi. Forse impallidii. Indietreggiai e mi portai istintivamente una mano allo stomaco, come se mi avesse sferrato un pugno dritto lì, dove avevo scoperto da poche ore che stava battendo una nuova vita. "Domani?"

"Rifiutare mi costerebbe la carriera. Accettare mi è impossibile, se significa stare lontano da te."

Testa contro cuore. Aveva vinto la prima opzione.

"Vieni con me" mi chiese inaspettatamente tutto d'un fiato. "Raggiungimi in California."

"Cosa? Dovrei fare questo? Mollare il liceo, aspettarti in una stanza d'hotel, buttare all'aria i miei studi mentre tu viaggerai in lungo e in largo per lo Stato?"

Scossi la testa, più triste che arrabbiata. Stavo lavorando tutti i weekend per mettere via dei soldi per l'università, per non pesare sulle tasche di mia mamma e per non intaccare il fondo fiduciario lasciatomi da mio padre.

"È giusto che tu viva il tuo sogno, Chase, ma è giusto che lo faccia anch'io."

"Allora chiedimi di non andare. Dimmi di restare."

Scossi la testa, incurante della pioggia e del freddo che si stava insinuando fin dentro le ossa. Nonostante fosse lì dinanzi a me, Chase se n'era già andato. "Mi odieresti per averti precluso l'occasione della tua vita, e io finirei per odiare me stessa."

"Peanut..." m'implorò. "Riusciremo a farla funzionare. Ti chiamerò ogni giorno, ti scriverò quando mi sarà impossibile raggiungerti a Blue Harbor e durante le pause tornerò qui. Da te. Non starò in California per sempre."

Osservai una foglia cadere dal ramo di un albero e volare sulla baia per poi essere trasportata via dalla corrente. I suoni del festival arrivavano attutiti, portati dal vento, e seppi che, da quel momento in poi, ogni goccia di pioggia e ogni foglia d'autunno mi avrebbero ricordato Chase e il momento in cui l'avevo lasciato andare via. Perché non potevo promettergli il futuro che lui immaginava.

"Siamo realisti, Chase. Starai via tutto l'anno, io mi devo ancora diplomare, decidere a quale università fare domanda d'ammissione e nel frattempo tu sarai completamente concentrato sulle moto e sul campionato. Saremo ai due capi opposti del Paese."

Chase avanzò finché le punte delle nostre scarpe si sfiorarono. Abbassò la testa, la sua fronte contro la mia. Alzai il viso e ogni suo lineamento mi parve sfocato dalle lacrime che la pioggia nascondeva. "Non voglio che finisca."

"Troverai con facilità qualcun'altra che ti incasinerà la vita."

"Non succederà." Catturò le mie labbra in un bacio appassionato e, quando mi staccai da lui, eravamo entrambi senza fiato. Sarebbe stato così facile mettere a tacere le mie paure con i suoi baci e le sue carezze, ma avrei solo rimandato l'inevitabile. L'indomani, Chase sarebbe stato su un volo di solo andata di quattro anni per la California.

Mi alzai in punta di piedi e lo baciai sull'angolo della bocca per un'ultima volta. Un gelo improvviso mi avvolse, mentre le lacrime si confondevano con la pioggia.

Corsi via lungo la banchina e salii i gradini del portico d'un fiato. Ero sulla soglia, la mano già sulla maniglia, quando mi voltai. Chase mi stava fissando intensamente, il volto una maschera di angoscia, rabbia, tristezza e delusione che rispecchiava le mie stesse emozioni.

"Lo sai che non è finita, Peanut. Sono incerto su tante cose, su cosa ne sarà della mia vita, ma non su noi due."

Accarezzai la pancia. Avrei voluto correre fra le sue braccia, sentirmi al sicuro nel suo abbraccio, e chiedergli di restare. Per me, per il bambino. Avevo paura, ero terrorizzata dai mesi che mi aspettavano, con un bimbo costretto a dipendere da me e dai miei pochi soldi. Ma seguii il mio cuore perché non potevo fargli perdere l'occasione di vedere il proprio sogno avverarsi, non me lo sarei mai perdonato. Lo amavo troppo per chiedergli di rimanere, così lo lasciai andare.

"Abbi cura di te, Chase."

"Peanut..." Fu soltanto un sospiro.

Non riuscii a dirgli addio. Mi morsi il labbro inferiore per non scoppiare a piangere, e mi chiusi la porta e la nostra storia alle spalle.

Come promesso, Chase mi scrisse e mi telefonò per i primi due mesi. Leggere le sue parole o sentire la sua voce mi provocavano sempre una fitta al petto.

A Natale, quando tornò in città per la prima volta dopo la sua partenza, gli dissi del bambino che avevamo perso. Aborto spontaneo.

Litigammo, ci trafiggemmo con parole dure e intrise di cupa rabbia. Lui mi accusava di avergli omesso una cosa così importante, io recriminai che un neonato non si sarebbe certo potuto considerare nei suoi piani da pilota.

"Non mi hai nemmeno dato la possibilità di scegliere" sibilò con voce dura.

"Avevi già il culo su quel dannato aereo, Chase" risposi, gelida. Mi portai involontariamente una mano allo stomaco piatto e un mix di emozioni mi pervase. Mi vergognavo allora di ammetterlo, ma c'era stato un momento in cui mi ero sentita sollevata per aver perso il bambino. A diciassette anni vivevo ancora con mia madre, la mia unica preoccupazione era di superare il test di scienze e di racimolare qualche dollaro al ristorante. Come avrei potuto essere una buona madre? Senza contare le occhiate e le voci sibilline alle mie spalle di tutta la comunità di Blue Harbor.

Chase mi guardava come se lo avessi colpito dritto al petto con un pugnale, gli occhi velati di tradimento e delusione. E tanta, tanta rabbia.

Se ne andò da casa mia e dalla mia vita. Un'altra volta.

Ripartì il giorno dopo per la California e le sue chiamate e i messaggi scomparvero e anche Chase, poco dopo, svanì dalla mia vita.

Fine
/fi·ne/
Sostantivo femminile e maschile
Punto che segna il termine nello spazio e nel tempo.
Esito, meta.

Retrospettivo

Capitolo 17

Il parcheggio dell'Old Mill era già affollato quando arrivammo. Ne dedussi che il mercoledì sera di Blue Harbor non era cambiato affatto. La vita sociale laggiù al Sud consisteva nel mercoledì a bere pinte di birra nei locali al porto, mentre il giovedì era la serata dedicata al campionato di baseball over quaranta e il venerdì era il giorno fisso per le riunioni cittadine. Il sabato ci si ritrovava al cinema nel vecchio drive in. Il resto dei giorni bisognava pregare che la tivù via cavo prendesse. E non era il caso del Lullaby Inn.

L'insegna con qualche lettera luminosa mancante non era promettente, ma nascendo qui avevo capito di non dover giudicare Blue Harbor dalle apparenze.

"Non vedo l'ora di mangiare le costine di maiale con salsa BBQ" mormorò Abigail aprendo la porta. Una canzone country – ovviamente – suonava dal vecchio jukebox nell'angolo e l'aria era satura dal familiare odore di birra stantia e di fumo. I tavoli erano tutti occupati, pure gli sgabelli vicino al bancone, ma Abigail aveva prenotato un tavolo per noi. Così la cameriera, che si presentò come Jennifer, ci condusse fino a un tavolino in fondo alla sala, con le luci soffuse e la visuale sulla pista da ballo ancora vuota.

Appena entrai nel pub, ebbi gli occhi di tutti addosso.

"Potevi dirmi che avevi invitato tutta Blue Harbor!" mugugnai, prendendo posto. Ignorai il formicolio alla nuca e controllai lo schermo del cellulare per vedere se c'erano messaggi. "Possiamo ordinare subito dell'alcol?"

Abigail rise. “Alcol, e cibo unto e fritto per asciugare. Dillo che ti sono mancate le serate all’Old Mill.” Era bella. I capelli platinati le ricadevano in leggere onde sulle spalle. Il trucco non era deciso ma risaltava i suoi tratti marcati ed esotici. Indossava un vestito a quadratini rossi e bianchi e portava dei sandali da pin-up.

Per iniziare, Jennifer ci servì dell’acqua e, dopo aver ordinato, mi guardai attorno. Il locale era frequentato per lo più dalla gente del posto, ma alcune facce non mi erano familiari. “Funziona ancora la serata del mercoledì.”

Abigail si fece aria con il menu. “L’Old Mill è ancora una delle poche realtà di Blue Harbor. È una fortuna che duri e non venga soppiantato da qualche catena di steakhouse.”

Mi grattai dietro il collo, incapace di togliermi di dosso la sensazione di essere osservata. “Blue Harbor è sicuramente una città sonnacchiosa, ma sia tu che Chase ne parlate come se stesse cadendo a pezzi.”

Abigail scrollò le spalle, il volto si rabbuiò per un attimo. “Posti come questi stanno scomparendo, in città. Ma dimmi, come va il tuo nuovo capitolo con Chase?”

Assottigliai gli occhi come se potessi fulminarla. “Davvero dobbiamo parlarne adesso?”

“Siete la coppia del momento.”

“Non c’è nessun io e Chase. E non mi hai fatto uscire per non pensare a lui?”

“Okay. Sei pronta per il festival?”

“Questo è un colpo basso.”

“Sono passati dieci anni. Goditi questi giorni di festa. Lasciati andare, Autumn. È solo passato. Non puoi cambiarlo, ma puoi vivere il presente.”

“Non ci riesco...”

“Perché lo odi.”

Nascosi la testa fra le mani. “Dannazione, nessuno mi aveva detto che è diventato così sexy.”

Abigail mi rivolse un sorriso da Stregatto. “Io intendevo il festival, ma sì, potrebbe essere riferito anche a Chase.”

Mi umettai le labbra: stavamo percorrendo un campo minato. "Tu, invece?" chiesi portandomi un ciuffo di capelli dietro le orecchie. "Come mai non sei ancora sposata?" dissi, notando che non aveva nessuna fede al dito.

"Sono difficile da conquistare" mormorò nel momento in cui arrivarono le costine, le tortillas ripiene di pollo e formaggio filante, e i popcorn di pollo che avevo ordinato io.

Fortunatamente ci avventammo sui piatti e la serata trascorse tra stupidi pettegolezzi di paese e il racconto di Abigail sui ragazzi che aveva frequentato negli anni. Finsi che la mia vita in quel momento non fosse un casino e mi divertii ricordando i vecchi tempi. L'atmosfera del locale mi aiutò, anche se sembravo essere l'attrazione della serata perché diverse persone vennero al tavolo per abbracciarmi e salutarmi.

Un'ora e due pinte di birra dopo, mi appoggiai sazia e un po' alticcia allo schienale della sedia. "Dio, non mi ricordavo che servissero delle birre così grandi, qui a Blue Harbor."

Abigail ridacchiò. "Scommetto che a San Francisco bevi solo quei cocktail dai nomi strani."

"Ehi, non è colpa mia, ma di *Sex and the city*. Sono diventata maggiorenne con quel telefilm. Ordiniamo al bar un Cosmo sperando di veder entrare Mr Big."

Immediatamente ripensai alle innumerevoli serate trascorse qui all'Old Mill o al The Whig, lo sguardo puntato alla porta d'entrata con la speranza di veder entrare Chase dopo la sua partenza. Oppure al desiderio di sentire la sua voce nell'interfono del mio appartamento a Frisco. Ma lui non mi aveva cercata mai più.

Abigail incrociò il mio sguardo e, nonostante fossero trascorsi tanti anni, fra di noi c'era ancora quella comunicazione non verbale tra migliore amiche.

Poi sgranò gli occhi, la sua attenzione tutta alle mie spalle. Verso l'entrata.

Di colpo un fremito si propagò in tutto il corpo, sentivo la pelle pizzicarmi e lo stomaco aggrovigliarsi. *Era lì.*

Abigail si abbassò sul tavolo e parlò con un filo di voce. “Ha un GPS puntato su di te.” Non fece il suo nome, ma sapevamo entrambe di *chi* stesse parlando.

“Cazzo, è ovunque” esclamai, facendomi aria al collo con il menu delle bevande. “È con qualcuno?” chiesi, temendo la risposta. Dio, solo sapere che era nel mio stesso locale mi faceva fremere la pelle. E non l’avevo ancora visto. Buttava davvero male!

Abigail socchiuse gli occhi, perlustrò la stanza con attenzione e poi si accigliò. “C’è Jacey-carta igienica-Templeton con lui.”

“Cosa? Io avevo invitato solo lui. Figlio di...”

Posò il bicchiere di birra con un rumore secco. “Hai invitato lo sceriffo?”

Alzai entrambe le mani in segno di difesa. “Mi ha promesso che potevamo bere senza che lui ci facesse l’alcol test.”

“Stai ancora cercando di fare Cupido?”

“Non è come sembra” mi difesi, rispondendo alla sua occhiataccia. “Sì, okay, è come sembra, ma tu sei una ragazza onesta, intelligente, bella. Lui ha bisogno di una donna così al suo fianco dopo la delusione del suo matrimonio.”

“Autumn, non siamo in una trama da romanzo rosa” sbuffò.

“Sceriffo della città, deluso dall’amore dopo un matrimonio finito male, intraprende solo storie di una notte. Nessuna complicazione, nessun legame. Finché non incontra lei, la regina delle omelette e della messa in piega. E tutte le sue regole andarono all’aria.”

“Romantico. Se volevo un fidanzato, mi iscrivevo a Tinder.”

“Ma se non c’è nessuno nell’arco di quattro miglia!” replicai.

Mi liquidò con un gesto della mano. “Comunque il tuo Unico è al bancone.”

"Co... come?" Mi girai verso il bar ma non riuscivo a vederlo tra tutta la gente. Proprio quella sera Blue Harbor aveva deciso di radunarsi all'Old Mill?

Affinai lo sguardo e, proprio mentre dal jukebox partiva una lenta e struggente ballata d'amore, la folla si diradò e vidi Chase, vestito come un agente segreto delle Tenebre, con la giacca di pelle nera, maglia e jeans dello stesso colore, appoggiato al bancone. Vederlo sorridere con Jacey e altri ragazzi, mentre reggeva in mano una bottiglia di birra, mi causò un groviglio al centro dello stomaco.

Il peso del mio sguardo evidentemente lo richiamò perché, quando stavo per voltarmi e fare finta di nulla, Chase alzò la testa di scatto e i nostri occhi si incrociarono da una parte all'altra della stanza. Il pavimento vibrò sotto i miei piedi e non per i bassi della musica, tanto che mi aggrappai con forza alla pinta di birra. I ricordi di altre mille serate e altrettanti sguardi come quello che mi stava rivolgendo scorsero davanti ai miei occhi come un album di fotografie da sfogliare.

Abigail mi stava parlando, ma io ero consapevole solo di Chase; anche a distanza sentivo solo due occhi verdi che mi scavavano due crateri in mezzo al petto.

Le sue labbra si piegarono in un lento sorriso, furbo come quello del famoso gatto del Cheshire, un gesto che mi fece ben capire che lui sapeva che mi avrebbe trovato qui e che avrebbe giocato al gatto con il topo.

"Porca puttana!" esclamai, girandomi di scatto.

"È stato intenso" concordò Abigail.

Mi massaggiai le tempie e lasciai andare un lungo sospiro di frustrazione. "Perché mai mi ha voluta qui a Blue Harbor?"

Lei mi sorrise debolmente. "Sono sempre dell'idea che voi due dobbiate parlare" disse, enigmatica.

Ingurgitai dei popcorn di pollo. "Sarebbe stato meglio se fossi rimasta a casa a gustarmi un film su Lifetime."

Mi congedai con la scusa di andare al bagno, ma in realtà mi nascosi dentro la veranda coperta, fortunatamente vuota per via delle temperature non più miti.

Mi portai una mano al petto. Il cuore sembrava stesse per schizzarmi via dalla maglia per atterrare direttamente nelle mani di Chase.

Non di nuovo, dissi a me stessa. Non potevo, perché non sarei stata più in grado di riaverlo indietro.

Un brivido mi attraversò di colpo la schiena e poco dopo la voce suadente e bassa di Chase mi sconvolse.

"Ti stai nascondendo, Peanut?"

Cristo. Santissimo.

Guardai il lampo di ironia che accese i suoi occhi nel riflesso del vetro davanti a me. "Sei uno stalker, Allen. Mi hai messo addosso un GPS? Hai una app che segue tutti i miei movimenti?"

Lui accennò un mezzo sorriso. "Per quanto voglia metterti un localizzatore addosso, ci sono solo due locali aperti di mercoledì sera a Blue Harbor."

"Potevi tranquillamente andare nell'altro pub" risposi, ignorando la prima parte della frase. "Non che per me sia un problema averti qui." Bugia.

Il suo sorriso divenne pieno e le mie parti a sud esultarono di gioia.

"In realtà volevo sapere come stessi. Oggi, quando te ne sei andata, eri abbastanza turbata."

"Oh, lo vorresti" lo derisi, voltandomi.

Il mio commento gli strappò una risata. Chase si limitò a fissarmi senza dire altro. Percorse con lo sguardo le mie gambe fasciate in un paio di jeans attillati, slanciate grazie al tacco dodici degli stivaletti di pelle che portavo ai piedi. Salì fino al top nero e al maglioncino dello stesso colore, per ritrovare infine le mie labbra di un rosso acceso e di nuovo i miei occhi.

Non parlò. E io mi dimenticai per davvero come si facesse a respirare.

"Bene, meglio che ritorni dentro. Siamo insieme già da diversi minuti e nessuno dei due ha ucciso l'altro. La gente potrebbe parlare e farsi strane idee." Cercai di allungarmi verso la maniglia della porta, benché i tacchi non mi permettessero di scappare alla velocità di *Beep Beep*.

"Nervosa, Peanut?"

Con la mano sul pomello, mi voltai. Le lucine di Natale, che all'Old Mill restavano accese tutto l'anno, gettavano strane ombre sul suo viso. "Sono passati dieci anni. Ho avuto il tempo di metabolizzare la cosa, Chase."

Lui avanzò e il mio asse si spostò con la sua sola vicinanza. Stava così attaccato a tutte quante?

"Quel giorno non ti ho detto addio. E potrai voltare pagina finché vuoi, convincerti che l'uomo che stai per sposare sia quello giusto, ma qualunque cosa faccia, finirai per paragonarlo a me. Perché è la stessa cosa che faccio io. Non c'è donna che incontri che non paragoni a una testarda, folle e stimolante donna di nome Autumn."

"Non puoi parlarmi così" dissi con rabbia. "Tanto, tantissimo tempo fa, eri tutto. Eri il mio migliore amico. Tempo imperfetto, Chase. Non fingere di conoscermi e di sapere cosa sia giusto o sbagliato per me. Non dopo tutti questi anni."

Chase socchiuse gli occhi, e mi studiò a lungo prima di parlare. "Balle."

"Chase..."

"Balle" ripeté a voce più alta e facendo un altro passo verso di me, senza mai spostare gli occhi dai miei. "Siamo una stella binaria, Peanut. Orbitiamo l'uno attorno all'altra. E ruoteremo insieme per il resto della nostra vita."

Sbattei le palpebre e distolsi lo sguardo, rivolgendolo verso l'oceano al di là del vetro. "Credo che la nostra storia sia stata più che altro una stella cadente, Chase. Un amore che si è consumato troppo in fretta" sussurrai, omettendo anche che aveva lasciato una traccia *indelebile* da quanto era stato forte.

Fece di no con la testa. Lo lasciai così, con le lacrime che mi pungevano gli occhi, e spalancai la porta della veranda, permettendo ai suoni e agli odori dell'Old Mill di avvolgermi.

Camminai impettita verso il mio tavolo, ignorando la curiosità morbosa degli altri avventori.

"Stai bene?" mi chiese Abigail.

"Cos'è successo?" le fece eco Jacey che si era accomodato al suo fianco sul divanetto.

"Ho bisogno di qualcosa di forte. Un margarita, un whiskey invecchiato. Qualsiasi cosa" risposi tutto d'un fiato. Mi serviva dell'alcol per affrontare il resto della serata. Afferrai una manciata di popcorn al pollo e li ingurgitai tutti fino ad avere la bocca strapiena.

"Si vede" constatò la mia amica.

"Sei appena entrata dalla stessa porta da cui sta entrando ora Chase?" osservò Jacey.

"Complimenti, sceriffo. Astuto" borbottai. "Per fortuna che non ho altri ex da cui temere un'improvvisata."

Il whiskey che avevo ordinato non mi aiutò. Persi perfino l'entusiasmo di fare da cupido tra Jacey e Abigail. La mia serata era rovinata, ma pensai con sollievo che non potesse peggiorare. Invece la vita sapeva essere una emerita stronza. Perché mentre mi guardavo attorno e la pista da ballo si riempiva con coppiette che danzavano al ritmo di un lento, intravidi Chase con una donna.

"Non dirmi che..."

"Le streghe sono tornate" esclamò Abigail.

"Belle Danes" concluse Jacey.

Volevo sparire. Magari il mio total look nero poteva aiutarmi a confondermi nella luce soffusa del locale. Di certo non funzionava con Chase, perché sembrava una sorgente di energia elettrica da quanta luce emanava.

"Che diavolo ci fa qui?" chiesi, cercando di essere estremamente calma. "Non doveva diventare una promettente donna in carriera?"

"Lei... come dire... è cambiata."

"Da zoccola e dannata è passata a fare gruppi di meditazione?"

"Diciamo che ha a cuore i cittadini di Blue Harbor" intervenne Jacey.

Assottigliai lo sguardo. Belle Danes sembrava davvero la ragazza della porta accanto, la perfetta fidanzatina d'America. Vestito lungo floreale, stivali da cavallerizza e capelli raccolti in una morbida treccia laterale. Sembrava che non avesse subìto l'avanzare degli anni, era ancora bellissima, magrissima e speravo almeno ancora stronzissima per compensare.

Parlava e sorrideva civettuola, allungava la mano in lievi carezze verso Chase, che dal canto suo continuava a tornare da me con gli occhi. Occhi colmi di malizia. Bastardo!

"Non mi piace" mormorai istintivamente.

"Certo, sembra Kylie Jenner e sta flirtando con il tuo ex."

"No, non mi è mai piaciuta." Anche se vederla allungare le sue grinfie su Chase me la faceva odiare ancora di più.

Abigail si congedò per andare a salutare alcuni vecchi amici al bancone e ne approfittai per dimenticarmi di Chase e riprendere il comando del mio ruolo da cupido.

"Jacey, ora dovresti alzarti e andare lì al banco e offrire da bere alla mia amica."

"Apprezzo il tuo aiuto, davvero. Ma lei non mi vuole."

"Perché sei convinto di non valere nulla?" Tirai un profondo respiro. "Raccontami del tuo divorzio."

"Mi ha spezzato il cuore, mi ha ripulito e ora vive in una casa in Florida."

"Kanye West sembra il nuovo Dottor Phil" pensai.

"Cosa?"

Avevo parlato a voce alta. "Nulla" lo liquidai con la mano. "Che importa se una storia è andata male? Non permettere al tuo matrimonio naufragato e alla tua vecchia fama da scatenato playboy di definire chi sei, Jacey. Tu guardi Abigail come una omelette con bacon e spinaci, e lei ti guarda come se camminassi nudo."

"Autumn..." Si stropicciò la faccia tra le mani.

"Ora vai lì. Passo sicuro, distintivo in bella mostra, sorriso. Non farle i soliti complimenti scontati. Abigail è intelligente, non una troietta che apre le gambe solo perché le guardi le tette. Falla sentire femminile, ma senza cadere nel volgare. Mostrati uomo. Un vero uomo."

"Mi chiedo cosa ti abbiano messo nelle tortillas."

"E io mi chiedo con che coraggio si fidino a farti girare con una pistola."

Jacey si alzò sbuffando.

"Forza, sconvolgile il mondo" lo spinsi con le mani.

"Me ne vado solo perché saresti capace di trascinarmi lì con la forza." Fece per andarsene, ma tornò indietro, le braccia conserte e la testa chinata di lato. "Vale anche per te il consiglio, Autumn. Chi se ne frega se tra Chase e te è andata male la prima volta, non permettere al passato di definire chi siete voi due l'uno per l'altra." Mi strizzò l'occhio e aggiunse: "Ah, per la cronaca. Anche tu guardi Chase come se camminasse nudo ricoperto di glassa al cioccolato al burro d'arachidi."

Presi una manciata di popcorn al pollo e mi consolai con il cibo.

Retrospettivo
/re·tro·spet·tì·vo/
Aggettivo
Rivolto indietro, in senso soprattutto temporale: indagine r., volta a studiare le condizioni e le fasi passate di una evoluzione.

Cherofobia

Capitolo 18

Ero al tavolo da sola, a farmi compagnia il mio secondo bicchiere di whiskey. Abigail era sparita dalla zona bar, e la buona notizia era che non scorgevo nemmeno Jacey.

La cattiva notizia era che ero venuta con la sua auto, quindi ero a piedi e io non vedevo l'ora di tornarmene a casa. In realtà agognavo il mio letto e le fusa di Biscottino sin dalla discussione con Chase fuori in veranda.

Però l'Agente delle Tenebre era ancora in compagnia di Satana, quindi mi rifiutavo di andarmene per prima. Cavoli, era diventata una sfida a chi cedeva per primo!

Così rimasi lì seduta, qualcuno mi venne a salutare, altri a chiedermi se fossi tornata per restare. Sorridevo e rispondevo sempre gentilmente, anche quando mi chiedevano se avrei celebrato il matrimonio a Blue Harbor. La pista cominciava a riempirsi di coppie che ballavano strette strette come moderni Baby e Johnny; in mancanza di una band che suonasse dal vivo, il jukebox all'angolo faceva il suo sporco lavoro, alternando classici country con pezzi più moderni.

Quando le note di *Beyond* partirono, i clienti accoppiati dell'Old Mill si lanciarono per ballare il lento, la folla attorno al bancone si assottigliò e vidi Belle trascinare Chase sulla pista e tutta la gente spostarsi, come se lui fosse un dannato Mosè che divideva le acque. La sciacquetta lo abbracciò stretto, avvolse le braccia come tentacoli attorno al suo collo e lui, sant'Iddio, la prese per la vita e l'attrasse a sé.

Provai una cazzottata allo stomaco, ed era ridicolo perché lui non era più mio. Maledizione, ero io che portavo un diamante da non so quanti carati all'anulare e avevo fatto credere all'intera città che mi stessi per sposare. Non dovevo guardarli, non dovevo provare gelosia. Eppure quando stavamo assieme non riuscivo a non sentirlo ancora mio.

Strinsi le mani a pugno, tanto da conficcarmi le unghie nei palmi. Non riuscivo a distogliere gli occhi, come quando ti trovi di fronte a un incidente e non riesci a guardare altrove.

Sbattei con troppa foga il bicchiere ormai vuoto e mi diressi al bar, ormai non più zona rossa visto che Chase volteggiava in pista come Nureyev.

"Posso ordinare un drink?" chiesi a Jennifer. "Qualsiasi cosa di forte andrà bene" aggiunsi, riportando gli occhi al centro della pista. *Sono spaventato a morte che lei possa essere quella giusta, il mio tutto e oltre* cantava Leon Bridges nell'esatto momento in cui i nostri occhi si ritrovarono nel buio del locale.

"Com'è possibile che una bella donna come te sia qui tutta sola?"

Girai la testa di scatto, chiedendomi di chi fosse quella voce roca e che gridava abbordaggio. Apparteneva a un bell'uomo, a occhio e croce oltre la trentina, biondo, affascinante, e che riempiva divinamente un completo a tre pezzi sul grigio scuro. Trasudava magnetismo e ricchezza.

Ripresi a respirare a pieni polmoni e ruotai su me stessa sullo sgabello, così da averlo di fronte. Mi ritrovai a fissare due occhi azzurri come il mare dei Caraibi. "Questa è la frase migliore che hai nel tuo repertorio da rimorchio?" gli sorrisi lasciva, appoggiandomi volutamente al banco in modo seducente per attirare la curiosità di un pilota che dondolava al centro del locale, non di certo per l'uomo d'affari che mi stava mangiando con gli occhi in quel momento.

"Ha funzionato?" mi chiese, prima di trangugiare un sorso di vino.

"Lo sai che abbiamo ottenuto la parità dei sessi da anni? Non dovrebbe più essere strano vedere una donna seduta da sola al banco di un bar."

Lui piegò la bocca divertito. "Ma non una donna bellissima come te. Solo dei fessi non ti noterebbero e non ti offrirebbero da bere."

"Da bere. Certo. Immagino che ora tirerai fuori il mantello da gentiluomo e mi salverai da questa spregevole mancanza."

Lui abbassò la testa e mi bisbigliò nell'orecchio: "Questo è esattamente quello che prevede il mio manuale da rimorchio."

Risi mio malgrado. "Io sono Autumn" mi presentai porgendogli la mano.

"Io sono Zack."

"Non sei di Blue Harbor. Non mi sembri una faccia familiare."

"Vengo da Sausalito."

"Davvero? Io abito a San Francisco" mormorai sorpresa. "Cosa ci fai qui nel profondo Sud?"

"Mi hanno trasferito per alcuni mesi per lavorare alla Allen Bank. Tu, invece, *cosa ci fai nel profondo Sud*?" mi chiese, sollevando il calice verso la cameriera e facendole segno di portarne altri due. Avrei voluto dirgli che avevo la voce per ordinare.

"In realtà ci sono nata, ma sono qui solo per lavoro" risposi, lanciando un'ulteriore occhiata alla fonte della mia intervista. Non che vederlo con Belle mi facesse stare meglio, però ogni volta che distoglievo gli occhi trovavo i suoi che mi fissavano di rimando. Trovava il mio sguardo, trovava me, anche quando intorno a lui richiamavano la sua attenzione. E io provavo quella fitta allo stomaco, che mi portava a odiarmi, a odiare il mio corpo per essere così debole in sua presenza.

Chase parlava con Belle, erano ancora abbracciati, ma non mi perdeva di vista. Il suo volto aveva perso tutta la sua sfrontatezza inziale, ora sembrava una maschera scolpita nella roccia.

Ben gli stava! “Balliamo” dissi a Zack in un raptus di follia.

“Cosa?”

“Balliamo” ripetei e, senza troppi indugi, lo presi per mano e lo trascinai in pista.

Qualcuno scelse un’altra ballata, una di quelle canzoni che richiedevano di stare appiccicati, corpo a corpo. E fu esattamente quello che feci. Mi avvinghiai a Zack, avvolgendo la sua nuca con le braccia e premendo il seno contro il suo petto. A lui non parve vero. Mi prese per i fianchi – le sue mani scesero un po’ più giù, verso il sedere – e fece aderire i nostri corpi.

“Sono un po’ arrugginita” sussurrai, impacciata. Forse infilai le dita fra la sua chioma per abbassargli la testa e parlargli nell’orecchio, in una mossa volutamente sensuale.

Zack mi fece volteggiare al centro della pista, sotto gli occhi di tutti. Fu facile divertirsi con lui, magari perché non condividevamo un passato ingombrante.

Dopo un’altra giravolta che mi fece scoppiare a ridere, lui rafforzò la stretta e le sue labbra mi sfiorarono la curva della guancia. “Non mi sembri niente male, Autumn.”

Sorrisi e mi voltai nella direzione di Chase. Nonostante la pista fosse gremita, tutto sembrò sparire. Le persone, la musica. Il mondo intero. Danzava ancora con Belle, i muscoli però tesi come se stesse per scoppiare di rabbia da un momento all’altro.

Lo sfidai. Mantenni gli occhi su di lui e mi strusciai su Zack. Pover’uomo, capitato nel bel mezzo di una competizione tra due ex.

Le mani del mio partner danzante scesero ancora, verso le mie natiche che strizzò con bramosia. In un altro momento gli avrei sganciato una ginocchiata nelle palle, ma l’uomo dannatamente sexy e furibondo che stava alla mia destra tirava fuori il peggio di me. Era come se volessi fargliela pagare per tutte le foto che avevo dovuto sorbirmi negli anni e che lo ritraevano con attrici, modelle e blogger dal fisico scultoreo.

La canzone finì prima che la situazione degenerasse e diventasse qualcosa di più spinto. Tornammo lentamente al bancone e, dopo aver bevuto il drink, riuscii a congedarmi da Zack. "È stato davvero un piacere conoscerti. Ma in realtà non sono sola, sono con una mia amica e ora dovrei raggiungerla" aggiunsi, notando che Abigail non era ancora tornata al tavolo. Quante miglia distava la locanda dall'Old Mill? "Sei da solo?"

"Sono con dei colleghi" pronunciò lui, indicando il lato opposto del locale dove c'era una tavolata di impiegati bancari in festa, a giudicare dalle grida e dalle risate ad alto volume.

Mi diede il suo biglietto da visita e ci lasciammo con la promessa che lo avrei richiamato. Peccato che buttai il numero nel cestino della carta non appena mi diede le spalle.

Accaldata e nauseata, ordinai una bottiglietta d'acqua, pronta a macinare terreno per tornare a casa. Con i tacchi.

Stavo tamburellando le dita sul legno del bancone intriso di birra, quando avvertii la sua presenza. Io e Chase facevamo parte del passato, ma il mio cuore non sembrava voler sentir ragioni perché andò a sbattere contro le costole.

"Balli bene." La sua voce era stranamente calma, ma aveva una leggera nota di rabbia, quasi delusione.

"Ho avuto un ottimo maestro." Chase accusò il colpo e contrasse la mascella. "E ora, se mi vuoi scusare..." Afferrai la bottiglietta, lasciai cinque verdoni sul banco e andai verso il mio tavolino.

Chase non mollò la presa. "Che cosa stavi cercando di fare con Zack Morrison?"

"Non capisco dove vuoi andare a parare."

"Hai cercato per tutta la serata di attirare la mia attenzione, Peanut."

Alzai gli occhi al soffitto. "Mi dispiace deluderti, Mr Ego, ma l'universo non gira attorno a Chase-asse terrestre-Allen. E smettila di chiamarmi Peanut."

"Hai messo in scena quello spettacolino per farmi ingelosire. Sei adorabile quando fai la gelosa."

Mi sfuggì una risata isterica. “Gelosa di chi? Di Belle Danes?”

Sulla sua bocca sbocciò un sorriso compiaciuto. “Eri un pochino gelosa.”

“Non sono un tipo geloso. Ero solo disgustata nel constatare che alcune cose non cambiano mai.”

Chase mi afferrò la mano, costringendomi a fermarmi a pochi passi dal tavolo. “E questo non è un bene?” Mi guardò con due occhi che mi stavano inghiottendo da quanto erano profondi.

“Perché non torni dalla tua ammiratrice neanche tanto segreta? Credo che non veda l’ora di avere un tour guidato nel mondo di Chase.”

Gli diedi le spalle e continuai a camminare impettita, nonostante i tacchi e l’alcol mi facessero tremare le gambe in una combinazione micidiale. O forse era la vicinanza di Chase.

“Non è il tuo tipo” parlò lui all’improvviso, raggiungendomi.

“Chi?” Perché continuavo a dargli retta?

“L’uomo che credi di voler sposare.” Con una falcata fu al mio fianco. “Prima ti permette di fingerti una ballerina di lap dance, poi ti lascia venire qui a Blue Harbor da sola. Lo sa che ti piace scatenarti in pista?”

Mi stava dando della zoccola? No, perché lui stava decisamente ballando con la rappresentante mondiale delle zoccole. “Cosa significa che mi lascia venire qui a Blue Harbor?”

“Ti lascia trascorrere un intera settimana con me.”

“E quindi?”

“Le donne di solito non tradiscono me, ma qualcun altro *con* me.”

“La tua umiltà mi colpisce, Chase.” Alzai gli occhi al soffitto. Quanto era irritante! “E ora scommetto che dirai che tu sei il tipo di tutte.”

“Io sono il tuo unico tipo.”

"Ho cambiato tipo di tipo, Chase. E non starò ai tuoi giochetti mentali. Il nostro rapporto si limiterà a essere professionale, perché sei l'unico..."

"Sono unico."

"Sei *l'unico* in grado di salvare il magazine" precisai. Stavo per prendere posto al tavolo, quando Chase mi tolse di mano la bottiglietta d'acqua e mi trascinò verso la pista.

Strabuzzai gli occhi. "Che stai facendo?"

"Ti devo un ballo, Peanut."

"Non voglio ballare" dissi, ma Chase mi ignorò e mi condusse al centro del locale. "Tipico da parte tua tenere in considerazione la mia opinione" borbottai.

Chase mi cinse la vita con un braccio. "Shh. Diamo a Blue Harbor qualcosa di cui sparlare."

In pista c'erano altre coppie e ovviamente il karma aveva scelto una ballata d'amore anziché un pezzo ritmato. Sulle labbra Chase aveva disegnato un pigro e sensuale sorriso e, con il suo volto a un soffio del mio, ero fin troppo consapevole di due pupille che riuscivano a vedere in me l'impossibile. Il suo calore, il suo profumo. Ero bombardata, i miei sensi erano colpiti da una pioggia di sensazioni che non avevo provato per troppo tempo.

Chiusi gli occhi e commisi l'errore di poggiare la guancia al suo petto. Potevo sentire il battito del suo cuore vibrare sotto di me, anche il suo con le pulsazioni fuori controllo.

Dio, mai con nessuno mi ero sentita così.

Forse è colpa delle stelle, forse è questo bar. Ma, piccola, voglio ricordare come ci si sente a innamorarsi del tuo cuore, cantavano i The Shires.

"Come procede il tuo libro? Stai scrivendo qualcosa, vero?" mi chiese.

Voleva sapere del mio libro? Adesso? Perché io invece ero consapevole solo della pressione delle sue braccia.

"Sto scrivendo qualcosa. Una specie... una specie di storia d'amore, se così si può definire."

"Una specie?" domandò curioso, mentre mi teneva la mano con sicurezza. Come aveva fatto altre mille volte.

Evitai di guardarlo negli occhi. Tenni la testa abbassata, la guancia sul suo petto. "I romanzi rosa richiedono un lieto fine. Non sono sicura che il mio libro avrà un finale da libro delle favole."

Chase lasciò la presa sulla mia vita per alzarmi con due dita il mento. Mi guardava con una luce che mi fece fremere la pelle. "E quando capirai se avrà un lieto fine o no?"

Sostenni il suo sguardo, sperando che non si accorgesse che stavo tremando. "Tecnicamente nella mia mente ho chiara tutta la trama, ma poi i personaggi fanno di testa loro e la storia prende il sopravvento."

"E se i tuoi personaggi virassero verso il lieto fine?"

"Non credo succederà" sussurrai con un filo di voce. Lui non sarebbe stato il mio lieto fine, ma solo un capitolo che avrei letto lentamente per paura che finisse troppo presto.

Lascia indietro i nostri ricordi, baciami come non ci siamo mai baciati, e stringimi come se fossi spaventato a morte.

La canzone parlò al posto nostro, nonostante avessi la gola che bruciava e una miriade di parole che scalpitavano per uscire dalle mie labbra. Il cuore galoppava furioso, come se stessi partecipando al ballo di fine anno scolastico. Solo che io avevo perso il ballo del mio diploma.

Forse la delusione mi attraversò il viso, perché Chase rafforzò la stretta sulla mia vita e disse: "Mi dispiace di non aver ballato con te al ballo del liceo."

"Una piccola parte di me pensava che saresti venuto a cercarmi" bisbigliai.

"Magari l'ho fatto" pronunciò con voce sommessa.

Sollevai gli occhi, sorpresa. Ma prima che Chase potesse dire qualcosa, la signora Price dell'emporio si avvicinò con il suo passo calzante, gli occhi vispi e le orecchie affinate. Che resistenza incredibile, a settant'anni suonati! "Chase, figliolo, vorresti ballare?" chiese allo scapolo più agognato di Blue Harbor, dandogli una irriverente pacca sul sedere.

A me tremavano ancora le ginocchia per le sue parole e il nodo che avevo allo stomaco si strinse ancora di più.

Arretrai quanto più in fretta potei sui tacchi. "Grazie per il ballo, Chase." Dio, le parole non volevano sentire ragione di uscire, mi grattavano la gola come granelli di sabbia. "Ora puoi dormire sonni tranquilli, hai spuntato la voce ballo del diploma."

E senza dargli spazio e tempo – e a me la possibilità di fare altre stupidaggini – mi allontanai da lui.

Mezz'ora dopo, sopravvissuta ad altri saluti, abbracci e alle classiche domande di rito su matrimonio, figli e lavoro, sgattaiolai via dall'Old Mill. Fcci il giro più lungo dcl localc solo per non incrociare di nuovo Chase che, tuttavia, fu catturato di nuovo dalle grinfie di Belle-zoccola-Danes.

Quando uscii, scoprii che la macchina di Abigail non era più al suo posto e non vedevo nemmeno la volante di Jacey. Sospirai, pronta a percorrere miglia su miglia per tornare a casa. Almeno ero abituata a sgambettare per le vie di Frisco con i miei amati tacchi.

Il vento che soffiava dall'oceano aveva portato con sé dei nuvoloni, il cielo scuro come l'inchiostro era squarciato da alcuni lampi e avevo percorso solo pochi passi quando le prime gocce di pioggia mi sorpresero. Quella sera la vita, il karma, Dio o Buddha mi avevano abbandonato.

Il temporale si fece più intenso con il passare dei minuti. Ero appena a cinque minuti di distanza dall'Old Mill e avevo già i vestiti zuppi e i capelli bagnati. Il rombo di un tuono arrivò dall'oceano, un lampo accese per qualche secondo il cielo e il suono si riverberò per la strada deserta a quell'ora della notte.

Camminai per un altro miglio lungo un sentiero che avevo percorso da bambina un milione di volte con mio padre e con Chase, una stradina sterrata da percorrere a piedi o in bicicletta che costeggiava la I-526. Il cellulare non prendeva, chiedere un po' di campo a Blue Harbor era come domandare un miracolo. Ma non avrei mollato, non ancora.

Sobbalzai per lo spavento quando il silenzio da cui era stata investita la notte fu interrotto dal rombo di un motore. Non di un motore qualsiasi, ma di un arrugginito Dodge Ram del '77.

Pochi secondi dopo, il pick-up verde di Chase rallentò alla mia sinistra e dal finestrino sbucò il volto del mio Unico. "Hai bisogno di un passaggio?"

Quasi mi schiaffeggiai per togliermi un ciuffo di capelli bagnati dal volto. "Cosa te lo fa credere, Sherlock?" commentai, continuando a camminare lungo il sentiero, orgogliosa fino al midollo.

Mi sembrò di sentire la risata di Chase. Ingranò la prima e a passo d'uomo stette alle mie calcagna. "Autumn, non puoi andare in giro con questo tempo."

"È solo un po' d'acqua, Chase" risposi. Le mie parole furono seguite da un tuono che illuminò tutta la contea e la pioggia aumentò la sua forza. Sembrava che stesse per arrivare un tornado, o almeno una tempesta di livello 4. Se quello non era uno degli scherzi di Dio, non sapevo proprio cosa fosse!

"Be', puoi sempre chiamare lo sceriffo o uno dei suoi uomini. Sempre che non rinvengano il tuo corpo esanime e sepolto sotto una montagna di detriti e fango. Anche se dubito che ti troveranno subito, vestita tutta di nero come sei" aggiunse, divertito.

Fermai la mia fuga e gridai per sovrastare la pioggia. "Il nero è un bellissimo colore, è elegante e non passa mai di moda, Angelo delle Tenebre. Inoltre sai benissimo che il cellulare non prende in quasi tutta Blue Harbor se non in biblioteca con il Wi-Fi e vicino al granaio di mia madre" ribattei, decisa.

"Quindi che hai intenzione di fare?" chiese. Se la stava spassando un mondo.

I nuvoloni neri sopra le nostre teste erano squarciati dai lampi e poco distante l'ombra di un animale attraversò la strada per trovare rifugio nel bosco. Un altro segno di Dio.

Mi guardai intorno. Ero a miglia di distanza dal Lullaby Inn e non vedevo passare un'automobile da... be', da quando avevo intrapreso la mia scarpinata. Ma dannazione! Ero più terrorizzata di passare almeno un'ora in auto con Chase che di affrontare l'ira del Signore sotto forma di grandine o di un pazzo squilibrato che avrebbe potuto nascondere il mio corpo dietro una radura.

"Un passaggio potrebbe farmi comodo. Ma solo perché Biscottino sarà spaventato a morte."

Riuscii a cogliere l'occhiata per nulla convinta di Chase da dietro il volante. "Salta su." Fece un cenno verso il furgone.

Esitai un pochino, ma alla fine scavalcai la staccionata che delimitava il sentiero e scivolai sul sedile del passeggero, non senza difficoltà. Dovetti quasi arrampicarmi per salire. "Non ho mai capito il tuo amore per questa macchina" brontolai, una volta dentro.

"Quando sono in giro per il mondo, non c'è niente che mi manchi come guidare per queste strade deserte con il Dodge."

"Qui è tutto un po' troppo tranquillo. Se non fossi passato tu, domani mattina Jacey avrebbe trovato il mio corpo senza vita. Causa del decesso: fulmine killer."

Chase piegò la bocca in quel suo mezzo ghigno, causa della morte delle mie ovaie. "È il tuo modo per dirmi grazie?"

"Dacci un taglio." Riportai lo sguardo sulla strada che proseguiva dritta davanti a noi a perdita d'occhio, nel bel mezzo di una pioggia tropicale. Mancava ancora molto al bed & breakfast di famiglia. "Forse è meglio se ci fermiamo in una piazzola e aspettiamo che si calmi."

"È solo un po' d'acqua, Autumn" rispose, facendomi il verso. "Poi non vorrai far aspettare Biscottino."

Lo odiavo! Lo guardai in cagnesco, poi lanciai un'occhiata al cielo.

Chase non partì. Afferrò una coperta dal retro del furgone e me la porse. "Copriti con questa, sei fradicia."

Mi ritrovai con in mano un plaid a fantasia scozzese che aveva di sicuro visto tempi migliori. "Questo affare pieno di microbi non entrerà in contatto con la mia pelle. Chissà a quante donne avrai fatto vedere le stelle, sdraiate su questa coperta."

Il mezzo ghigno di Chase si aprì in un vero e proprio sorriso. "Lo sai che hai un'opinione completamente distorta della mia vita amorosa?"

"Il trucchetto delle stelle con me ha funzionato" blaterai, ignorando il fatto che avevo il corpo scosso per il freddo e che cercavo di scaldarmi sfregandomi le mani sulle braccia.

"Autumn, prendi questa dannata coperta" ribatté, deciso.

Sbuffai e mi avvolsi il plaid attorno alle spalle e subito una sensazione di calore mi circondò come una carezza.

"E per la cronaca" aggiunse, cogliendomi di sorpresa, "non ho mai portato nessuna a guardare le stelle. Perché sei stata l'amore della mia vita, Autumn. La mia stella binaria. Però tu non hai voluto esserlo. Sì, sono andato avanti con la mia vita, ma questo non vuol dire che l'abbia mai accettato."

Quelle parole mi trafissero il cuore.

Amore. Era la prima volta che gli sentivo pronunciare quella parola.

Trattenni il fiato e un gemito mi sfuggì dalle labbra, così forte che nel silenzio della macchina si udì indistintamente. Poi Chase ingranò la marcia e si immise in strada come se non avesse sganciato una bomba di proporzioni apocalittiche!

Per gran parte del viaggio ci furono solo il martellare della pioggia contro il furgone e il rombo dei tuoni. Chase non parlò più e non accese la radio, lo sguardo puntato davanti a sé; io preferii concentrarmi sulla strada. L'asfalto era reso viscido dall'acqua che cadeva copiosa.

Ogni tanto, con la coda dell'occhio, tentavo di assorbire ogni suo tratto. La mano tatuata sul cambio, il font della scritta *life* sulle dita, la mascella tesa, gli zigomi accarezzati da una leggera peluria.

Chase distolse il viso per un attimo e mi guardò. I suoi tratti si addolcirono, gli occhi però erano velati di tristezza. "Ti chiedi mai come sarebbe andata fra di noi se non avessimo perso il bambino?"

Dio! "Chase, lasciamo perdere."

"Hai paura, Autumn?"

"Sai cosa diceva sempre mia madre? Di non grattare via le croste dalle ferite, sennò rimane la cicatrice. Non rinvanghiamo il passato. Non dopo tutto questo tempo."

Con la mano tatuata salda sul volante, si voltò verso di me, gli occhi fissi sul mio volto. Nonostante il buio, riuscii a scorgere la loro intensità. Scostai lo sguardo, portando la mia attenzione ai lampi che squarciavano il cielo di Blue Harbor.

"Sono venuto a cercarti."

Il mio cuore ebbe un sussulto. "Cosa? Quando?"

"Quando ho lasciato Blue Harbor ero terrorizzato all'idea di partire, mollare tutto, lasciare te. Pure di fare fiasco con la RoadRace Factory. Avevo appena vinto il mio primo campionato con la MotoGp e sono venuto a San Francisco. Tu sei sempre riuscita a vedere in me l'invisibile, Autumn, e per la prima volta ero orgoglioso di me stesso."

"Ho sempre creduto in te, Chase. Non era questo il problema."

Strinse le mani sul volante. "Credimi, ho provato a dirmi che era solo un amore giovanile, che non era giusto obbligarti a una vita in cui avresti dovuto aspettarmi per gran parte del tempo. Dio, ho provato a trovare una qualsiasi risposta razionale, ma niente è riuscito a tenermi lontano da te. Sono arrivato a San Francisco, ti stavo aspettando fuori dalla Berkeley. Quel giorno ti ho vista, eri con un ragazzo. Mi sembravate affiatati e non ho avuto il coraggio di venire lì. Ti ho seguita fino a un locale. Ero seduto su una panchina di fronte e riuscivo a vederti attraverso la vetrina. Eri *felice*, Peanut." La sua voce era terribilmente dolce. "Sorridevi, sembravi serena e il merito era suo. Non sono riuscito a entrare nel pub, sono rimasto seduto su quella panchina tutta la sera con il cuore spezzato. Non sapevo dove andare, così alla fine sono tornato in aeroporto e ho preso il primo volo per Los Angeles."

"Chas..." riuscii solo a dire, prima che allungasse la mano e mi accarezzasse la curva della guancia.

"Perché non vuoi capire cos'è questa cosa che c'è fra di noi?"

"Perché è una storia che sappiamo già come andrà a finire" risposi e allontanai le sue dita. Ma Chase fu più veloce e mi afferrò la mano. La mano alla quale portavo ancora l'anello di fidanzamento.

Il suo sguardo si fece cupo come il temporale che stava imperversando sopra le nostre teste. "Giusto. Ti stai per sposare con il tipo sbagliato."

Non lo corressi sul matrimonio. Chase riprese a guidare in silenzio. La pioggia martellava sul vetro allo stesso ritmo del mio cuore. Incessante.

I finestrini si stavano per appannare e seguii con un dito il percorso di una goccia d'acqua sul vetro. Il silenzio nell'auto si fece insopportabile, ma per fortuna il pick-up svoltò nel viale sterrato della locanda illuminata solo da una piccola lampada sotto il portico.

L'aria nell'abitacolo era carica di elettricità, la tensione fra di noi era alle stelle. Attrazione, desiderio, rabbia. Un mix esplosivo e altamente pericoloso.

Non appena Chase parcheggiò il furgoncino, scesi dalla macchina senza dire una parola. Lo ignorai.

"Scappa pure, Autumn. È la tua specialità."

Mi voltai, furibonda, fregandomene della pioggia. Chase era appoggiato al cofano del Dodge, con l'acqua che gli colava dai capelli sul viso. "Ancora con la storia che io ti ho lasciato?"

sbraitai, tornando verso di lui. "Chi è che ha accettato di partire per la California senza dirmi nulla, pretendendo che mollassi tutto per venire via con lui?"

Affondò le mani nei jeans, aveva la mascella serrata e gli occhi nascosti dal buio della notte. "Alla fine hai comunque mollato tutto. Noi, la tua famiglia, gli amici, Blue Harbor. Perfino il sogno di diventare una scrittrice."

"Hai finito?" chiesi, furibonda. Non stavamo grattando via le crosticine. Stavamo proprio infilando il dito in ferite ancora aperte.

"Io credevo in noi, ero sicuro che ce l'avremmo fatta, che avremmo superato la distanza. Ti ho chiesto di darci una possibilità, ti ho supplicato di provarci. Dio, avremmo superato qualsiasi cosa" gridò per sovrastare lo scrosciare della pioggia. "Invece tu non hai pensato mai, neanche per una volta, che avremmo potuto farcela. Avevi diagnosticato la fine della nostra storia ancora prima di provare a farla funzionare."

Anziché rispondere, da codarda e piena di rabbia mi voltai, corsi a perdifiato su per i gradini del portico e aprii nervosamente la porta sul retro. Me la chiusi alle spalle e mi ci appoggiai contro, il respiro convulso. Il petto si alzava e abbassava feroce: ero incapace di liberarmi dalle catene di desiderio che mi tenevano legata a lui.

Fissai l'atrio scuro della locanda, con la pelle che pizzicava come se volesse staccarsi dal mio corpo. Non avevo sentito il rumore del Dodge lasciare la locanda e, incazzata perché aveva avuto l'ultima parola, riaprii la porta, per replicare e cantargliele. Ma quando lo feci, scoprii che Chase era già in piedi di fronte a me. Bello da mozzare il fiato, zuppo di pioggia, la maglietta e i pantaloni che aderivano ai muscoli compatti. Avanzò di un passo, facendo suo il mio spazio. Lo sguardo scese sulle mie labbra, poi ritrovò i miei occhi.

Chinò il capo e il suo fiato caldo mi avvolse come una carezza e mi riscaldò da tutto il freddo che avevo sentito fino a qualche secondo prima. “Chiedimi di nuovo perché non mi sono ancora sistemato.” Vedendo che non aprivo bocca, testarda come un mulo, continuò. “Chase, perché non ti sei ancora sposato?” mormorò a un soffio dalle mie labbra. Un brivido d’allarme mi corse lungo la schiena.

“Quanto ami la tua voce?” Volevo sembrare sicura di me, rancorosa, ma la mia, di voce, uscì come un flebile sussurro per la paura che avevo di sentire la sua risposta.

“Perché preferisco stare da solo che vivere una vita con un finto lieto fine con qualcuno che non sia tu” disse, guardandomi dritto negli occhi.

Mi portai la mano al cuore, incapace di gestire tutte le emozioni che stavo provando. “Non puoi dirmi queste cose...”

Ci fissammo negli occhi, un secondo, forse due.

“Quanto cazzo sei testarda, Peanut...” Chase si avventò sulla mia bocca.

Mi trascinò nell’atrio e chiuse la porta con un calcio. La mia schiena si trovò a sbattervi contro, le sue dita intrecciate ai miei capelli. Gli circondai la nuca e risposi al bacio. Le nostre labbra si divorarono fameliche, bisognose, come se avessero sofferto la fame per dieci lunghi anni.

Le mani si muovevano frenetiche. Eravamo completamente intossicati l’uno dall’altra, come se avessero fornito un frigobar gratuito a un alcolista. Niente mi sembrava più perfetto dei nostri corpi che in quel momento combaciavano come due tasselli mancanti di un puzzle.

Mi alzai in punta di piedi e gli presi il viso fra le mani. L’intensità, la fame e il desiderio che lessi nei suoi occhi mi tolsero completamente il fiato. Esplorai la sua bocca e, quando le nostre lingue si incontrarono, Chase si lasciò sfuggire un gemito. Affondò le dita nella mia schiena, le sue mani si infilarono sotto il maglioncino, risalirono dalle mie natiche fino alla curva del seno.

Sembravamo incapaci di smettere, di non toccarci.

“Chase...” sussurrai sulla sua bocca. Con la mano accarezzai il viso di quel ragazzino che avevo amato con tutto il cuore e che ora si era trasformato in un uomo. Tracciai la linea dello zigomo, il mento ispido per la barba, la cicatrice sopra il labbro. Covavo l'impellenza di allungare le mani e disegnare ogni linea del suo viso da giorni. Forse anni.

Una vocina recondita nella mia testa mi stava gridando di fermarmi. Perché non sarei sopravvissuta al treno merci Chase Allen. Non un'altra volta. Ma lui risvegliò ogni centimetro di pelle del mio corpo che stava andando letteralmente a fuoco. Nemmeno l'acqua che mi inzuppava i vestiti e che aveva reso la mia pelle gelida riuscì a spegnere le fiamme che stavano divampando fra di noi.

I baci divennero più frenetici, come le carezze e i respiri. Nel silenzio della locanda, solo i nostri ansiti riecheggiavano tra le stanze vuote del Lullaby Inn.

"Cazzo, così mi metti in ginocchio, Peanut" mormorò con la bocca sulla pelle sensibile del mio collo. M'inarcai e mi strinsi di più a lui. La sua erezione che tendeva il tessuto dei jeans premette contro il mio bacino. "Non voglio nemmeno sapere dove hai imparato, tesoro."

Mi afferrò la testa e mi rubò il fiato con un bacio avido e passionale, un bacio con il quale sembrava volermi rivendicare. Con le dita percorse la curva del mio collo, scese al seno e poi più giù, fino ad afferrami le natiche, spingendomi su di lui.

"Oddio." Quasi gemetti.

Chase fece scivolare le labbra fino alla scollatura, mentre le sue dita mi esploravano curiose. "Sei mia, Peanut. Ogni centimetro." Alle sue parole seguirono le mani che si chiusero sul seno. "Il tuo corpo è senza dubbio mio."

Gettai la testa indietro, contro il battente. Sentivo il desiderio montare ed eravamo ancora vestiti e solo ai baci. Stavo per zittire la voce della mia coscienza nella mia testa e portarlo di sopra, in camera mia, quando una voce ci interruppe.

Era mia madre.

"Autumn, sei tu?" chiamò dal primo piano, dalla sua stanza.

Ci guardammo entrambi senza muovere un muscolo, trattenendo il fiato.

“Sono io, sono rientrata. Torna pure a dormire” cercai di rispondere senza sembrare senza respiro e sul punto di un orgasmo.

“Okay, ricordati di chiudere a chiave. Buonanotte.”

Serrai gli occhi e mi presi la testa fra le mani. La realtà si fece strada in me. Stavo per andare a letto con Chase. E non avevo ancora mollato Byron. “Oddio, Byron.”

Credevo di averlo solo pensato, ma non fu così. Maledetta lingua veloce. “Byron? Davvero? È tutto quello che hai da dire?” domandò Chase, inarcando un sopracciglio.

“Non sono il tipo di donna che va a letto con un altro mentre il fidanzato l’aspetta a casa.” Non avrei sposato Byron, ma meritava che almeno prima lo mollassi.

Chase si passò le dita fra i capelli, ed era ingiusto che con un semplice gesto come quello fosse super sexy. E non era nemmeno il momento adatto. “Un altro? È questo che pensi? Che ti volessi solo portare a letto in memoria dei bei vecchi tempi per poi mettere un punto al capitolo Chase&Autumn?”

“Chase...” sospirai.

Lui mi prese il polso, mi sfiorò con il pollice il simbolo di un amore infinito in cui, tanto tempo prima, avevo creduto. Lo sguardo mi cadde lì, dove il mio cuore in quel momento galoppava impazzito. Un cuore che non voleva sentire ragioni dinanzi a Chase.

Mi districai dalla sua presa e presi un lungo respiro. “Mi dispiace.”

“Non finire. Ti prego, non rovinare tutto, cazzo!”

“Non posso. Tu...” sussurrai, indicandolo con la mano. “Non posso innamorarmi di nuovo di te. Non un’altra volta.” La stretta che sentivo al petto quasi mi rese difficile respirare. “Faresti meglio a tornare a casa, le strade sono scivolose.” *Scappa, Chase.* Lo implorai con gli occhi. “Per favore.”

Lui scosse la testa, ma indietreggiò. “Siamo un sistema binario, Peanut. Quando inizierai a usare il cuore, te ne renderai conto" mormorò. Il tono ora era sostenuto. Lo capivo benissimo: anch'io mi odiavo, in quel momento.

Mi spostai di lato per farlo passare e tenni sempre il volto chino, sperando che non vedesse le lacrime che, traditrici, mi stavano gonfiando gli occhi. Sentii l'aria spostarsi al suo passaggio.

Non mi sfiorò e non mi parlò, ma portò via con sé un altro centimetro del mio cuore. Scese i gradini di corsa e, solo quando udii il rumore del Dodge che si metteva in moto e sgommava via sotto la pioggia martellante, chiusi la porta e mi lasciai cadere giù sul pavimento.

Mi strinsi le ginocchia al petto e, dopo tempo immemore, lasciai che le lacrime mi bagnassero il viso e diedi sfogo alle mie emozioni. Chase solo con dei baci era riuscito ad aprire tutte le ferite che con fatica avevo cercato di tenere chiuse. Dio, il suo sguardo era stato capace di sciogliermi come fossi un tortino al cioccolato.

Non potevo permettere a Chase di intrufolarsi di nuovo nel mio cuore.

Non doveva assolutamente invadere ancora i miei confini.

Quella notte non dormii, avevo un tizzone ardente di paura conficcato nel petto. Avevo il terrore che, se mi fossi persa di nuovo in lui, poi non sarei più stata in grado di ritrovarmi, di lì a qualche giorno, quando fossi ritornata a San Francisco.

Il nostro passato faceva ancora troppo male per essere rispolverato come un vecchio album di foto.

Cherofobia
/che·ro·fo·bia/
Sostantivo femminile
Paura della felicità.

Sbagliato

Capitolo 19

Passai le poche ore che mancavano all'albeggiare di un nuovo giorno fissando il soffitto della mia camera e contando le crepe che lo attraversavano.

Mi sfiorai le labbra ancora gonfie perché mi sembrava surreale che, fino a pochi istanti prima, Chase e io fossimo avvinghiati l'uno tra le braccia dell'altra. La bocca turgida e il mio cuore spezzato erano la prova che non mi ero sognata nulla. L'impeto, il desiderio, la fame. Non avevo mai provato nulla di così sconvolgente e totalizzante con nessuno, nemmeno con Byron. Con lui non c'era quella passione che annegava l'anima, la ragione, il cuore. Chase aveva riacceso quel fuoco dormiente e sopito con un solo e unico bacio.

Mi ero appena appisolata quando Biscottino reclamò la mia totale attenzione per avere la sua dose mattutina di grattini e crocchette. Tentai di mettermi a sedere, ma avevo i piedi incastrati sotto la coperta di lana in cui mi ero raggomitolata e sotto il sedere del gatto. Senza contare che la testa mi pulsava dalle lacrime versate nella notte. Okay, forse anche dall'alcol che avevo ingurgitato come un'incosciente.

Guardai la scatola di scarpe ancora aperta sul mio comodino. Anni di amore erano racchiusi in quella scatola rovinata dal tempo. Lo Sguardo di Chase ritratto in una foto mi fissava come a ricordarmi cosa mi stessi perdendo. Il mio cuore inciampò nel petto. Avevo visto la stessa espressione dipinta sul suo volto solo la notte precedente.

Approfittai del silenzio che ancora regnava nell'intera struttura per scendere di sotto, prepararmi una tazza fumante di caffè doppio e rifugiarmi nel granaio con il portatile e il cellulare nell'altra mano. Non riuscivo a stare nella locanda, non quando solo poche ore prima Chase e io ci stavamo baciando a pochi passi dalla cucina.

Avevo preso in prestito un giaccone di mamma e lo avevo infilato sopra la maglietta del pigiama. L'aria era fredda e limpida dopo il temporale della notte, e i colori degli alberi sembravano più accesi rispetto al giorno prima. L'autunno ormai era alle porte, così come il festival. A ricordarmelo ci pensavano le decorazioni con le quali mia madre aveva addobbato casa. Una fila di zucche costeggiava il perimetro del vecchio fienile e delle balle di fieno decorative erano appoggiate sulla facciata principale del Lullaby Inn.

Mancavano tre giorni all'Harbor Fairy Festival e la città avrebbe cambiato vestito per entrare nel vivo della kermesse. Blue Harbor diventava una di quelle cittadine che sembravano uscite da un catalogo per esterni perfetti. Zucche, ghirlande, cassette della frutta riempite di fiori, lanterne, balle di fieno poste all'entrata di ogni attività. Da domenica sarebbero state messe in funzione le giostre, e il caos e il fermento avrebbero regnato per le strade di Blue Harbor.

Solo altri quattro giorni, mi dissi.

Mi arrampicai su per una scala di legno e presi posto nella piccionaia ricavata nel sottotetto.

Di lì a qualche ora, sicuramente il Club del Libro si sarebbe riunito per spettegolare sulla serata all'Old Mill. Nessuna delle donne era presente, ma le notizie a Blue Harbor correvano più veloci di *Beep Beep*.

Fissai la schermata del mio blog, incerta se iniziare un nuovo pezzo, ben consapevole del fatto che forse mezza città avrebbe potuto leggerlo, ma avevo bisogno di sfogarmi e, non avendo nessuno da chiamare – a San Francisco erano appena le quattro del mattino – scrissi un nuovo post, sfruttando il silenzio che avvolgeva la locanda.

Dopo una titubanza inziale, le mie dita cominciarono a pigiare impazzite sui tasti. Tutte le emozioni contrastanti che provavo si trasformarono in parole. Era come se la scrittura mi liberasse dalla confusione, dalla rabbia e dal ricordo in cui mi aveva gettato Chase. Le parole mi evitavano di commiserarmi. Scrivere mi faceva sentire bene e solo un'altra cosa, tanto tempo addietro, mi aveva regalato la stessa sensazione: scattare fotografie.

Passarono diversi minuti, forse un'ora quando finii di scrivere il post.

Non avevo mai amato nessuno come Chase. Nessuno.

Era come un fuoco che mi consumava ma che mi rendeva viva allo stesso tempo.

Sbagliato.

E purtroppo anche maledettamente giusto.

Nota a margine: mai lavorare con il proprio ex.

Stella Binaria

Lo pubblicai, grata per le poche tacche di campo che si prendevano lassù.

Controllai per curiosità le statistiche e notai che, da quando avevo iniziato a narrare la mia storia con Chase, le visualizzazioni delle pagine erano aumentate, così come i commenti degli utenti.

@HelloGlamorous: sono fortunata perché il mio UNICO è l'uomo con cui mi sveglio ogni mattina.

@PositivePeep: magari il mio Unico tornasse! Gli farei pagare dei conti in sospeso!

@Imjohanna: se era amore non se ne andava.

@maggie1990: Stella Binaria, credi sia possibile dimenticare il primo amore?

Se era amore non se ne andava.

Sospirai a fondo e decisi di rispondere a @maggie1990.

Cara @maggie1990,

quando viviamo il primo amore crediamo sia per sempre. Invece poi scopriamo che, quando troviamo il vero grande amore, la prima cotta impallidisce in confronto. Il guaio è quando il primo amore e l'amore della tua vita coincidono.

Chiusi la finestra sullo schermo e spensi il laptop.

"Non sono più quella ragazzina ingenua" dissi ad alta voce.

Sarei tornata a essere la dura, testarda e resiliente Autumn di sempre. Avrei guardato Chase con il giusto distacco, come una persona che apparteneva al mio passato.

Sarei tornata a una specie di normalità a partire da quel giorno stesso.

Dopo aver mandato una mail a Stacey in cui la informavo che le avrei mandato una bozza del pezzo il prima possibile, tornai verso la locanda.

Trovai mia madre sul portico, acquattata sulle assi di legno, intenta a verniciare le sedie a dondolo.

"Ehi" la salutai, aprendo la zanzariera e appoggiandomi con la spalla contro lo stipite, la seconda tazza di caffè in mano. "Non hai nessun ospite da accogliere?"

La coppia di sposini del Montana aveva lasciato il bed & breakfast il pomeriggio precedente, ma dal mio arrivo non avevo visto il solito tran tran di turisti nella struttura.

"Ciao, tesoro." Continuò a tinteggiare la sedia, togliendosi con uno sbuffo un ciuffo di capelli. "Dammi un secondo e sono da te."

"Non voglio disturbarti, devo andare in città a comprare le crocchette a Biscottino. Posso prendere la tua auto?"

"Prendila pure, tanto oggi aiuterò la commissione storica di Blue Harbor con i festoni del mercatino dell'usato." Si alzò in piedi, spazzolandosi i pantaloni e pulendosi i residui di vernice. "A proposito, quando hai un po' di tempo guarderesti tra le cianfrusaglie che ho radunato nel granaio? Magari c'è qualcosa che vuoi tenere."

Mia madre adorava il mercatino dell'usato. Trasformava il granaio in un robivecchi, radunava abiti che non andavano più bene, scarpe, libri già letti e li donava alla chiesa che gestiva il mercato delle pulci. Tutti i ricavati andavo a sostenere le opere di manutenzione della cittadina.

"Ci sono ancora cose mie?" chiesi. "Pensavo te ne fossi liberata, dopo tutti questi anni."

"Solo alcuni vecchi libri che magari vorrai tenere. Sono ancora in buone condizioni" rispose. I suoi occhi cercarono i miei. "Mi sembra di aver sentito la voce di Chase stanotte, quando sei rincasata."

Il sorriso svanì dalla mia faccia. "Mi ha solo riaccompagnata" dissi, stringendomi nelle spalle. "Sono ancora senza auto e si è offerto di darmi un passaggio, visto il temporale."

Margareth socchiuse gli occhi e mi studiò in un modo che ancora allora, a quasi trent'anni, mi innervosiva. "Ovvio" concluse, voltandomi le spalle e tornando a tinteggiare di bianco le sedie a dondolo.

Il silenzio piombò fra di noi. Avrei potuto svignarmela, perché mi faceva sentire ancora una ragazzina colta in flagrante.

"Avanti, mamma. Non sei mai stata timida. Dillo!" sbuffai. "Lo sento che muori dalla voglia di dirmi *te lo avevo detto*."

"Perché sei così suscettibile, Autumn Lily Rose?" rispose, divertita.

"Lo so già come finirà, è una trama che ho già letto" borbottai, arrabbiata più con me stessa che con lei. Perché avevo permesso a Chase di invadere la mia zona di sicurezza.

"Perché odi così tanto quel ragazzo?"

"Disturbo da stress post traumatico."

"È cambiato. Siete cambiati."

"Le persone non cambiano."

"Non essere testarda come tuo padre. Anche tu sei cambiata. Una volta conoscevo una ragazza. Non era perfetta, ma cercava sempre di fare la cosa giusta" disse, puntandomi contro il pennello intinto nella vernice.

Mia madre aveva da sempre un'arma capace di mettermi in ginocchio: la sua brutale sincerità.

"Dieci anni fa sono stata troppo codarda. Ho messo poche cose in una valigia e ho lasciato tutto alle mie spalle. Sono letteralmente scappata. Sono qui per fare la cosa giusta, finalmente. Sono qui per dirgli addio, mamma." La mia voce era vuota, proprio come mi sentivo io. "Ora basta con le chiacchiere. Direi che è ora che vada in città."

Quando lasciai il portico, mia madre stava ancora sorridendo, per nulla scalfita dalla freddezza delle mie parole.

Avevo appena aperto la porta della tavola calda che mi raggiunsero le voci di Abigail e Jacey. Sovrastavano perfino la radio che il vecchio Hansen teneva a tutto volume.

"È un profumo da due dollari. Davvero, chi usa ancora l'Old Spice? Mi chiedo come facciano le donne a caderti ai piedi, sceriffo."

"Non è proprio un profumo da due soldi."

Abigail legò i capelli in uno chignon morbido. "Mi stai infestando il locale."

"Perché sei sempre così acida con me?"

"Perché tu respiri ancora?" rispose a tono. "Vedi, la vita non sempre va come vogliamo."

"Ti senti meglio ora che l'hai detto?"

"La colazione l'offriamo noi della casa per ringraziarti della terapia gratis a domicilio."

Cavoli, Abigail era una ragazza che sembrava una bambolina grazie ai tratti del suo viso, ma nascondeva un'anima rissosa.

Presi posto sullo sgabello libero alla sinistra di Jacey, confusa. Lui mi guardò, strizzandomi un occhio. "Fa la stronza solo perché va in bianco da un bel po'."

Credevo che Abigail si trasformasse in Occhi Pazzi, una delle protagoniste di *Orange is the new black*. Invece si avvicinò pacata, con un bricco di caffè appena fatto. "Buongiorno, Autumn. Ti fidi a sederti vicino allo sceriffo? Non sai quali malattie possa aver contratto con tutti i rapporti sessuali che ha dispensato per lo Stato." Mi riempì la tazza e si voltò verso Jacey. "Dovresti prenderti un appuntamento al consultorio, sceriffo."

Sembrava, da come lo fissava, che volesse dar fuoco a ogni capello che aveva in testa. Poteva ingannare chiunque, ma non me. Abigail voleva attirare l'attenzione di Jacey.

"Cosa ti porto?" mi chiese prendendo il bloc-notes dalla tasca, anche se poi non avrebbe annotato nulla.

"Una nuova amica" risposi, rammentando il bidone che mi aveva tirato la sera prima.

Lei sorrise e mi diede un buffetto sulla mano. "Chi di cupido ferisce, di cupido perisce. A proposito, com'è andata con Chase?" Il modo in cui lo disse e mi guardò mi fece comprendere che aveva letto il post aggiornato su Chase&Autumn.

"Ero ubriaca."

"Cosa è successo fra di voi?" domandò Jacey senza capire.

"Davvero, sceriffo, mi stai infestando il locale con il tuo odoraccio. Non hai dei fuorilegge da arrestare?"

"Ero sicuramente ubriaca" risposi, più che altro per convincere me stessa. "E voi due? Avete lasciato il locale assieme."

“Ma sei pazza? Avrei preferito ascoltare tutta la discografia di Mariah Carey che passare anche solo un minuto con carta ig... con Jacey” si corresse alla fine.

“Puoi dire Carta Igienica. È un distintivo che porto con orgoglio.”

“Non è l’unico distintivo che mostri con orgoglio” sentenziò.

“È il tuo modo di dirmi che lo vuoi vedere?”

“Credimi, se mai dovessi rivedere il tuo distintivo finirà molto male.”

“Lo dici sempre.”

“Perché tu sei sempre qui a elemosinare.”

Wow! Sentirli così animati mi aveva quasi fatto scordare la situazione tra me e Chase. Quasi.

“Oggi vorrei solo un caffè da portare via” ordinai. Dovevo passare all’emporio, lavorare al pezzo e controllare la situazione della mia auto con McGabe. In tutto ciò, dovevo inserire Chase nel mio planning del giorno, ma al momento preferivo evitarlo, da gran codarda.

“Arriva subito” rispose, scomparendo in cucina per lasciare le varie ordinazioni al padre.

“Che fine avete fatto, ieri sera?” chiesi a Jacey.

“Promettimi che non mi tirerai una ginocchiata nelle palle.”

“Perché dovrei tirarti un calcio nei gioielli?” domandai, guardinga.

“Ipoteticamente avevo intuito che mi avevi invitato all’Old Mill solo per fare da cupido tra me e Abigail e, sempre ipoteticamente, potrei aver invitato apposta Chase. Con la tua amica Psycho abbiamo deciso di fartela pagare, se così si può dire, e ti abbiamo lasciato a piedi. Sapevamo che Chase non avrebbe mai permesso che tornassi a casa da sola con quel temporale.”

“Aspetta un attimo. Vi siete coalizzati? Voi due vi odiate!”

“Infatti me l’ha ripetuto continuamente mentre le spiegavo il piano. Abbiamo solo fatto in modo che stessi da sola con lui. Lei ha preso la sua auto, io sono salito sulla mia. Fine della serata."

"Se non fossi utile per questa città, aiuterei volentieri la mia amica a far sparire quel distintivo."

Abigail si palesò proprio in quel momento con il mio caffè d'asporto e il sacchetto da portar via di Jacey.

Presi al volo il mio bicchiere di carta e mi alzai. "A quanto pare la disperazione fa fare strane alleanze."

"Si può sapere cosa è successo tra te e Chase?" domandò imperterrito Jacey.

"Troppe cose e troppo poco tempo per stare qui a raccontarle."

"Va bene anche la versione corta."

"Non siamo in una stanza d'interrogatorio, sceriffo. Sono cose fra donne."

"Possiamo evitare di parlare di Chase così presto al mattino? Rischio di rovinarmi l'intera giornata" risposi.

"Come ti capisco" aggiunse Abigail, alzando il mento in segno di sfida verso lo sceriffo.

"Ho capito l'antifona. Vado in centrale." Jacey prese un biglietto da venti e lo lasciò sul bancone. "Oggi la colazione la offro io."

"In realtà anch'io dovrei andare." Afferrai il mio caffè bollente e mi diressi verso la porta.

"Ehi, Autumn." La voce di Abigail mi richiamò alle spalle. "Posso sempre uccidere una certa persona nel sonno, se hai bisogno."

Sorrisi, anche se non era un sorriso che mi riempiva gli occhi. "Va tutto bene."

"Per qualsiasi cosa, io sono qui. Non c'è screzio che una omelette degli Hansen non possa risanare. A ogni modo" aggiunse, quando avevo ormai la mano sul pomello, "non combinarmi altri appuntamenti con Jacey."

Mi voltai a guardarla. "Non c'è alcuna possibilità che possiate andare d'accordo?"

Ecco Abigail versione Occhi Pazzi. “Mai nella mia vita. Se potessi ucciderei nel sonno pure lui, ma sarei la prima sospettata. Tu potresti testimoniare a mio favore?”

“Non dirmi dove lo seppelliresti, o diventerei tua complice.”

“Okay. Ma voglio mettere le cose in chiaro: lo odio. Profondamente. Scrivilo in maiuscolo sul tuo prossimo post, così evitiamo che *chiocciola maggie 90* sogni una storia fra noi due. Diventerebbe un thriller.”

Mio malgrado risi, sentendomi finalmente a mio agio. Ma il buonumore durò all’incirca dieci secondi. Mi stavo dirigendo al parcheggio, quando vidi il Dodge Ram verde alla pompa di benzina. Dal finestrino abbassato spuntava il braccio tatuato di Chase, se mai avessi avuto qualche dubbio.

È dimostrato che, quando fai di tutto per non incontrare una persona, è proprio in quel momento che quella persona apparirà. Stronzissimo karma!

La conversazione che avevamo avuto il giorno prima mi aveva stritolato il cuore e non ero in grado in quel momento di sopportare un altro incontro con Chase. Sarebbe finita male o a baci. Non era il caso. Per quello avevo indossato un vestito svasato a fiori con delle scarpe blu elettrico che mi rendevano un’insegna al neon umana. Perché ero certa che le nostre strade – molto ridotte a Blue Harbor – si sarebbero incrociate e volevo farlo schiattare. Della serie: *guarda cosa ti sei perso in questi anni!*

“Non fare la bambina, Autumn” mi dissi, respirando a fondo. Avrei dovuto fare l’abbonamento a uno di quei corsi motivazionali via podcast.

Feci dietrofront, grata che lui non mi avesse visto, e presi il vicolo di fianco al The Whig. Spuntai sul lungomare e decisi di raggiungere l’emporio a piedi. Blue Harbor era diventato un campo di battaglia, disseminato di mine vaganti ed emotive. Sarebbe stato un attimo mettere il piede nel posto sbagliato e saltare in mille pezzi.

Appena entrata nell'unico negozio di alimentari del paese, presi un cestino e salutai la signora Price dietro la cassa. Era ancora presto, ma alcuni turisti girovagavano già per le corsie alla ricerca di qualche richiamo per starna o di scorte da portare sulle barche. Era la giornata perfetta per salpare.

Ero ferma davanti alla corsia del cibo per animali, indecisa su cosa comprare. Le crocchette avevano un costo più alto del debito nazionale. Sentivo che la signora Price mi stava addosso con gli occhi, di sicuro aveva già informato le tre Mary sulla serata precedente e non mi avrebbe stupita scoprire che il ballo mio e di Chase era finito tra i temi all'ordine del giorno per la successiva assemblea cittadina.

"Oh, Autumn, cara." La signora Price finse di dover passare la scopa proprio nella mia stessa corsia. "Giravano da un po' le voci che saresti tornata, ma non ho voluto crederci finché non ti avessi vista di persona."

"Signora Price..."

"Dopo che Chase è partito per Los Angeles, te ne sei scappata così in fretta che non abbiamo nemmeno potuto salutarti. Essendo responsabile del comitato cittadino di Blue Harbor, avrei voluto almeno dare una festa di addio in tuo onore e prepararti qualche torta da portare con te a San Francisco."

"Grazie, ma non era necessario."

"Così esci di nuovo con Chase Allen, eh?" Mi puntò addosso i suoi occhi curiosi. Finalmente era arrivata al nocciolo della questione.

La guardai perplessa, in mano una lattina di cibo per gatti castrati. "Cosa?"

"Vi ho visti ballare insieme. Siete una coppia?"

"Non ha ballato pure lei con lui?"

"Dicono così tutte le star di Hollywood, *non siamo una coppia*, e dopo un mese finiscono sposate sulle copertine dei tabloid che vendo."

"Non stiamo assieme" ripetei a voce più alta. Forse aveva problemi di udito.

"Vi hanno visti tutti quelli che erano all'Old Mill."

"E vi hanno beccato mentre andavate via anche insieme" s'intromise una donna che non conoscevo.

"Allora aveva ragione Taylor Darrington. Io non ci credevo, pensavo fosse una delle sue solite visioni da ubriaco. Anche perché porti un anello al dito che costa come l'affitto mensile dell'emporio."

"Non devi preoccuparti, figliola" s'intromise la signora ancora senza nome. "Anche se tutti quelli di Blue Harbor vi hanno visti assieme, la notizia rimarrà al sicuro fra di noi. Non uscirà da questa città."

Che consolazione. "Mi ha solo riaccompagnata a casa."

"È diventato un uomo molto bello ed è ancora giovane."

Dovevo aspettarmi che le pettegole più incallite di Blue Harbor non avrebbero aspettato molto per farmi diventare il pettegolezzo del momento. Strano che quella mattina non avessero bussato alla porta del Lullaby Inn per vedere se avessi nascosto Chase sotto il letto o dentro l'armadio.

"Signore, grazie davvero per il vostro sincero e sentito interesse, ma dovrei proprio andare." Sorrisi. *Vi odio con tutto il cuore*. "Sono stata felicissima di incontrarvi e sono sicura che non mancherà occasione di rivederci presto."

Mi feci strada in mezzo a loro e per fortuna la porta dell'emporio si aprì e il tintinnio del campanello risuonò a lungo, annunciando l'arrivo di un nuovo cliente, interrompendo così i loro bisbigli alle mie spalle.

Dieci anni prima, avevo lasciato Blue Harbor e, nel pacchetto, anche i giudizi, i pensieri e le opinioni dei suoi abitanti. I cosiddetti *consigli* non richiesti sulla mia vita.

Fuggii di gran carriera nel reparto cereali. Ero indecisa su quali prendere – la scelta era scarna, solo le marche più famose – quando mi trovai di fronte l'ultima persona che volevo incontrare.

Tralasciando Chase, c'era solo un altro abitante di Blue Harbor che cercavo di evitare come la peste.

Belle-sono-la-miglior-cheerleader-e-zoccola-Danes.

Cercai di nascondermi dietro una scatola di *Cheerios* al burro d'arachidi, ma le mie scarpe, o meglio il colore delle mie stiletto, mi tradirono. Non si vedevano tutti i giorni delle décolleté blu elettrico.

"Autumn? Autumn Reese, sei tu?" L'accento dolce e marcato del Sud non riusciva a nascondere la stronza strega cattiva che albergava in Belle Danes.

"Belle." Maledizione, mi stava già venendo incontro con un sorriso finto come i soldi del Monopoli.

"Avevo sentito delle voci sul fatto che eri tornata in città e poi mi sembrava di averti vista ieri all'Old Mill. Blue Harbor non è più stata la stessa, senza di te" mormorò, viscida, inghiottita in un vestito rosa in tinta con le unghie finte. Il tempo era stato buono con lei. Non una ruga, non un cedimento. Considerando che si era rifatta il seno a sedici anni, magari nel suo corpo scorreva solo botulino.

"Tu mi lusinghi, mia cara." Ormai avevo una paresi facciale da quanto stavo tirando gli angoli della bocca.

"Margareth mi ha detto che lavori per una rivista a San Francisco" osservò lasciva Belle. "Devo proprio venire a trovarti."

"Non vedo l'ora." Speravo di non suonare sarcastica.

"Sono contenta che tu abbia trovato il tempo di venire a Blue Harbor, magari riuscirai a convincere tua madre a vendere."

Socchiusi gli occhi, convinta di aver capito male. "A vendere cosa?"

"Il Lullaby Inn" rispose, come se fosse la cosa più ovvia. "Gli affari non vanno bene da un bel po' di tempo e la proposta del compratore di acquistare l'intera struttura, il granaio e il pontile sarebbe un affare, Autumn. Per voi e anche per la città."

"Di cosa stai parlando?"

Belle sollevò un sopracciglio. “Non dirmi che non lo sai! Accidenti, Autumn... ero convinta che Margareth te ne avesse parlato.”

Uno strano sibilo mi ronzò nelle orecchie, forse avevo smesso pure di respirare.

Gli affari non vanno bene da un bel po’.

Assottigliò gli occhi. “Davvero non te l’ha detto?”

Mi si seccò la gola e avrei tanto voluto credere che fosse una bugia di Belle perché ancora mi odiava per averle portato via Chase da ragazzina, ma non ci riuscii. Mi sorrise più volte, ma sapevo che il suo sorriso era solo di circostanza.

“Devo andare” mormorai, mollando il cestino a terra e correndo fuori dall’emporio.

Guidai come una pazza, tanto da tirare su di giri il motore della Honda. Il cuore batteva impazzito come un tamburo nel petto.

Il bed & breakfast sta fallendo e la proposta del compratore di acquistare l’intera struttura, il granaio e il pontile sarebbe un affare, Autumn. Per voi e anche per la città.

Com’era possibile che mamma mi avesse nascosto i conti in rosso della locanda? Come aveva potuto tenermi all’oscuro di tutto?

Imboccai il viale sterrato di casa, lasciando un polverone alle mie spalle. Non avevo ancora spento il motore che avevo già un piede fuori. Entrai facendo sbattere la zanzariera.

“Mamma!” gridai. La cercai per le stanze del pianoterra, feci irruzione in cucina, nella hall, guardai pure in giardino. Il sole del primo mattino si riversava dalle finestre dell’ingresso e le scarpe ticchettarono sul pavimento in legno del corridoio.

La trovai finalmente nella sala pranzo, che un tempo era stata un salotto. Il rumore dei miei tacchi dodici si bloccò quando Margareth si voltò. Il sorriso pieno in quel viso stanco e tirato morì sulle sue labbra non appena vide il mio cipiglio.

Attraversai come un fulmine l'intera stanza. "Perché non mi hai detto che la locanda non naviga in buone acque?"

Mia madre sbatté le palpebre e fece un passo indietro, distogliendo lo sguardo. Primo indizio che mi aveva mentito. "Avrei voluto dirtelo, ma poi tra il tuo ritorno, Chase e il festival non me la sono sentita di darti un ulteriore grattacapo."

"Vuoi vendere il Lullaby Inn?" La mia voce uscì solo come un sussurro. Il pontile? Sentii una presa serrata sul cuore.

"La stagione non va bene da anni, Autumn."

"È casa nostra."

Mamma scostò una sedia, si sedette e mi fece segno di raggiungerla. Io rimasi in piedi. "Autumn, tu abiti a San Francisco. Il Lullaby Inn è diventato un impegno troppo grande da gestire da sola. Prima tuo padre si occupava di tutto, dalla manutenzione al taglio dell'erba."

"Pagheremo qualcuno che ti aiuti."

"Quando la banca pignorerà il bed & breakfast, finirà all'asta e gli immobiliaristi hanno un sacco di soldi." Era terribilmente calma e pacata, quasi arresa.

"Cosa ne vorranno fare?"

"Un centro commerciale o ci piazzeranno un hotel di lusso. La posizione è unica, sulla baia, distante dal fermento del centro città."

Il cuore mi batteva così forte che pensavo potesse schizzarmi fuori dalla maglia. "Non possono portarmi via il Lullaby Inn. Per nulla al mondo lascerò che trasformino il pontile in un'attrazione da quattro soldi da immortalare su Instagram."

"Autumn, non è una questione di soldi..."

"Chi ha dato il via a questo assurdo progetto? Il sindaco? E chi è che lo vuole comprare? Qualcuno di fuori?"

"Allen."

"Chase?" chiesi con voce strozzata.

"Suo padre."

Ben Allen, il padre di Chase, era un uomo potente, ricco e rispettato; quasi tutti gli abitanti della baia avevano parole di elogio per lui, forse perché temevano di ritrovarsi un giorno senza un'attività o un tetto sopra la testa.

Per la seconda volta quel giorno, mi ritrovai a dire: "Devo andare", ignorando mia mamma che mi richiamava concitata.

Sbagliato
/ṣba·glià·to/
Aggettivo
Errato, non esatto, non corrispondente al vero.

Separare

Capitolo 20

Avevo suonato il campanello del cancello cinque volte, e altrettante volte avevo bussato al battente quando finalmente Chase mi aprì la porta.

"Autumn, non mi aspettavo di vederti."

Sant'Iddio, dovevo essere infuriata, nervosa, eppure riusciva a rubarmi lo stesso il fiato. Era venuto ad aprirmi fresco di doccia, con le gocce che ancora gli scivolavano lungo il petto per poi scomparire sotto l'asciugamano, stretto mollemente in vita. Dirottai la mia attenzione su quel viso scolpito che riempiva i giornali sportivi del lunedì mattina. Appena mi vide, trasformò il broncio leggero in un sorriso ampio e divertito. Gesù!

"Non è niente che tu non abbia già visto, Peanut."

Arrossii mio malgrado. "Smettila di chiamarmi così."

"Va bene, Peanut."

Scossi la testa. "Lo sai che tu padre vuole comprare il Lullaby Inn?"

"La mia famiglia possiede mezza Blue Harbor." Scrollò le spalle. "Non mi sorprende che mio padre voglia acquistare la proprietà di tua madre."

"È casa nostra."

Chase incrociò le braccia al petto, movimento che evidenziò ancora di più i suoi bicipiti e le vene che solcavano la pelle abbronzata. "Non te ne è fregato nulla per dieci anni, di casa tua."

Accidenti, quelle parole erano un pugno allo stomaco.

"Il Lullaby Inn appartiene alla mia famiglia da secoli, quindi ho tutto il diritto di arrabbiarmi."

"Interessante punto di vista, dal momento che non ho visto le tue chiappe d'oro da queste parti fino a lunedì."

Chiappe d'oro? Grazie, pilates! "Nessuno si è preso la briga di prendere in mano la cornetta del telefono e dirmi: ciao, Autumn, come te la passi a San Francisco? Sai, i conti della locanda sono in rosso."

"Non ti ho mai mentito."

"Hai omesso la verità, Chase. Un'altra volta."

Chase si irrigidì sulla soglia, mezzo nudo. Grosso, aitante e ingombrante dettaglio. "Certo, arriviamo sempre al solito punto di io che ho lasciato te. Per fortuna che ti era passata."

"Infatti non sono arrabbiata."

"Si vede. Hai controllato la contabilità del Lullaby Inn o avevi troppa premura di venire qui ad abbaiarmi addosso?"

"Non ho ancora studiato i registri, ma troverò comunque il modo di salvare la locanda" ribattei, decisa. Una delle mie grandi fortune, o sfortune per chi mi aveva contro, era quella di essere battagliera. Non avrei mai avuto una sconfitta come risultato.

"Presto tornerai a San Francisco e ti dimenticherai di Blue Harbor."

"Sarò qui ancora per un po', possono succedere molte cose in pochi giorni."

"Ne sono convinto" mi rispose, sibillino.

I nostri occhi si allacciarono e le immagini della notte precedente, di noi due avvinghiati contro la porta, corsero nella mia mente.

"Per quanto riguarda ieri..." Non riuscivo a parlare.

"Vorrei poterti dire che mi dispiace di averti baciato perché non sei *mia*, ma non è così."

Sussultai. "Non voglio più vivere nel passato, Chase."

"E per me è impossibile andare via da quel passato" disse, guardandomi dritto negli occhi.

Mi fissò ardentemente, tanto che quasi dimenticai il

motivo per cui dovevo essere incazzata. Fu così intenso da rendere impossibile guardare altrove.

Poi il mio telefonino si mise a squillare e feci un balzo indietro. Un altro segno di Dio?

"Sarà meglio che vada" dissi, e per la mezz'ora successiva alla guida della Honda pensai che forse sarebbe stato meglio non sfidare un giocatore abituato a vincere come Chase.

Ritornai a Blue Harbor e parcheggiai direttamente davanti all'edificio del comune. A San Francisco avrei dovuto chiedere udienza per parlare con il sindaco della città, ma non era quello il caso delle cittadine piccole. Riconobbi Susan Donovan dietro il banco delle informazioni. Ai tempi del liceo era una delle adepte di Belle Danes e simpatica tanto quanto un riccio attaccato alle palle.

"Buongiorno, dovrei parlare con il sindaco."

"Lei è?" mi guardò diffidente, a quanto pare senza riconoscermi.

"Autumn Reese."

"La figlia di Margareth del Lullaby Inn" sbarrò gli occhi. "Dio, da quanto tempo! Erano vere le voci che ti rivolevano in città."

Perché ancora mi stupivo che a Blue Harbor tutti sapessero tutto di tutti? Forse perché il mio vicino di appartamento a Frisco non sapeva nemmeno il mio nome?

"In carne e ossa."

"Con che coraggio presentarti qui dopo tutto questo tempo." La simpatia non l'aveva guadagnata con gli anni.

"Potrei avere un appuntamento veloce con il sindaco? Non mi tratterrò molto."

Assottigliò gli occhi e mi fece segno con il dito di aspettare. Alzò la cornetta e annunciò la mia presenza al primo cittadino. Quando riappese, mi disse: "Puoi entrare. Il sindaco ha pochi minuti liberi tra il suo appuntamento delle undici e quello delle undici e mezzo. Ultima porta a destra."

Raggiunsi il battente, dove una targhetta forgiata con un carattere alquanto sfarzoso recitava: "Sindaco di Blue Harbor."

Bussai ed entrai. "Buongiorno, sindaco. Mi scusi per il poco preavviso, ma..."

Non avevo nemmeno fatto due passi sulla moquette – rischiando di inciampare con i tacchi – che mi bloccai in mezzo alla stanza, con la bocca spalancata. "Che mi venga un accidenti!" pronunciai, e mi congratulai con me stessa per non aver usato parole più colorite, perché sulla poltrona di pelle color mogano era seduta Belle Danes.

La regina delle zoccole del liceo era il sindaco di Blue Harbor.

A quanto pare, avevano omesso di raccontarmi diverse cose, in città.

"Sei il sindaco?"

Belle sorrise lasciva, si vedeva che si stava divertendo. "Come puoi vedere..."

"Ma chi ti ha votato?"

"Autumn, non è la strada giusta da percorrere se sei qui per parlarmi del Lullaby Inn."

"Belle..."

"Chiamami sindaco Danes."

Corrugai la fronte, non m'importava un accidente se dopo una settimana a Blue Harbor mi fossero comparse delle rughe d'espressione. "Sindaco Danes? Ti prego! Al ballo di fine anno mi hai appiccicato una gomma da masticare nei capelli."

"Volevo movimentare la tua serata, visto che ti ritrovavi senza accompagnatore."

Brutta stronza. "Non venderemo il terreno né agli Allen né a nessun altro" dissi, andando al nocciolo della questione. "Non capisco perché tu voglia insistere affinché mia madre ceda la locanda."

"Dovresti proporre la petizione come punto della prossima assemblea comunale e chiedere il parere dei cittadini. Cittadini che non ti sono più a cuore da dieci anni a questa parte."

"Il Lullaby Inn è l'anima della nostra città" aggiunsi. Forse avevo esagerato un pochino.

"Non fare la moralista, Reese."

"E tu non fare l'antipatica."

"Difendo solo gli interessi della congregazione. L'economia non gira bene da anni, le attività a conduzione familiare stanno scomparendo e le grandi catene di fast food e i centri commerciali stanno avanzando. Il drive in chiuderà entro l'anno perché hanno aperto una sala a Charleston. I turisti non percorrono più la I-526 perché hanno costruito highway più veloci e ben attrezzate. Gli acquirenti vogliono costruire una struttura che riporti la gente a visitare Blue Harbor. Più gente significherà più entrate nelle casse del comune."

"Balle. Sappiamo che smantelleranno il terreno, verseranno un po' di cemento e ci piazzeranno un hotel di lusso. Non ci sarà più nessun rapporto tra l'albergatore e i turisti. Costruiranno una jacuzzi e prometteranno piatti di nouvelle cousine tanto per fare bella figura sui social o sui dépliant."

"Anche se non ti riguarda, la posizione della mia amministrazione è compatta."

"Mi riguarda eccome" risposi, combattiva. "Tu non hai minimamente idea di cosa sono capace di fare e lo scoprirai presto."

Belle Danes intrecciò le mani e mi guardò da sotto le lunghe ciglia. Finte pure quelle. "Accomodati pure. Se è tutto, ho un appuntamento..."

"È tutto" la interruppi. "Ma solo per il momento."

Uscii senza voltarmi. Non le avrei lasciato l'ultima parola. Non sul Lullaby Inn e sul *mio* pontile.

Dieci minuti dopo ero nel salone di Abigail, dando fondo a un cartone di Ben & Jerry che avevo comprato all'emporio. Era un'emergenza e le emergenze richiedevano gelato. "Lo sapevi che mia madre forse venderà la locanda?"

"Sapevo che gli affari non andavano bene da un po', come per tutti quanti noi. Ormai i colossi delle catene stanno avanzando, soppiantando le piccole realtà come le nostre."

"Non posso credere che Chase permetta a suo padre di far diventare Blue Harbor un parco divertimenti per ricchi snob."

Abigail finì di stendermi il colore e mi coprì la testa con della carta stagnola. "Chase dona ogni anno delle ingenti somme di denaro per la città e, voglio essere completamente onesta, le pettegole incallite hanno messo in giro la voce che Chase abbia creato un fondo fiduciario per aiutare Margareth nella gestione del bed & breakfast."

Per poco non mi soffocai con il gelato alla vaniglia. "Impossibile. Mia mamma non accetterebbe mai soldi da altri, figuriamoci dall'uomo che ha spezzato il cuore della sua unica figlia."

Abigail non parve convinta. "E se ti avesse chiamato qui a Blue Harbor con la scusa di farti aprire gli occhi sui conti della locanda?"

"A quale scopo? Non posseggo la fortuna degli Allen, a malapena sopravvivo a San Francisco."

"Forse vuole far sì che tu ti innamori nuovamente di lui e di Blue Harbor."

Affondai il cucchiaio nel gelato. "Chase gira il mondo" replicai, omettendo volutamente di rispondere alla prima parte della sua teoria.

Abigail scosse la testa a smentirmi. "Viene qui al termine di ogni gara, partecipa alla vita della congregazione, dona denaro alla chiesa e al comune. Dà una mano con i lavori che richiedono manualità e fatica, come ha fatto con il granaio di tua madre. Chase ama Blue Harbor e la città lo ama e lo protegge a sua volta."

Fissai la mia immagine desolata riflessa nello specchio davanti a me. "Perché la gente qui mi odia?"

"Siamo una comunità unita nonostante i nostri mille difetti e le pettegole incallite."

"E Belle Danes. Dio, come avete fatto a nominarla sindaco?"

"Non ti avremmo mai lasciata sola, Autumn. Ti avremmo riempita di torte e manicaretti per farti dimenticare la fine della tua storia con Chase. Mio padre lo avrebbe pure bandito dal The Whig."

"Non potevo restare. Non quando ogni posto in cui posavo gli occhi mi ricordava qualcosa della mia vita assieme a *lui*." E della vita che avevamo perso.

Mi diede una stretta leggera al braccio, nel nostro linguaggio silenzioso tra amiche. "Sai, devi solo farti accettare e volere bene di nuovo. Dovresti partecipare alle assemblee cittadine, organizzare raccolte fondi o delle fiere per integrarti nella città. Chase ha un tasso di popolarità quasi pari a quello del presidente degli Stati Uniti, qui a Blue Harbor. Magari, se ti fai vedere con lui, la gente ti perdonerà."

"Le tue battute di solito funzionano?"

La mia amica si sciolse lo chignon e si massaggiò il cuoio capelluto. "Se ci si trova con l'acqua alla gola, ogni alternativa ti sembra valida, Autumn."

"Questa città ha solo bisogno di un po' di pubblicità per promuovere il turismo."

"Allora cosa hai intenzione di fare? Legarti al pontile nuda e fare una diretta Instagram della tua manifestazione?"

"Se fosse necessario, non ci penserei due volte."

"Non metterti contro Belle. È una sudista terrorista."

Sbuffai. "Quella, la personalità, non la vincerebbe nemmeno alla pesca della parrocchia. Non l'avrà vinta."

"Purtroppo l'ho capito."

Affondai ancora il cucchiaio nei miei amati Ben & Jerry e mi portai una generosa porzione di gelato alla bocca. "Senti, Abigail, ti devo chiedere una cosa."

Passai il resto della mattinata con Abigail, pranzai al The Whig e tornai a casa solo nelle prime ore del pomeriggio. Il bed & breakfast sembrava deserto e mi ricordai che mamma sarebbe stata impegnata tutto il giorno con il comitato storico. Ne approfittai per studiare i registri della contabilità, li sfogliai a ritroso cominciando dal mese precedente.

Mezz'ora dopo lanciai gli occhiali sul tavolo, stupita dalle cifre che avevo sottomano.

Ripresi il registro rilegato in pelle, controllai di nuovo i costi e i ricavi. Non ero ferrata in matematica ma, esaminando le fatture emesse, gli scontrini e le spese per i viveri, scoprii che i conti del Lullaby Inn non erano in rosso.

Certo, le prenotazioni erano calate rispetto agli anni d'oro dell'economia locale, ma il bed & breakfast riusciva a chiudere in positivo ogni mese. La mamma, inoltre, aveva speso anche ingenti somme di denaro per modernizzare la struttura. Non era un hotel di lusso, ma era pulito, la tinteggiatura era stata rinfrescata e le chiuse messe a posto. Aveva dato un tocco di moderno con le opere d'arte raccattate nei mercatini, e non sarebbero state delle priorità se l'attività fosse stata davvero immersa nei debiti.

Il Lullaby Inn era in attivo. Le casse non contavano troppi soldi, ma erano comunque profitti sufficienti.

"Sei qui."

La voce di mamma mi fece sobbalzare dalla sedia e cacciai un grido dallo spavento.

Chiusi il registro e la guardai entrare in cucina, le assi di legno che cigolavano al suo passaggio. Prese una sedia e si sedette di fronte a me.

"I conti non sono in rosso" dissi.

"Certo che no."

"Allora perché vuoi vendere?"

"Dimmi perché tu non vuoi che venda. Te lo dico io: perché vivi la tua vita come fossi bloccata, Autumn."

"Stai esagerando."

"Credi che a me non manchi tuo padre? Ma il suo ricordo non morirà se venderò questo posto."

"Dimostrerò che è un luogo di interesse storico" continuai, ignorando la direzione che il suo discorsetto stava prendendo. "La Carolina è famosa per i suoi pontili, gente da tutto il mondo va a Wilmington per vedere il pontile di *Dawson's Creek*. Perché non lo può essere anche il nostro?"

"So che sei legata a quel molo, piccola, ma fra pochi giorni sarai di nuovo su un aereo che ti porterà dall'altra parte del Paese. Arrivo a fine serata esausta, tanto da riuscire a stento a leggere un libro. Magari vorrei venire a trovarti a San Francisco, vedere Parigi in primavera o godermi una spiaggia assolata del Messico sotto Natale." Allungò la mano sul tavolo fino a coprire la mia con il palmo. "Ho raggiunto l'età per godermi la pensione."

Ritrassi la mano. "Vuoi davvero vendere?"

Prese un profondo respiro. "Sì."

Mi portai la mano allo stomaco. "Sai che non posso comprarlo."

"Non voglio che tu lo faccia."

Mi alzai in piedi, la sedia stridette sul pavimento. "Gli immobiliaristi non hanno scrupoli."

"Non ho ancora deciso a chi vendere."

"A chi?" Una ruga mi stropicciò la fronte.

"Ho ricevuto diverse offerte."

Mi sentivo come intorpidita. "È vero che Chase ti ha prestato del denaro?" Trattenni il fiato.

Annuì e una luce piena di gratitudine le illuminò gli occhi. "Non so come avrei fatto senza quel ragazzo. Tutta Blue

Harbor, in realtà. Si è preso cura di me e del bed & breakfast quando ero in difficoltà."

"Gli dobbiamo dei soldi?" Dio, mai avrei creduto a Chase versione Robin Hood di Blue Harbor.

"No, ho già restituito tutto, questo era il patto che l'ho obbligato a siglare. Altrimenti non avrei accettato il suo aiuto."

Una voce egoista e molto, molto immatura dentro di me continuava a chiedersi come potesse mia madre fare una cosa del genere: vendere la nostra casa, il granaio, il mio pontile. Ma avevo già capito che la vita non seguiva la trama di uno stupido e romantico romanzo rosa. Lei voleva andarsene da Blue Harbor, e io ero l'ultima persona che poteva vietarle di farlo, non quando dieci anni fa non ci avevo pensato due volte a salire su un autobus diretto in California.

Ma questo non mi impedì di provare a trovare delle soluzioni per salvare la locanda e le casse della cittadina anche dopo la chiacchierata con mia madre. Fu un pensiero che mi ronzò in testa per l'intero giorno mentre me ne stavo seduta sul dondolo, fuori, sotto il portico.

Fu così che mi trovò Chase.

Il rombo della sua moto aveva spezzato il corso dei miei pensieri e alzato un polverone. Si sfilò il casco, bello da mozzare il fiato con il giubbino di pelle nera, la maglia e i jeans dello stesso colore. Si passò una mano fra i capelli e i suoi stivaletti macinarono terreno fino a fermarsi sull'ultimo scalino della veranda.

I nostri occhi si allacciarono e non ci fu bisogno di parole fra di noi.

Prese posto sulla sedia a dondolo libera al mio fianco e restammo in silenzio a guardare il pontile perdersi a vista d'occhio nell'acqua della baia.

L'ultimo ricordo di noi due.

Separare

/se·pa·rà·re/

Transitivo

Dividere ciò che era congiunto.

Metamorfosi

Capitolo 21

Non so per quanto tempo rimanemmo lì seduti senza parlare.

Poi fu un colpo di vento che fece frusciare le fronde delle querce centenarie e sbattere la zanzariera che avevo dimenticato di chiudere a riscuotermi dal torpore.

Mi voltai verso Chase. Il suo profilo si stagliava contro la luce accecante di quel giorno di sole. Aveva un'aria stanca, non si era rasato nemmeno oggi e la barba copriva le linee decise del volto.

Quante volte ci eravamo seduti sotto quello stesso portico quando eravamo dei ragazzini?

"Scusa" pronunciai. Arrischiai un'altra occhiata verso di lui. Chase si voltò e i suoi lineamenti si addolcirono. "Scusami per oggi, per averti attaccato senza sapere tutta la storia. Mia madre mi ha raccontato che l'hai aiutata, in questi anni. Te ne sono grata, Chase."

Lui inspirò lentamente, come se gli costasse fatica parlare. "So quanto tieni a questo posto, anche se..."

"Se ho messo il sedere su una corriera senza voltarmi indietro per dieci anni."

"Non sono venuto qui per litigare, Autumn."

"Non sono nemmeno dell'umore adatto."

Calò nuovamente il silenzio fra di noi, mentre le onde si infrangevano contro le assi di legno che sostenevano il molo. Almeno quel giorno non pioveva.

"Troveremo un modo per salvare il Lullaby Inn. Ce la faremo, Peanut." *Noi.*

"Perché sei qui, Chase? Intendo dire, dopo il modo in cui ti ho trattato da quando sono arrivata, perché sei ancora qui?" chiesi, continuando a fissare la baia davanti a me.

Per una stupida frazione di secondo, sperai di sentir uscire dalle sue labbra tre parole: *perché ti amo.* A quel pensiero, il volto prese fuoco e pregai Iddio perché Chase restasse con lo sguardo fisso davanti a sé. Ma era chiedere troppo per Autumn la Sfigata.

Si voltò e la sua occhiata mi colpì lì, proprio al centro del petto. Mi immobilizzai sul dondolo, non riuscivo a muovermi, a respirare, a parlare.

Poi avvenne il miracolo. Chase si alzò e infilò le mani nelle tasche dei jeans. Con una falcata raggiunse la ringhiera del portico e vi si appoggiò contro con la schiena.

"Mi fai impazzire. Cazzo, mi mandi completamente fuori di testa, Peanut."

"Nemmeno tu sei una passeggiata, Chase."

Ci fissammo intensamente, prima che Chase si avvicinasse e io mi appiattissi contro la sedia a dondolo.

Afferrò la sedia per i braccioli, intrappolandomi, e chinò il viso. L'ombra di un sorriso aleggiava sulle sue labbra. "Sarebbe molto più facile se stessi lontano da te. Dio, in qualsiasi altro posto sarebbe più facile che starmene qui, davanti a te, sapendo che io non farò parte della tua vita."

Scorsi l'ardore nelle sue iridi e questo non fece che peggiorare la mia temperatura corporea. Mi sentivo andare a fuoco.

"Chase..." La conversazione stava prendendo una brutta piega.

"Passa la giornata con me."

Smisi di respirare. "Cosa vuoi fare?"

"È una sorpresa."

"Sei qui in moto e io sono ancora senz'auto."

"La moto fa parte della sorpresa. Ti porto in un posto, ci divertiremo e se poi vorrai ti porterò a cena."

"Non ho ancora accettato, Chase Allen, e tu hai già pianificato tutta la serata."

Quando incontrai i suoi occhi, Chase aveva un sorriso talmente grande che mi sentii gonfiare il petto. "Non è un appuntamento, prendilo come giornalismo sul campo."

Mi tese la mano e io, in risposta, incrociai le braccia. Chase ridacchiò. "Niente più baci."

Lui chinò la testa e mi parlò così vicino che sentii i contorni delle sue labbra sulla pelle. "Tu cosa vuoi che faccia, Peanut?"

Deglutii. L'aria era diventata pesante ed era ormai stato dimostrato che l'elettricità fosse altamente pericolosa tra noi.

"Fai attenzione a ciò che desideri" aggiunse con voce roca.

Proteggi il cuore, Autumn. "Non voglio che tu faccia nulla" sussurrai, suonando poco convinta anche alle mie stesse orecchie.

Chase appoggiò la fronte alla mia e ci guardammo negli occhi. Era così vicino che potevo vedergli nelle iridi delle pagliuzze che ricordavano il colore del whiskey invecchiato. "E allora non farò nulla" mormorò con voce sommessa, arretrando di un passo.

Dio, non stavo più respirando.

Chase infilò le mani nelle tasche, un gesto che gli apparteneva da sempre e che trasudava sicurezza. "Andiamo, giornalista Reese."

"Posso venire così? O devo cambiarmi?"

Fu un errore madornale chiedere il suo parere, perché Chase lasciò cadere lo sguardo sulla mia figura, studiandomi con minuzia e lentezza. Rianimò ogni centimetro del mio corpo.

Quando tornò a guardarmi in viso, avrei potuto giurare di aver sentito le fiamme e il calore bruciarmi la pelle. "In questo momento non riesco nemmeno a pensare."

Deglutii e mi appigliai al sarcasmo. “Hai intenzione di portarmi in un bar angusto da motociclisti?”

“E perché mai? Perché ho dei tatuaggi?”

“Spiritoso.”

“Anche se preferirei vederti con meno strati addosso, per dove andremo va benissimo così. Solo, dovresti metterti delle scarpe più comode.”

“Sono comode.”

“Mi ricorderò di farlo sapere a tutti al tuo elogio funebre.”

Mi sfuggì un lamento di frustrazione mentre mi voltavo per rientrare in casa. “Dio, come facciano a creare fan club in tuo onore non lo capisco.”

Cinque minuti dopo uscii sul portico con dei jeans, un maglione e delle Converse nere. Ignorai lo sguardo di Chase che mi stava perforando e mi avvicinai al bolide dall’aria molto familiare.

Con i polpastrelli sfiorai la cromatura. “Ce l’hai ancora?”

“La mia bimba?”

Sorrisi al ricordo di serate trascorse fino a tarda notte a spiare Chase al lavoro nel garage di McGabe per perfezionare la sua bimba. “Lo so che è sacra, non mi hai mai permesso di guidarla.”

Chase mi porse un casco, mi aiutò ad allacciarlo e trattenni il fiato per tutto il tempo in cui le sue dita mi sfiorarono la pelle del collo.

“Sei sempre pronto all’evenienza. A quante donne hai fatto fare un giro sulla tua moto?” chiesi sardonica, ignorando il dardo di gelosia che mi colpì in pieno petto.

“Andiamo, Peanut. Non posso credere che tu abbia una così bassa opinione di me.”

“La vita è dura” mormorai, divertita. Passai davanti a Chase e mi strusciai di proposito contro il suo braccio. Lo sentii emettere un lungo sospiro. Perché flirtavo con lui? Sapevo esattamente dove avrebbe portato quella strada, l’avevo già imboccata e non era finita bene.

"Deduco che tu non sia una mia fan" mormorò, aprendo i poggiapiedi dietro.

"Mi sono iscritta al fan club in onore del sedere di Lopez, quello sì che è leggendario. Sai se qualcuna lo ha testato con mano?" chiesi, fingendomi tremendamente seria.

"Autumn, sali su questa dannata moto" ordinò lui, la voce profonda.

"Se me lo chiedi così gentilmente..." Salii sul sellino, seguendo le sue istruzioni: un piede per parte, senza appoggiare la gamba al tubo di scappamento.

"Tieniti stretta a me."

"Scommetto che l'avevi previsto."

"Ti ho già detto che non gioco per perdere. Mai mettersi contro un giocatore, Peanut." Mi strizzò l'occhio e si abbassò la visiera. Con un movimento fluido montò in sella e accese il motore. "Mettimi le braccia attorno ai fianchi e tieniti forte" gridò per sovrastare il rombo della moto.

Gli posai le mani sui fianchi e il mio stomaco fece una capriola. Mentre lui ingranava la marcia e si immetteva lentamente in strada, mi ripetei come un mantra: è un playboy, è il classico bad boy tatuato che guida una moto e spezza i cuori delle donne. Ricordati perché sei rimasta lontana da lui per tutto questo tempo.

Chiusi gli occhi e poggiai il viso contro la sua schiena, immobile come una statua.

"Non essere nervosa." Girò la testa di lato. "Non ti farò cadere."

"Sei fuori per infortunio, Chase. Per una rovinosa caduta che ti ha messo ko" urlai. Mai avrei ammesso a voce alta che avevo più paura delle emozioni che provavo che di cadere a terra.

Chase mollò una mano dal manubrio e mi strinse la gamba all'altezza della coscia. Voleva essere un gesto rassicurante, invece mi provocò un fremito in tutto il corpo. "Non ho nessuna intenzione di cadere e rovinare la carrozzeria della moto."

"Ora mi sento molto meglio."

Tornò a girare la testa e mi parve di scorgere, nonostante il casco, l'ombra di un sorriso divertito. "Ti fidi di me, Peanut?"

Ricordi di noi due mi passarono davanti agli occhi come diapositive ingiallite dal tempo. Quante altre volte avevo sentito quelle parole sillabate dalle sue labbra? E mai, nemmeno una volta, avevo temuto di buttarmi a capofitto in qualcosa con lui. Sollevai il viso e i nostri occhi si incrociarono. Il tempo parve fermarsi.

Decisi che mi sarei goduta quella giornata, me lo meritavo. Avevo passato quei pochi giorni a Blue Harbor a rinvangare i suoi errori, tanto da non aver assaporato nemmeno un istante del mio ritorno. Lo avrei fatto a partire da quel momento, da quella gita a sorpresa con Chase. L'ultima persona con la quale avrei dovuto trascorrere del tempo, ma l'unica con cui desiderassi farlo.

"Mi fido" sussurrai, ma lui mi aveva sentito nonostante il vento e il motore, perché qualcosa di pericoloso ed eccitante brillò nei suoi occhi.

Mi rilassai stretta a lui e poco dopo stavamo sfrecciando con disinvoltura per le stradine dell'entroterra di Blue Harbor. Il calore del sole mi penetrava nei vestiti e mi godetti tutto il viaggio, mentre superavamo diverse cittadine senza la calca dei villeggianti della domenica. Attraversammo viali costeggiati da querce piegate dalla brezza che giungeva dal lungomare, villaggi di pescatori, placidi paesini isolati dal mondo, caratterizzati da piccole gallerie d'arte e negozietti d'antiquariato. Borghi dove il tempo e le stagioni erano scanditi dai ritmi della pesca.

Per tutto il percorso mi tenni a Chase, le mani mi scivolarono dai fianchi alla vita, e nonostante l'allarme che stava risuonando nella mia testa dall'inizio di quel viaggio a ritroso nel mio passato, avvertivo il contatto fra i nostri corpi e mi sembrava giusto. Naturale. Stava succedendo qualcosa. Da alcuni giorni le mie emozioni stavano cambiando.

Raggiunto il ponte della Blue Ridge Parkway, Chase svoltò per imboccare una stradina perpendicolare alla superstrada, meno trafficata dai turisti e che si inoltrava lungo l'oceano. Fermò la moto dopo aver accostato in uno spiazzo a lato della strada, nel bel mezzo del nulla.

Mi guardai intorno. "Perché mi hai portato qui?"

Chase si alzò la visiera e girò la testa. "Cosa mi hai detto prima?"

"Quali dei tanti insulti?"

Sorrise. "Ti lascio guidare la mia moto."

Spalancai la bocca e mi tolsi di scatto la visiera. "Cosa?"

"T'insegno a guidarla."

"Non me l'hai mai lasciato fare."

"Solo perché non ho fatto in tempo. Non dirmi che hai paura."

"Ho solo paura di cadere e rovinartela. So che non me lo perdoneresti mai."

"Io siederò dietro di te e non permetterò che tu cada" disse con sicurezza.

Mi venne da ridere. "Non è proprio come andare in bici, Chase."

Lui scese e si tolse il casco, passandosi una mano fra i capelli schiacciati. "Sarò attaccato a te, cambierò le marce, tu dovrai solo tenere il manubrio."

Incrociai le braccia al petto. "Perché ho come l'impressione che questa idea piaccia più a te che a me?"

Sorrise. "Potrai citare sul tuo pezzo di aver guidato con The Legend. Ricorda, giornalismo su campo."

"Certo, giornalismo."

"È un sì?"

"Sono terrorizzata."

"Lo prendo come un sì. Ora vai al mio posto."

Sbuffai e scivolai in avanti. In realtà ero elettrizzata al pensiero di guidare finalmente la sua bimba. Chase si rimise il casco e salì alle mie spalle. Sussultai, quando allungò le braccia per prendere il manubrio, bloccandomi tra il suo corpo e la moto in una gabbia umana. I miei pensieri, già confusi, si tuffarono nel suo profumo, un misto di sapone e dopobarba.

"Metti le mani sul manubrio." Feci come mi aveva detto. "Le marce sono sul pedale sinistro, l'acceleratore e il freno sono alla tua destra, sulla manopola di sinistra c'è la frizione."

A quel punto la mise in moto, la sentivo vibrare sotto di me. Ingranò la marcia e lasciò partire la motocicletta lentamente, i miei piedi e le mie mani sopra i suoi. All'inizio Chase accelerava, rallentava e frenava molto piano, spiegandomi come muovermi con cura e pazienza. Dopo alcuni tentativi, ci piegavamo sulle curve in sincrono, le dita e i piedi di Chase si muovevano con la maestria e la sicurezza di un pianista che suonava a occhi chiusi una melodia.

Mezz'ora dopo, Chase mi stava lasciando i comandi della sua moto e, anche se ogni tanto lanciavo sguardi allarmati allo specchietto per paura di veder avanzare qualche auto, mi godetti la sensazione di potenza e libertà che mi dava la guida di un bolide a due ruote.

Poi lui insistette per farmi guidare da sola. Riuscii a ingolfare la moto e una volta usai il freno anteriore, finendo quasi per volare in avanti. Ripetei la procedura diverse volte, finché me la cavai tanto da prenderci gusto. Le cose più semplici erano capaci di diventare speciali se fatte con la persona giusta.

"Ora capisco perché ami guidare questo bolide" dissi alla fine, ancora estasiata.

"Non c'è nulla di paragonabile" disse, con voce profonda, tanto che non capii se si stesse riferendo alla moto e o a me.

Il sole picchiava ancora alto nel cielo quando risalimmo in moto, Chase alla guida e io stretta a lui. Ci godemmo le stradine della Carolina del Sud, le spiagge vuote e malinconiche d'autunno, la brezza che sospirava fra le fronde degli alberi. Quando al primo semaforo rosso Chase si voltò, i nostri occhi si incontrarono e una mano invisibile mi strinse il cuore.

Aveva la visiera abbassata ma potevo scorgere l'ombra di un sorriso, le rughette d'espressione gli increspavano gli occhi. Ero sicura di avere lo stesso sorrisino ebete stampato in faccia da diverse ore.

Per un breve istante mi sembrò che avessimo ancora sedici anni e in quel momento avrei tanto voluto avere di nuovo la mia macchina fotografica per immortalare quell'istante.

Dopo tanto tempo, ero di nuovo felice.

Metamorfosi
/me·ta·mòr·fo·ṣi/
Sostantivo femminile
Mutamento, cambiamento. Alterazione nell'aspetto, o nel carattere.

Nostalgia

Capitolo 22

Quasi un'ora più tardi ritornammo a Blue Harbor, sfrecciammo con la moto per il centro storico della città, superando i negozietti e i ristorantini che popolavano Broad Street. Però Chase deviò imboccando una stradina che portava all'immensa area dove, di lì a qualche giorno, avrebbero preso vita le giostre dell'Harbor Fairy Festival. Ma per tutto il viaggio fui solo consapevole del corpo di Chase premuto al mio.

Stava mutando qualcosa, in me. Tutte le emozioni che avevo cercato di seppellire negli anni precedenti sgomitavano per venire a galla. Quei sentimenti avevano vissuto dentro di me scorrendo sotto la mia pelle come un fiume sotterraneo.

Quando rallentò, mi accorsi che eravamo arrivati nello spiazzo che da un lato confinava con le giostre e dall'altro con la spiaggia di Pigeon Point, una delle più belle della Carolina del Sud.

Chase spense il motore e si tolse il casco, ravvivandosi i capelli. "Che ne dici di fare una passeggiata qui?"

Amavo quel tratto di spiaggia. Spesso io e Chase ci venivamo già in primavera, quando i locali del lungomare aprivano per la nuova stagione, i giovani universitari organizzavano partite di beach volley e le barche a vela prendevano il largo. La musica usciva ad alto volume dalle casse dei bar e noi due ci concedevamo lunghe passeggiate senza pensieri né nubi all'orizzonte. Soltanto io e lui.

"Ti ricordi quel pomeriggio in cui abbiamo visto i cavalli bradi?" chiesi, prendendo la mano che mi offriva per aiutarmi a scendere.

"Mi ricordo."

Mi tolsi il casco e mi passai una mano fra i capelli incollati alla testa. In silenzio, avanzai verso il sentiero che portava alla spiaggia deserta se non per un uomo che lanciava il bastone al proprio cane. L'aria era limpida, fresca, il cielo azzurro.

Ci sono momenti che cambiano per sempre e inevitabilmente la traiettoria della nostra vita, solo che quando la vivi, la tua storia, non te ne rendi conto. Quel giorno qualcosa cambiò fra di noi, solo che io non lo sapevo ancora.

"Mi ricordo tutto" mormorò Chase, la sua voce alle mie spalle. Mi voltai. Stava camminando verso di me, sicuro, con il casco in mano e con quella luce nello sguardo che sembrava in grado di poter incendiare l'aria fra di noi. Conoscevo i rischi che comportava, ma in quel momento non avevo nessuna paura di gettarmi tra le fiamme.

"Ci vieni ancora spesso?"

"Solo quando voglio stare da solo."

"Difficilmente rimani solo a Blue Harbor."

"Ed è quello che mi piace di questa cittadina."

"Davvero?"

"Perché sei sorpresa?"

"Non lo so... forse perché non si fanno mai gli affari loro?"

"Vedi la cosa dalla prospettiva sbagliata. Ogni storia ha due versioni, come le facce di una medaglia. Qui trovo una comunità viva, c'è un senso di appartenenza. A cosa servono i successi se non hai nessuno con cui condividerli?"

"Se stai cercando di convincermi a restare a Blue Harbor, non ci stai riuscendo, Allen."

"Mi hanno detto anche che c'è un pilota tuttofare niente male."

"Ho sentito..." Sorrisi.

Lui rise. "Andiamo a fare uno spuntino."

Mi afferrò la mano e il mio cuore prese un'impennata che lui in pista si sarebbe sognato. Sperai che non si accorgesse che stavo tremando. Intrecciò le dita alle mie e mi condusse verso la passerella di legno che portava alla spiaggia e che scricchiolò al nostro passaggio. Anche tutte le mie sicurezze, in quel momento, stavano vacillando.

Raggiungemmo un piccolo diner all'aperto, con un lungo bancone dove venivano serviti birra, bevande e hot dog. Una volta ritirato l'ordine, ci accomodammo su un tavolino con delle panche di legno poco distante, con vista sul mare.

Presi posto e stavo per posare il casco quando Chase mi colse di sorpresa e si sedette al mio fianco. Le nostre gambe si sfiorarono sotto il tavolo e una scarica elettrica mi attraversò il corpo.

"Hai una fissazione per il contatto. Lasciatelo dire, Allen."

"Solo con te ma, ti prego, questo non metterlo nel pezzo." Si alzò e credetti che si sarebbe seduto di fronte, invece si tolse solamente la giacca, restando con una maglietta a mezze maniche.

Inevitabilmente i miei occhi caddero sui suoi tatuaggi, che potei infine studiare con attenzione. Ero sicura che ognuno di loro nascondesse una storia, Chase non era tipo da marchiarsi il corpo tanto per. Mi ricordavo ancora la scritta *life* che si era fatto tatuare a Charleston dopo la morte di mio padre. Una tragedia che aveva sconvolto tutta la congregazione e che ci aveva sbattuto in faccia quanto la vita potesse essere imprevedibile.

"Mi ero dimenticata quanto fossero buoni questi hot dog." Addentai il panino, mentre con l'altra mano cercavo di pulirmi una goccia di ketchup che mi stava colando giù per il mento.

"Te lo ricordi ancora?" chiese, prima di addentare l'hot dog.

"Cosa?"

"Quando venivi qui a scrivere sul tuo quaderno."

"Sì, me lo ricordo" sussurrai. Mi sistemai una ciocca di capelli mossi dal vento.

"Sei brava, Peanut. Non leggo qualcosa di tuo da anni, ma non è un dono che sparisce all'improvviso."

"Sei di parte" dissi, alzando le spalle.

"Sarò di parte, ma su questo ho ragione." Sollevò la mano e con le dita mi sistemò dietro l'orecchio una ciocca di capelli che non ne voleva sapere di restare al suo posto.

Fu un gesto semplice ma intimo allo stesso tempo.

Appoggiai la lattina di Coca-Cola sul banco, provando a ignorare il sangue che mi scorreva veloce nelle vene. "La vita non sarà mai come ce la immaginiamo."

Chase corrugò la fronte, lo sguardo puntato verso il mare. "Mi sembra una visione un po' pessimistica."

"Direi realistica. Mi sono lasciata il passato alle spalle e mi sono trovata un nuovo sogno."

"Non capisco dov'è il problema. Fai quello che vuoi fare davvero. Se avessi dovuto mollare alla prima caduta, avrei appeso il casco al chiodo da anni." Bevve un sorso di birra dalla lattina. "Che ne pensa il tuo fidanzato?"

Sussultai. "Perché ti sei fissato con il mio fidanzato?"

"Volevo solo fare conversazione" mormorò con un sorriso disarmante, prima di allungare la mano e con il pollice togliermi una goccia di ketchup dall'angolo della bocca.

"Allora parliamo delle tue ex." Era troppo vicino.

Chase rise. "Non vuoi parlare di noi, ma ti va bene se parliamo delle storie che ho avuto?"

Scrollai le spalle. "Perché se parliamo di noi finiremo per litigare e so per certo che ti piazzerei una sfuriata che si ricorderanno per decenni qui a Blue Harbor."

Lui scosse il capo, divertito. "Dimmi cosa vuoi sapere."

"Sei mai stato innamorato?" gli chiesi, trattenendo il fiato.

"Lo so che i giornali mi hanno affibbiato diverse storie, ma di tutte quelle che riporta TMZ ho amato solo Scarlett."

Quella confessione mi colpì a tradimento.

"La tua manager?" Annuì. "Perché è finita?"

Chase mi guardò, gli occhi improvvisamente scuri e vulnerabili. "Perché non era abbastanza."

Un nodo di lacrime mi chiuse la gola. Per anni ero riuscita a reprimere i miei sentimenti per Chase anche se finivo per paragonare a lui ogni uomo che incontravo. Pure Byron non aveva superato il test Chase. Era sempre mancata quella cosa potente e unica che c'era fra di noi.

Il desiderio, la passione, la smania di toccarsi.

L'amore in grado di consumare. Tossico.

Distolsi lo sguardo, incapace di gestire il bagliore che prendeva vita nei suoi occhi, e fissai un punto indefinito del mare.

"È così tranquillo, qui."

"È vero. Non ti manca, ogni tanto?"

"Sto bene a San Francisco."

Lui scosse la testa. "Peccato, perché hai portato colore in questa città da quando sei arrivata."

Lo guardai. Avrei voluto dire che mi era mancato lui. Avrei voluto gridarlo per vedere se il peso greve che sentivo sul cuore mi avrebbe dato un po' di sollievo.

"Prima o poi ne dobbiamo parlare" mormorò lui all'improvviso.

"Fra tre giorni dovrò partire" annunciai.

"Nessun problema. Posso venire io, così raccoglierò un po' di miglia sulla mia carta."

"Chase. È tardi. È troppo tardi."

"Allora finisce così?"

"Mi hai spezzato il cuore."

"E tu te ne sei andata portandoti via il mio." S'interruppe e per un attimo guardò un punto indefinito davanti a sé, passandosi nervoso la mano fra i capelli. Poi rialzò la testa all'improvviso nella mia direzione. Avrei potuto perdermi, in quegli occhi. "Lo ami?"

Non risposi.

"Penso che siamo pazzi l'uno dell'altro" proseguì senza aspettare una mia risposta. "Anche se ti stai imponendo di non ammetterlo."

Silenzio.

"Perché l'amore che abbiamo vissuto noi non sparisce, nemmeno dopo dieci anni. Non si affievolisce, Peanut. Perciò dimmi se lo ami."

Non risposi.

"Ti conosce come ti conosco io? Sa che quando sei gelosa arricci il naso? Sa che scoppi a piangere anche per una pubblicità e nascondi il viso dietro a un cuscino per non farti vedere? Sa che ti piace cantare in auto canzoni d'amore a squarciagola anche se sei stonata?"

Mi alzai senza dire una parola, ma avevo fatto pochi passi che Chase mi aveva già afferrato per il polso, facendomi voltare.

"Sa come toccarti?" chiese, sfiorandomi con il pollice il simbolo del nostro vecchio per sempre che avevo tatuato sulla pelle. "Sa che fai un piccolo verso di piacere quando vieni baciata dietro l'orecchio?" Con l'altra mano mi sfiorò quel lembo di pelle. Rabbrividii. "Resta sveglio gran parte della notte e della mattina solo per vederti dormire?"

Chiusi gli occhi.

"Ti ha mai portato a vedere le stelle?" continuò. "Ti ha mai detto che insieme siete un sistema binario e che tu sei il suo Nord? Perché è quello che tu sei per me."

Aprii gli occhi di scatto. "Mi pare che tu abbia fatto fatica a trovare la strada verso casa, Chase." *A tornare da me.*

"Ora sono qui, davanti a te, e ti sto chiedendo di darci una seconda occasione."

Fuggii via dalla sua presa. "Ti ho aspettato, Chase. Cazzo, ti ho aspettato per anni!"

"Continui a credere che sia stato io ad andarmene. Fisicamente sarò pure volato in California, ma quella che ha voluto chiudere la storia sei stata tu. Sei tu che hai scelto per noi, ancora prima di darci una possibilità."

"Sei sparito."

"Mi serviva del tempo. Ho perso un figlio anch'io."

Fu come ricevere uno schiaffo in pieno viso e la testa mi scattò all'indietro.

"Credi che per me sia stato facile mollare tutta la mia vita? Avevo paura di fallire, di non farcela e di deluderti. Stavo cercando di capire come fare a realizzare il mio sogno senza perdere te."

Cercai di non piangere, di non versare nemmeno una lacrima, ma ogni respiro mi dilaniava dentro.

Chase sospirò a fondo, si stropicciò il viso per poi lasciar andare le braccia lungo i fianchi, esausto. "Di' qualcosa, dannazione! Lavori con le parole."

"È tardi" riuscii a dire alla fine.

La mia frase fu seguita da un tuono improvviso. Ci voltammo entrambi. Delle nubi minacciose e cariche di pioggia stavano avanzando verso la cittadina.

"Sarà meglio che ci avviciniamo a casa." La mia voce fu solo un sussurro.

Chase rimase immobile a fissarmi, come se con il suo sguardo, quello capace di scavarmi dentro e leggervi l'invisibile, cercasse di farmi cambiare idea. Ma non successe. Rimasi in silenzio a fissarlo a mia volta, poi diede un pugno al tavolo di legno lì vicino e s'incamminò verso la moto senza dire nulla, con le scarpe che macinavano terreno con rabbia. Lo vidi appoggiarsi alla moto, il volto contratto e la schiena china in avanti.

"Chase?"

"Sto bene" rispose, quasi trattenendo il fiato.

"Non mi sembra. Ho visto che spesso zoppichi e trattieni il respiro come se avessi delle fitte."

"Molla l'osso, Lois Lane. Ti ho detto che sto bene" replicò brusco salendo in sella.

"È evidente che non stai bene. Mi sono informata in città e sono venuta a sapere che hai avuto un incidente con il Dodge. Ed è anche il motivo per cui il tuo furgone era sul ponte meccanico da McGabe. Che cos'hai?"

Chase sospirò e tornò a guardarmi serio in volto. "Anni fa ho subìto un grave infortunio, lo sanno tutti. I medici mi avevano detto che, se mi fossi fatto male di nuovo, ci sarebbe stata la possibilità che non potessi più salire in moto. L'ultimo infortunio mi ha graziato, ma non l'incidente che ho avuto con il pick-up."

"Cosa ti hanno detto i dottori?"

"Non dovrei più correre, ma nessuno mi terrà lontano dalla mia moto, è la mia vita."

Il panico mi assalì. "È uno sport pericoloso, Chase, ma non dovrebbe essere uno sport mortale. Hai intenzione di gareggiare anche se c'è la possibilità che peggiori le tue condizioni o, ancora peggio, che ti costi la vita? Potresti chiudere il campionato come secondo, forse terzo, comunque tra i primi tre. Dannazione, non importa. Dovresti smettere. Capisco che i motori siano la tua passione, ma non sono più importanti della tua vita."

Lui sbuffò. "Fai troppe domande."

"È il mio lavoro, oppure voglio fare conversazione. Vedila come vuoi tu."

Ero allibita che volesse mettere a repentaglio la sua vita per uno stupido titolo mondiale. Okay, forse per lui non era solamente una dicitura da aggiungere su Wikipedia o nei libri di storia. Chase viveva per i motori, le corse erano la sua vita. Era ammirato da moltissimi estimatori per l'istinto primitivo e selvaggio con il quale scendeva in pista e che gli permetteva di uscire indenne anche dalle situazioni più rischiose. Fino a ora.

Chase si infilò il casco, la visiera alzata. "In ogni gara rischio la vita, Autumn. È uno sport che richiede dei rischi. Ma potrebbe succedermi qualcosa anche domani sulla I-526. Cosa faccio? Smetto di vivere?"

Un brivido mi attraversò la schiena mentre immaginavo scenari da pelle d'oca. "Non ci credo che mi stai parlando così. Lo sai che prima o poi dovrai comunque smettere? Se ti succedesse qualcosa, se tu dovessi... morire..." Dio, non riuscivo nemmeno a pensarlo. "Ti rendi conto che quei titoli saranno solo carta straccia? Non te li porterai dietro nella tomba. Cazzo, Chase!"

"Ho già preso la mia decisione."

"Certo. Tu prendi le tue decisioni senza guardare in faccia nessuno. Hai ragione, non sei cambiato poi così tanto."

"A te cosa importa, esattamente, Autumn? È troppo tardi giusto?" Quelle parole mi assestarono un pugno allo stomaco. Poi mi ignorò e mise in moto, chiaro segno che la conversazione per lui era finita.

Ero annichilita dalla sua freddezza. Scivolai sul sellino dietro di lui, consapevole che gli ultimi giorni a Blue Harbor sarebbero stati i capitoli più difficili da scrivere.

Sulla via del ritorno, ci fermammo a fare benzina all'unico distributore di Blue Harbor. Costrinsi Chase a entrare da solo per pagare, io non mi sarei sfilata il casco per dare qualcosa di cui sparlare alle vecchie pettegole bisbetiche dell'emporio. Inoltre, non ero dell'umore adatto.

Chase montò in sella e indicò il cielo. Stava per arrivare un temporale con i fiocchi e avrei dovuto capire che era un altro segno di Dio. Si infilò il casco e ripartimmo.

Mentre mi stringevo ai suoi fianchi e attraversavamo le stradine silenziose della cittadina all'imbrunire, mi chiesi come potesse rischiare così con la sua vita. Sapevo quanto amasse quello sport, ma non ne valeva la pena. Era questo che non riuscivo a comprendere. Al pensiero che Chase potesse morire, un brivido freddo mi attraversò la schiena e una mano invisibile mi stritolò il cuore. Non si era soffermato a pensare a quante persone avrebbe fatto soffrire? O a come mi sarei potuta sentire io? Avevo già provato la perdita di una persona importante ed ero rimasta dilaniata dalla sua scomparsa.

Sentii le lacrime salirmi agli occhi e cercai invano di convincermi che non mi stavo innamorando nuovamente dell'uomo che forse, in realtà, non avevo mai smesso di amare.

Quando Chase arrestò la moto nel vialetto di casa, vidi che mia madre era ancora in veranda, sdraiata sotto a una sedia a dondolo e con un pennello in mano. Le imposte sbattevano contro il muro a causa del vento che infuriava dal mare e le foglie ingiallite cadevano dagli alberi. Scivolai giù dal sellino e mi tolsi il casco, passandomi le mani fra i capelli. Ero in preda a una stupida agitazione mista a rabbia. "Grazie per la lezione di guida" dissi, cercando di rimanere a distanza di sicurezza da lui. "E per non avermi fatto cadere."

"Mantengo le promesse. Quasi sempre" aggiunse. Poi il ticchettio del motore che si raffreddava si intromise fra di noi, riempiendo un silenzio che stava diventando imbarazzante.

"Chase, devi smettere" dissi di punto in bianco.

"Ci vediamo in giro, Peanut" mi rispose chiudendosi a riccio. "Hai un'intervista da finire."

"Non farlo, Chase."

"Che cosa?"

"Rovinare quello che abbiamo condiviso oggi. E anche gli altri giorni."

"A me sembrava di aver vissuto qualcosa di importante, ma mi sono sbagliato."

Per qualche istante restammo a guardarci a vicenda. Un'infinità di parole mi saliva alla gola, scalpitava sulla lingua e bruciava sulle labbra, ma restai in silenzio. Gli passai il casco e senza aggiungere altro gli diedi le spalle pronta a salire velocemente i gradini del portico, cieca dalla rabbia, quando un ronzio di motori si intromise nei miei pensieri.

Mi girai e vidi la volante di Jacey percorrere il viale sterrato e fermarsi davanti al Lullaby Inn.

La portiera del passeggero si aprì e scese Abigail, ma poi smontò una terza persona dal sedile posteriore. Mi sembrò di sentire l'universo ridere alle mie spalle. Il tempismo non aveva mai giocato a favore di Chase e me. E anche quel giorno stava per vincere.

Dalla macchina dello sceriffo scese Byron.

Nostalgia
/no·stal·gì·a/
Sostantivo femminile
Stato d'animo corrispondente al desiderio pungente o al rimpianto malinconico di quanto è trascorso o lontano.

Veritá

Capitolo 23

"Sorpresa!" Byron mi venne incontro e il suo sguardo cadde sul solitario che lampeggiava come un'insegna al neon al mio anulare. Un lento e caloroso sorriso gli increspò le labbra e poi, senza lasciarmi il tempo di rendermi conto di quello che stava accadendo, mi strinse nel suo abbraccio. "Lo so che ti avevo detto di prenderti il tempo che ti serviva per fare chiarezza" mormorò nel mio orecchio. "Ma mi mancavi troppo."

Mi sollevò tra le braccia, facendomi vorticare. E con il mio corpo schiacciato contro il suo mi sentii terribilmente in colpa perché, fino a qualche minuto prima, non stavo pensando nemmeno di striscio al mio fidanzato.

"Mi ero dimenticato quanto fossi bella da togliere il fiato" mormorò Byron quando mi posò a terra. Mi squadrò da capo a piedi, dalle scarpe da ginnastica al maglione informe, fino ai capelli schiacciati dal casco. "Mi fa strano vederti così, senza trucco o senza tacchi, piccola."

"Odia essere chiamata piccola."

Stavo per schiudere le labbra e rispondergli quando una voce alle sue spalle si inserì nella conversazione. Quel suono basso e profondo mi fece balzare il cuore in gola. Sbiancai. Gli occhi di Chase, cupi, non mi avevano mollata neanche per un secondo.

Byron si voltò e un enorme sorriso prese forma sul suo volto non appena si accorse di chi aveva di fronte. "Non ci posso credere. Chase Allen? The Legend?"

“Già, scusami. Non vi ho ancora presentati” mormorai con la gola secca. “Lui è Chase Allen. Chase, lui è Byron Lewis” gesticolai con le mani.

“Il suo fidanzato” precisò quest’ultimo, tendendogli la mano. “Come vi siete conosciuti?”

“Biblicamente” rispose lui, asciutto.

Spalancai gli occhi, mentre Chase mi fissava col volto che sembrava scavato in una roccia, le sopracciglia aggrottate. “Leggevamo assieme i sermoni in chiesa” mentii.

Byron puntò il dito tra me e Chase. “Davvero? Conosci The Legend?” Poi tornò a fissare il mio Unico.

“Lui è... Devo scrivere un pezzo per l’Inquirer incentrato sulla sua figura” precisai prima che Chase facesse qualche danno.

“Quindi sei tu che mi hai portato via la ragazza questa settimana?”

“Ritengo che la frase non sia propriamente corretta, Brian” disse lui, guardandomi e facendomi perdere l’equilibrio.

“Si chiama Byron” precisai.

“Si avvicina.”

“Così siete amici d’infanzia?”

“Oh, la storia non è tutta qui.”

“Credo che non gli interessi” liquidai l’argomento. “Sarai stanco per il viaggio, Byron.” Una gelida folata di vento mi sfiorò.

“Se avessi saputo che avremmo avuto visite, mi sarei resa presentabile.” Mia madre fortunatamente entrò in scena, salvandomi dall’imbarazzo. Dio, mi ero perfino scordata che in cortile c’erano pure Jacey e Abigail. “Sono Margareth, la madre di Autumn.”

“Piacere, signora.” Le prese la mano e si prodigò in un baciamano. “Sono Byron, finalmente ci conosciamo.”

Io deglutii, studiando il viso di Chase. Sembrava sul punto di fare a cazzotti o di uccidere Byron.

Mia mamma percepì la tensione che aleggiava nell’aria, prese sottobraccio Byron e lo condusse verso la locanda.

"Vieni dentro ad appoggiare la valigia. Potrai fermarti qui per la notte. Non abbiamo problemi di stanze occupate. Perché non vi fermate anche voi per cena? Jacey? Abigail?"

Lo sceriffo annuì, con l'aria entusiasta. "Non mi perderei la tua torta, Margareth, per nulla al mondo."

"Grazie, signora." Abigail mi guardò dritto negli occhi e per poco, davvero poco, non le gettai le braccia al collo.

"Tu, Chase?" Mia madre sembrava divertita all'idea di un triangolo a cena.

"Non è necessario" intervenni io. "Chase stava andando a casa."

"Con grande piacere" rispose lui all'unisono. Che verme! Non aspettava altro.

"Non ci posso credere che sarò seduto a cena con The Legend" esultò Byron, seguendo Margareth dentro il bed & breakfast. Lo sceriffo e la mia migliore amica li seguirono a ruota.

Non ci volevo credere nemmeno io. Sicuramente ero diventata bianca come un cencio, assalita dalle paranoie. Mi comportavo come una pazza in presenza di Chase, forse perché solo ieri notte stavamo per farlo contro la stessa porta dalla quale in quel momento Byron, il mio ancora attuale fidanzato, stava passando.

Aspettai che restassimo soli per parlare. Chase si tolse con estrema calma il casco e la giacca di pelle e, con una camminata da modello, mi sfilò accanto.

"Cosa stai facendo, Chase?"

Lui si voltò, corrugando la fronte. Ma gli occhi lo tradivano. Conoscevo bene quel luccichio pericoloso. "Mi fermo per cena. Non vedo l'ora di mangiare una fetta di torta di tua madre."

"Se pensi che ci creda, ti sbagli di grosso."

"Ti sbagli troppo spesso, ultimamente, non mi stupirei."

"Smettila di fare il moccioso, Chase Allen" lo redarguii con le mani sui fianchi. "Se è *solo* per la torta, ti porto la scorta per un mese intero."

"Dai, Peanut, il tuo fidanzato è elettrizzato all'idea di cenare con me. Consideralo il mio regalo di nozze." Fece un sorrisetto. "Perché mi hai fatto credere di essere fidanzata con Reynolds?"

"L'hai dedotto tu, io non ho detto nulla."

Scosse la testa.

"Vai a casa, Chase. Potresti riflettere sulla possibilità di smettere di correre."

"Ti faccio solo un favore a fermarmi per cena, *piccola*." Enfatizzò ogni lettera di quel nomignolo che odiavo da sempre.

Sbuffai. "Che vuoi dire?"

Mi guardò per un secondo. Poi un arrogante e sensuale sorriso da stronzo si allargò sul suo viso. "A fine serata avrai chiaro nel cuore chi vuoi veramente."

E così se ne andò dentro, nella locanda.

Rimasi a fissare la zanzariera del portico, prendendo grandi boccate d'aria nel vano tentativo di calmarmi.

Non eravamo ancora seduti a tavola e già non vedevo l'ora che la cena finisse. Chase si comportava da stronzo arrogante, Jacey e Abigail si ignoravano, mia madre invece si dilungava raccontando aneddoti divertenti su di me a Byron, mostrandogli vecchie foto di famiglia.

Ci stavamo per sedere, quando il campanello nella hall annunciò l'arrivo, inaspettato, di un nuovo ospite.

Drizzai le orecchie, pronta ad accogliere il cliente pur di fuggire via da lì. Ma poco dopo mia madre tornò, alle sue spalle il sindaco. *Oh, merda!*

"Buonasera, non sapevo ci fosse un mini consiglio cittadino in atto."

"Perché non si ferma anche lei a cena, sindaco?" Mia madre, era ormai appurato, aveva l'eco nella calotta cranica.

"Volentieri" disse, il suo radar già puntato su Chase.

"Cristo santo..." mormorai. "Fa sempre parte del tuo piano, Belle?" chiesi a voce alta.

"Autumn!" mi riprese Margareth.

"Quale piano?" domandò Byron.

"Il sindaco vuole convincere mia madre a trasformare casa nostra in un resort di lusso." Sollevai le sopracciglia.

"Non ci sono altre soluzioni" sorrise per poi puntare lo sguardo su Byron. "E lei è?"

"Byron Lewis."

"Il *fidanzato* di Autumn" precisò Chase. "È un piacere rivederti, Belle." Lui sorrise, ben sapendo di fare colpo, e lei andò a fuoco.

Che faccia tosta.

"Così ti sposerai, Autumn. È una splendida notizia, motivo in più per vendere il terreno, visto che abiterai in pianta stabile a San Francisco."

Stavo per dire che non ci sarebbe stato nessun matrimonio, ma Byron meritava almeno una spiegazione a tu per tu. "Non ci sarà nessun bisogno di vendere e trasformare il Lullaby in un'attrazione per milionari. Dimostrerò che Blue Harbor è una cittadina storica, credo che abbia bisogno solo di puntare sulla sua risorsa più importante, ovvero il turismo. Con un nuovo sito e un'adeguata campagna pubblicitaria, il turismo riaffiorerà." Chase mi osservava impressionato.

"Ed è quello che hai capito in pochi giorni qui in città?" chiese Belle, con il suo immancabile sorriso tarocco.

"Esattamente."

"Perché non prendete Chase come testimonial?" intervenne Byron.

Lui alzò le mani. "Preferisco che Blue Harbor resti la mia boccata d'ossigeno, lontano dalla stampa e dalla curiosità dei fan." Prese posto, sedendosi di fronte a me. Ero giusto nel suo mirino. "Finalmente conosco questo misterioso ragazzo. Vorrei dire che ho sentito tanto parlare di te, Byron, ma la nostra Autumn è stata *piuttosto* impegnata in questi giorni."

Il suo sguardo divertito si posò su di me e bevvi un lungo sorso di vino, ripensando a quanto ero stata impegnata la notte precedente contro la zanzariera della locanda.

Scostai la sedia al mio fianco per fare posto a Byron, ma lui preferì sedersi vicino a The Legend. "Così frequentavate la chiesa assieme?" chiese Byron, incuriosito.

"Non solo di domenica." Chase ridacchiò e allungò il braccio sullo schienale della sedia. "Ci frequentavamo spesso, vero, Peanut?"

"Peanut?" ripeté Byron, confuso, posando i suoi occhi acquamarina su di me.

Per poco non mi strozzai. Sarebbe stato meglio posare il bicchiere prima di lanciarlo contro Chase. "Andavamo anche alla stessa scuola" precisai.

"Siamo cresciuti insieme. Potrei affermare che so tutto di Peanut."

Volevo ammazzarlo. "Non posso dire lo stesso di te, Chase" dissi, la mia voce fredda all'improvviso.

"Qualcosa non va?" chiese Jacey, investigativo come sempre.

"Credo sia colpa mia" s'intromise Abigail.

"Sei tu che hai raccontato a Autumn dell'incidente?" parlò cupo Chase.

"Ti ho dato mille occasioni, Chase, di parlarmene. Ma come sempre ometti le cose, almeno con me. Scommetto che Belle già lo sa" sputai furiosa.

"Sapere cosa?"

Lui esitò.

"Dovresti rivedere il concetto di verità" continuai.

Calò il silenzio nella stanza, si sentiva solo lo sbatacchiare delle posate.

"E voi come vi siete conosciuti?" intervenne Belle dopo che mia madre ebbe servito la prima portata. "Sei un giornalista anche tu?"

Lo sguardo di Byron saettò confuso da me a Chase, infine si posò sul sindaco. “In realtà lavoro per una società per azioni.”

“Che società?” chiese Chase.

“Gli interrogatori li fa Jacey” sibilò Abigail da capo tavola. Lo sceriffo tossicchiò, come se gli fosse andato di traverso il cibo.

“Cushmand and Wakefield” disse Byron, senza distrarsi dal piatto di pasta cucinata da mia madre.

“E come diavolo avete fatto a conoscervi, tu e Autumn?”

“Ci siamo quasi scontrati durante una pausa dal lavoro.”

“Destino” aggiunsi da stronza.

“Destino?” Chase rise, mentre io stringevo le mani a pugno per non tirargli dietro il piatto. “Ho sentito parlare della C&W” aggiunse, riportando l’attenzione sul mio fidanzato.

“È una delle migliori nel suo settore. Mio padre era uno dei pezzi grossi e mi ha aiutato a ottenere un posto. La porta è sempre aperta anche per Autumn Lily Rose.”

Mi irrigidii, tesa.

“E perché mai *Autumn Lily Rose* dovrebbe diventare un agente?” Chase tolse la mano dallo schienale e lanciò un’occhiata dura a Byron.

Quest’ultimo si mosse a disagio sulla sedia, sotto l’attento studio di Chase, di mia madre, della mia migliore amica, dello sceriffo e del sindaco. “Be’, perché è un’ottima posizione, in una società rinomata, e sarebbe un impiego ben remunerato.”

“Ma Autumn ama scrivere” intervenne mia madre per la prima volta quella sera.

“Sarebbe sbagliato entrare in una società rinomata nel mondo? Da Stars è solo sottopagata e sottovalutata.”

“Sarebbe esattamente la peggior scelta che potrebbe fare” sbottò Chase, che riportò lo sguardo su di me. I tratti del suo viso, per un attimo infinitesimale, si addolcirono. “Autumn è nata per scrivere, e questa sua esperienza a Stars è solo un punto di partenza che la sta aiutando a formarsi, ha contribuito a farla diventare ciò che è. Una ragazza che ama il suo lavoro, e che stringe i denti pur di arrivare un giorno a vedere la sua firma chiudere un pezzo per un grosso quotidiano. Se io fossi in te, Byron, andrei in giro mostrando orgoglioso le foto della mia ragazza al mondo e decantandone le lodi, invece di organizzarle colloqui di lavoro." I suoi occhi si allontanarono da Byron e trovarono i miei. "Dico questo perché tutto quello che ho raggiunto in questi anni lo devo a Autumn, perché di me ha sempre visto l'invisibile e ha lasciato che lo guardassi nei suoi occhi."

Nella stanza calò il silenzio. Gli sguardi di tutti erano puntati su di me, mentre il mio era fisso in quello di Chase, profondo e scuro.

Non lo distolsi, ma lo memorizzai come se avessi in mano una macchina fotografica e immortalai quel momento.

Ero senza fiato, sentii le lacrime affiorarmi agli occhi.

Un tuono rombò poco distante, facendo vibrare i vetri delle finestre. Passarono pochi secondi e copiose gocce di pioggia iniziarono a ticchettare sul suolo.

"Non voglio distrarvi ulteriormente dalla cena con le mie idee." Chase si alzò e gettò il tovagliolo sul tavolo, quasi con stizza. Mi guardò. "Ti lascio da sola con il tuo fidanzato, credo abbiate molto di cui parlare." Poi fissò Byron, che sembrava confuso. "Credevo che fossimo innamorati della stessa donna, ma mi sbagliavo. Perché io sono innamorato di una donna completamente diversa da quella che ami tu. Spero che siate felici assieme." Mi fissò con delusione, forse disgusto.

E un attimo dopo era fuori dalla locanda, sotto la pioggia.

"Dannazione, Abigail, ti devo ben trenta verdoni" sbottò Jacey, spezzando l'aria tesa che era calata nella sala.

"Mai mettersi contro una donna, carta igienica" affermò la mia amica, portandosi una forchettata di pasta alla bocca.

"Su che cosa avete scommesso?" sentii mia madre chiedere.

"Che Chase avrebbe steso Byron al primo colpo" sussurrò Abigail in tono divertito.

Ma io stavo già correndo fuori dal Lullaby Inn, con le scarpe che scricchiolavano sulle assi di legno e sui gradini.

"Chase!" gridai. "Aspetta! Per favore!"

Lo raggiunsi sul viale sterrato, vicino alla moto. Lo presi per un braccio e lui si divincolò. "Mi hai chiesto perché ti ho fatto venire qui proprio durante il festival..."

"Chase..."

"Perché anche se a volte sei una testarda di proporzioni bibliche, ti amo. Non ho mai smesso. Sei l'amore della mia vita, Peanut."

Chase era lì, sotto la pioggia, e mi aveva appena confessato di amarmi, cambiando per sempre il corso della mia storia.

Avevo il respiro corto e non sapevo se fossero lacrime o pioggia, le gocce che mi colavano sulle guance.

Chase si avvicinò e chinò la testa, il suo viso a un soffio dal mio, tanto che potei sentire il suo fiato caldo sulle labbra. Mi prese la mano destra e mi mise sotto il naso il diamante che portavo all'anulare. "Non lo ami. Non ne sei innamorata, e non dirmi il contrario perché te lo si legge negli occhi, chi hai nel cuore" disse, con voce tanto dura da farmi rabbrividire. "Non ti fidi proprio di me, ma non posso darti una sfera magica per vedere il nostro futuro. Posso solo dirti che sei e resterai sempre la mia stella binaria." Mollò la mia mano.

Le sue parole rimasero sospese nell'aria. Aprii la bocca per rispondere, mi fermai, poi ci riprovai. La pioggia mi frustava il viso e allontanai con mani tremanti una ciocca di capelli.

"È che è successo tutto all'improvviso. Questi quattro giorni a Blue Harbor non sono la vita reale, Chase. La malinconia ci ha fatto ricordare il tempo passato assieme, ma non sono più la ragazzina che amavi."

"Balle" disse, deciso. "Voglio passare gran parte della notte e della mattina a guardarti mentre dormi, voglio andare al ristorante e sedermi vicino a te al tavolo, non di fronte. Così vicino che non passa nemmeno l'aria. Se non ti va, voglio poter ordinare una pizza e starcene a casa, seduti sul divano, a mangiarla tenendoti la mano mentre piangi per qualche film triste alla tv. Dio, voglio perfino prenderti in giro quando riempi il Dodge con la tua voce stonata mentre canti." Si avvicinò, minaccioso, l'aria furiosa. "Ti bacerei davanti a tutta Blue Harbor, rovinandoti il rossetto e spettinandoti la piega perfetta. Voglio passare così tanto tempo al tuo fianco che il tuo profumo sarà l'unico che avrò addosso. Forse non te ne rendi conto, ma l'ultima volta che mi sono sentito vivo è stato quando ho guardato dentro i tuoi occhi. Quindi, no, non sei solo una ragazzina che amavo da ragazzo: sei la donna con la quale voglio passare il resto della mia vita, Peanut."

Tacqui di fronte alla più bella dichiarazione d'amore che un uomo mi potesse fare. Non serviva che aggiungesse *ti amo*.

Di fronte al mio silenzio, Chase alzò una mano. Si voltò e salì sulla moto.

"Non andartene" mormorai.

"So di non essere migliore di lui perché ti ho lasciato andare una volta, ma nel caso un giorno ti volessi innamorare di nuovo, spero tanto che tu lo possa fare con me." Prima di infilarsi il casco, mi guardò un'ultima volta. "Lotta affinché sia solo tuo, dannazione!"

Accese la moto, ingranò la marcia e partì, alzando un polverone sul viale al suo passaggio e un buco nero e profondo dentro di me.

Da qualche parte, lungo quel viaggio, il mio cuore era ritornato suo.

Verità
/ve·ri·tà/
Sostantivo femminile
Il sanscrito ***varami*** significa *scelgo, voglio*. Questa

interpretazione etimologica sottolinea, piuttosto che l'aspetto fattuale e reale della verità, il significato e il valore etico, morale e perfino spirituale della *verità* o meglio della *Verità*, perché essa indica ciò in cui credo, ciò che scelgo, voglio, spero.

Indefinibile

Capitolo 24

Erano tutti in cucina. Mia madre stava lavando i piatti, il sindaco stava cercando di togliersi di dosso Biscottino che doveva essere fuggito dalla mia stanza, Abigail era appoggiata al bancone e parlava con lo sceriffo. Si zittirono tutti quando varcai la soglia.

"Autumn, mi toglieresti di dosso questo gattaccio? Sono allergica ai peli di gatto" chiese Belle, starnutendo tra una parola e l'altra.

"Mi spiace, è ingestibile in questi giorni perché è a dieta. Starei attenta alle tue dita, Belle. Qualsiasi cosa sia fatta di carne gli fa venire l'appetito."

"Stai bene, tesoro?" domandò mamma.

"Dov'è Byron?"

"È andato a prendere la sua valigia."

"Devo parlare con lui" dissi.

"Forse è meglio che andiamo" suggerì Abigail.

"Ma non ho ancora mangiato la torta di mele!" protestò Jacey.

"Potresti accompagnarmi al The Whig così ti preparo la mia omelette con gli spinaci."

Abigail e Jacey stavano parlando. Stavano avendo una normale conversazione senza uccidersi e lei lo aveva pure invitato al locale. Dio, avrebbe cucinato per lui! La fine del mondo era vicina. Stavo per commentare, quando Abigail gli diede una spallata.

"Ho detto che ti cucino una omelette, non che non mescolerò agli ingredienti un lassativo."

"Sai che stai parlando con lo sceriffo?"

"Sarai troppo impegnato sulla tazza del water per prendere qualsiasi provvedimento, credimi."

Il mondo era ancora salvo.

Abigail mi raggiunse e mi diede un buffetto al braccio. "È innamorato di te per davvero." Sapevo che non stava parlando di Byron. "Grazie per la cena, era da anni che non passavo una serata così movimentata. Carta Igienica, andiamo! Mi hai sentito?"

"Scusa, il tuo didietro mi ha fatto perdere il filo del discorso."

"Sei disgustoso, Carta Igienica."

"Guarda che ho un nome."

"Coglione?"

Riuscii a sorridere mentre uscivano dalla cucina.

Belle li seguì a ruota, starnutendo e con le lacrime agli occhi. "Meglio che vada, prima che stramazzi per terra."

"Grazie, non ho tempo al momento per chiamare aiuto" commentai, senza nascondere il mio odio per lei.

"Belle, ti accompagno fuori" mormorò mia madre, dandomi una piccola pacca d'incoraggiamento sulla spalla mentre spingeva via il sindaco.

Il silenzio ora era diventato palpabile, nella locanda. Biscottino mi si avvicinò, si sdraiò per terra appoggiando la testa sul mio piede. "Grazie, tesoro" sussurrai, fissando la stanza vuota per qualche secondo. Byron non era ancora tornato. Andai a cercarlo e lo trovai che stava scendendo le scale con un piccolo trolley.

"Byron..."

"È abbastanza chiaro che non siete solo amici d'infanzia." Sentivo tutto il peso del suo sguardo, sul volto era dipinta un'espressione delusa.

"Non lo so cosa gli sia preso."

Lui mi sfilò accanto, scendendo gli ultimi scalini che lo portarono al piano terra. "C'è stato qualcosa fra di voi?"

"Byron, mi dispiace tanto."

"Avrei dovuto capirlo dal modo in cui vi guardavate. Non mi hai mai guardato così, come se fossi una dannata luce alla fine di un tunnel."

"Nemmeno tu mi hai mai guardata come fa lui."

"Perché allora non hai detto subito che non mi avresti sposato, non appena ho messo piede qui?"

Girai l'anello che mi pesava come un macigno, soprattutto nel cuore. "Non volevo dirtelo davanti a tutti."

"Ti aspetti che ti dica grazie?"

"Lo so di essermi comportata da stronza. Ma non posso sposarti, Byron."

"Lo ami?" Di nuovo quella domanda.

"Tanti anni fa ho consegnato il mio cuore a quel ragazzo."

"Sei innamorata dell'idea che hai di lui."

"No, sono innamorata dell'uomo che ho conosciuto in questi giorni." Il Robin Hood di Blue Harbor, l'uomo in grado di leggermi dentro come nessun altro. L'uomo che mi amava come nessun altro sarebbe mai stato capace di fare. L'Unico che avessi mai amato.

Lo amavo. Quella consapevolezza mi investì a novanta miglia all'ora, facendo tremolare la gabbia toracica che custodiva il mio cuore. Lo avrei amato per tutta la mia vita e oltre, e non sarebbe stato ancora abbastanza.

"Da quanto tempo va avanti?" La voce dura di Byron mi riscosse.

"Sono innamorata di lui da sempre. Da prima ancora di conoscere te" esplosi. "Ma nemmeno tu mi ami, Byron. Sei innamorato dell'idea perfetta che hai di me. Vuoi che porti completi eleganti, risponda al telefono per il tuo capo, organizzi eventi no profit. Dio, mi chiami piccola e non sai nemmeno che odio quel nomignolo!"

I suoi occhi, da sempre chiari e luminosi, ora erano spenti. Opachi. "Con me volevi andarci piano, pensarci. Invece, lui lo sposeresti?"

Trattenni il respiro perché la risposta era lì che mi bruciava sulla lingua. Era quello che avevo sempre sognato: una vita con lui, dei bambini dai capelli biondi e gli occhi chiari e una casa al di là del fiume.

"Byron, ti meriti di trovare un amore che ti consumi, così tossico da impedirti di tenere le mani nelle tasche dei pantaloni, che ti rubi il fiato e che non ti faccia dormire la notte."

Le parole di Byron furono poche, ma letali e penetranti. "Sarebbe stato meglio che avessi avuto le idee chiare tempo fa, così non mi avresti fatto buttare via un anno della mia vita. Complimenti, stasera sei riuscita a spezzare due cuori. Addio, Autumn Lily Rose." Si chiuse con forza la porta del bed & breakfast alle sue spalle.

Mi voltai, trovando Biscottino che mi fissava con occhi sgranati e mia madre, ferma in mezzo al corridoio.

"Mi sono comportata da emerita stronza con lui."

"È solo ferito."

Non potei fare a meno di pensare alla delusione dipinta sul viso di Chase quando mi aveva confessato di amarmi e io ero rimasta in silenzio, dopo avergli detto ripetutamente che era troppo tardi.

"Sei distante mille miglia da qui, tesoro" constatò lei, entrando in cucina.

La seguii. "Stavo pensando a Chase."

"Cosa ti ha detto?" mi chiese, tirando fuori la contesa torta di mele e cannella.

Feci un respiro. "Mi ama. Mi ha detto che vuole passare tutta la vita con me, che non sono innamorata di Byron e che ho solo paura di darci una seconda occasione."

La mamma restò per un po' in silenzio. Quando la guardai, aveva un'espressione pensierosa tanto che la fronte era solcata da diverse rughe di preoccupazione. "Ed è vero?"

Alzai lo sguardo di scatto. "Non lo posso sposare."

"Byron o Chase?"

"Byron" dissi troppo in fretta.

Mi aspettavo una ramanzina, oppure un discorso sulle responsabilità. Credevo che mi avrebbe chiesto se sapessi quello che stavo facendo. Invece posò le chiavi della macchina sul tavolo, vicino alla torta, dicendomi: "Cosa ci fai ancora qui?"

Mi accucciai ad accarezzare Biscottino dietro le orecchie, ricevendo in cambio delle fusa. Mamma aveva toccato un tasto dolente. *Può il primo amore avere una seconda possibilità?*

"Abbiamo una vita sola, Autumn. Io ho trovato l'amore della mia vita e l'ho perso troppo presto." Mi guardava intensamente. "Certi treni capitano una volta sola e vanno rincorsi."

Quelle parole, quella frase... era come se mia madre avesse aperto il lucchetto che mi teneva congelato il cuore. Come se avesse acceso improvvisamente la luce. Mi fu tutto chiaro. Sapevo dove dovevo andare. Sapevo da *chi* dovessi correre.

"Ti voglio bene, mamma." Non ero una ragazza da molti slanci, ma il quel momento le corsi incontro e l'abbracciai stretta. "Prendo la tua macchina" dissi, schioccandole un bacio al volo sulla guancia e afferrando le chiavi.

"Non ti chiedo nemmeno dove vai" rideva con gli occhi lucidi.

"Muovo il culo e vado a riprendermi il mio uomo!" risposi.

"Autumn, il linguaggio!"

"Così parla una vera ragazza del Sud!" Corsi innanzitutto in camera mia, con le chiavi in mano, perché c'era una cosa che dovevo fare prima di andare dal mio Unico.

Ero senza fiato dal panico e dall'euforia, ridevo senza ragione. Chase avrebbe potuto benissimo sbattermi la porta in faccia dopo il mio comportamento.

"Vai piano" mi gridò dietro, vedendomi correre a perdifiato per il corridoio e giù per gli scalini del portico.

"Non posso più aspettare" risposi.

Infilai le chiavi nel cruscotto, accesi la Honda e sgommai lungo il viale sterrato, diretta alla mansione di Chase. Non avevo più tempo da perdere, non potevo più permettere al mio stupido orgoglio di farmi perdere l'amore della mia vita. Era ora di smetterla con i ricordi. Me ne sarei dovuta accorgere prima, dell'amore che albergava nei suoi occhi. Quella volta non lo avrei lasciato andare, avrei lottato per lui, per noi. La mia era solo la stupida paura di soffrire di nuovo ma, se non lo avessi fatto, avrei passato il resto dei miei giorni a chiedermi se avessi lasciato scivolare via dalle mie dita la felicità assoluta.

Lotto per te, Chase.

Accesi la radio e scelsi una stazione di sole canzoni. Per fortuna non trasmettevano pezzi strappalacrime che raccontavano di amori finiti, ma allegre ballate country che speravo fossero di buon auspicio. Accompagnata da Brad Presley e dalla voce graffiante di Jason Aldean, sfrecciai superando i limiti di velocità per le stradine di una dormiente Blue Harbor. L'asfalto era reso viscido dalla pioggia che non aveva smesso di scendere copiosa, a malapena riuscivo a intravedere al di là del parabrezza, ma dovevo arrivare al più presto da Chase.

Quasi sbandai all'ultima curva, poi imboccai il vialetto che conduceva alla villa. La casa era al buio, sembrava non ci fosse nessuno. Il cuore mi rimbombava nel petto e nelle orecchie mentre suonavo il citofono. Avrei potuto vomitare da un momento all'altro davanti al cancello.

Il Dodge era parcheggiato nel viale, però non scorgevo la sua moto. Provai a chiamarlo, ma il telefono risultava spento.

"Dannazione, Allen! Apri questo cancello!" Camminavo avanti e indietro, al freddo, incurante dei vestiti e dei capelli fradici. Mi sentivo improvvisamente vuota, davanti alla sua villa, senza Chase. Non sapevo cosa fare, dove andare. Ripensai ai nostri posti: oltre al pontile, c'era la spiaggia di Pigeon Point, ma la maggior parte del tempo l'avevamo trascorsa qui, quando c'erano solo acri di erba incolta e calcinacci a leggere il nostro futuro nelle stelle.

Avrei dovuto tentare alla spiaggia, dove ci eravamo scambiati il primo bacio durante l'Harbor Fairy Festival. Camminavo a testa bassa per ripararmi dalla pioggia pungente come spilli sul volto, tanto da non accorgermi di chi mi stava davanti finché non ci andai a sbattere contro.

Alzai lo sguardo e rimasi senza fiato.

Aprii e chiusi le palpebre un po' di volte prima che il mio cervello captasse che l'uomo davanti a me, fradicio di pioggia, era Chase.

"Ciao" riuscii solo a dire.

"Se sei qui per rimarcare che è troppo tardi o per dirmi addio, l'ho capito. Domani ti farò mettere in contatto con il mio agente per l'intervista. Farà da tramite." Mi passò accanto e oltrepassò il cancello.

"Da tramite?" Lo seguii lungo il cortile e su per gli scalini.

"Non abbiamo più nulla da dirci, *Autumn*." Sulle sue labbra il mio nome sembrava quasi sbagliato. Volevo essere la sua Peanut.

Mi ritrovai a fissare la sua schiena, mentre saliva i gradini due alla volta come se volesse mettere distanza fra di noi.

Aprii la bocca e la richiusi subito. Dio, non mi ricordavo più nemmeno una riga del discorso che mi ero preparata in macchina.

"Non lo amo." Le parole mi uscirono di bocca senza che potessi fermarle.

Chase si fermò, i muscoli all'improvviso rigidi.

Mi scorticai quasi il viso per togliermi un ciuffo di capelli bagnati dal volto. "Avevi ragione tu. Non lo amo, non l'ho mai amato."

Lui si voltò, la notte scura come inchiostro gettava ombre sul suo viso. Però il mio corpo riconobbe ogni tratto, ogni linea, ogni lembo di pelle di quel volto perché vibrò in risposta.

"Ma non posso innamorarmi un'altra volta di te, Chase. Mi dispiace." Lui mi fissò sbalordito, come se gli avessi assestato un gancio dritto allo stomaco. Nei suoi occhi c'era il terrore.

"Se sei venuta per dirmi addio, puoi tornartene alla locanda."

"Non posso innamorarmi di te" lo ignorai, "perché non ho mai smesso di amarti." Salii un gradino, poi il secondo. Un nodo mi stringeva la testa e il muscolo che in quel momento batteva furioso nel petto. "Nella mia mente ho sempre saputo che mi mancava qualcosa, il mio cuore ha sempre saputo che eri tu." Lasciai che gli occhi diventassero umidi e permisi a una lacrima solitaria di rigarmi la guancia.

Chase socchiuse le palpebre, inspirando a fondo.

"Ti amo" sussurrai, avvicinandomi.

Chase scese di un gradino, eravamo a un soffio l'uno dall'altra. Mi prese la mano e fissò il solitario che ancora avevo al dito, serrò la mascella e un nervo gli pulsò vicino alla tempia.

"Byron è già partito. L'anello è ancora lì perché non sono riuscita a toglierlo" mormorai, sconsolata. Chase non aveva ancora detto nulla. "Hai sentito quello che ti ho detto prima? Forse non sono stata chiara, ma..."

Lui mi colse di sorpresa, prendendomi l'anulare e infilandoselo in bocca. Ne succhiò tutta la lunghezza in una mossa alquanto sexy, se il momento non fosse stato delicato, finché non sfilò fuori il dito e con sé l'anello, che ora Chase stringeva tra i denti.

"Oh..."

"Ora sei una donna libera" mormorò con voce roca per l'emozione, era così vicino che potevo sentire il suo calore.

"In realtà avrei un uomo, se lui mi vuole ancora" risposi senza fiato quando le sue labbra mi sfiorarono la fronte, le sue dita affondate nei miei capelli.

Chase mi tenne la testa ferma, mentre avvicinava il volto al mio. Il suo sorriso divenne caldo, come la luce che ora inondava i suoi occhi. Aveva di nuovo rubato dei frammenti di cielo. "Ti ho già lasciata andare via una volta, *Peanut*. Non succederà di nuovo." Le sue labbra catturarono le mie, annullando la distanza fra di noi. Chase mi baciò a lungo, come un affamato che avesse visto il primo pasto dopo secoli. Un bacio con il quale mi stava rivendicando. Mi avvolse nelle sue braccia muscolose e io gli gettai le mie al collo, senza fiato. Le nostre labbra si divorarono fameliche, dopo dieci lunghi e interminabili anni di desiderio represso.

"Ti amo, Chase."

"E fai bene" disse lui, come molti anni prima sul nostro pontile. Adoravo che ricordasse i nostri primi baci. Mi sollevò da terra e mi avvinghiai a Chase con le gambe, lì, sotto il portico.

"Sarà meglio entrare" grugnì contro la mia bocca, quando infilai le dita fra i suoi capelli e gli tirai indietro la testa per approfondire il bacio. Lo volevo. Dio, l'avrei preso anche lì in cortile, dall'urgenza che avevo di sentirlo.

Chase mi strinse per il sedere, aprì la porta senza mai rompere il contatto con il mio corpo e le nostre labbra. Mi condusse all'interno, chiuse la porta con un calcio e mi portò al piano di sopra. Non smisi mai per un secondo di baciarlo, di toccarlo, di accarezzarlo. Lanciai la borsa lungo i gradini.

Non avevo mai desiderato nessuno come desideravo lui.

Mi adagiò sul letto e non persi tempo a guardare la camera dei nostri sogni, allacciai i miei occhi ai suoi e ogni centimetro del mio corpo si sciolse di fronte al suo sguardo. Venerazione, desiderio, urgenza, felicità e... amore. Si chinò su di me, facendo leva sulle braccia, e avvicinò il viso al mio. Le gambe mi tremarono quando con una lieve carezza mi spostò una ciocca di capelli dal viso. Tremavo come la prima notte che avevo fatto l'amore con lui.

Sentivo il suo respiro sul mio collo, poi le sue labbra mi sfiorarono la curva della guancia, l'angolo delle labbra.

"Dillo ancora." La mia voce fu solo un sussurro tremulo.

"Ti amo, Peanut." Il pollice di Chase sfiorò il mio labbro inferiore e il suo sguardo intenso e bruciante mi rubò il respiro. "Ma devo essere sincero, tesoro. Farò con te l'amore in modo lento, ti toccherò e ti assaggerò con calma, però ora ho solo bisogno di spingermi dentro di te e di scoparti." Mi strinse il labbro fra i denti. "Subito."

Gli presi il viso fra le mani e lo zittii con un bacio profondo. Chase approvò la mia risposta ed emise un gemito strozzato quando inarcai il bacino, sfiorando il rigonfiamento nei suoi pantaloni.

"Lo prendo come un sì."

"Abbiamo tutto il tempo del mondo per recuperare una vita di lontananza" mormorai con una voce strana, che non mi apparteneva. Con mani febbrili, iniziai a sbottonargli i pantaloni.

Chase mi baciò con un sorriso sfrontato. "Smettila di strofinarti a quel modo o finirà prima di quanto pensi." Mi bloccò le mani, si alzò e si tolse lui i jeans e i boxer in una rapida mossa.

Slacciai e tirai via i miei pantaloni, le mutandine. Mi liberai del maglione, mentre Chase si sfilava la maglietta e i suoi muscoli levigati e dipinti dai tatuaggi erano un invito ad accarezzarli e leccarli.

Lo vidi prendere fiato dinanzi alle curve del mio corpo e seppi che avrei conservato per sempre la sua espressione nella scatola dei miei ricordi. Io scesi con lo sguardo e... dovetti prendermi un momento. Dio, si era irrobustito, i suoi muscoli erano più definiti e duri. Era un'opera d'arte vivente che avrebbe meritato l'ala intera di un museo, una sola esposizione al Metropolitan per l'erezione che in quel momento puntava dritta su di me.

Chase colse la direzione del mio sguardo e sulla sua bocca sbocciò un ampio sorriso. Lentamente, torturandomi, venne verso di me. Con gli occhi a mezz'asta cercai di cogliere le frasi e i disegni che lo marchiavano vicino al cuore, ma lui fu di nuovo su di me e la sensazione di calore del suo corpo sul mio mi incendiò il sangue.

Le sue mani mi slacciarono il reggiseno, i suoi occhi invece non mi avevano mai perso. La sua erezione premeva contro il mio stomaco e, prima che potessi allungare le dita sui suoi muscoli levigati, me le trattenne. Mi baciò sul collo, poi scese e catturò un capezzolo tra le labbra, facendovi roteare attorno la lingua. La stanza si riempì dei nostri gemiti, mentre io mi dimenavo sotto di lui, non riuscendo più ad aspettare. Il desiderio di averlo dentro di me era insostenibile.

Chase passò all'altro capezzolo, tempestò di baci la pancia, mi solleticò con la lingua i fianchi. Si fermò solo quando infilai le dita nella sua chioma e la strattonai.

"Ti prego, Chase..."

"Aspetta" disse, con voce scossa dall'emozione. Avevamo entrambi il respiro irregolare, gli occhi affamati e lui non aveva nemmeno ancora raggiunto la bandiera a scacchi.

Si sporse sopra di me e prese dal cassetto del comodino un preservativo. Lo fece scivolare sulla sua erezione e i tatuaggi che coprivano interamente il suo braccio sinistro catturarono il mio sguardo. Intravidi una bussola, delle crepe che dovevano ricreare l'effetto della pelle strappata, ma me ne dimenticai subito quando mi penetrò con una spinta decisa e mi fece sua.

M'inarcai sotto di lui e mi lasciai fuggire un sospiro. Mi era mancato. Lui, ma anche l'unione che avevano sempre avuto le nostre anime.

"Mi sei mancato" confessai con un filo di voce, mentre Chase mi afferrava per i fianchi e si spingeva dentro di me.

Prima piano, poi i movimenti furono sempre più convulsi. Affondai le dita nella sua schiena e lo accolsi dentro di me, il mio Chase.

Eravamo guidati dal desiderio, dal bisogno selvaggio, dalla disperazione.

"Cazzo, quanto mi sei mancata, Peanut" ringhiò Chase, il volto stravolto dal dolore per il tempo che avevamo buttato via, ma anche dall'estasi.

Intrecciai le braccia dietro la sua nuca e iniziai a oscillare, mi mossi contro di lui coprendo la sua bocca con la mia. C'era tutto, in quel bacio. Eravamo di nuovo assieme, eravamo ancora Chase e Autumn.

Il ritmo delle spinte divenne inarrestabile e non ci misi molto a venire. Il mio corpo cominciò a tremare, il piacere mi tolse completamente il fiato.

Dalla bocca mi uscirono suoni che non mi erano mai appartenuti, per nulla trattenuti, tutt'altro che delicati. Urlai il suo nome quando mi sentii travolgere dall'onda del desiderio, Chase raggiunse assieme a me l'orgasmo con un gemito che riverberò nella stanza.

Crollammo esausti, io abbracciata stretta a lui, Chase con il volto affondato nel mio collo. Restammo a lungo inermi, scossi e ansimanti, madidi di sudore. Infine Chase si rovesciò sulla schiena e mi tirò a sé, prendendomi il viso tra le mani e rubandomi il respiro con un lungo e dolce bacio.

Ci guardammo negli occhi e nessuno dei due sentì il bisogno di dire nulla.

Perché in quel momento, dopo dieci anni di lontananza lunghi una vita, nessuna parola, nemmeno un *io ti amo,* avrebbe potuto esprimere il nostro amore scritto nelle stelle.

Indefinibile
/in·de·fi·nì·bi·le/
Aggettivo

Che non può ricevere un'esatta definizione, che non si riesce a individuare o determinare con precisione, che non può essere bene espresso a parole.

Indelibile

Capitolo 25

L'indomani, mi svegliai colpita da alcuni deboli raggi di sole che però non filtravano dalle finestre. No, Chase aveva costruito un abbaino sul soffitto. Subito scene di vita a due presero vita nella mia mente, immagini di Chase e me sdraiati su quel letto a fare l'amore sotto l'occhio indiscreto delle stelle.

Quando mi voltai, lui stava facendo leva su un braccio e con la testa appoggiata sulla mano mi fissava. Il suo sguardo mi colpì nel profondo. "Ti amo" disse con un sorriso aperto.

Risi e mi girai sul fianco, gli presi il viso fra le mani e pronunciai contro le sue labbra: "Ti sei salvato, altrimenti mi saresti sembrato uno stalker, lì fermo a osservarmi."

Chase mi prese il labbro fra i denti. "Strega."

Lo baciai e lui non subì passivamente il mio bacio. Mi afferrò la nuca con la mano e mi baciò con forza.

Fu un signor bacio. Caldo, bagnato, profondo. La sua lingua scorreva sulla mia, sembrava che non ne avesse mai abbastanza di me e del mio sapore. La sua barba mi graffiava, invece le sue labbra erano morbide come seta. Un contrasto che mi strappò più di un gemito.

Aprii gli occhi e lo guardai frastornata. Dio, quanto l'amavo. Non mi sarei mai stancata di pensarlo e dirlo. "Devo andare a prendere una cosa" dissi, cercando di liberarmi dalla sua presa da boa constrictor.

"Non lo pensare nemmeno" mormorò lui con voce rauca e rafforzando la presa sui miei fianchi. Mi attirò a sé e divenni completamente consapevole della nostra nudità. La sua erezione mi sfregava contro il bacino.

"Chase, smettila con le tue regole di condotta da cavernicolo."

"Sono dieci anni che non mi sveglio con te fra le mie braccia" mormorò contro la pelle del mio collo, e succhiando. "Dieci anni, Peanut, non una settimana. Nemmeno un'emergenza mi terrebbe lontano da te."

"Se dovessi fare la pipì?"

"Non è una negoziazione."

Sbuffai e mi dimenai, ma mi ritrovai all'improvviso di schiena, intrappolata tra il letto e il corpo – dannatamente nudo – di Chase.

Mi bloccò i polsi sopra la testa e le sue labbra furono a un soffio dalle mie. "Non mi sfidare, tesoro. Non vinceresti."

"Scommettiamo?"

"Non scommettere. Lo abbiamo già fatto e sei stata la prima a cedere."

"Dai, per una settimana mi hai pregata, disperato."

"Ero determinato." Non contento, mi strinse più forte i polsi e affondò il viso nel mio collo, mordendo e leccando il lembo di pelle sensibile dietro l'orecchio.

Cercai di non cedere, ma era dura. Davvero dura. "Non eri tu quello che diceva che i preliminari sono meglio del sesso?"

"Ti sbagli" sorrise sulla mia pelle.

Inarcai il bacino, tanto per indurlo in tentazione. "Credo di avere una dichiarazione virgolettata."

Chase alzò il capo e mi guardò con gli occhi socchiusi. "Vuoi intervistarmi nudo?"

"Sono molto tentata, ma volevo solo andare a prendere una cosa."

"Non ti lascio andare alla locanda."

"Mi terrai qui chiusa per sempre nella tua torre, mio tiranno?"

"Potrai tornare a prendere un cambio o due, ma non nell'immediato. Non che ti servano poi i vestiti per quello che ho in mente."

"Chase!" Provai a spostarlo, ma era impossibile muovere quei muscoli granitici. "Devo solo andare a recuperare la borsa che ho lasciato sulle scale, non volevo andare a casa."

"Risposta corretta. Per una volta." Mi morse il labbro, strappandomi un gemito, e rotolò via. Lo lasciai nel letto che sembrava un dio, con il lenzuolo a malapena avvolto attorno ai fianchi, e lui che mi guardava sornione con un braccio dietro la testa mentre camminavo nuda per la stanza.

Per poco non tornai sotto le coperte con lui.

Obbligai le mie gambe a muoversi e andai a prendere la borsa che la sera prima avevo lanciato, presa dalla foga e dall'urgenza. Quando tornai in camera, Chase si era messo a sedere e mi tolse il fiato con i capelli arruffati, il velo di barba, la faccia stropicciata. Ma a rubarmi il respiro per davvero fu la sua espressione, quell'espressione che aveva popolato i miei incubi e i miei sogni.

Le mani mi tremavano mentre aprivo la borsa e tiravo fuori la mia vecchia Fujica ST605N che era stata di mio padre. Tolsi il coprilente e scattai la foto al suo viso sorpreso. *Click*. Mi avvicinai e la bocca di Chase si aprì in un sorriso non appena comprese il significato della macchina fotografica di nuovo fra le mie mani. Ero felice. Con lui. *Click*. Ed eccola, l'espressione che mi faceva battere il cuore e avere uno stormo di farfalle nello stomaco. Il soffio di un sorriso, gli occhi addolciti e tutto l'amore che brillava in quelle pozze verdi. Scattai il mio soggetto preferito. Avrei riempito una galleria fotografica solo dei suoi sguardi, dell'unico uomo che mi fissava come un cieco al quale fosse stato restituito il dono della vista.

Abbassai la Fujica e guardai Chase negli occhi, a pochi passi da me. "Non ho più scattato foto da quel giorno." Mossi un passo in avanti verso il letto e puntai l'obiettivo sul tatuaggio *life* che aveva sulla mano destra. *Click*. Poi saltai sul letto e, seduta sulle ginocchia, puntai la lente sul suo viso. Mi tremarono le ginocchia quando zoomai sui suoi occhi. Perché se nei miei lui vedeva l'invisibile, nei suoi io leggevo il mio futuro. *Click.*

Appoggiai la macchina sul letto e mi avvicinai a lui, sfiorando con i polpastrelli i tatuaggi che si era fatto negli anni, quando ci ignoravamo. Lessi la sua pelle come un libro in braille, tracciai ogni linea e ogni curva di quei nuovi disegni. La mia mano si fermò quando accarezzai i contorni di una bussola. Rimasi senza fiato dinnanzi alla lettera effe in maiuscolo al posto del Nord. Alzai gli occhi in una domanda muta.

Chase sorrise dolcemente e si passò la mano sul viso, quasi in imbarazzo. "Effe come *fall*, sinonimo di Autumn. Sei sempre stata il mio nord, Peanut. Quando sono partito per correre con la RoadRace Factory, ho fatto questo tatuaggio per non dimenticarmi mai dove fosse la mia casa."

Mi morsi il labbro per non scoppiare a piangere. Chase mi prese per i fianchi con le sue mani grandi e mi fece sedere sulle sue gambe. "Ehi, va tutto bene."

"Sì." Mi schiarii la voce. "Certo."

Mi puntò addosso il suo sguardo. "Non te l'ho detto per farti sentire in colpa."

"Lo so." Non avevo dubbi.

Gli posai le mani sul petto e spostai lo sguardo sugli altri disegni. Alcuni simboli tribali, delle poesie, il numero sessantatré con il quale correva in moto fin dagli esordi e poi le crepe sulla pelle.

"Perché te lo sei fatto?"

"Sono stato in uno studio di Los Angeles e questo disegno e il loro significato mi intrigavano."

Accarezzai lieve i suoi bicipiti, dove la pelle sembrava per davvero strappata via. "Qual è?"

"I tatuaggi della pelle lacerata simboleggiano le persone che hanno attraversato un trauma, un dolore che hanno vissuto nella loro vita, le persone che hanno dovuto affrontare la perdita di una persona amata. Rappresenta un dolore che però non lasci che ti consumi."

Aprii la bocca, ma avevo un nodo in gola che graffiava come sabbia. Le sue parole erano state una pugnalata assestata in pieno petto. "Mi dispiace" riuscii solo a dire. Per tutto quel tempo non avevo fatto altro che odiarlo, incolparlo per la fine della nostra storia. Avevo dato la responsabilità allo stress e al dolore per la perdita del nostro bambino, senza mai fermarmi a pensare che anche lui stesse soffrendo in egual misura.

Chase mi afferrò per la vita e mi abbracciò stretta, dandomi un bacio profondo e lento, quasi a voler cancellare via il dolore dal mio viso e dalle nostre vite. "Abbiamo commesso entrambi degli errori, Peanut. Non fartene una colpa" mormorò, accarezzandomi la schiena.

Deglutii e sfiorai con i polpastrelli le coordinate che si era fatto tatuare all'altezza del petto. Strizzai gli occhi per mettere a fuoco i numeri. "Cosa sono?"

Chase sorrise. "Sono le coordinate che rappresentano i luoghi più importanti della mia vita. Beaufort, dove sei nata" parlò, indicando con le dita la prima fila di numeri. "Poi il pontile di casa tua, la spiaggia di Pigeon Point dove ci siamo scambiati il primo bacio, e per ultima questo acro di terreno dove ho scritto le pagine migliori della mia vita con te."

Oh. Mio. Dio.

Mi tirai indietro e, sbalordita passai, le dita sulle coordinate. Avevo il cuore a mille. Sbattei le palpebre e con il pollice sfregai le varie combinazioni di numeri dov'era racchiusa la nostra storia.

Chase intrecciò la mia mano alla sua e se la portò al petto. "Il tuo posto è sempre stato qui, nel mio cuore. Ti ho tatuato sulla mia pelle così da averti sempre con me. Oltre le avversità. Oltre il tempo."

"È..." Non riuscivo a parlare.

"È per sempre, Peanut" sussurrò.

Cosa c'era di più indelebile di una macchia d'inchiostro sulla pelle?

Gli presi il viso fra le mani e lo baciai lentamente, come se avessimo tutto il tempo del mondo.

Ed era quello che avevamo. Il per sempre che tanto amavo nei miei libri.

Il temporale del giorno prima aveva lasciato il posto a un cielo terso e all'inconfondibile profumo di bosco e resina che adoravo. Ero seduta sui gradini della veranda, una tazza di caffè in mano, e respiravo a pieni polmoni quella nuova felicità.

Mi girai al rumore della zanzariera che si apriva alle mie spalle. Chase mi sorrise non appena mi vide. Fresco di doccia, e con i pantaloni della tuta molli in vita, aveva un'aria terribilmente sexy e stropicciata. L'ombra scura della barba gli conferiva un'aria tenebrosa.

Con una tazza di caffè in mano, si sedette accanto a me. "Come mai non dormi?"

"È troppo bello, qui fuori" mormorai, osservando i roseti che luccicavano nella luce dorata del giorno.

"Oggi ti porto da McGabe, così sentiamo quando sarà pronto il pezzo di ricambio della tua auto."

"Posso andarci anch'io, tanto devo riportare la macchina a mia madre."

Quelle chiacchiere superficiali erano solo un diversivo per non dover affrontare l'argomento più ostico. Anzi, uno dei dei tre argomenti più ostici. Il mio ritorno a casa, anche se casa in quel momento non era sinonimo di San Francisco. Essere tornata a Blue Harbor mi aveva fatto comprendere che mi era mancata quella cittadina di cinquecento anime che nemmeno il satellitare localizzava, ma più di tutto mi era mancato Chase.

"Sei preoccupata per la locanda?" mi chiese lui, come se avesse percepito che qualcosa non andava.

Scrollai le spalle. Ecco il secondo argomento. "È difficile accettare di vedere la tua casa trasformarsi in un hotel di lusso. Ma il Lullaby Inn sarà solo l'inizio, alla fine si prenderanno tutta la città."

Chase mi abbracciò. "Allora cosa pensi di fare?"

"Qualsiasi cosa. Sono disposta a tutto. Belle Danes e gli immobiliaristi non riusciranno a fermarmi. Ci sono tanti modi per raccogliere fondi. Devo solo trovare una soluzione per far sì che la città abbia una massiccia crescita del turismo."

Lui chinò il capo e mi posò un lieve bacio sulla testa. "Abbiamo Autumn Reese in versione uragano."

"Non sono ancora un uragano. Direi più una tempesta livello quattro." Alzai il mento e lo guardai negli occhi. "Hai pensato al tuo infortunio?"

Alzò la testa di scatto. "Sono stato un po' impegnato nelle ultime ore" sorrise.

La mia espressione rimase impassibile. "Non scherzo, Chase. Avresti potuto morire e la vita ti ha dato una seconda possibilità. *Ci* ha offerto una seconda occasione."

Chase si sfregò la fronte e fissò un punto indefinito davanti a sé, senza avere il coraggio di guardarmi. "Voglio rientrare per le ultime gare e provare a battere il record di titoli mondiali vinti."

"Non starò ferma ai box a guardarti salire in sella, facendo finta che tu non stia sfidando la sorte. Non puoi chiedermelo, Chase. Non adesso che ti ho appena ritrovato."

"Che vuoi dire?"

"Ho già perso un uomo importante della mia vita, non sopporterò di perdere anche te. Dieci anni fa ti ho lasciato andare pur di vederti realizzare il tuo sogno. Ora no. O smetti di correre o non mi vedrai più."

"Stronzate."

"Mi dispiace di esser stata egoista dieci anni fa e di aver deciso anche per te, mi dispiace di averti tagliato fuori dalla mia vita e di essermene andata via come una ladra. Ma mi era impossibile rimanere qui." Mi alzai e percorsi gli ultimi gradini. In fondo alle scale, mi voltai e mi strinsi le braccia intorno al petto. "Mi era impossibile rimanere, perché ogni luogo mi ricordava di noi e di quello che saremmo potuti essere. Ma più di tutto mi vergognavo."

"Ti vergognavi?" mi chiese con un sopracciglio alzato.

Annuii. "Ci sono stati dei giorni in cui mi sono sentita sollevata di aver perso il bambino. Ero giovane, non avevo nemmeno finito la scuola, mia madre faticava a occuparsi della locanda e tu ti trovavi dall'altra parte del Paese." Mi morsi il labbro per reprimere il nodo che mi era salito in gola. "Mi sembrava che tutti mi guardassero e mi parlassero alle spalle. In realtà non riuscivo a fare i conti con me stessa e ho preferito scappare."

Feci una pausa per prendere fiato.

"Ho mentito finora a me stessa e non lo rifarò, Chase. Non voglio che tu rischi la tua vita in ogni maledetta gara. Smettila, ritirati dalle corse, trovati un altro sogno. Abbiamo una seconda possibilità per ricominciare, e sono disposta a rimanere a Blue Harbor perché tu vali di più di qualsiasi articolo di giornale e di qualsiasi testata."

"La settimana prossima devo andare a Barcellona per dei test." La sua voce non tradiva nessuna emozione, ma scorsi il nervo pulsargli vicino alla tempia.

"Da quanto lo sai?" chiesi con un filo di voce. Mi sembrava di rivivere il giorno sul pontile.

"Da un po'..." Rilasciò un lungo respiro.

Deglutii l'amaro in bocca. "E perché sono qui? Mi hai fatto innamorare di nuovo di te per andartene a morire?"

"Autumn!" Anche lui si alzò e mi venne incontro. "Mancano solo tre gare. Non mi succederà nulla, vedrai."

"Non mi toccare!" dissi, quando cercò di allungare la mano. "Ti stai comportando da egoista. Ti rendi conto delle persone a cui faresti del male se ti succedesse qualcosa? Pensi a come mi sentirei io? Non riguarda solo te, questa scelta."

"Non mi succederà niente" sussurrò a pochi passi da me.

"Chas..." fu tutto ciò che riuscii a dire prima che le sue mani mi circondassero il viso e la sua bocca premesse sulla mia con forza.

"Ti amo" disse con un filo di voce sulle mie labbra. "Sarò solo a poche ore di aereo di distanza e ti prometto che tornerò. Tornerò qui a casa."

Mi si formò un enorme groppo in gola e mi districai da lui. Non riuscivo a ragionare tra le sue braccia. "Sarà meglio che vada in locanda, ho una casa da salvare e un articolo da finire. Ti concedo del tempo, Chase, per ragionare. Questa volta sei tu che devi fare la prossima mossa."

Mi precipitai dentro casa a recuperare la borsa e la macchina fotografica.

Chase mi stava aspettando di fianco alla porta d'entrata, con la schiena appoggiata al muro. Mi guardava, permettendomi di vedere la tempesta emotiva che si stava agitando nei suoi occhi. Non ci scambiammo nessuna parola. Uscii da lì e per tutto il tragitto non accesi nemmeno la radio. Strinsi saldamente il volante, con la mente che correva dai vecchi ricordi alle nuove e travolgenti emozioni che avevamo collezionato in quei pochi giorni.

Quando giunsi al Lullaby Inn, mia madre era seduta in veranda con le donne del Club del Libro a sorseggiare la limonata che ormai sapevo essere corretta con del vino.

Le superai senza dire nulla e mi fiondai in camera mia. Ignorai Biscottino che reclamava la mia attenzione, e pensai alla lista di cose che dovevo fare. Dovevo passare da McGabe per sapere dell'auto, organizzare una raccolta fondi, chiedere aiuto a Christopher con la grafica del sito di Blue Harbor e pregare Stacey di concedermi ancora qualche giorno per l'articolo. Sarei passata in biblioteca per scrivere e poi avrei domandato ad Abigail di pianificare a tempo record la raccolta fondi.

Dovevo tenere la mente occupata. Invece il mio cuore era rimasto sui gradini del portico di Chase.

Indelebile
/in·de·lè·bi·le/
Aggettivo
Che non si può cancellare.

Dejá vu

Capitolo 26

Ero seduta in biblioteca e fissavo lo schermo vuoto di Word, impedendomi di rispondere alle telefonate di Chase o di correre a casa da lui. Ero ancora troppo annichilita per la nostra ultima discussione.

Non riuscivo a comprendere la sua scelta. Com'era possibile che volesse rischiare così tanto la sua vita solo per arricchire il proprio palmarès? Sapevo che amava il suo lavoro, era uno sport pericoloso e i rischi erano compresi nel pacchetto. Avevo guardato in tv la quarta sessione di prove libere del Gran Premio di Assen, tanti anni prima, e Chase era uscito illeso da un tragico incidente. Una curva sbagliata, un impatto incredibile contro le protezioni, un salto di diversi metri. Avevo assistito sgomenta all'intera scena e avevo dovuto spegnere la televisione per correre in bagno, disperata.

La stampa lo aveva definito "miracolato", qualcuno aveva addirittura scritto che la mano di Dio lo aveva preso per il coppino della tuta e lo aveva salvato.

Da allora mi ero rifiutata di fare da spettatrice inerme alle sue gare.

Perché si ostinava a rischiare di nuovo? Lo amavo, ma mi era impossibile trascorrere ogni secondo della mia vita a chiedermi se sarebbe sopravvissuto alla prossima gara.

Era meglio che stessi per un po' lontana da Chase, almeno finché lui non avesse preso una decisione definitiva.

Incapace di scrivere l'articolo per l'Inquirer con lucidità, aprii la pagina del blog e scrissi un lungo post in cui mi liberavo delle mie paure e davo sfogo alle emozioni che mi stavano travolgendo in quei giorni in Carolina del Sud. La vendita del Lullaby Inn, il litigio con Byron, le chiacchierate con Abigail, i miei scontri con il sindaco e il capitolo più bello della mia vita dopo anni.

Chase. Le discussioni, la gita in moto, le nostre confidenze a bordo spiaggia. Rievocai in ogni dettaglio la cena della sera prima, la dichiarazione d'amore più bella mai sentita e che faceva impallidire qualsiasi romanzo rosa letto fino a quel momento, e infine i nostri amplessi.

Lasciai andare un lungo respiro e conclusi così il post: "Di tanto in tanto è un bene fare una pausa nella nostra personale ricerca della felicità ed essere semplicemente felici. A volte ci affanniamo così tanto per trovare la felicità perfetta che perdiamo il gusto di assaporare i momenti. Concentriamoci di più sui capitoli che stanno nel mezzo che sul finale. Quelli che compongono la storia. Anche nei romanzi, ci avete mai pensato? Le vere storie d'amore iniziano dopo l'epilogo, rendendole senza fine. Chase, l'ho capito tardi, ma ci sono arrivata. Sei l'amore della mia vita, non scrivere la nostra fine."

Lo pubblicai e stavo per cliccare sulla X in alto, quando diversi *ping* attirarono la mia attenzione.

Erano tutti commenti al mio nuovo post.

In nemmeno cinque minuti ottenni venti commenti, poi trenta. Mezz'ora dopo era a quota duecentotrenta repliche al post.

Corrugai la fronte e controllai le statistiche del blog, cosa che non facevo mai. Le visualizzazioni erano altissime, ogni giorno il mio piccolo blog aveva avuto sempre più traffico.

Ero sbalordita che così tante ragazze avessero accolto la mia storia con tanto affetto.

Mentre mi arrovellavo per capire se avessi fatto intendere per sbaglio che stavo parlando di Chase The Legend Allen, squillò il telefono e mi beccai un'occhiataccia da una signora seduta qualche fila più avanti davanti a un libro.

"Scusi" mi giustificai, silenziando il cellulare. Non era Chase. Riconobbi subito il numero interno dell'ufficio di Christopher. Pensando che fosse per il sito di Blue Harbor, spensi il computer, uscii dalla biblioteca e lo richiamai.

"Ti prego, non dirmi che ti manco. Piuttosto dimmi che sei alla stazione dei pullman di Blue Harbor con dei tacos."

"Hai fatto sesso con Allen?" Quella fu la prima frase che uscì dalla bocca di Chris quando finii di parlare.

"Anche tu mi manchi, Chris."

"Saltiamo le smancerie, tesoro. Non ci credo che tu abbia regalato la tua V card ad Allen."

"Aspetta" mi fermai in mezzo al marciapiede. "Come fai a sapere che ho fatto sesso con Allen?"

"Sveglia, tesoro! One More Page ti dice nulla? A proposito, belli i tuoi articoli sul blog. Non voglio sapere come, quando, dove e da quanto tempo perché è scritto tutto online. È vero il soprannome Tornado Carolina? E, ovviamente, non mi riferisco alle sue prestazioni in pista."

Signore Santissimo. "No, no, no" lo interruppi. "Aspetta un momento. Io non ho fatto il suo nome da nessuna parte."

"Nel settore news e attualità non fanno che parlare di te, le vicende sul tuo Unico stanno riscuotendo un enorme successo" continuò, ignorandomi beatamente. "È tutto vero o c'è qualcosa di inventato?"

"È tutto maledettamente vero. Stacey? Oddio, mi ammazzerà!" Se prima non mi avesse fatta fuori Chase.

"Esiste anche lo sceriffo Jacey? Sei sicura che non sia del mio team? Potresti convertirlo..."

"Chris" gridai, bloccando pure i grilli che frinivano nel prato lì vicino. "Cosa ha letto Stacey del mio blog?" Non potevo nemmeno salire in macchina e correre da Chase, perché in quella maledetta cittadina il telefonino prendeva solo lì, davanti alla biblioteca. "Se ti do la mia password, riesci a chiudermi il portale?"

"Tesoro, l'Inquirer ha già fatto un articolo sul sito, l'esclusiva con Chase ormai è bruciata. A chi vuoi che interessi del pilota quando su One More Page c'è una meravigliosa, struggente e sconvolgente storia d'amore che lo riguarda? Per non parlare dell'infortunio. Sicuramente la Federazione Motociclistica Internazionale vorrà parlare con lui, i medici verranno indagati per aver nascosto la gravità sulle sue condizioni di salute, così come lui stesso e il Team. Quasi certamente verrà sospeso e licenziato. Per lui sarà finita. Hai scritto circa novantamila parole di cui cinquemila che lo inchiodano, tesoro."

Registrai ogni singola frase che usciva dalla bocca di Christopher mentre la mia ansia cresceva a ogni secondo scandito dal campanile della chiesa di fronte a me. Mi sentivo sul punto di vomitare.

"Passami l'ufficio di Stacey."

"Non so se ti risponderà perché da ore è in riunione con l'editore a causa del tuo... be', a causa tua."

"È importante."

La musica d'attesa non mi aiutò a stemperare il nervosismo e la paura. La sinfonia numero quattro dello *Schiaccianoci* andò avanti per un'eternità.

"Cosa vuole, Reese?"

Mi schiarii la gola, per nulla sorpresa che fosse furiosa. Le avevo fatto saltare la promozione alla Heart Corporation. "Buongiorno, Stacey."

"Buongiorno un cavolo! Cosa vuole, Reese?" Già riuscivo a immaginarla, seduta al centro del suo posto di comando, impeccabile, nessuna sbavatura al trucco, gli occhiali sulla punta del naso mentre digitava con rabbia i tasti del suo Mac. "Può ipotizzare il casino che ha creato con le sue stupide manfrine sulla sua cotta giovanile?"

"Stacey, la prego, mi faccia spiegare..."

"Spiegare? Ha deciso di parlare della sua vita sessuale con l'unica persona in grado di salvare il magazine in un blog online. Non c'è nulla da spiegare, Reese: lei ha chiuso."

"Ho un pezzo fantastico su Chase Allen, quando i capi dell'Inquirer lo leggeranno ne saranno entusiasti."

"Signorina Reese." Si soffermò sul mio nome tanto da farmi venire i sudori freddi. "L'Inquirer non vuole più nessuna intervista, ogni dannata rivista online sta postando pezzi tratti dal suo blog dove la perfettina Autumn di Blue Harbor si scopa il pilota numero uno del momento. Tra l'altro in alcuni pezzi mi ha chiamata anche Terminator, stronza e terrorista editoriale, se vogliamo essere precisi."

Sospirai e iniziai a grattarmi all'altezza del collo. Nemmeno il Dermablend sarebbe riuscito a coprire le chiazze rosse.

"Volevo una storia, signorina Reese. Adesso è diventata lei, la storia." Fece una pausa. "Il suo lavoro da Star è terminato, ma gli editori della Heart Corporation vogliono il suo racconto in esclusiva. Non so ancora se le chiederanno di scrivere onlinc il suo blog per loro o se vogliono andare in un'altra direzione. Comunque ce l'ha fatta, finirà sulla prima pagina dell'Inquirer. Non era quello che voleva?"

No, non così. Io non volevo *essere* la storia, volevo *scrivere* la storia. "Stacey, può bloccare tutto almeno per alcune ore finché non parlo con Chase?"

"Reese, a nessuno frega nulla di lei. Scusi la franchezza. Al momento, contano solo le vendite. Non è stupida, benché mi costi dirlo, e capirà anche lei che non le stavo ponendo una scelta. Non ci sono opzioni. Il soggiorno in Carolina è finito, torni a San Francisco con il primo aereo libero. Pagherà tutto la Heart Corporation."

Continuai a tenere gli occhi chiusi e nemmeno quando ruppe il collegamento telefonico tornai a respirare.

Cinque chiamate.

Tre sms.

Due messaggi in segreteria.

Tutti inviati a raffica da una piazzola lungo la I-526, l'unico tratto di strada in cui il telefono prendeva. Ma non ottenni nessuna risposta da parte di Chase.

Speravo con tutto il cuore che fosse in sala attrezzi con le sue immancabili cuffie alle orecchie. Strinsi il volante, assalita dalla febbrile necessità di parlare con lui. A malapena riuscivo a vedere oltre il parabrezza, e quella volta non per la pioggia, ma per la mia fretta di chiarire. Non ero concentrata sulla guida. Schiacciai sull'acceleratore, non cercai nemmeno di schivare le pozze d'acqua che si erano formate sulla carreggiata. Pregai almeno di non prendere in pieno il motore o mi sarei ritrovata con due macchine fuori uso in meno di una settimana.

Girai a sinistra e, quando imboccai l'ultima curva, scorsi in lontananza il Dodge di Chase parcheggiato in cortile, vicino alla tettoia della mansione.

Tirai un lungo sospiro di sollievo.

Scesi dalla Honda e, mentre percorrevo il vialetto, mi resi conto che non sapevo più cosa stessi provando. I miei passi scricchiolavano sulla ghiaia ancora umida, l'erba dei prati era spazzata via dal vento e alcuni rami penzolavano dagli alberi imponenti, alcuni centenari.

Non dovetti nemmeno citofonare, perché il cancello era già aperto. Salii di corsa i gradini, incurante della melma che avevo pestato, e suonai e bussai contemporaneamente alla porta. Quattro colpi sordi, ma nessuno venne ad aprire. Lo chiamai a gran voce, poi bussai altre quattro volte.

Finalmente Chase mi aprì, con indosso solo un paio di jeans sbiaditi. Subito il suo profumo di bosco e foglie bruciate mi invase le narici. Non appena riempì la soglia con la sua figura, impiegai solo un breve istante per comprendere che era a conoscenza di tutto.

La mascella serrata, le sopracciglia aggrottate, le braccia distese lungo i fianchi, le mani chiuse a pugno. E il suo sguardo. Mi colpì in pieno viso come una fiammata.

Emanava rabbia da ogni lembo di pelle, il petto si alzava e abbassava ansante. Non disse nulla, si limitò a fissarmi con occhi pieni di dolore e… tradimento. Una lama invisibile mi trafisse il petto.

"Chase, lasciami spiegare."

"Perché non mi scrivi un post, *stella binaria*?" Ogni lettera di quel nomignolo uscì dalla sua bocca intrisa di rabbia. "Perché sei venuta qui a Blue Harbor? Era questo il tuo intento fin dall'inizio?"

"No, come puoi pensarlo! Te lo giuro, Chase. Non ho nemmeno fatto il tuo cognome e vedrai che risolverò tutto."

"Davvero?" sibilò a denti stretti. "Non è necessario, perché non solo hai venduto la nostra storia online, ma ho ricevuto diverse telefonate dal mio agente. La scuderia mi ha tagliato fuori, senza contare che sono sotto investigazione dalla FIM. La mia carriera è finita. Complimenti, Autumn, era quello che volevi."

Provai un tuffo al cuore. "Ti hanno licenziato?"

"Forse è meglio che tu te ne vada, ora. Perché non vai in biblioteca a scrivere un nuovo pezzo per il tuo blog? Questo epilogo potrebbe dare una svolta alla tua storia."

"Se avessi davvero letto i miei post, non avresti il minimo dubbio su di me e sul mio amore per te."

"Scusami se non mi sono messo comodo a leggere la mia vita raccontata nei minimi dettagli, scopate comprese."

"Mi dispiace. Giuro che non sono venuta qui per raccontare i sordidi dettagli della nostra storia. Non volevo nemmeno innamorarmi di nuovo di te, ma è successo."

"E a me non frega un cazzo, adesso. Levati dalle palle. Credimi, in questo momento è meglio se te ne torni a casa, a San Francisco."

La durezza nelle sue parole mi tolse completamente il fiato. Il tempismo si stava ancora prendendo beffe di noi.

"A San Francisco? E quello che mi hai detto ieri notte? E questa mattina?" Mi sembrava di vivere una situazione irreale. Il dolore, purtroppo, era l'unica cosa vera, in quel momento.

Lui non si mosse, rimase fermo a fissarmi.

"Devi lasciarmi spiegare, Chase. Quel blog è nato come valvola di sfogo, non sapevo nemmeno che mi stessero leggendo così tante persone, figurati se pensavo che potesse finire tra le news delle venti." Il mio respiro era convulso, la voce stridula. Era come se la paura mi stesse soffocando con i suoi tentacoli tenendomi una mano premuta sulla gola.

Lui non rispose subito, ma nei suoi occhi non c'era il perdono. "Il tuo lavoro qui a Blue Harbor l'hai portato a termine. Vattene, torna a scrivere su quel cazzo di blog."

Mi sbatté la porta in faccia e il mio cuore, che aveva impiegato una vita a guarire, tornò a spezzarsi in mille piccoli pezzi.

Salii nell'utilitaria di mia madre, incurante dei limiti di velocità. Schizzai via in tutta fretta, dalla casa di Chase al Lullaby Inn toccai il pedale del freno solo tre volte: quando le tre Mary avevano deciso di attraversare la strada in pieno centro, quando mi ero fermata al Salon da Abigail per chiederle aiuto e quando avevo oltrepassato il viale sterrato di casa.

Casa. Il Lullaby Inn, il luogo in cui ero cresciuta e che avevo evitato come la peste da quando ero partita per l'università.

Smontai al volo dalla Honda e corsi dentro. Mia madre era in giardino, seduta sulle ginocchia e con le mani sepolte nella terra. Stava piantando dei tulipani. In pieno autunno.

"Mamma" la chiamai con il fiatone.

Margareth si voltò e si tolse un ciuffo sudato dalla fronte. Quando mi vide, il sorriso le si spense sulle labbra. "Che c'è?"

"Devo partire subito per Charleston e prendere il primo aereo per San Francisco. È una storia lunga e non ho più tempo da perdere. Non posso andare da Teddy a noleggiare una macchina, devo prendere la tua. Abigail sa già tutto, ti spiegherà lei."

"Tu e Chase avete litigato?"

"Questa volta la faccenda è un po' più seria, non è un semplice litigio." Non avevo ancora versato una lacrima, ma ero sul punto di cedere. "Ora vado di sopra a prendere le mie cose."

"Lascia qui Biscottino, me ne occuperò io. Tanto non ci sono ospiti."

Annuii e corsi di sopra. Buttai alla rinfusa alcuni vestiti, il portatile e lasciai lì per terra il trolley colmo di scarpe. Tirai fuori la macchina fotografica dalla borsa e presi un foglietto di carta.

Se guardi bene queste foto vedrai tutto l'amore che provo per te.

Sei l'amore della mia vita. Il mio Unico. La mia stella binaria.

La tua Peanut

Scrissi velocemente, con le mani che tremavano. Lasciai il bigliettino sopra la scrivania, vicino alla Fujica di mio padre.

Quando scesi al piano terra, mamma mi stava aspettando in fondo alle scale. "Vieni qui. Avvicinati e abbraccia la tua vecchia." Mi tese le braccia, un po' esitante.

Non avevamo mai avuto un rapporto madre-figlia condito da abbracci e ti voglio bene. Però l'abbracciai stretta, cogliendola di sorpresa. "Tornerò, mamma. Non farò passare altri dieci anni" sussurrai, perché avevo la gola chiusa. "Ti devo chiedere solo un favore."

"Che cosa?"

"Mentre sono via, puoi far sviluppare il rullino e consegnare a Chase la busta con tutte le foto?"

"Ma certo, tesoro." Mi accarezzò la schiena, mi baciò i capelli e scoprii che era una sensazione meravigliosa e che mi piaceva.

HARBOR FAIRY FESTIVAL
IL FESTIVAL D'AUTUNNO DI BLUE HARBOR
UN'EMOZIONE INDELEBILE

Il manifesto divenne sempre più piccolo nello specchietto retrovisore, mentre sfrecciavo per la interstate I-526 di Blue Harbor. Guidavo come un automa, ignorando le poche macchine che incontravo.

Mentre stringevo il volante, tra pochi rimpianti e molte paure, ripensai alla settimana trascorsa a casa. Come era possibile che Chase fingesse che quei giorni non fossero mai esistiti?

Presi il cellulare e schiacciai il suo nome in rubrica, approfittando di un breve tratto di strada in cui c'era campo ma, invece di sentirlo squillare, partì il messaggio registrato che mi comunicava che l'apparecchio era spento. Provai, testarda, una seconda volta, ottenendo lo stesso esito.

Sentii le lacrime salirmi agli occhi e questa volta non feci nulla per trattenerle. Allungai la mano per prendere un fazzoletto di carta dalla borsa, perché altrimenti avrei pianto fino all'International Charleston Airport. Premetti il fazzoletto sotto gli occhi, quando sentii una sirena alle mie spalle.

Guardai nello specchietto: scorsi la volante di Jacey e i lampeggianti rossi e blu che si avvicinavano sempre di più. Accostai sul lato della strada, sulla destra, e poco dopo l'auto dello sceriffo si fermò dietro la mia.

Abbassai il finestrino. "Jacey, non ho tempo per i saluti" borbottai, cercando di tamponare il più in fretta possibile gli occhi per cancellare ogni traccia di pianto, benché avessi un naso rosso come quello del pagliaccio It.

Lo sceriffo si avvicinò alla Honda, appoggiò una mano sopra il finestrino e chinò il viso. "Stavi andando oltre i limiti di velocità, Autumn."

"Stai scherzando?" Di fronte al suo ghigno divertito, sbuffai rassegnata. "Va bene. Fammi la multa e portala da mia madre. Puoi mangiare anche il mio pezzo di torta di mele, ma ti prego, lasciami arrivare in aeroporto."

"Te ne stavi andando ancora una volta senza salutarmi?"

"Ho fatto un gran casino, Jacey."

"Lo so, Abigail mi ha raccontato tutto. Per questo sono qui: ti porto io con la volante fino a Charleston."

Jacey era appena diventato la mia luce in fondo al tunnel. "Oh, grazie a Dio. O grazie ad Abigail." Scesi di corsa dalla macchina e gli saltai al collo, provando un improvviso moto d'affetto per lui. "Grazie, grazie, grazie. Stavo per fare una chiamata anonima, inventandomi la presenza di un ordigno in aeroporto."

"Così non ti avrebbero fatta partire affatto."

Salimmo sulla volante e Jacey diede un colpo all'acceleratore e sfrecciò via per la I-526 con le sirene spiegate.

"Non è abuso di potere?"

"Per un abitante di Blue Harbor, questo e altro."

Mi si chiuse la gola. "Grazie, amico."

In quei pochi giorni in Carolina del Sud, avevo potuto apprezzare il far parte di una congregazione. A parte la signora Price e il sindaco, Belle-zoccola-Danes, sarei tornata volentieri in paese a esser additata e guardata come la ragazza di città con il cartello in mano 'straniera'. Tanto non avrei più lavorato per Stacey, e nella mia testa mi era balenata l'idea di collaborare con la redazione dell'Harbor Gazette, senza contare poi che avrei potuto fare colazione ogni mattina con le omelette del vecchio Hansen. Dio, una settimana a Blue Harbor mi aveva fatto il lavaggio del cervello.

"Potrei tornare..." sussurrai, cogliendolo di sorpresa.

Jacey si voltò e mi osservò attentamente, per quanto riuscisse a farlo senza schiantarsi. "Dici sul serio?"

Annuii. "Posso restare qui a Blue Harbor e ogni tanto tornare a San Francisco, se proprio mi dovesse mancare la città."

"Non stai scherzando, vero?"

"Ho lasciato il trolley con tutte le mie scarpe al Lullaby Inn, ti pare che scherzi su una cosa così importante?"

"Esiste FedEx."

"A Blue Harbor?"

"Nah" gridammo all'unisono. Ci guardammo entrambi negli occhi e scoppiammo a ridere.

Déjà vu

/de·av·y/

Locuzione

Pressoché identico ad altro già visto in passato.

Binario

Capitolo 27

Nessun viaggio mi era mai sembrato così lungo come quello da Blue Harbor a San Francisco. Inoltre, la Heart Corporation mi aveva dato appuntamento nei suoi uffici solo per il lunedì mattina. Avevo trascorso così l'intero weekend con un dolore sordo che mi attanagliava lo stomaco, una bottiglia di Clorox in mano e un'autocondanna alle pulizie forzate. Pulii, strofinai e lucidai l'appartamento da cima a fondo, sotto l'occhio preoccupato di Amanda. Nemmeno dopo aver disinfestato la zona da qualsiasi pelo residuo di Biscottino mi sentii meglio.

Alle prime ore della nuova settimana arrivai agli uffici del giornale, sulla Mission Street.

"Buongiorno, Autumn." Brad, l'addetto alla sicurezza, mi sorrise dietro il banco della reception non appena varcai le porte scorrevoli all'entrata. "Cosa hanno in serbo per me le stelle?" chiese, con il suo solito fare paterno.

"Non ne ho idea" sussurrai quella mattina per la prima volta dopo due anni. "Non ne ho la più pallida idea" ripetei, avvicinandomi nervosa agli ascensori e lasciando alle mie spalle un Brad sorpreso.

Le scarpe a stiletto ticchettavano sul pavimento di pregiato marmo italiano e scandivano come una goccia cinese il momento in cui avrei dovuto bussare alla porta dei grandi capi.

Schiacciai il pulsante dell'ottantesimo piano. Com'era possibile che solo due settimane prima avessi sognato quel momento mentre ora non vedevo l'ora di recuperare le mie cose e infilarmi sotto le coperte fino a Natale? Dalle labbra mi uscì una risata nervosa, che attirò le occhiate stralunate degli altri impiegati che occupavano le quattro pareti metalliche.

Evitai di guardarmi allo specchio. Avrei visto solo due occhi spenti, borse che nemmeno il più magico dei correttori avrebbe potuto camuffare e due pezze di sudore nascoste per fortuna dal blazer nero. Sapevo che sarebbe finita così, con me come una pazza ossessionata che fissavo lo schermo del cellulare in attesa di veder lampeggiare il numero di Chase. Ma lui non mi aveva richiamato, non aveva risposto ai miei messaggi e aveva tenuto il telefonino sempre spento. Era diventato letteralmente irraggiungibile. I telegiornali sportivi e di attualità non gli avevano dato tregua: lo scandalo del suo infortunio impazzava nelle strisce quotidiane delle news di tutto il mondo.

Il trillo dell'ascensore mi colse di sorpresa, così come la signora di mezza età con una crocchia di capelli scuri sulla testa che mi attendeva con una cartellina rossa tra le mani e una penna stilo argento.

"Buongiorno. Lei è Autumn Reese?" Annuii freneticamente. "Il signor Randall Baker la sta aspettando nel suo ufficio. Dobbiamo darci una mossa, perché ha altri appuntamenti in agenda, dopo di lei."

Cercai di stare dietro al suo passo calzante. Era la prima volta che mettevo piede negli uffici della Heart Corporation. Nonostante la paura mi paralizzasse i muscoli, ero allo stesso tempo emozionata di trovarmi lì. Al contrario degli uffici di Stars, nell'ottantesimo piano regnava il silenzio. Le pareti color caffellatte erano ricoperte da quadri che ritraevano i bestseller pubblicati dalla casa editrice e dalle copertine più famose che avevano scritto la storia dell'Inquirer. Seguii la segretaria lungo un corridoio tappezzato da quadri moderni e dalle classifiche negli anni del New York Times, del Wall Street Journal e di Usa Today.

Mi aggrappai alla cinghia della borsa e lasciai andare un lento e profondo sospiro davanti a un ufficio ad angolo con una sala riunioni dalle pareti a vetri, arredata con un enorme tavolo al centro circondato da una decina di sedie.

La Heart Corporation era molto conosciuta nel suo ambiente, era ambita ed esclusiva. Era difficile attirare la loro attenzione, quasi impossibile ottenere una posizione. Ora io mi trovavo nei loro uffici per pregarli di non pubblicare sull'Inquirer la mia storia d'amore con Chase.

"Il signor Randall l'attende." L'impiegata se ne andò ticchettando, con la gonna da segretaria lunga fino a metà polpaccio che ondeggiava a ogni suo passo.

Lisciai una piega immaginaria sui miei pantaloni a palazzo e bussai piano, prima di entrare senza ammazzarmi sui tacchi. Avevo la pelle in fiamme dal nervosismo.

Subito la mia attenzione fu catturata dall'ufficio semplice nello stile, quasi asettico, poi dall'uomo seduto dietro alla scrivania. Randall Baker era un bel signore sui cinquant'anni. Aveva i capelli pettinati di lato, con una leggera spruzzata d'argento vicino alle orecchie; i suoi occhi erano nascosti da un paio di occhiali dalla montatura nera e spessa.

La sua figura si sarebbe persa con la vista pazzesca su San Francisco che era alle sue spalle, se non fosse stato per lo stile un po' dandy dei suoi vestiti. Completo elegante viola scuro di velluto, camicia a quadratini rosa e bianchi e cravatta in tinta con l'abito di alta sartoria.

"Prego, signorina Reese, si sieda" disse con voce profonda indicandomi la sedia di fronte a lui.

"Buongiorno." Mi schiarii la gola e presi posto.

Cadde il silenzio mentre Baker controllava la schermata del suo Mac, e io mi guardai alle spalle come se potessi trovare un gobbo con le battute pronte da pronunciare per rompere l'imbarazzo.

Randall alzò finalmente lo sguardo e incrociò le braccia. "Congratulazioni, Reese. Sono arrivati i risultati di vendita dell'Inquirer su di lei e Chase Allen. Stanno andando benissimo, il sito ha avuto una crescita esponenziale di traffico e sono aumentate pure le vendite di Stars."

Trattenni il respiro.

"Tutti noi del consiglio d'amministrazione siamo molto contenti. Senza contare che anche gli abbonamenti hanno subìto un aumento di vendite."

Mi morsi il labbro. "Di che numeri parliamo?"

"Tre milioni e mezzo, con picchi del cinque solo sul sito dell'Inquirer. Ovviamente la sua intervista ad Allen diventa carta straccia, ora è lei la ragazza dalle uova d'oro della Heart Corporation."

"A proposito di questo..."

"Dovremmo chiudere il suo blog e rendere impossibili da visualizzare le pagine con i vecchi post, per far sì che i prossimi pezzi non vengano bruciati dalla concorrenza. Pensavamo di darle una pagina intera nel numero del lunedì. Addolciremo alle donne il giorno più duro della settimana."

"Non credo, signor Baker, di voler vendere la mia storia" lo interruppi. "Non ho scritto quei post per ottenere una colonna o una rubrica sull'Inquirer."

"Lasci che le mostri una cosa, poi potrà prendere tutte le decisioni del caso." Fece apparire una cartellina dal cassetto e me la spinse sotto il naso. "Coraggio, la apra."

Aprii con mani tremanti il raccoglitore e fissai sbalordita il foglio che avevo davanti. "È un contratto?"

"Un contratto da diversi zeri per un romanzo. Noi della Heart Corporation saremmo entusiasti di fare da editori per il suo libro. Inoltre abbiamo già ottenuto delle richieste per cedere i diritti di traduzione anche all'estero."

Non ci credevo. Lì, nero su bianco, c'era un contratto da cifre stratosferiche per un romanzo che sarebbe stato venduto in tutto il Nord America e in Inghilterra. Un libro che non avevo nemmeno scritto, ancora.

La voce di Randall s'intromise nei miei pensieri. "I suoi post sono già un ottimo materiale di partenza, ci sarà da romanzare alcune parti della storia, accattivare il lettore magari inserendo alcuni pezzi del suo blog, come se stesse raccontando una storia nella storia. Qualcosa di originale. Pensavamo che ogni capitolo potesse intitolarsi come le parole che le spediva Allen su quegli aerei di carta."

Mi ero lasciata andare contro lo schienale della sedia, senza parole e senza fiato. Sentivo la pelle pizzicarmi all'altezza del collo.

"No" dissi.

Le due lettere risuonarono a lungo nel silenzio della stanza.

"Signorina Reese, ha capito quello che abbiamo fra le mani?" mi chiese Randall, allentando il nodo della cravatta in un gesto che denotava nervosismo. "One More Page sta diventando un fenomeno virale, sono tre giorni che le donne d'America non parlano d'altro."

"Sono innamorata di quell'uomo" dissi con calma. "Non sarebbe la cosa giusta da fare."

"Francamente, non l'abbiamo assunta per fare la cosa giusta, ma per portarci materiale da prima pagina. Questa storia è da copertina, signorina Reese."

"Avete dato in pasto la nostra relazione e il suo infortunio, senza pensare per un secondo alle persone che sarebbero state ferite da questa esposizione mediatica."

"Per quanto riguarda l'infortunio di Allen, doveva comunque venire allo scoperto. Stava mentendo a tutti, ai suoi fan, ai suoi compagni e alla Federazione. Pure a lei." Prese una pausa. "Reese, queste occasioni capitano una sola volta nella vita. Diventerà la nuova James o Rowling, non dovrà più occuparsi dell'oroscopo da Stars e siamo intenzionati, noi della Heart, a opzionarle i diritti per tre ulteriori libri e un'edizione illustrata del suo romanzo con la guida di Blue Harbor. Abbiamo già chiesto e il sindaco si è detto entusiasta di questa iniziativa che porterà sicuramente una massiccia crescita del turismo della cittadina."

Feci un balzo all'indietro sulla sedia. "Che significa che il sindaco è entusiasta?"

Un largo sorriso sbocciò sulle sue labbra. "Che rimanga fra di noi. Abbiamo ricevuto una soffiata sul suo blog qualche giorno fa proprio dagli uffici del primo cittadino di Blue Harbor. Ottima e astuta mossa politica per le casse della città, non c'è che dire."

Brutta stronza di Belle Danes!

"La ringrazio, signor Baker, per la sua proposta."

"Non mi ringrazi ancora. Aspetti che le dica l'anticipo, mai nessun esordiente ha visto cifre così da capogiro" sorrise, soddisfatto.

La Heart Corporation era una delle migliori case editrici in America, e io da due anni non ricevevo offerte di lavoro dal settore; in quella cartellina, nero su bianco, c'era il sogno di una vita, finalmente gli anni di sacrifici e di sudore avevano dato i loro frutti. Non c'era niente che mi impedisse di rifiutare, ma accettare la loro proposta avrebbe significato perdere la persona più importante della mia vita.

Rifiutare mi costerebbe la carriera. Accettare mi è impossibile, se significa stare lontano da te.

Ripensai alle parole pronunciate dieci anni prima da Chase sul pontile, sotto il pianto del cielo, e mi fu tutto chiaro.

"Signor Baker, la ringrazio" l'interruppi con voce ferma. "Ma non posso accettare la vostra offerta. Mi lusinga che la Heart Corporation voglia acquistare i diritti del mio manoscritto, ma sarebbe ancora più difficile convivere con la consapevolezza di aver tradito l'uomo che amo."

Mi alzai dalla sedia, facendola stridere sul pavimento di marmo. Randall scoppiò a ridere, come se si trattasse di uno scherzo. "Signorina Reese, scusi se mi permetto, ma le ha dato di volta il cervello? Lo sa cosa sta rifiutando? Sta rinunciando a un'offerta da milioni di dollari per un pilota che riempie la cronaca rosa delle nostre riviste."

Scrollai le spalle e gli tesi la mano che lui si rifiutò di stringere. "Sono la sua stella binaria" mormorai in un sussurro. Mi voltai per uscire per sempre da quegli uffici, ma mi fermai con la mano sul pomello della porta. "Un'ultima cosa. Il mio blog sarà disattivato e qualsiasi materiale io abbia raccolto verrà protetto da copyright. Non potrete più pubblicare nulla senza il mio consenso. Nel caso in cui doveste farlo, sarete contattati dal mio avvocato." *Forse avevo esagerato un po', ma di solito, nei film, battute così erano perfette per uscire di scena.*

Lasciai l'atmosfera cupa e silenziosa dell'ottantesimo piano per ritrovarmi nei rumorosi e trafelati uffici di Stars. Con un cenno della mano salutai Amanda, seduta nel suo cubicolo, entrai nel mio ufficio e vi trovai Christopher, comodamente acciambellato sulla mia scrivania che mi aspettava.

"Tesoro, voglio in esclusiva tutti i sordidi dettagli su Chase Allen. Misure comprese. È ben dotato anche sotto la tuta?"

"Sono informazioni strettamente confidenziali" dissi, prendendo una scatola di cartone e radunando le mie poche cose. Più che altro post-it e cartoline.

"Cosa stai facendo? Ti hanno licenziata?"

"Mi sono licenziata."

"Cosa?"

"Ho rifiutato la loro offerta. Torno a Blue Harbor."

Chris sbatté gli occhi, incredulo. "Avete uno spacciatore pessimo, laggiù al Sud." Non era una domanda, era proprio convinto che mi drogassi.

Mi fermai per vederlo in viso. "Mi sono innamorata di lui e, dannazione, anche delle omelette del vecchio Hansen, delle liti fra Abigail e Jacey. Mi manca pure Il Club delle Caldane Anonime. E sto mollando tutto quello che ho raccolto in questi ultimi dieci anni di vita per lui, che forse non mi vorrà vedere mai più." *Oddio, e se non volesse più saperne di me?*

Ancora una volta la mia vita era messa a dura prova dai tempi sbagliati. Le cose giuste dette troppo tardi, il mio passato che intralciava il mio presente e il mio futuro che da tre giorni risultava irraggiungibile. I tempi non li dettiamo noi, a volte semplicemente non coincidono.

Chris sbuffò. “Oh, taci, Autumn. Non lo dire nemmeno per scherzo. Questo sarà il tuo anno; ho letto le previsioni di Gillian Smith in esclusiva e Giove entrerà nel segno del cancro. Sai cosa vuol dire? Occasioni, opportunità e nuovi inizi.”

Sollevai lo scatolone alquanto misero. In due anni avevo raccolto pochissimi ricordi a Frisco, nulla in confronto alle emozioni provate in quei pochi giorni nella Carolina del Sud. “Spero che tornare a Blue Harbor sia il modo giusto per ricominciare” sussurrai, con un nodo alla gola.

E andai via per lasciare per sempre San Francisco.

One More Page

Post dal Blog

Sarà l’ultimo post che pubblicherò. Non avevo idea che foste così tante a leggere le mie parole, non ho mai badato a statistiche e commenti. Ma questo mio diario virtuale non è nato per dare in pasto la mia storia con Chase. Quindi vi ringrazio per l’affetto, per aver accolto nelle vostre vite le mie parole, ma da oggi non posterò più nulla.

Chase, mi hai chiesto dieci anni fa di scriverti un libro e, senza volerlo One More Page lo è diventato, una specie di lunga lettera d’amore.

Permettimi di raccontare a tutti il vero campione che si nasconde sotto la tuta da motociclista, l’uomo di cui sono innamorata.

Quando si spengono i semafori della griglia di partenza, quando non sei più sotto i riflettori delle telecamere e smetti di essere The Legend, è in quel momento che diventi un fuoriclasse e corri la gara più importante della stagione, senza ragazze immagine in vista o tifosi sugli spalti.

Il Robin Hood di Blue Harbor, il Clark Kent della Carolina del Sud, pronto a sfoderare il suo mantello e aiutare la congregazione di un piccolo paese di cinquecento anime. Metti anima, corpo e cuore in tutto quello che fai: che si tratti di donare ingenti somme di denaro per salvare qualche attività locale o, sia di sistemare un vecchio fienile di un bed & breakfast del posto. Tu ti rimbocchi le maniche e semplicemente ci sei.

Ho mentito quando ti ho detto che non avrei potuto innamorarmi di nuovo di te, perché in questi pochi giorni ho completamente perso la testa per l'uomo che sei diventato, dal cuore nobile e d'oro.

Non so se leggerai queste mie parole, ma se scorrerai indietro e leggerai tutti i post troverai le risposte ai tuoi dubbi. Nelle mie foto vedrai l'amore che provo per te, tra queste pagine ti sarà chiaro quanto tu mi abbia stravolto la vita. Nessuno mi aveva detto che un ragazzo dai mezzi sorrisi e dal corpo tatuato mi avrebbe sconvolto con un *ciao*, ma mi è bastato guardare nei tuoi occhi per sentirmi a casa. E sarà sempre così. Tu sei la mia casa, Chase. Il mio Nord. La mia stella binaria.

Dieci anni fa ho deciso per noi, ora tocca a te.

Tieni tu la penna in mano e sarai tu a scrivere il nostro prossimo capitolo.

Ti prego, non voltare pagina. Almeno, non senza di me.

Ti amo. Ti amo da sempre e non smetterò mai, finché avrò vita.

Lotta affinché sia solo tua.

La tua stella binaria.

La tua per sempre, Peanut.

Binario
/bi·nà·rio/
Aggettivo
In astronomia: *sistema binario*, formato da due stelle (dette *stelle b.*) che ruotano attorno a un baricentro comune.
Nella mia vita: noi due. Autumn e Chase.

Eternamente

Capitolo 28

Rientrai a casa due giorni dopo. Avevo lasciato Amanda a occuparsi dell'affitto del mio appartamento, avevo svuotato il mio piccolo monolocale e raccolto la mia vita in due trolley medi.

Quando arrivai a Blue Harbor, con il cielo color antracite e le temperature che si erano drasticamente abbassate, trovai ad aspettarmi una città fantasma. L'Harbor Fairy Festival stava entrando nel vivo della manifestazione ma, nonostante gli addobbi di cartapesta che penzolavano lungo la strada e le ghirlande di foglie d'acero appese sulle vetrine di ogni attività, in città non si vedeva anima viva. Era come se fosse stata risucchiata da qualche uragano.

Mi lasciai i rintocchi del campanile alle spalle, diretta al The Whig, ma sulla porta c'era un biglietto con su scritto CHIUSO. Lo stesso avviso compariva in tutti i negozi vicini.

Corrugai la fronte e tornai alla mia macchina a noleggio, delusa.

"Sono tutti nel retrobottega di Georgette Honor."

Non avevo sentito il vecchio capitano Tripp arrivarmi alle spalle. L'anziano mi sorrise, il corpo curvato dal tempo che si appoggiava a un vecchio bastone.

Sbattei le palpebre diverse volte. In ventotto anni di vita, non lo avevo mai visto lasciare la panchina che dava sul porticciolo.

"Cosa fanno tutti lì?" chiesi, sempre più sorpresa.

Lui avanzò lentamente. Le rughe gli solcavano il viso e le mani raggrinzite, ma sapevo che ogni segno nascondeva una storia che avrei ascoltato per ore. "Le cose stanno per cambiare" rispose, evasivo.

Mi superò e io lo rincorsi con lo sguardo, chiedendomi se fossi finita in un tunnel spazio-temporale.

"Quel ragazzo non sa proprio che pesci pigliare, ma vedrai che tornerà" borbottò, allontanandosi.

Si riferiva a Chase. Lo stesso Chase che era sparito da giorni, che non richiamava e che non rilasciava dichiarazioni ai giornali.

"E se non dovesse tornare? Fa già male adesso" ammisi con un soffio di voce.

Tripp si voltò. "Se ti manca qualcuno, vuol dire che la vita è stata fortunata con te. Significa che hai avuto qualcuno di speciale nella tua esistenza, qualcuno per cui vale la pena di sentire la mancanza. Come la mia Annabeth" disse, emozionato, prima di andarsene.

Restai a fissare la sua sagoma finchè non scomparve dalla mia vista. Poi m'incamminai pensierosa verso la libreria. Georgette aveva decorato la vetrina con diverse catene di luci che si alternavano a foglie d'acero. Lungo il marciapiede aveva disposto varie cassette di legno riempite di fieno e zucche, e in una c'erano le locandine del festival. Erano ovunque. Appesi alle vetrine, lungo la fila di querce di Broad Street, su ogni palo e a ogni angolo.

Le giostre erano già state allestite nell'area vicino alla spiaggia, sabato ci sarebbe stata la parata cittadina, poi tutti quanti si sarebbero riversati sotto i tendoni a Pigeon Point a mangiare cibo unto e fritto con della buona musica live.

Anche quell'anno, constatai tristemente, avrei odiato quella festa. Ancora quattro giorni e sarebbe di nuovo finito tutto.

Feci il giro della libreria, delusa di non aver incontrato nessun Dodge Ram verde, ed entrai con passo felpato nel retrobottega, dove scoprii che era in atto una speciale assemblea cittadina.

Mi sedetti in ultima fila, vicino a una delle Mary, senza attirare l'attenzione. Presi dalla borsa un pacchetto di cioccolatini Reese's d'emergenza e ascoltai attentamente. Quando mi resi conto di quello che stava succedendo, per poco non mi strozzai con il burro d'arachidi. Mi portai una mano al petto, dove il mio cuore si stava sciogliendo.

Gli abitanti di Blue Harbor si erano radunati per salvare il Lullaby Inn e l'intera città dagli immobiliaristi. C'erano tutti. Mia madre e il Club del Libro al completo, lo sceriffo, Abigail, le tre Mary. L'intera comunità era lì.

Sul palco, a tenere il comizio, non c'era il sindaco ma… il vecchio Hansen. Il padre di Abigail.

"Grazie per essere venuti con così poco preavviso. Il tema all'ordine del giorno" parlò, rivolto alla congregazione, "è una questione molto seria portata alla luce dalla nostra Autumn, la figlia di Margareth Reese." Al suono del mio nome mi rimpicciolii sulla sedia.

"Fra pochi giorni il festival d'autunno arriverà al culmine dei festeggiamenti, è una tradizione che risale a centotrentacinque anni fa. Sarà presente nel fine settimana il vicegovernatore e dovremo dimostrare che Blue Harbor è un luogo di interesse storico cosicché rimanga intaccato."

"Ma non abbiamo combattuto nemmeno nella Guerra Civile" intervenne Sara May, seduta nelle file posteriori. "Come faremo ad aggirare il vicegovernatore?"

"Improvviseremo. Gli faremo vedere che BH ha una ricca tradizione storica, quindi vi chiedo per i prossimi giorni di non fare sceneggiate, innescare liti o stupidi gossip. Capito, Adaline?" chiese, rivolto alla signora Price.

Lei in risposta scrollò le spalle.

"Potremmo sfogliare le copie storiche dell'Harbor Gazette" m'intromisi.

L'intera sala ammutolì al suono della mia voce. Si voltarono tutti verso l'ultima fila.

"Ehm... magari potremmo scoprire che un vecchio generale ha soggiornato qui da noi. Forse l'acro di terra del Lullaby Inn era un fortino durante la Guerra di secessione."

"Per quanto hai intenzione di rimanere, Autumn Lily Rose?" chiese con voce astiosa Belle Danes, seduta qualche fila più avanti. "La settimana scorsa hai perso il tuo fidanzato e il tuo ex. Non è che lascerai di nuovo Blue Harbor non appena le cose si metteranno male?"

Alzai il mento in segno di sfida. "Davvero pensi di venire qui con quelle Gucci nemmeno autentiche e sventolare gli assegni che hai sottratto con l'inganno? Hai detto ai tuoi cittadini chi ha spifferato la storia di Chase ai giornali?"

Nella sala si levò un coro di sorpresa.

"Mi hai incastrata" continuai, "ma ti sbagli di grosso se pensi che me ne torni con la coda fra le gambe a San Francisco."

"Ragazza, hai un bel paio di balle" mormorò una delle Mary al mio fianco.

"Nella media" risposi. Poi tornai a guardare in volto uno a uno gli abitanti di Blue Harbor. Mi schiarii la voce. "Sono tornata per rimanere, se ancora mi volete."

Si confrontarono tutti, guardandosi negli occhi, e io trattenni il fiato per tutto il tempo.

Il padre di Abigail batté il martello, riportando l'attenzione sul palchetto improvvisato. "Bentornata, Autumn. C'è sempre posto per te, qui in città. Direi che il caso Blue Harbor contro il sindaco Danes è chiuso. Seduta aggiornata!"

Gli abitanti si alzarono e uscirono per tornare alle loro attività, qualcuno si fermò per darmi il benvenuto. Invece il sindaco si fermò a pochi passi da me, le labbra – forse rifatte – piegate in un broncio.

"La relazione tra te e Chase avrebbe solo danneggiato l'intera comunità. Chase è una colonna della città e la vostra storia non avrebbe di certo funzionato. Le tue storie non durano poi così tanto."

"Ehi, sono qui davanti a te!"

"Tu avresti lasciato di nuovo Blue Harbor, lasciando Chase a pezzi, e questo avrebbe avuto conseguenze negative per la congregazione."

"Okay, smettila. È la mia storia, è la mia vita. Non la tua. Lo sai che non siamo in tribunale?"

"Avanti, Danes. Circolare" intervenne Jacey per sedare quella chiacchierata che si sarebbe presto trasformata in rissa se Belle non avesse levato le tende.

Lei se ne andò, furibonda. Nemmeno i quintali di fondotinta riuscirono a coprire il rossore sulle sue guance.

"Era ora che qualcuno tenesse testa a Belle Danes!" disse Abigail, raggiungendomi con mamma.

Mia madre si avvicinò e mi accarezzò la guancia con un gesto lieve, mentre il vecchio Hansen alzava imbarazzato una mano per salutarmi.

"Bentornata, piccola" mormorò con voce sommessa prima di stringermi in un abbraccio.

Sapevo che non si riferiva al mio ritorno a Blue Harbor, ma al ritorno della vera Autumn, la ragazza con il viso sepolto negli appunti del suo quaderno che si era smarrita tra le pagine del libro della sua vita.

Io e Abigail eravamo sedute all'interno del Salon, a guardare attraverso la vetrina gli altri che bevevano birra e ballavano sulla musica che usciva dalle casse sparse per la cittadina. L'intera congregazione ormai viveva nel centro di Blue Harbor, per vendere e acquistare i prodotti tipici locali. I ristoranti facevano a gara a chi avrebbe cucinato il piatto di pesce più buono e, giù a Pigeon Point, a ogni ora veniva servito pesce fritto sulle note di musica country. Gli odori, i colori autunnali, i banchi di fiori valevano il viaggio fin laggiù nel profondo Sud.

Abigail mi stava tenendo aggiornata su tutti i presenti, quando si interruppe. "Terra chiama Autumn."

Feci una giravolta sulla sedia. "Puoi andare giù in spiaggia, non sei costretta a restare qui con me."

"Sicura che non vuoi lanciarti nelle danze di Blue Harbor? Dai, ti divertirai."

Giocherellai nervosa con una ciocca di capelli, tanto per non scorticarmi la pelle. "Davvero, preferisco andare a casa a commiserarmi davanti ai film di Lifetime con Ben e con Jerry." Erano tre sere di seguito da quando ero tornata che andavo a letto alle dieci e non per dormire, ma per fissare il soffitto della mia stanza o per sfogliare le polaroid che custodivo nella mia vecchia scatola di scarpe.

Mia madre aveva consegnato gli ultimi scatti a Chase, o meglio, li aveva infilati nella buca delle lettere, dal momento che lui era ancora in Europa, a detta della signora Price.

"Sei depressa, oltre che patetica. Almeno ti sei fatta una doccia?"

"Ho messo anche il deodorante" la buttai sullo scherzo.

Abigail sospirò e mi diede una leggera spinta sulla spalla. "Lui ti ama, l'ha sempre fatto. Solo che, a differenza di dieci anni fa, ora è il suo mondo che si è rovesciato. Dagli un po' di tempo."

"E se non torna?" A quel pensiero i miei polmoni si svuotarono. "Non smetterà mai di fare male."

"Non voglio snocciolare una frase da bigliettino Hallmark, ma qualcuno dice che è meglio star male per amore che non aver amato per nulla."

Socchiusi gli occhi e la guardai da sotto le lunga ciglia. "Mi dispiace che Jacey ti abbia fatto soffrire."

Scrollò le spalle e mi sistemò un ciuffo di capelli, da parrucchiera perfezionista qual era. "Non ti preoccupare, ogni tanto gli tirerò un calcio nelle palle per fargliela pagare. Non che ci sia poi molto da colpire, lì sotto."

Risi, per la prima volta dopo giorni. "Bugiarda."

"Allora, stasera cosa guardiamo su Lifetime? Non mi dire uno di quei film taglia-vene di Nicholas Sparks."

"Non giudicarmi" mormorai, coprendomi il viso. "Ma il Club del Libro farlocco ha organizzato in locanda una serata a tema *cinquanta sfumature*, con birra, pizza e quattro donne con le caldane."

Vinse a mani basse la serata film.

"C'è una festa in corso giù in città e c'è anche il vicegovernatore."

Distolsi lo sguardo dallo schermo del televisore e lo portai su mia madre, vestita come una *southern belle* con il caratteristico abito, con tanto di crinolina, della guerra civile.

"Preferisco starmene qui, Rossella O'Hara" dissi, affondando il cucchiaio nella vaschetta del gelato al triplo cioccolato.

"Lui non c'è, tesoro. In città dicono che sia ancora in Europa."

Una pugnalata al petto avrebbe fatto meno male al pensiero che Chase non fosse tornato. E non mi era nemmeno servito sentire il suo nome.

"Non è per lui, è che ho una specie di intolleranza all'Harbor Fairy Festival." La manifestazione era entrata nel vivo. Quel giorno si sarebbe tenuta la parata cittadina, e la domenica sarebbe stato più o meno lo stesso, senza tutta la congregazione in costumi d'epoca. Eccezion fatta per le tre Mary che gironzolavano per le vie vestite da *southern belle* tutto l'anno, estate compresa.

Margareth scosse la testa. "Ti voglio bene, ma a volte sei più testarda di tuo padre."

Tornai a fissare il film alla televisione e le gridai un: "Speriamo che il tempo regga" prima di sentire la zanzariera chiudersi.

Una vaschetta di gelato e un pacchetto di fazzoletti dopo, esauriti a guardare *Le pagine della nostra vita* in tv, fui colta alla sprovvista dal rombo di un tuono che fece vibrare le finestre della locanda. Mi alzai nella mia tenuta da depressa

– pigiama, occhi rossi e capelli arruffati – e uscii sul portico per chiudere gli scuri e sistemare nella rimessa la bicicletta che avevo lasciato sul retro. Il vento soffiava gelido e dei nuvoloni neri stavano incombendo su Blue Harbor. Le onde della baia si infrangevano contro il molo e i rami degli alberi scricchiolavano da far paura.

Scesi di corsa i gradini, quando le prime gocce di pioggia mi colpirono il viso come spilli.

"Oh, Signore, non ti faccio un po' pena?" borbottai, recuperando la vecchia bici di mia madre e mettendola al riparo. Tornai con passo svelto verso casa, con i piedi che impattavano gelidi sulla ghiaia umida in quella metà pomeriggio di ottobre. Una volta chiuse tutte le finestre, ero già fradicia. Capelli e vestiti, non si salvava nulla.

"Ho capito, ho fatto qualcosa di male nella mia vita passata."

Corsi su per i gradini e spostai le sedie a dondolo il più possibile sotto il portico: mia madre non sarebbe stata contenta di quel tempaccio per i suoi tulipani.

Quella giornata era un perfetto disastro da segnare negli annali dei peggior festival. Non poteva succedere più altro. Niente.

Stavo per rientrare quando qualcosa mi sfiorò la gamba.

Mi chinai e… "Oh, porca…"

Mi venne la pelle d'oca e non per il temporale che stava infuriando.

Raccolsi l'aeroplanino di carta, mi girai e, quando lo vidi in fondo agli scalini, feci cadere l'origami. Mi inginocchiai di nuovo per afferrarlo, senza mai staccare gli occhi da Chase. In quel momento mi sentivo esattamente come una foglia d'autunno: fragile, aggrappata a malapena al ramo e pronta a volare via al minimo colpo di vento.

Ma la mia pelle si incendiò non appena il suo sguardo si posò sulla mia figura. Non riuscii più a distoglierlo. Non c'erano più il tormento e la delusione. Era pacifico. Poi sorrise e Chase Allen non mi era mai sembrato così bello. Cazzo, era proprio da mozzare il fiato; più sexy ancora dell'ultima volta che lo avevo visto, solo una settimana prima, che però mi era sembrata lunga una vita.

Portava una camicia nera che ora gli si era incollata al petto per via della pioggia, e i pantaloni neri di un completo elegante che gli delineavano perfettamente le gambe. Mi sorrideva. Dio, non mi sarei mai abituata al suo sorriso.

Gocce d'acqua gli grondavano dai capelli sul viso mentre saliva i gradini, ma ero troppo intenta a osservare le sue dita tatuate arrotolare le maniche della camicia. Le mie parti femminili fremettero di fronte a un gesto così semplice, ma allo stesso tempo sensuale. Il mio cuore non poteva sopportare la vista di quell'uomo tatuato, vestito in maniera impeccabile, con un alone di mistero che lo avvolgeva.

E se era venuto per dirmi addio?

"Non vai al festival?" mi chiese come nulla fosse, a pochi passi da me.

"Ehm... Non è proprio il periodo dell'anno che preferisco. Meglio che resti chiusa in casa per evitare di fare altri danni" dissi, con voce tremante. Mi strinsi le braccia al petto e lo fissai dritto negli occhi. "Perché sei qui, Chase?"

La sua espressione si fece seria. "Sono qui per dirti che è la cosa migliore che tu abbia scritto."

Il cuore mi balzò in gola e lo guardai in una domanda muta.

Fece un ulteriore passo in avanti, coprendo l'intera distanza che ci separava. Ora, con il suo fiato caldo che mi accarezzava il volto, sentii risvegliarsi ogni nervo del mio corpo. "One More Page. È la cosa migliore che tu abbia mai scritto. Ho letto tutti i tuoi post e permettimi di fare alcune considerazioni, visto che sono il protagonista maschile."

Trattenni il fiato e, quando Chase mi cinse per i fianchi, l'aeroplanino di carta mi cadde di nuovo ai piedi. "Hai letto il mio blog?"

"Due volte. Mentre volavo dall'Europa e mentre stavo tornando qui a Blue Harbor. Mi hai detto che tutte si innamorano dei cattivi ragazzi nei libri... ecco, in alcuni punti avresti potuto descrivermi un po' più stronzo. Sembro troppo innamorato. Troppo."

"E non è vero?" chiesi con un filo di voce.

"Inoltre" continuò, ignorandomi, "devi aggiungere un ultimo post, forse due, per migliorare la storia. Non è vero che correre in moto è la mia vita e non è vero che non penso alla sofferenza che ti arrecherei con la mia morte. Ed è per questo che sono volato a Barcellona. Mi sono ritirato, l'ho fatto prima che la Federazione mi sospendesse. Era il mio lavoro, non la mia vita. La vita che voglio è al fianco della donna che amo." Avvolse la mano sulla mia nuca e la fece salire, intrecciando le dita fra i miei capelli. Avvicinò il volto al mio, i suoi occhi erano fissi sulle mie labbra. "Ho mentito quando ti ho detto di tornartene a casa, a San Francisco. Ero solo arrabbiato, anzi ero proprio incazzato, in quel momento, ma sono tuo, Peanut. Lo sono sempre stato."

Diverse domande mi solleticavano la lingua, ma non riuscivo a dare forma a nessuna parola.

"Resterai a Blue Harbor? Perché se vuoi tornare in California, sono disposto a trasferirmi in qualsiasi parte del mondo."

"Resto" risposi, con voce tremula.

"E il tuo sogno?" Chase si schiarì la gola.

"Lavorerò all'Harbor Gazette. Harold mi ha lasciato il posto di viceredattore e nel tempo libero potrò tornare a scrivere. Nessun sogno sarebbe mai abbastanza, senza di te."

"Ricordatelo la prossima volta che ti viene la stupida idea di scappare da me." Mi sfiorò la fronte con le labbra e il cuore mi schizzò nelle orecchie.

Mi venne da ridere. "Va bene, cavernicolo."

Gli poggiai le mani sul petto, entrambi avevamo il respiro affannato ed eccitato. Nei suoi occhi limpidi potevo scorgere lo stesso desiderio, la stessa urgenza di toglierci tutti i vestiti e restare pelle contro pelle. Chase chinò un po' la testa, rivolgendomi quel mezzo sorriso che mi aveva fatta innamorare di lui tanti anni prima, e mi fece scorrere il pollice lungo il collo e poi sul labbro inferiore. Dardi di desiderio mi trafissero il corpo.

"Qual è l'altro post che dovrei scrivere?" mormorai, il battito furioso dentro il petto.

Chase sorrise, mi prese la mano e se la posò sul cuore, impazzito come il mio. "Devi finire questa storia, manca il lieto fine." Mi penetrò con lo sguardo.

"Ce l'ha?" chiesi, mentre sentivo il primo abbozzo di sorriso farsi strada sulle mie labbra.

"Non è proprio una fine: le storie migliori non ce l'hanno." Chase si staccò da me solo per chinarsi a raccogliere l'aeroplanino di carta. "Aprilo."

Lo dispiegai e lessi la sua calligrafia. Con le mani che mi tremavano e le lacrime che mi scorrevano lungo le guance, fissai quell'unica parola.

Eternamente.

"Avremmo dovuto ascoltarlo molti anni prima" disse, stringendo la mia mano sopra il suo cuore.

Mi alzai in punta di piedi e gli gettai le braccia al collo, ridendo e baciandolo. "Per sempre."

Chase premette le labbra sulle mie. "Ti amo, solo te. Dio, mancheresti perfino al sole, Peanut." Mi baciò con così tanta passione e urgenza, che per poco le gambe non mi cedettero.

"Quindi ora possiamo entrare o vuoi andare alla parata?" mi chiese poco dopo, con l'ombra di un sorriso sulle mie labbra ormai turgide.

"Forse sarà meglio entrare, anche se la signora Price troverebbe comunque il modo di divulgare il nuovo pettegolezzo di Blue Harbor."

Rise e mi morse il labbro. "Corre voce che tu frequenti un uomo speciale."

"Così ho sentito" sussurrai.

Lo trascinai divertita dentro casa e non ci fu più spazio per le parole. Comunicammo solo con le mani, le labbra, i denti e la lingua. Ci baciammo come non ci eravamo mai baciati prima, consapevoli che non ci fosse più ieri.

Solo l'oggi e un domani da scrivere assieme.

Se avessi dovuto assegnare una parola a quel momento, avrei scelto amore.

Puro ed eterno amore.

Eternamente
/e·ter·na·mén·te/
Avverbio
Per sempre, per l'eternità, per tutta la vita.

Diadema

Epilogo

Quante cose possono cambiare in un anno, pensai affacciandomi alla finestra.

Blue Harbor in autunno era qualcosa di eccezionale. Passavo interi pomeriggi a camminare tra i viali alberati del centro, a respirare l'odore di resina e bosco portato dal vento, oppure a sentire gli stormi di starne prendere il volo interrompendo con le loro zampe i giochi di luce dell'acqua.

Mi sentivo a casa. Per anni avevo creduto che vivere a San Francisco o in una caotica metropoli fosse tutto per me, mi ero intestardita che scrivere per un grande quotidiano fosse la mia vita.

Invece mi sbagliavo. Frisco era solo una coperta di sicurezza, un muro che non mi proteggeva ma che mi nascondeva, forse per la paura di incappare in altre delusioni. Ora capivo perfettamente il detto "casa è dove hai il cuore." Il mio da un anno aveva preso residenza a Blue Harbor, nella mansione che condividevo con Chase.

"Autumn, puoi scendere?" gridò mia madre dal piano di sotto.

Chiusi il quaderno dove tenevo le note e la scaletta del mio prossimo romanzo, e mi incamminai verso la porta. Prima di lasciare la stanza, gettai un'occhiata compiaciuta al mio studio, alla scrivania che dava sulla baia e al cielo infuocato del tramonto, alle luci di Blue Harbor in lontananza. Era il luogo in cui nell'ultimo anno mi ero rifugiata per preparare i pezzi da pubblicare sull'Harbor Gazette come direttore e dove avevo completato il mio primo romanzo, '*Il ragazzo al di là del fiume*'.

Presi un lungo respiro, grata alla vita, e scesi di sotto. In fondo alle scale mi aspettava mia madre che era appena ritornata da un viaggio a Las Vegas con le sue amiche del Club delle Caldane Anonime. Finalmente era rilassata e felice. Il Lullaby Inn per fortuna non era stato trasformato in un hotel di lusso. La storia con Chase aveva suscitato talmente tanto clamore che per giorni giornalisti e diverse emittenti televisive si erano assiepati in città, disperati come iene pronte a fiondarsi sulle carcasse. One More Page continuò a fare notizia nonostante non lo avessi più aggiornato e i miei post riempirono le pagine dei tabloid. Carta che poi usammo per i bisognini di Biscottino.

Il cellulare di Chase non smise mai di suonare per settimane, forse mesi, perché molte tv lo volevano nei loro salotti a raccontare del suo infortunio e a ripercorrere con lui la sua carriera. Invece i talk show ci chiesero continuamente un'esclusiva per un'intervista di coppia.

Tutta quell'attenzione almeno portò diversi curiosi a venire a Blue Harbor per visitare e vedere dal vivo i luoghi dei miei post, come la locanda o il The Whig. La cittadina aveva registrato un notevole aumento del turismo e i conti delle attività locali rifiorirono. Non servì più l'intervento del vicegovernatore e, dopo diverse settimane, anche le luci delle telecamere si spensero su Blue Harbor. I giornali avevano trovato notizie nuove e succulente sulle quali mangiare.

"Mamma, se è per i panni da stirare, la colpa è di Chase" dissi, scendendo piano le scale. "Toccava a lui, questa settimana, mentre io sono chiusa in ufficio a scrivere." Mi mancavano ancora trentamila battute per finire il nuovo manoscritto alla data di consegna e Chase era l'addetto della settimana alle lavatrici e alla cesta dei panni da stirare, mentre io chiudevo fuori la realtà e davo libero sfogo alle parole.

"In verità ti ho chiamato perché c'è qualcuno per te."

Si spostò di lato e io mollai un urlo di gioia. In piedi, davanti alla nostra porta di casa, c'erano Amanda e Christopher.

Sbattei le palpebre. "Oddio" esclamai, correndo loro incontro per abbracciarli.

"Sorpresa" disse Amanda.

"Per la miseria, non ci posso credere. Ditemi che mi avete portato i tacos?"

"Tacos e la miscela del tuo caffè preferito, tesoro" parlò Chris, baciandomi sulle guance. "Dio, fatti guardare! Sei radiosa. Se fossi etero, saresti mia" annunciò, perlustrando la mia figura dall'alto in basso, inghiottita in un semplice abito di lana dai toni autunnali. Mi cinse la vita e i suoi occhi si soffermarono sul rigonfiamento della mia pancia che oramai cominciava a spuntare dai vestiti. "Non ti ho mai vista coì bella."

"È la felicità" risposi, con un nodo alla gola. Nella mia mente scorsero le immagini del giorno in cui avevo scoperto di essere di nuovo incinta. Nonostante il terrore di un nuovo aborto, Chase e io fummo al settimo cielo alla notizia e la foto più importante del nostro album personale, la prima ecografia, era in bella mostra sulla porta del frigorifero a ricordarci di quanto fossimo grati alla vita per quella nuova creatura che portavo in grembo. Il cerchio si era chiuso. Quasi.

"Come mai siete venuti nel profondo Sud?" chiesi, accompagnandoli dentro casa, dove mia madre stava cucinando cibo per un esercito per festeggiare a nostro modo un nuovo festival d'autunno, il nostro nuovo inizio.

"Abbiamo sentito parlare così tanto di questo Harbor Fairy Festival che abbiamo deciso di fare un salto" spiegò Amanda, ricongiungendosi al suo amato Biscottino che l'aspettava sul divano.

"Il tuo primo festival con Chase dopo undici anni, tesoro. Bisogna festeggiare" aggiunse Chris mentre ammirava le foto che tappezzavano l'intera parete del salotto. "Ma dov'è il campione?"

"Già, dov'è il Robin Hood della Carolina?"

"È andato in città per delle commissioni" risposi, controllando il cellulare. Nessuna chiamata e nessun messaggio. Ed era via già da un bel po'.

"Con la baraonda che c'è a Blue Harbor tra turisti e manifestazioni?" chiese Margareth, buttando dei ceppi di legna nel caminetto. Il profumo di foglie bruciate invase la stanza.

Scrollai le spalle. "Arriverà" dissi, cercando più che altro di convincere me stessa. Era un giorno importante, l'indomani sarebbe iniziato il nostro primo festival assieme, anche se già l'anno precedente avevamo partecipato all'ultimo giorno di festeggiamenti sotto gli sguardi curiosi della comunità di Blue Harbor. Inoltre lui era l'addetto alla cucina, perché io ero negata tra i fornelli e non volevo bruciare la cena.

Il campanello di casa mi riscosse dai miei pensieri. Andai ad aprire e sorrisi ad Abigail e Jacey. "Siete venuti assieme?"

"Solo perché con la volante facevamo prima" disse la mia amica, entrando con in mano vari vassoi colmi di cibo.

"Mi ha obbligato a mettere le sirene spiegate" mormorò sconsolato lo sceriffo.

"Altrimenti il cibo si sarebbe raffreddato" borbottò lei, fulminandolo.

Li osservai guardarsi in cagnesco e sorrisi. Litigavano, ma non si staccavano mai, come se fossero legati da un filo indissolubile. Sì, riconoscevo i segni per l'inizio di una profonda storia d'amore.

"Buon pomeriggio, Autumn." Qualcuno si schiarì la gola alle mie spalle, cogliendomi di sorpresa.

Mi voltai di scatto e sbattei le palpebre. "Signor Hansen."

"Spero non sia un problema se mi aggiungo all'ultimo tra gli invitati" disse con fare timido.

Stavo per piangere, lo facevo troppo spesso ultimamente da quanto ero felice e davo sempre la colpa agli sbalzi ormonali. "Non sarebbe lo stesso senza di lei" mormorai con un filo di voce.

"Lo dici solo per le mie omelette" mi ammonì lui, ma sbatté velocemente le palpebre per nascondere gli occhi lucidi e si avviò dentro casa.

Entrai per dare una mano in cucina e il mio cuore si sciolse davanti all'immagine della mia famiglia tutta riunita in salotto. Mancava solo Chase. Dannazione, dov'era finito?

Presi un pezzo di legna e rintuzzai il fuoco, mentre lasciavo un messaggio in segreteria per Chase.

"Dov'è il donatore di sperma?" chiese Abigail dietro di me.

"Oh, ma che avete tutti?" chiesi, con i nervi a fior di pelle. "Non è andato a prendere le famose sigarette" specificai, lanciandole un'occhiataccia.

Poco dopo il mio telefonino squillò e quasi mi lanciai in corsa per rispondere, ma non era Chase. Era il numero della locanda. Da un anno ormai mi dedicavo con lui alla gestione del bed & breakfast; avevamo assunto nuovi dipendenti che ci aiutavano con la cucina e le pulizie, inoltre avevamo trovato una nuova direttrice che si occupava delle prenotazioni che negli ultimi mesi, dopo lo scandalo Chase, erano duplicate.

"Dimmi, Carol. Una tubatura? Chase non è passato di lì? Va bene, arrivo io" dissi, prima di chiudere la telefonata.

"Cosa succede?" domandò mia madre.

"C'è un problema con un tubo dell'acqua e Chase ha il telefonino spento. Vado a dare un'occhiata, tu intrattieni gli ospiti" dissi, prendendo una camicia di flanella di Chase e indossandola come giacca.

"Stai attenta, le strade sono ancora scivolose."

"Farò in un baleno." Le scoccai un bacio al volo, presi le chiavi del Dodge e uscii nell'aria limpida e tersa di quella splendida giornata d'autunno.

Era stato un anno semplice. Felice. Mi aveva messo al dito l'anello di plastica, il nostro primo anello di fidanzamento, e da allora avevamo vissuto come una coppia collaudata. Io lavoravo all'Harbor Gazette, nel tempo libero cercavo di dare vita su un file Word a un nuovo libro e gestivo con il suo aiuto il Lullaby Inn. Chase aveva lanciato una linea di mobili forgiati a mano, *Nostalgia*, e aveva istituito una fondazione no profit per aiutare i giovani promettenti nel mondo delle due ruote con i quali la vita non era stata troppo generosa.

Eravamo innamorati, realizzati, avevamo instaurato un ottimo rapporto con gli abitanti di Blue Harbor e stavamo aspettando impazienti la nascita di nostra figlia.

Io, a dir la verità, aspettavo anche una proposta di matrimonio. Mi sarebbe andato bene anche l'anello di plastica che portavo all'anulare, ma sognavo il momento in cui sarei stata la signora Allen. Non c'era giorno che non mi aspettassi di vederlo in ginocchio.

Guidai fino alla locanda con il sole che era ormai una palla di fuoco davanti a me, il cielo tinteggiato dai colori accessi del tramonto. Scesi dal Dodge e Carol, la nuova direttrice, mi stava già aspettando in cima ai gradini del portico.

"In che stanza c'è il problema alle tubature?" domandai trafelata. Ormai la stanchezza della gravidanza cominciava a farsi sentire sulle gambe e sulla schiena.

"Al pontile" mormorò, divertita.

"Che cosa?" domandai, ma lei era già corsa dentro. Mi girai e guardai nella direzione del molo e per poco il mio cuore non cedette. "Porca vacca!"

Scesi lentamente i gradini, sorreggendomi al corrimano, perché le gambe tremavano.

Davanti a me il pontile era addobbato da una miriade di lucine e lanterne che indicavano la strada verso la fine della banchina dove mi stava aspettando, in piedi, Chase.

Quando lo vidi, provai la stessa sensazione di sempre. Un tuffo al cuore e una miriade di farfalle allo stomaco. Era vestito esattamente come un anno prima, da agente delle tenebre. Camicia nera arrotolata sulle maniche, pantaloni eleganti e i suoi immancabili tatuaggi che spuntavano dalle maniche e dal colletto. Poi indossava l'accessorio più importante: il suo mezzo sorriso che mi faceva sempre piegare le ginocchia.

Lo raggiunsi seguendo la fila di candele che gettava una luce soffusa al nostro pontile; mai per un secondo staccai gli occhi da lui, da quel viso che era diventato il mio buongiorno e la mia favola preferita della buonanotte.

"Chase..." sussurrai, la voce che tremava.

"Ciao, Peanut" mormorò, roco. Dio, lo conoscevo da anni, da un anno vivevamo in simbiosi, eppure il suo sguardo penetrante mi scombussolò tutta, facendomi sentire una stupida ragazzina al ballo del liceo.

Chase coprì la distanza che ci separava e mi cinse la vita, infilando le mani sotto la camicia, baciandomi teneramente sulla testa per poi posare una lieve carezza sul mio ventre. Le lacrime mi salirono agli occhi perché per un certo tempo avevo creduto di non poter più sperimentare, nella mia vita, una felicità così profonda e totalizzante.

Mi guardai intorno, rapita dalla magia del momento. Le luci soffuse, le lanterne, il cielo al tramonto. "Lo sai che la festa è a casa nostra?" chiesi, mordendomi il labbro per fermarne il tremore e girandomi a guardarlo. Quando lo vidi, Chase era in ginocchio con un anello in mano. Un vero anello.

"Ti amo, Peanut" disse, prendendomi la mano sinistra e accarezzandomi l'interno del polso dove il mio cuore batteva impazzito e il nostro per sempre mi ricordava che già da bimbi eravamo destinati a un lieto fine.

"Oddio..." Mi vennero le lacrime agli occhi mentre ero prigioniera della luce, della venerazione e dell'amore che brillavano nelle sue pozze chiare.

Chase si schiarì la voce. "Tanti anni fa, ti ho promesso di regalarti un vero anello e che sarebbe stato per sempre. In realtà, fin dal giorno in cui ti ho incontrata ho saputo che saresti stata l'amore della mia vita, Peanut. Abbiamo passato troppo tempo l'uno senza l'altra" continuò, lasciandosi sfuggire una lacrima solitaria lungo il viso. "Ma ora, finalmente, abbiamo trovato la nostra strada verso casa."

Calde lacrime mi bagnarono il volto. Annuivo freneticamente, mentre con la mano libera gli accarezzavo la guancia, incapace di stargli lontana.

"Voglio passare tutta la mia vita con te. Nella buona e nella cattiva sorte, in salute e in malattia, finché morte non ci separi."

"Anch'io" dissi con una voce che sembrava non mi appartenesse.

"Mi hai già fatto il più grande dono possibile" disse, e lo sguardo gli cadde sul mio ventre. Chase prese l'anello, un semplicissimo cerchio d'oro bianco tempestato di piccoli diamanti, e lo infilò al mio anulare sopra l'altro di plastica. Il cerchio perfetto e infinito come la nostra storia. "Autumn Reese, vuoi sposarmi e rendermi l'uomo più felice sulla faccia della terra per tutta la vita?" chiese, la voce ormai ridotta a un sussurro.

"Sì, sì, sì" sussurrai tra le lacrime, abbassandomi in modo tale da inginocchiarmi accanto a lui. Lo abbracciai, lo baciai e ripetei ancora sulle sue labbra quella semplice parola di due lettere che partiva dal profondo del mio cuore e raggiungeva la sua anima. "Ti avrei sposato anche con un semplice cerchio di plastica, Chase."

La sua bocca coprì la mia, in un bacio profondo che aveva il sapore del per sempre. Le sue mani si fecero strada sulla mia vita, accarezzando con venerazione il frutto del nostro amore, poi le sue labbra lasciarono le mie per baciarmi lentamente l'incavo del collo. "Sono eternamente tuo, Peanut."

Gli presi il viso fra le mani, la vista offuscata dalle lacrime. "Chase Allen, tu sei la mia storia d'amore."

Lo baciai ancora e ancora a suggellare quelle parole, sotto la giuria delle stelle tremolanti nel cielo di Blue Harbor, dove il nostro destino era già stato scritto milioni e milioni di anni prima.

Fine

La piccola folla radunata nella libreria di Georgette Honor applaudì alla fine della lettura. Mia moglie, in cima al palco allestito per la presentazione del suo libro, '*Il ragazzo al di là del fiume*', sorrise timida.

Le copie del suo ultimo libro fissavano dagli espositori tutti i lettori e gli abitanti di Blue Harbor accorsi per l'evento. La copertina ritraeva due ragazzini di spalle, seduti alla fine di un pontile. Sotto c'era il nome di mia moglie, Autumn Reese, e sopra, in corsivo, la dicitura 'Autrice bestseller del New York Times'.

La nostra storia d'amore aveva venduto milioni di copie in tutto il Nord America e in Inghilterra grazie alla Penguin che ne aveva acquistati i diritti. Inoltre, varie case editrici avevano già chiesto i diritti per l'estero. Paesi come la Francia, la Germania, la Spagna e l'Italia non vedevano l'ora di leggere il romanzo d'amore scritto da Peanut e che da settimane era in vetta alla classifica dei romanzi più letti in America.

"Grazie per essere venuti così numerosi, oggi. Non sapete quanto mi faccia piacere il vostro affetto per la mia storia e le mie parole" esordì mia moglie con voce sommessa. Da un po' di tempo organizzava, con l'aiuto di Georgette, degli incontri con l'autore e aveva scelto come prima tappa del suo nuovo tour promozionale la piccola libreria di Blue Harbor.

C'erano tutti: Margareth, Abigail, lo sceriffo; tutta la congregazione si era riunita in quella minuscola stanza per dare il proprio sostegno a Autumn.

"Ancora, ancora."

Abbassai gli occhi sulla testolina bionda di nostra figlia, Diadema, che batteva le mani e si agitava sulle mie gambe alla vista della mamma che si stava avvicinando. Adorava ascoltare come favola della buonanotte la storia di mamma e papà, certo con alcuni piccoli accorgimenti in presenza di orecchie di minori.

"Ancora?" chiese Autumn, mentre ci raggiunse. "Se fai la brava, stasera te la leggo" le promise, baciandola premurosa sui capelli.

"E se io faccio il bravo, stasera che premio avrò?" le chiesi, alzandomi per baciarla. Provavo sempre quella sensazione unica di pace quando le nostre labbra si univano e mi dissi che tanto quanto la vita mi aveva tolto, il doppio mi aveva restituito. Con le mani le tenni i fianchi morbidi e le passai la lingua lungo il collo.

"Stai cercando di convincermi di quello che mi aspetta, marito?"

"Ci sto riuscendo?" chiesi divertito, sottovoce al suo orecchio.

Lei mi prese il viso fra le mani. "Non ce n'è bisogno" mormorò, scoccandomi un sonoro bacio sulla bocca.

"Risposta giusta" risposi sulle sue labbra.

"Sicuro come sempre" rise e mi prese la mano che le tendevo.

"Quando si tratta di noi, sempre."

Uscimmo sotto il sole cocente della Carolina, tutti e tre, e il mio cuore si espanse nel petto alla vista della famiglia che vedevo riflessa nella vetrina della libreria, tra le copie di '*Il ragazzo al di là del fiume*'. A volte non c'era bisogno di parole.

Diadema fra le mie braccia che si succhiava il dito, segno che stava per addormentarsi, Peanut che ammirava con orgoglio il suo bestseller riempire gli scaffali, mentre si accarezzava il pancione, e io che con gli occhi pieni d'amore le baciavo teneramente la testa, grato alla vita e al nostro destino scritto nelle stelle.

Diadema
/dia·dè·ma/
Sostantivo femminile
Alfa Comae Berenices (alfa Com, α Com, α Comae Berenices (https://it.wikipedia.org/wiki/Nomenclatura_di_Bayer)), conosciuta anche con il nome tradizionale di **Diadema**, è una stella binaria (https://it.wikipedia.org/wiki/Stella_binaria).

Ringraziamenti

Ora arriva la parte difficile, la pagina dei ringraziamenti sperando di non dimenticare qualcuno.

Prima di tutto vorrei ringraziare voi lettori che anche questa volta siete arrivati fin qui, alla fine di un mio nuovo libro. Non potrò mai ringraziarvi abbastanza per la passione e l'amore che dimostrate per le mie storie. Grazie per ritagliare del tempo e trascorrerlo con le mie parole. Grazie non sarà mai abbastanza.

Un grazie alla mia famiglia, che mi ha sempre permesso di rincorrere i miei sogni con loro al mio fianco.

Alle mie amiche e beta che da ben sette libri mi tengono la mano in questo meraviglioso viaggio chiamato scrittura. Grazie per essere leali, sincere e schiette. Vere.

Un grazie gigantesco va a Bianca, la mia editor, perché mi ha rassicurato quando volevo cancellare quaranta mila parole. Se questo libro ha visto la fine è anche merito tuo.

Elaine, thank you for being the best formatter in this book world. I love you.

Grazie a Letitia per capirmi al volo e rendere uniche le mie copertine. Letitia, it's a huge honor to work with you. Thank you.

32754413R00244

Printed in Poland
by Amazon Fulfillment
Poland Sp. z o.o., Wrocław